Janine Grasvin
noël 2014
offert par ....

PERSONA

DU MÊME AUTEUR

Persona. Les Visages de Victoria Bergman 1, Actes Sud, 2013.
Trauma. Les Visages de Victoria Bergman 2, Actes Sud, 2014.
Catharsis. Les Visages de Victoria Bergman 3, Actes Sud, 2014.

Titre original :
Kråkflickan
Éditeur original :
Ordupplaget, Stockholm

ISBN 978-2-330-03277-7

ERIK AXL SUND

PERSONA

LES VISAGES DE VICTORIA BERGMAN 1

roman traduit du suédois
par Rémi Cassaigne

BABEL NOIR

En mémoire d'une sœur.

Sombre est notre vie. Profonde la déception innée – qui fait éclore tant de légendes dans les forêts de Scandinavie –, morne se consume dans notre cœur le feu affamé. Beaucoup se font les charbonniers de leur propre cœur : infirmes à force de rêveries, ils posent l'oreille sur la meule et l'écoutent s'éteindre en sifflant.

HARRY MARTINSON,
Même les orties fleurissent.

L'immeuble

avait cent ans, avec de solides murs de pierre d'un bon mètre d'épaisseur : pas vraiment besoin de les isoler, mais elle voulait assurer ses arrières.

À gauche du séjour, il y avait une petite pièce d'angle qu'elle avait utilisée comme bureau et chambre d'amis.

Avec toilettes attenantes et un vaste dressing.

La pièce était parfaite, avec son unique fenêtre, juste sous des combles inutilisés.

Finie la négligence, croire que tout allait de soi.

Ne rien laisser au hasard. C'était un compagnon dangereusement traître. Parfois un ami, mais souvent aussi un ennemi imprévisible.

les meubles de la salle à manger

elle les poussa contre un mur, libérant une grande surface au milieu du séjour.

Puis il n'y eut plus qu'à attendre.

Les premières plaques de polystyrène arrivèrent comme convenu à dix heures, portées par quatre hommes. Trois avaient la cinquantaine, le quatrième à peine vingt ans. Il avait le crâne rasé et portait un tee-shirt noir avec deux drapeaux suédois entrecroisés sous le texte MA PATRIE. Il s'était fait tatouer des toiles d'araignée aux coudes et sur les poignets un motif de l'âge de pierre.

Une fois à nouveau seule, elle s'assit dans le canapé et planifia son travail. Elle décida de commencer par le sol, puisque c'était le seul point qui pouvait poser problème. Bien sûr, les retraités du dessous étaient presque sourds et elle n'avait jamais entendu le moindre bruit venant de chez eux, mais c'était un détail important.

Elle alla voir dans la chambre.

Le petit garçon dormait toujours profondément.

Leur rencontre avait été si étrange, dans le train de banlieue. Il lui avait juste pris la main, s'était levé et l'avait gentiment suivie, sans qu'elle n'ait rien besoin de dire.

Comme s'il avait été décidé à l'avance que ce serait lui.

Cela avait été une évidence immédiate, comme lorsqu'une femme comprend que l'enfant dont elle vient d'accoucher n'est qu'à elle.

Elle avait trouvé à la fois l'élève qu'elle cherchait et l'enfant qu'elle n'avait jamais pu avoir.

Elle posa la main sur son front, sentit que la fièvre était retombée, puis lui prit le pouls.

Tout était normal.

Elle avait trouvé la bonne dose de morphine.

le bureau
était couvert d'une épaisse moquette blanche qu'elle avait toujours trouvée laide et antihygiénique, mais agréable sous le pied. Elle servirait à présent aussi son projet.

Elle découpa au cutter les plaques de polystyrène et colla les morceaux avec une épaisse couche de colle.

Assez vite étourdie par la puissante odeur, elle dut ouvrir la fenêtre sur la rue. C'était un triple vitrage, avec à l'extérieur une vitre antibruit supplémentaire.

Le hasard comme ami.

Elle sourit.

Le travail avec le sol lui prit toute la journée. Régulièrement, elle allait jeter un œil au garçon.

Une fois le sol achevé, elle recouvrit tous les joints avec de l'adhésif argenté.

Les trois jours suivants arrivèrent d'autres livraisons de matériaux de construction, et elle se mit aux murs. Le vendredi, il ne lui restait plus que le plafond, ce qui lui prit un peu plus de temps, car elle devait d'abord encoller le polystyrène avant d'étayer la plaque avec des planches pour la maintenir en place.

En attendant que la colle sèche, elle cloua quelques vieilles couvertures à la place des portes qu'elle avait préalablement enlevées. Elle colla quatre couches de polystyrène sur la porte donnant sur le séjour, ce qui comblait les cinquante centimètres de profondeur de son cadre.

Elle prit un vieux drap qu'elle pendit devant l'unique fenêtre, avant d'y coller par sécurité une double couche d'isolation. La pièce achevée, elle habilla le sol et les murs d'une bâche étanche.

Il y avait quelque chose de méditatif dans ce travail et, quand elle s'assit pour contempler son œuvre, elle se sentit fière.

la pièce
reçut ses finitions au cours de la semaine suivante. Elle acheta quatre petites roulettes en caoutchouc, un crochet, dix mètres de câble électrique, quelques mètres de plinthe, une douille simple et un carton d'ampoules à

filament. Elle se fit livrer une collection de poids, des haltères et un vélo d'appartement tout simple.

Elle ôta tous les livres d'une des bibliothèques du séjour, la coucha sur le côté et y vissa les roulettes, une à chaque coin. Sur le devant, elle fixa une plinthe pour cacher le dispositif, puis plaça la bibliothèque devant la porte de la chambre secrète.

Elle vissa alors la bibliothèque à la porte et essaya d'ouvrir.

La porte glissa sans bruit sur les petites roues, tout fonctionnait à la perfection.

Elle installa le crochet, verrouilla la porte et plaça un abat-jour pour dissimuler le très simple dispositif d'ouverture.

Elle remit enfin tous les livres en place et alla chercher un fin matelas dans un des lits de la chambre à coucher.

Le soir venu, elle porta le petit garçon endormi dans ce qui serait désormais sa nouvelle maison.

Gamla Enskede

Ce qu'il y avait de bizarre avec ce gosse, ce n'était pas qu'il soit mort, mais plutôt qu'il ait survécu si longtemps. L'importance et la nature de ses blessures indiquaient qu'il aurait dû mourir bien avant l'heure du décès déterminée lors des premières constatations. Quelque chose l'avait pourtant maintenu en vie là où un individu normal aurait depuis longtemps succombé.

Cela, la commissaire Jeanette Kihlberg n'en savait encore rien en sortant en marche arrière du garage. Et elle était loin de se douter que cette affaire serait le début d'une série d'événements qui allaient avoir une incidence décisive sur sa vie.

Elle fit signe à Åke par la fenêtre de la cuisine, mais il était au téléphone et ne la vit pas. Il allait occuper sa matinée à laver sa ration de tee-shirts trempés de sueur, de chaussettes boueuses et de sous-vêtements sales. Avec une femme et un fils passionnés de football, une des tâches ménagères à répétition était, au moins cinq fois par semaine, de faire tourner la vieille machine à laver aux limites de ses capacités.

En attendant la fin de la lessive, il monterait sûrement au petit atelier aménagé sous les combles pour se remettre à l'une des toiles inachevées auxquelles il travaillait sans arrêt. C'était un romantique, un rêveur qui avait du mal à terminer ce qu'il commençait : plusieurs fois, Jeanette avait insisté pour qu'il contacte un des galeristes qui avaient montré de l'intérêt pour son travail, mais il l'avait toujours repoussée d'un geste. Ce n'était pas tout à fait fini. Pas encore, mais bientôt.

Et alors, tout changerait.

Il percerait, l'argent commencerait à couler à flots et ils pourraient enfin réaliser leurs rêves. Retaper la maison, voyager où ils voudraient.

Après bientôt vingt ans, elle commençait à douter que cela arrive un jour.

En tournant dans Nynäsvägen, elle entendit un cliquètement inquiétant du côté de sa roue avant gauche. Elle avait beau être nulle en mécanique, elle comprit que quelque chose ne tournait pas rond avec sa vieille Audi, qu'elle devrait une fois de plus laisser au garage. D'expérience, elle savait aussi que la réparation ne serait pas gratuite, même si le Serbe de Bolidenplan travaillait bien et pour pas cher.

La veille, elle avait vidé son compte épargne pour payer les traites de la maison, dont le couperet tombait avec une ponctualité sadique tous les trimestres, et elle espérait cette fois pouvoir faire réparer sa voiture à crédit. Ça avait déjà marché.

Une puissante vibration dans la poche de sa veste, accompagnée de la *Neuvième* de Beethoven, faillit envoyer Jeanette dans le décor.

"Ouais, Kihlberg.

— Salut Nénette, on a un truc à Thorildsplan."

C'était la voix de son collègue Jens Hurtig.

"Il faut y aller illico. T'es où ?" Ça hurlait dans le téléphone et elle dut l'éloigner à dix centimètres de son oreille pour ne pas devenir sourde.

Elle détestait qu'on l'appelle Nénette. Ce surnom était sorti comme une plaisanterie lors d'une fête du personnel trois ans plus tôt, mais il avait fini par se répandre dans tout l'hôtel de police de Kungsholmen.

"Je suis à Årsta, j'entre tout juste sur la voie rapide d'Essinge. Qu'est-ce qui s'est passé ?

— Ils ont trouvé un garçon mort dans les buissons à l'entrée du métro, près de l'IUFM. Billing veut que tu y ailles au plus vite. Il avait l'air drôlement remonté. Tout indique qu'il s'agit d'un meurtre."

Jeanette entendit le cliquètement recommencer de plus belle et se demanda si elle allait être forcée de se ranger sur la bande d'arrêt d'urgence pour appeler un dépanneur et un taxi.

"Si cette foutue bagnole tient le coup, j'y suis dans cinq ou dix minutes, et je veux que tu viennes toi aussi." La voiture toussa et Jeanette se rangea par précaution sur la file de droite.

"Bien sûr. Je file tout de suite. Je devrais y être avant toi."

Hurtig raccrocha, Jeanette remit son téléphone dans sa poche.

Un mort balancé dans un buisson, pour Jeanette, ça sonnait plutôt comme une agression qui avait mal tourné, on classerait ça en homicide.

Un meurtre, se dit-elle en sentant une secousse dans le volant, c'est une femme tuée chez elle par son mari jaloux juste après lui avoir annoncé qu'elle voulait divorcer.

D'habitude, en tout cas.

Mais décidément, les temps avaient changé, et ce qu'elle avait appris à l'école de police était désormais non seulement caduc, mais aussi erroné. Les méthodes avaient été réformées et le travail de police était à bien des égards beaucoup plus difficile que vingt ans auparavant.

Jeanette se rappelait ses débuts, les patrouilles au contact des gens ordinaires. On les aidait, on avait confiance dans la police. Aujourd'hui, tout ce qui poussait à porter plainte pour un cambriolage, c'était l'assurance – pas un quelconque espoir de voir le délit élucidé.

Qu'avait-elle espéré, en abandonnant ses études de sociologie pour entrer dans la police ? Changer les choses ? Aider les gens ? C'était en tout cas ce qu'elle avait fièrement déclaré à son père le jour où elle avait réussi l'examen d'entrée. Et oui. Elle voulait faire la différence entre mal tourner et mal agir.

Elle voulait devenir quelqu'un de bien.

Et c'était ça, être dans la police.

Toute son enfance, elle avait religieusement écouté son père et son grand-père parler de leurs histoires de flics. Que ce soit à Noël ou à Pâques, il était toujours question à table de braqueurs sans scrupules, de sympathiques cambrioleurs et d'escrocs culottés. Anecdotes et souvenirs de la face sombre de l'existence.

Le fumet prometteur du jambon grillé de Noël se mêlait au brouhaha des conversations masculines, créant une atmosphère rassurante.

Elle sourit en songeant au désintérêt et au scepticisme de son grand-père face aux nouveaux moyens techniques. On avait remplacé les bonnes vieilles menottes par un modèle jetable en plastique qui simplifiait le travail. Une fois, il avait déclaré que l'ADN n'était qu'une lubie passagère.

Le travail de police consistait à faire la différence. Pas à simplifier. Il fallait s'adapter aux mutations de la société.

Être policier, c'était vouloir aider, se soucier des autres. Pas rester retranché derrière les vitres fumées d'une voiture de patrouille blindée.

Thorildsplan

Ivo Andrić était spécialisé dans ces cas extrêmes de morts bizarres. Originaire de Bosnie, les presque quatre années passées à Sarajevo pendant le siège serbe lui avaient donné une telle expérience des enfants morts qu'il lui arrivait parfois de regretter d'être devenu médecin légiste.

À Sarajevo, presque deux mille enfants de moins de quatorze ans avaient été tués, parmi lesquels ses deux filles. Il se demandait souvent ce qu'aurait été sa vie s'il était resté au village, dans les environs de Prozor. Mais désormais il était trop tard pour penser en ces termes. Les Serbes avaient brûlé la ferme et tué ses parents et ses trois frères.

La police de Stockholm l'avait appelé très tôt dans la matinée et, comme il n'était pas question de boucler l'entrée du métro plus longtemps que le strict nécessaire, il fallait faire vite.

Il se pencha pour examiner le corps du jeune garçon et nota un physique étranger. Arabe, palestinien, peut-être même indien ou pakistanais.

Il ne faisait aucun doute qu'il avait subi de graves violences mais, curieusement, il ne présentait aucune des blessures que les victimes reçoivent d'habitude en tentant de se défendre. Tous ses bleus et ses hématomes faisaient plutôt penser à un boxeur. Un boxeur qui n'avait pas pu se défendre, mais avait pris tellement de coups douze rounds durant qu'il avait fini par tomber K.-O.

Pour compliquer encore les choses, la mort n'était pas survenue sur les lieux où le corps avait été retrouvé, mais ailleurs, et bien avant. Le corps gisait, assez visible, dans un buisson à quelques mètres seulement de l'entrée du métro Thorildsplan, à Kungsholmen : il n'avait pas pu rester là très longtemps avant d'être découvert.

L'aéroport

était aussi gris et froid que le matin d'hiver. Il était arrivé avec Air China dans un pays dont il n'avait jamais entendu parler. Il savait que plusieurs centaines d'enfants avaient fait le même voyage avant lui et, comme eux, il avait bien mémorisé quoi raconter aux policiers. Sans hésiter sur une seule syllabe, il leur avait servi l'histoire qu'il avait dû rabâcher des mois durant jusqu'à la connaître par cœur.

Il avait travaillé sur le chantier d'un des grands stades des JO, porté des briques et du mortier. Son oncle, travailleur pauvre, le logeait mais quand cet oncle, victime d'un grave accident, avait été hospitalisé, il était resté sans personne pour s'occuper de lui. Ses parents étaient morts, et il n'avait pas de frères et sœurs ni d'autres parents vers qui se tourner.

Lors de son audition par la police des frontières, il avait raconté que son oncle et lui étaient traités comme des esclaves, dans des conditions dignes de l'apartheid. Qu'il avait travaillé cinq mois sur le chantier, sans espoir de jamais devenir citoyen à part entière de la ville.

Selon l'ancien système du *hukou*, il était recensé dans son village natal, loin de la ville, et se retrouvait donc presque sans droits là où il vivait et travaillait.

Voilà pourquoi il avait été forcé de se rendre en Suède, où vivaient ses derniers parents. Il ne savait pas où ils habitaient mais, d'après son oncle, ils avaient promis de prendre contact avec lui dès son arrivée.

Il était venu dans ce nouveau pays sans autres biens que les vêtements qu'il portait, un téléphone portable et cinquante dollars américains. Son téléphone était vierge, ne contenait aucun numéro, aucun SMS ou image susceptibles de révéler quoi que ce soit à son sujet.

De fait, il n'avait jamais été utilisé.

Ce qu'il n'avait par contre pas révélé à la police, c'était le numéro qu'il avait sur un papier caché dans sa chaussure gauche. Un numéro à appeler dès qu'il serait parvenu à fuir du camp de réfugiés.

le pays
où il était arrivé ne ressemblait pas à la Chine. Tout y était si propre et vide. Son audition terminée, alors qu'escorté de deux policiers il traversait les couloirs déserts de l'aéroport, il s'était demandé si c'était à ça que ressemblait l'Europe.

L'homme qui avait inventé son histoire, lui avait donné le numéro et l'avait muni de son pécule et de son téléphone portable lui avait dit avoir en quatre ans expédié avec succès plus de soixante-dix enfants dans différents pays d'Europe.

Il lui avait dit que la plupart de ses contacts se trouvaient dans un pays qui s'appelait la Belgique, où l'on pouvait gagner beaucoup d'argent. Il s'agissait de servir des gens riches et, en étant discret et consciencieux, on pouvait soi-même devenir riche. Mais la Belgique était un endroit risqué, il ne fallait pas être trop visible.

Ne jamais se montrer dehors.

La Suède était plus sûre. Ici, on travaillait le plus souvent dans des restaurants et on circulait plus librement. Ce n'était pas aussi bien payé mais, avec un peu de chance, on pouvait là aussi gagner beaucoup d'argent, selon les services demandés.

Il y avait en Suède des gens qui voulaient la même chose qu'en Belgique.

le camp de réfugiés
n'était pas tellement loin de l'aéroport, on l'y avait conduit dans une voiture de police banalisée. Il y avait passé la nuit, partageant une chambre avec un garçon noir qui ne parlait ni chinois ni anglais.

Le matelas était propre, mais sentait le renfermé.

Dès le lendemain, il avait appelé le numéro inscrit sur le bout de papier, et une voix de femme lui avait expliqué comment se rendre à la gare et prendre le train pour Stockholm. Une fois arrivé, il devait téléphoner pour recevoir d'autres instructions.

le train
était bien chauffé et agréable. Rapide, presque silencieux, il l'avait transporté à travers une ville où tout était blanc de neige. Pourtant, que ce soit le hasard ou le destin qui en ait décidé autrement, il n'était jamais arrivé à la gare centrale de Stockholm.

Après quelques arrêts, une belle femme blonde s'était assise en face de lui. Elle l'avait longuement regardé, et il avait compris qu'elle savait qu'il était seul. Pas seulement seul dans le train, mais seul au monde.

À l'arrêt suivant, la femme blonde s'était levée et

lui avait pris la main. Elle lui avait indiqué la sortie d'un hochement de tête et il n'avait pas protesté.

Comme si un ange l'avait touché, il l'avait suivie, comme en transe.

Ils avaient pris un taxi et avaient traversé la ville. Il avait vu qu'elle était entourée d'eau, et il l'avait trouvée belle. Il n'y avait pas autant de circulation que chez lui. L'air était plus pur, probablement plus facile à respirer.

Il avait songé au destin et au hasard, se demandant un instant ce qu'il faisait à côté d'elle. Mais quand elle s'était tournée vers lui avec un sourire, il avait cessé de se le demander.

Chez lui, les gens lui demandaient toujours ce qu'il savait faire, lui tâtaient les bras pour évaluer sa force. Lui posaient des questions qu'il faisait semblant de comprendre.

Ils hésitaient toujours. Puis, éventuellement, le choisissaient.

Mais elle, elle l'avait choisi sans contrepartie, ce que personne n'avait jamais fait.

la chambre

dans laquelle elle l'avait conduit était blanche, avec un grand lit. Elle l'avait bordé et lui avait donné quelque chose de chaud à boire. Ça avait presque le goût du thé de chez lui, et il s'était endormi avant d'avoir vidé la tasse.

Il s'était réveillé sans savoir combien de temps il avait dormi, mais dans une autre chambre. Cette nouvelle chambre était aveugle et entièrement tapissée de plastique.

En se levant pour gagner la porte, il avait senti que le sol était mou et cédait sous le pied. Il avait tâté la poignée, mais la porte était verrouillée.

Ses vêtements et son téléphone avaient disparu.
Nu, il s'était couché sur le matelas et s'était rendormi.
Voilà la chambre qui serait son nouveau monde.

Thorildsplan

Jeanette sentit le volant tirer vers la droite et la voiture avancer de travers sur la chaussée. Elle se traîna à soixante sur le dernier kilomètre et, en s'engageant dans Drottningsvägen, elle pressentit qu'après quinze ans de bons et loyaux services sa vieille voiture avait fait son temps.

Elle se gara et se dirigea vers la scène de crime, où elle aperçut Hurtig. Une tête de plus que tous les autres, blondeur scandinave, massif sans être gras.

Bientôt quatre ans qu'ils travaillaient ensemble : Jeanette avait appris à lire ses expressions, et le trouva soucieux.

Presque tourmenté.

En la voyant, il s'éclaira pourtant, vint à sa rencontre et lui souleva la rubalise.

“La voiture a tenu le coup, à ce que je vois.” Il fit la grimace. “Je ne comprends pas comment tu fais pour continuer à rouler avec ce tacot.

— Moi non plus, et si tu m'arrangeais une augmentation, je m'offrirais bien un petit cabriolet Mercedes pour me balader en douceur.”

Si seulement Åke pouvait se trouver un travail décent, avec un salaire décent, elle pourrait s'acheter une voiture décente, songea-t-elle en suivant Hurtig dans le périmètre bouclé.

“Des empreintes de roues ? demanda-t-elle à l’une des deux techniciennes accroupies sur l’allée de gravier.

— Oui, plusieurs, répondit-elle en levant les yeux vers Jeanette. Je crois que certaines appartiennent aux voitures du nettoyage qui passent ici pour vider les poubelles. Mais il y a aussi des roues plus fines.”

À présent qu’elle était arrivée sur les lieux, Jeanette était la plus gradée, en charge de l’enquête.

Dans la soirée, elle ferait son rapport à son chef, le commissaire principal Billing, qui à son tour informerait le procureur von Kwist. Ensemble, les deux hommes décideraient de la marche à suivre, sans qu’elle ait son mot à dire. C’était la voie hiérarchique.

Jeanette se tourna vers Hurtig.

“Bon, voyons voir. Qui l’a trouvé ?”

Hurtig haussa les épaules.

“On ne sait pas.

— Comment ça, on ne sait pas ?

— Le central d’urgence a reçu un appel anonyme il y a…” Il regarda sa montre. “… pile trois heures, et le type a juste dit qu’il y avait le corps d’un garçon, mort, près de l’entrée du métro. C’est tout.

— Mais la conversation a été enregistrée ?

— Bien sûr.

— Et pourquoi a-t-on mis tant de temps à nous mettre au courant ?” Jeanette sentit poindre l’irritation.

“Le type était saoul, le central a mal compris l’adresse et a envoyé une patrouille à Bolidenplan au lieu de Thorildsplan.

— Ils ont identifié l’appel ?”

Hurtig leva les yeux au ciel.

“Carte de paiement non enregistrée.

— Et merde !

— Mais on va bientôt savoir d’où a été passé l’appel.

— Bien, bien. On écoutera la bande de retour au poste."

Jeanette fit un tour parmi les policiers présents pour faire le point et voir si on avait trouvé quelque chose d'intéressant.

"Et des témoins ? Est-ce que quelqu'un a vu ou entendu quelque chose ?" Elle regarda avec insistance autour d'elle, mais ses subordonnés secouèrent tous la tête.

"Quelqu'un a quand même bien dû l'amener ici, ce gosse", continua Jeanette, de plus en plus découragée. Elle savait que l'enquête serait beaucoup plus difficile s'ils ne trouvaient pas une piste dans les toutes prochaines heures. "Je vois mal quelqu'un prendre le métro avec un cadavre, mais je veux quand même des copies des caméras de surveillance."

Hurtig s'approcha.

"J'ai déjà mis un gars sur le coup, on les aura ce soir.

— Bien. Comme le corps a probablement été acheminé en voiture, je veux la liste de tous les véhicules qui ont passé le péage ces derniers jours.

— Bien sûr, répondit Hurtig en s'éloignant avec son mobile. Je fais en sorte qu'on ait ça au plus vite.

— Du calme. Je n'ai pas encore fini. Il est aussi possible que le corps ait été porté jusqu'ici, ou chargé dans une remorque de vélo ou quelque chose du même genre. Vois avec l'IUFM s'ils ont des caméras de surveillance."

Hurtig hocha la tête et s'éloigna doucement.

Jeanette soupira et se tourna vers une des techniciennes qui examinait l'herbe aux abords des buissons.

"Rien d'inhabituel ?"

La femme secoua la tête.

"Pas pour le moment. Bien sûr, il y a des traces de pas, on va relever les meilleures empreintes. Mais n'espérez pas trop."

Jeanette s'approcha doucement du buisson où le corps avait été retrouvé emballé dans un sac-poubelle noir. Le garçon était nu, raidi en position assise, les bras autour des genoux. Ses mains étaient attachées avec de l'adhésif argenté. La peau de son visage avait pris une teinte de cuir jaune et un aspect qui rappelait le parchemin.

Ses mains en revanche étaient presque noires.

"Des signes de violence sexuelle?" Elle s'adressait à Ivo Andrić, accroupi devant elle.

"Je ne peux pas encore le dire. Mais ce n'est pas exclu. Je ne veux pas tirer de conclusions hâtives mais, d'expérience, il est rare de trouver ce genre de blessures extrêmes sans qu'il y ait eu aussi violences sexuelles."

Jeanette hocha la tête.

La police avait fait de son mieux pour isoler l'endroit derrière des clôtures de chantier et des bâches, mais le terrain accidenté permettait, avec un peu de recul, de surplomber la scène. Quelques photographes munis de téléobjectifs rôdaient autour du périmètre. Ils faisaient presque pitié à Jeanette. Ils vivaient vingt-quatre heures sur vingt-quatre branchés sur la fréquence de la police, à attendre qu'il se produise quelque chose de spectaculaire.

En revanche, elle ne vit aucun journaliste. Les journaux n'avaient sans doute plus les moyens d'envoyer des gens sur le terrain.

"Dis donc… dit un des policiers en secouant la tête devant le spectacle. Merde alors, comment on en arrive là?" La question s'adressait à Ivo Andrić.

Le corps était grosso modo momifié, ce qui, pour Ivo Andrić, signifiait qu'il avait été conservé longtemps dans un lieu très sec, et non pas à l'extérieur, avec le temps de chien qu'on avait cet hiver à Stockholm.

"Écoute, Schwarz, répondit-il en levant la tête. C'est justement ce qu'on va essayer de comprendre.

— Oui, mais le gosse est complètement momifié, merde. Comme un putain de pharaon. Ça ne se fait pas en cinq minutes ! J'ai vu sur Discovery l'enquête sur ce type qu'on a trouvé dans les Alpes. Ötzi, je crois qu'il s'appelait."

Ivo Andrić confirma d'un hochement de tête.

"Ou cet autre qu'on a trouvé dans une tourbière, là…

— Tu penses à l'homme de Bocksten, répondit Ivo Andrić, que le bavardage de Schwarz commençait à fatiguer. Mais maintenant il faudrait que tu me laisses travailler si on veut avancer, ajouta-t-il, regrettant aussitôt son ton cassant.

— Ça risque d'être dur, dit Schwarz. Tu sais, ce genre de plate-bande, c'est juste plein de crottes de chien et de détritus. Et même si là-dedans il y a quelque chose qui vient de celui qui a fait ça, comment savoir ? Pareil pour les traces de pas." Il secoua pensivement la tête, l'air soucieux.

Ivo Andrić n'était pas né de la dernière pluie et avait eu son lot d'atrocités. Pourtant, de toute sa carrière pour le moins mouvementée, il n'avait jamais rien vu de semblable.

Sur les bras et le torse, le garçon portait des centaines de marques plus dures que les tissus environnants, ce qui signifiait qu'il avait reçu de son vivant un nombre inouï de coups. Des articulations écrasées de ses doigts, on pouvait déduire qu'il ne s'était pas contenté de recevoir des coups, mais en avait aussi distribué beaucoup.

Jusque-là, tout était clair.

Mais sur le dos momifié du garçon, on trouvait aussi un grand nombre de plaies profondes, comme des coups de fouet.

Ivo Andrić essaya d'imaginer. Un garçon qui défend durement sa peau à coups de poing et, quand il renonce, on le fouette. Ivo savait que des combats de chiens clandestins se pratiquaient dans des banlieues à forte population immigrée. Ça pouvait être quelque chose du même genre, à la grande différence que ce n'étaient pas des chiens qui se battaient à mort, mais de jeunes garçons.

Enfin, l'un d'eux au moins était ce garçon.

Qui était son adversaire ? On ne pouvait que spéculer.

Bon. Et le fait qu'il ait résisté si longtemps avant de mourir ? On pouvait espérer que l'autopsie permettrait d'identifier des traces de drogues ou de produits chimiques, du Rohypnol, peut-être du PCP. Ivo Andrić se rendait compte que son véritable travail ne pourrait commencer qu'une fois le corps transporté à l'institut médicolégal de l'hôpital Karolinska à Solna.

Pour le moment, c'était l'heure d'aller déjeuner.

Vers midi, on procéda à la levée du corps dans un sac plastique gris et on le chargea à bord d'un corbillard, direction Solna. Ici, Jeanette Kihlberg en avait terminé. Elle allait reprendre la route de Kungsholmen. Tandis qu'elle marchait vers le parking, une fine pluie se mit à tomber.

"Et merde !" jura-t-elle toute seule. Åhlund, un jeune collègue, la regarda, interloqué.

"Rien, c'est à cause de ma voiture. J'avais oublié, mais elle a rendu l'âme en arrivant ici. Et voilà, je vais devoir appeler une dépanneuse.

— Elle est où ? demanda son collègue.

— Là-bas.” Elle indiqua l’Audi rouge, rouillée et sale à une vingtaine de mètres de là. “Quoi ? Tu t’y connais en voitures ?

— C’est mon hobby. Il n’y a pas de voiture que je ne puisse pas faire démarrer. Donne-moi les clés, je vais sûrement pouvoir trouver le problème.”

Elle lui donna les clés et s’arrêta sur le trottoir. La pluie augmenta, elle se mit à frissonner.

Åhlund démarra et déboîta sur la rue. Le cliquetis et le grincement semblaient encore plus forts de dehors. Jeanette se rendit à l’évidence : il faudrait téléphoner à papa pour lui demander un petit prêt. Il commencerait probablement par refuser, vu tout ce qu’elle lui devait déjà, puis il en parlerait à maman, qui dirait oui.

Pour finir, il lui demanderait si Åke avait trouvé du travail, et elle lui expliquerait que ce n’était pas facile pour un artiste d’être au chômage, mais que ça allait bientôt changer.

Chaque fois, c’était la même chose. Il lui fallait avaler des couleuvres et servir de filet de secours à Åke.

Alors que ça pourrait être si simple. Si seulement il pouvait ravaler un peu sa fierté et prendre un emploi temporaire. Ne serait-ce que pour lui montrer qu’il se souciait d’elle et qu’il comprenait son inquiétude face à leur situation économique. Qu’il avait remarqué le mal qu’elle avait parfois à s’endormir, juste avant de payer les factures.

Après avoir fait le tour du pâté de maisons, son collègue sauta hors de la voiture avec un sourire triomphant.

“La biellette, l’essieu, ou les deux. Si tu me la laisses maintenant, j’arrange ça ce soir. Tu l’auras d’ici quelques jours. Les pièces détachées à ta charge, plus une boutanche de whisky. Ça roule ?

— Tu es un ange, Åhlund. Prends-la et fais-en ce que tu veux ! Si tu en tires quelque chose, tu auras un kil de scotch et sa recharge, et un bon rapport le jour où tu voudras de l'avancement."

Jeanette Kihlberg se dirigea vers la voiture de patrouille.

Esprit de corps, pensa-t-elle.

Quartier Kronoberg

Jeanette consacra la première réunion à la répartition des tâches.

Un groupe de policiers novices fut envoyé faire du porte-à-porte tout l'après-midi. Jeanette avait bon espoir.

Schwarz reçut la tâche ingrate de parcourir la liste des voitures ayant franchi les péages périurbains, soit près de huit cent mille passages, pendant qu'Åhlund examinerait les enregistrements de vidéosurveillance fournis par l'IUFM et la station de métro.

Jeanette ne regrettait pas ses débuts et la monotonie de ces tâches répétitives qui, le plus souvent, étaient le lot des policiers les moins expérimentés.

La priorité était d'établir l'identité du garçon : Hurtig fut chargé de contacter tous les camps de réfugiés des environs de Stockholm. Jeanette, elle, irait voir Ivo Andrić.

Après cette réunion, elle retourna dans son bureau et appela à la maison. Il était déjà six heures passées et c'était son tour de faire la cuisine.

"Salut ! Comment ça s'est passé aujourd'hui ?"

Elle s'efforça de paraître gaie, malgré le stress et la fatigue.

Certes, à bien des égards, ils étaient sur un pied d'égalité. Ils se partageaient les tâches ménagères : il s'occupait de la lessive, elle passait l'aspirateur. La cuisine, c'était à tour de rôle, et Johan participait lui aussi. Mais malgré tout, c'était elle qui faisait bouillir la marmite.

"J'ai fini la lessive il y a juste une heure. Sinon tout va bien. Johan vient d'arriver et il dit que tu as promis de l'emmener au match ce soir. Tu y arriveras ?

— Non, impossible, soupira Jeanette. La voiture s'est déglinguée en route ce matin. Il faudra qu'il prenne son vélo, ce n'est pas le bout du monde."

Jeanette laissa son regard glisser sur le portrait de famille qu'elle avait punaisé à son tableau d'affichage. Johan semblait si petit sur la photo et, quant à elle, elle voulait à peine se regarder.

"Il faut que je reste encore quelques heures, puis je devrai rentrer en métro si je ne trouve personne pour me ramener. Tu n'as qu'à commander des pizzas. Tu as de l'argent ?

— Oui, oui." Åke soupira. "Sinon il y en a sûrement dans la boîte."

Jeanette réfléchit.

"Oui, ça ira. J'ai mis un billet de cinq cents hier. À plus !"

Comme Åke ne répondait rien, elle raccrocha et se pencha en arrière.

Cinq minutes de repos.

Elle ferma les yeux.

Institut médicolégal

Le garçon mort était couché sur la table de dissection en acier inoxydable. Ivo Andrić constata qu'en plus de centaines de petites contusions, ses bras étaient couverts de piqûres de seringue. Si elles avaient été concentrées au creux du bras, il aurait peut-être supposé que le garçon, malgré son jeune âge, était toxicomane. Mais elles étaient dispersées sur les deux bras, au hasard, comme si le garçon avait opposé résistance. L'aiguille cassée retrouvée fichée dans la main gauche allait dans ce sens.

Le plus remarquable, cependant, était l'ablation des organes génitaux.

Ivo Andrić nota qu'ils avaient été coupés avec un couteau très tranchant.

Peut-être un scalpel ou une lame de rasoir.

Après le premier examen à l'institut médicolégal de Solna, il était clair pour Ivo Andrić qu'il lui faudrait l'aide de ses collègues du Laboratoire national de toxicologie médicolégale.

Le corps était probablement très empoisonné : il comprit que la nuit serait longue.

Quartier Kronoberg

Hurtig entra dans le bureau de Jeanette avec l'enregistrement du mystérieux appel reçu le matin par Le central d'urgence. Il lui tendit le CD et s'assit.

Jeanette, tout juste réveillée de sa sieste, se frotta les yeux.

"Tu as parlé avec ceux qui ont trouvé le corps ?

— Bien sûr. C'étaient deux collègues. D'après leur rapport, ils sont arrivés sur place environ deux heures après l'appel. Il y a eu un cafouillage, le central a mal compris l'adresse."

Jeanette sortit le CD de son étui et le glissa dans l'ordinateur.

La conversation durait vingt secondes.

"Le 112, j'écoute."

Ça grésillait, mais on n'entendait aucune voix.

"Allô ? Le 112, j'écoute !"

Le téléphoniste attendait une réponse, et on entendait maintenant une respiration forcée.

"Je veux juste vous dire qu'il y a un type mort à Thorildsplan, dans la plate-bande."

L'homme avait la voix pâteuse. Saoul ou drogué, pensa Jeanette.

"Votre nom ? demanda le téléphoniste.

— On s'en fout. Mais vous avez compris ?

— Vous dites qu'un homme dort près de Bolidenplan ?"

L'homme semblait irrité.

"Un homme *mort*, dans la plate-bande, près de l'entrée du métro."

Silence.

Puis juste le téléphoniste, hésitant : "Allô ?"

Jeanette fronça les sourcils.

"Pas besoin d'être Einstein pour dire que l'appel a été passé à proximité du métro, non ?

— Oui, mais... Si jamais...

— Si jamais quoi ?"

Elle entendait le ton irrité de sa propre voix : elle avait espéré que cet enregistrement apporterait au moins quelques réponses. Lui donnerait quelque chose à mettre sous la dent du commissaire principal et du procureur.

"Excuse-moi, dit-elle, mais Hurtig se contenta de hausser les épaules.

— On verra ça demain." Il se leva et se dirigea vers la porte. "Rentre plutôt retrouver Åke et Johan."

Jeanette lui adressa un sourire reconnaissant.

"Bonne nuit, à demain."

Quand Hurtig eut refermé la porte, elle composa le numéro de son supérieur hiérarchique, le commissaire principal Dennis Billing.

Le chef de la section investigation répondit après quatre sonneries.

Jeanette le mit au courant : le garçon momifié, le coup de fil anonyme et les derniers développements de l'après-midi et de la soirée.

En d'autres termes, elle n'avait pas grand-chose de consistant.

"On va voir ce que donne le porte-à-porte et attendre les conclusions d'Ivo Andrić. Hurtig va causer avec les collègues de la section violences, la routine, quoi.

— Tu comprends certainement qu'il vaudrait mieux qu'on résolve cette affaire au plus vite. Pour toi comme pour moi."

Il avait beau être son chef, Jeanette avait beaucoup de mal à supporter son attitude condescendante qui, elle le savait, venait de ce qu'elle était une femme.

Dennis Billing était un de ceux qui avaient combattu sa promotion au grade de commissaire. Avec l'appui officieux du procureur von Kwist, il avait préconisé un autre nom – un homme, bien entendu.

Malgré son opposition déclarée, elle avait été nommée, mais cette hostilité avait depuis marqué leurs relations.

"Bien sûr, je vais faire tout ce qu'il faut. Je te rappelle demain, dès qu'on en sait plus."

Dennis Billing se racla la gorge.

"Au fait, il y avait aussi quelque chose dont il fallait que je te parle.

— Ah oui ?

— Oui, en fait, c'est confidentiel, mais je peux bien faire une entorse aux règles : je vais avoir besoin de t'emprunter ton groupe.

— Non, impossible. Tu peux comprendre ça, non ?

— À compter de demain soir, et pour vingt-quatre heures. Ensuite tu les récupéreras. Malgré la situation nouvelle, c'est nécessaire, désolé."

Jeanette se sentit impuissante, beaucoup trop fatiguée pour protester.

Dennis Billing continua.

"C'est Mikkelsen qui a besoin de renforts. Après-demain, il doit perquisitionner chez un certain nombre de personnes soupçonnées de trafic de pédopornographie et il lui faut de l'aide. J'ai déjà parlé à Hurtig, Åhlund et Schwarz. Ils travaillent comme d'habitude demain, puis iront rejoindre Mikkelsen. Voilà, comme ça tu es au courant."

Jeanette comprit qu'il n'y avait rien à ajouter.

Qu'on ne lui demandait pas son avis.

Ils raccrochèrent.

À neuf heures et demie, Jeanette sortit du commissariat et se dirigea vers le métro. Arrivée à Fridhemsplan, elle leva les yeux vers le gratte-ciel du journal *Dagens Nyheter* et se dit que la personne qu'elle recherchait pouvait très bien être tout près.

Quel genre de personne était capable de commettre ce qu'elle avait vu ?

Elle descendit à Sockenplan et continua à pied. Comme elle apercevait la villa jaune, elle sentit une goutte de pluie s'écraser sur son front.

Tvålpalatset

Au cours du sanglant XVIIe siècle, le roi Adolphe-Frédéric donna son nom à cette place, aujourd'hui Mariatorget, à la condition que les exécutions y soient interdites. Depuis, pas moins de cent quarante-huit personnes y avaient perdu la vie dans des circonstances plus ou moins apparentées à des exécutions capitales – et peu importait alors le nom de la place.

Plusieurs de ces cent quarante-huit meurtres avaient eu lieu à moins d'une vingtaine de mètres de là où Sofia Zetterlund avait son cabinet privé de psychothérapie, au dernier étage d'un immeuble ancien de Sankt Paulsgatan, juste à côté du Tvålpalatset. Les trois appartements du palier avaient été transformés en bureaux, désormais loués par deux dentistes, un chirurgien esthétique, un avocat et un autre psychothérapeute.

La salle d'attente laissait une impression de modernité froide. L'architecte d'intérieur avait acheté deux toiles d'Adam Diesel-Frank dans les mêmes nuances de gris que le canapé et les deux fauteuils.

Dans un coin de la pièce, un bronze de la sculptrice née en Allemagne Nadya Ushakova représentait un vase de roses où plusieurs des fleurs se fanaient. Autour d'une des tiges, une petite carte coulée dans le bronze avec la phrase *DIE MYTHEN SIND GREIFBAR*.

À l'inauguration des lieux, on en avait longuement discuté la signification, sans que personne ne parvienne à en proposer une explication satisfaisante.

Les mythes sont tangibles.

Les murs clairs, le tapis coûteux et les œuvres d'art originales dégageaient une atmosphère feutrée et cossue.

Après plusieurs entretiens d'embauche, on avait engagé l'ancienne secrétaire médicale Ann-Britt Eriksson à la réception commune pour gérer les rendez-vous et s'acquitter de diverses tâches administratives.

"Quelque chose pour moi ?" demanda Sofia Zetterlund à son arrivée, comme toujours à huit heures pile.

Ann-Britt leva les yeux du journal qu'elle avait étalé devant elle.

"Oui, l'hôpital de Huddinge a appelé pour avancer à onze heures le rendez-vous de Tyra Mäkelä. J'ai dit que tu rappellerais pour confirmer.

— D'accord, j'appelle tout de suite." Sofia se dirigea vers son bureau. "Rien d'autre ?

— Si, répondit Ann-Britt. Mikael vient d'appeler pour dire qu'il n'aura pas le vol de cet après-midi et qu'il n'arrivera à Arlanda que demain matin. Il aimerait que tu dormes chez lui ce soir, pour que vous vous voyiez un peu demain matin."

Sofia s'arrêta, la main sur la poignée de la porte.

"Mmh… à quelle heure est mon premier rendez-vous ?"

Elle se sentait irritée d'avoir à changer ses plans. Elle pensait faire à Mikael la surprise d'un dîner au restaurant Gondolen mais, comme toujours, voilà qu'il lui coupait l'herbe sous le pied.

"À neuf heures, et deux autres dans l'après-midi.

— Qui arrive en premier ?

— Carolina Glanz. D'après le journal, elle vient d'obtenir un poste d'animatrice télé et va voyager dans le monde entier pour interviewer des célébrités. Bizarre, non ?"

Ann-Britt secoua la tête avec un gros soupir.

Carolina Glanz avait percé en remportant une victoire fracassante dans une de ces Star Ac' et autres télécrochets qui encombrent les grilles des programmes de télévision. Bien sûr, sa voix ne valait pas grand-chose mais, selon le jury, elle avait l'étoffe d'une star. Tout l'hiver et le printemps, elle avait tourné dans les boîtes de nuit en chantant en play-back une chanson enregistrée par une fille bien moins jolie mais avec une voix d'autant plus belle. Carolina avait été malmenée par les journaux du soir et les scandales n'avaient fait que se succéder.

Quand l'intérêt des médias s'était porté ailleurs, elle avait commencé à se remettre en question.

Sofia n'aimait pas jouer les coachs pour ce genre de demi-célébrités : elle avait du mal à se motiver pour ces entretiens, même s'ils étaient importants d'un strict point de vue financier. Elle avait l'impression de gâcher son temps : sa compétence, elle le savait, aurait été mieux employée avec des clients qui avaient vraiment besoin d'aide.

Elle voulait s'occuper des gens ordinaires.

Sofia s'installa à son bureau et appela aussitôt Huddinge. Le déplacement du rendez-vous faisait qu'elle disposait d'à peine une heure pour se préparer. Après ce coup de téléphone, elle sortit tout ce qu'elle avait sur Tyra Mäkelä.

Elle feuilleta les dossiers. Les avis médicaux, le procès-verbal de l'interrogatoire de police, le rapport psychiatrique dans le cadre duquel on l'avait consultée pour avis complémentaire. En tout presque cinq cents pages, une liasse qu'elle savait appelée à doubler avant que l'affaire ne soit classée.

Elle avait tout lu deux fois, dossier après dossier, et se concentra à présent sur les parties centrales.

L'état psychique de Tyra Mäkelä.

Le groupe d'experts était divisé : le psychiatre qui dirigeait l'examen se prononçait pour la prison, comme les assistants sociaux et l'un des psychologues. Mais deux autres psychologues s'y opposaient et préconisaient l'internement en hôpital psychiatrique.

La mission de Sofia était de les amener à s'entendre sur une résolution commune mais, elle l'avait compris, ce ne serait pas facile.

Tyra Mäkelä avait été condamnée avec son mari pour le meurtre de leur fils adoptif de onze ans. Un garçon chez qui avait été diagnostiqué un syndrome de l'X fragile, qui se traduit par des troubles physiques et psychiques. Ce garçon était une victime sans défense qui inspirait à Sofia une profonde tristesse.

La famille vivait à la campagne, dans une maison isolée. L'autopsie disait en termes crus les sévices qu'avait subis le garçon : traces d'excréments dans les poumons et l'estomac, brûlures de cigarette, viol avec un tuyau d'aspirateur.

Le cadavre avait été retrouvé dans les bois non loin de la maison.

L'affaire avait eu un grand retentissement médiatique, en particulier en raison de l'implication de la mère. L'opinion publique, quasiment unanime, menée par quelques hommes politiques et journalistes influents, réclamait la peine maximale. Il fallait envoyer Tyra Mäkelä au central de Hinseberg aussi longtemps que possible.

Sofia savait qu'un internement psychiatrique signifiait le plus souvent pour le condamné un isolement plus long que la peine de prison.

Tyra Mäkelä était-elle pénalement responsable au moment des faits ? L'enquête avait montré que les tortures avaient duré au moins trois ans.

Les problèmes des gens ordinaires, songea Sofia.

Elle résuma les points qu'elle voulait aborder avec cette femme condamnée pour meurtre, et fut tirée de ses réflexions quand Carolina Glanz se glissa dans la pièce en cuissardes rouges, jupe courte en vinyle rouge et veste de cuir noire.

Hôpital de Huddinge

Sofia arriva à Huddinge juste après dix heures et demie et gara sa voiture devant le grand complexe hospitalier.

Entièrement recouvert de plaques grises et bleues, le bâtiment contrastait avec les couleurs vives des maisons environnantes. C'était censé être un camouflage contre d'éventuels bombardements pendant la Seconde Guerre mondiale. Du ciel, l'hôpital devait ressembler à un lac et les maisons alentour donner l'illusion de champs et de prairies.

Elle s'arrêta à la cafétéria prendre un café, un sandwich et les journaux du matin avant de se diriger vers l'entrée.

Elle laissa ses objets de valeur à la consigne, franchit le portique de sécurité et s'engagea dans le long couloir. Elle passa d'abord devant le département 113 où l'on entendait comme d'habitude des bagarres et des cris. C'était là que les cas les plus lourds, assommés de médicaments, attendaient leur transfert vers Säter, Karsudden, Skogome ou un autre établissement de soins à la campagne.

Elle continua, tourna à droite dans le 112, où elle entra dans la pièce de consultation que se partageaient les psychologues. Elle jeta un œil à sa montre : elle avait un quart d'heure d'avance.

Elle ferma la porte, s'assit devant la table et compara les gros titres.

DÉCOUVERTE MACABRE AU CENTRE DE STOCKHOLM d'un côté et, de l'autre : MOMIE TROUVÉE DANS UN BUISSON !

Elle mordit dans son sandwich et trempa les lèvres dans son café bouillant. On avait trouvé le cadavre momifié d'un jeune garçon près de Thorildsplan.

Des enfants morts, songea-t-elle.

L'article faisait le parallèle avec le cas Mäkelä, et Sofia sentit un gros poids sur sa poitrine.

Le sandwich mangé et le café bu, on frappa.

"Entrez !"

Un infirmier imposant ouvrit la porte.

"Salut, Sofia !

— Salut KG. Ça va ?

— Oui, à part l'alarme qu'on vient d'avoir au fumoir, où on a dû maîtriser un guignol qui nous balançait des chaises sur la gueule. Un salopiot shooté aux médocs qui en a lourd sur la conscience.

— Oui, j'ai entendu du grabuge en passant.

— J'en ai une ici avec qui tu dois causer, je crois", dit-il en faisant un geste par-dessus son épaule.

Elle n'aimait pas le jargon des infirmiers. Même s'il s'agissait de graves criminels, il n'y avait aucune raison de se montrer blessant ou dégradant.

"Fais-la entrer et laisse-nous seules."

Tvålpalatset

À deux heures, Sofia Zetterlund était revenue en ville, à son cabinet. Il restait deux rendez-vous avant la fin de la journée : elle comprit qu'elle aurait du mal à retrouver sa concentration après sa visite à Huddinge.

Sofia s'installa à son bureau pour formuler sa recommandation d'internement psychiatrique de Tyra Mäkelä. La réunion avec le groupe d'experts qui avait suivi sa visite avait conduit le psychiatre à reconsidérer en partie sa position, et Sofia avait bon espoir : une décision définitive était peut-être en vue.

Il le fallait, ne serait-ce que pour Tyra Mäkelä.

Cette femme avait besoin d'être soignée.

Sofia avait rédigé un résumé de son histoire et de ses traits de caractère. Tyra Mäkelä avait déjà deux tentatives de suicide au compteur : dès quatorze ans, elle avait volontairement surdosé des médicaments et, à vingt, elle avait été mise en retraite anticipée en raison de ses dépressions à répétition. Ses quinze années passées auprès du sadique Harri Mäkelä s'étaient soldées par une nouvelle tentative de suicide puis le meurtre de leur fils adoptif.

Sofia estimait que la compagnie de son mari – qui, lui, avait d'ailleurs été jugé suffisamment sain d'esprit pour être condamné à une peine de prison – avait aggravé sa maladie.

La conclusion de Sofia était que Tyra Mäkelä avait vraisemblablement souffert de psychoses à répétition les années avant l'agression. Deux prises en charge psychiatriques attestées au cours de la dernière année étayaient sa thèse. Dans les deux cas, cette femme avait été trouvée errant sans but dans le village, et internée de force plusieurs jours avant d'être relâchée.

Sofia estimait que des zones d'ombre subsistaient quant à la participation de Tyra Mäkelä au meurtre du garçon. Cette femme avait un QI si bas qu'il justifiait à lui seul qu'on ne puisse pas la tenir pour responsable de ce meurtre, chose que le tribunal avait plus ou moins ignorée. Sofia voyait une femme portant aux nues les idées de son mari, sous la constante influence de l'alcool. Sa passivité en faisait peut-être une complice, mais son état psychique la rendait incapable d'intervenir.

Sa condamnation avait été confirmée en appel et seule restait à définir sa peine.

Tyra Mäkelä avait besoin d'être soignée. Ce qui était fait était fait, mais une peine de prison n'aiderait personne.

Les atrocités de cette affaire ne devaient pas les aveugler dans leur décision.

Dans l'après-midi, Sofia acheva de rédiger son rapport et expédia ses rendez-vous de trois et quatre heures : un chef d'entreprise surmené et une actrice sur le retour à qui on ne proposait plus aucun rôle et qui avait sombré dans une profonde dépression.

Vers cinq heures, comme elle rentrait chez elle, Ann-Britt la retint à la réception.

“Tu te souviens que tu vas à Göteborg samedi prochain ? J'ai tes billets de train, et j'ai réservé à l'hôtel Scandic.”

Ann-Britt posa une chemise devant elle.

“Oui, bien sûr”, dit Sofia.

Elle avait rendez-vous avec un éditeur qui s’apprêtait à publier une traduction du livre de l’ex-enfant-soldat Ishmael Beah, *A Long Way Gone*. L’éditeur voulait consulter Sofia, avec son expérience des enfants traumatisés, pour une expertise factuelle.

“Je pars quand ?

— Tôt. L’heure du départ est sur le billet.

— 5 h 12 ?”

Sofia soupira et retourna dans son bureau prendre le rapport qu’elle avait rédigé pour l’Unicef sept ans plus tôt.

En se rasseyant à son bureau devant le document, elle se demanda si elle était vraiment prête pour lâcher la bride aux souvenirs de cette époque.

Sept ans, songea-t-elle.

Était-ce vraiment si loin ?

Sierra Leone, 2001

Le bidonville s'étend sur deux kilomètres du nord au sud, sur les pentes entre la mer et la grand-route. La jeep roule à presque quatre-vingt-dix sur le mauvais chemin de terre, la poussière rouge de latérite lui vole dans les yeux.

Voit-il seulement la piste ? se demande-t-elle en regardant à la dérobée le jeune homme qui conduit. C'est l'un des quinze mille anciens enfants-soldats rachetés pour rejoindre les forces gouvernementales.

Par la fenêtre, elle regarde les baraques en contrebas, en serrant très fort la poignée de la portière.

Voilà presque deux mois qu'elle est là. D'abord volontaire pour Human Rights Watch et, depuis bientôt six semaines, en mission officieuse pour l'Unicef.

Enfin, officieuse, ou officielle ? À vrai dire, elle ne sait pas.

Ici, c'est le chaos.

Les routes ont été détruites par les milices encore actives et, quand elles ne le sont pas, elles sont semées de barrages dressés par les *road workers*, ces gamins d'une dizaine d'années qui rançonnent au passage les voyageurs.

Le rapport qu'elle doit rendre a pris un gros retard.

Deux semaines plus tôt, en compagnie d'un humanitaire nigérian, elle a tenté d'atteindre le camp, pour renoncer à mi-chemin environ, après avoir passé presque vingt barrages en seulement trois kilomètres.

Cette fois-ci, on dirait que c'est plus facile.

"We're here, lady!" dit le jeune conducteur.

Il arrête la jeep près d'une pompe à essence rouillée et se tourne en souriant vers elle.

"Road stops here. Can't go any further.

— Dollars?

— Yes, five dollars fine!"*

Quand il tend la main, elle voit la cicatrice d'un tatouage. RUF, le Front révolutionnaire uni. Elle se souvient d'avoir entendu dire qu'on le brûle parfois avec de la poudre pour le faire disparaître. Une autre méthode, au moins aussi douloureuse, est de s'en débarrasser en le raclant avec un tesson de verre coupant. Dans tous les cas, cette cicatrice lui rappellera à jamais ce qu'il a été.

Un assassin.

Un enfant avec le pouvoir de vie ou de mort sur les adultes.

"Ain't got some petrol among the bags?" demande-t-il en désignant ses bagages.

Elle sait qu'un bidon d'essence vaut souvent beaucoup plus que quelques pauvres dollars.

"No, I'm sorry."

Elle lui donne deux autres billets froissés.

*"Good luck lady, whatever you're up to**!"*

Elle remercie pour la route, prend ses affaires et quitte la jeep. Elle a un gros sac à dos et deux sacs plus petits

* On est arrivés, madame. Route finie. Impossible aller plus loin. – Des dollars? – Oui, cinq dollars, très bien! *(Toutes les notes sont du traducteur.)*

** Z'avez pas du pétrole dans les bagages? – Non, désolée. – En tout cas bonne chance m'dame!

qu'elle pend à son cou. Par cette chaleur, marcher avec ces sacs plus d'un kilomètre sera insupportable.

Elle avance lentement sur le chemin rouge et poussiéreux. À droite, elle a une vue fantastique sur la côte, avec ses vastes plages d'un blanc de craie. Sans l'enfer qui règne dans les baraques de tôle en contrebas, cette vue pourrait sortir tout droit d'une brochure touristique.

Quatre-vingt mille morts civils, deux millions de réfugiés et une espérance de vie moyenne de tout juste trente-cinq ans. Et pourtant, le pays pourrait être parmi les plus riches : il dispose des plus grandes mines de diamant du monde, mais elles sont pillées par l'avidité des États voisins et des diamantaires européens. Un pays d'assassins, de contrebandiers, d'enfants mutilés et de femmes violées.

Elle sait qu'elle a parfois une légère tendance à la naïveté politique, mais elle comprend bien que les vrais criminels ne sont pas les bourreaux ou les soldats. Ce sont ceux qui se trouvent à l'autre extrémité de la chaîne de production. Les directeurs de banques, les rois du diamant mafieux et ces femmes qui n'ont jamais assez de brillants mais ne se demandent jamais un instant d'où ils viennent.

Certains se font trancher les mains ou la gorge pour que vous puissiez porter vos bijoux, songe-t-elle.

Le camp provisoire de Lakka, en périphérie de Freetown, a été installé en quelques jours seulement début juin, sous la supervision des forces de paix ouest-africaines.

Un brouillard rouge flotte au-dessus des baraques en tôle quand elle s'engage dans l'artère principale, qui grouille de réfugiés et de soldats. Un peu plus loin, elle aperçoit un drapeau de la Croix-Rouge en mauvais état, mais pas trace d'autres organisations humanitaires.

Elle s'arrête devant un camion blanc sale où on a écrit *Cold Water* à la bombe bleue. Elle paie quelques pièces à un garçon sans bras pour un sac plastique d'eau tiède qu'il tient entre les dents.

Elle se souvient des récits des enfants-soldats de Port Loko. Quand les rebelles du RUF faisaient des raids dans les villages ou les faubourgs de Freetown, shootés à la cocaïne, l'héroïne ou l'alcool, ils avaient l'habitude de laisser leurs victimes choisir entre manches courtes ou manches longues.

Manches courtes signifiait qu'on avait les bras coupés au-dessus du coude.

Manches longues au niveau du poignet.

À l'ombre, derrière le camion, un garçon est assis sur une poussette de poupée. Autour de sa taille, une couverture qui s'étend sur le fond du petit chariot de bois avec quelques bouteilles vides : elle comprend qu'il n'a pas de jambes.

Elle regarde le manchot et le cul-de-jatte près du camion.

Combien de souffrance un être humain peut-il infliger aux autres avant de cesser lui-même d'être un être humain et de devenir un monstre ? se demande-t-elle.

Le bruit d'un klaxon la fait sursauter et, en se retournant, elle voit arriver un bus militaire le long de l'artère principale, à une cinquantaine de mètres. Sur son toit, un homme grand et musclé vocifère dans un mégaphone. Couvert du drapeau bleu, blanc et vert de la Sierra Leone, l'homme crie quelque chose qu'elle ne comprend pas en langue mendé, alors qu'elle la parle normalement presque couramment.

Un mouvement de panique se déclenche et, quand quelqu'un lance une grosse pierre qui brise une vitre du bus, quelques hommes se penchent dehors et tirent sans sommation sur la foule.

Elle entend les balles siffler autour d'elle, se jette à terre et rampe vite se mettre à l'abri sous le camion. Le garçon manchot s'accroupit à côté d'elle tandis que le cul-de-jatte git inerte à terre, touché par plusieurs balles.

Le bus militaire continue vers l'intérieur du camp tandis que riposte un groupe de soldats abrités derrière une baraque de l'autre côté de la rue. L'homme juché sur le toit du bus tombe à la renverse, son drapeau se teinte de sang. Le bus continue, s'encastre dans une baraque, son moteur capote, les tirs cessent.

Soudain, le silence est assourdissant.

La poussière rouge colore l'air, elle entend des pleurs de plusieurs côtés. La rue est déserte, à part un homme mort étendu à quelques mètres du bus militaire. Il a été touché au visage, sa joue gauche est arrachée.

Même si le camp de Lakka est censé être beaucoup plus sûr que la plupart des endroits où elle s'est rendue jusqu'ici, c'est la première fois qu'elle vit une attaque armée avec des morts.

Elle tente de se relever, mais quelque chose l'en empêche. Elle a dû se blesser la jambe en se jetant à terre.

Un homme blessé par balle s'en va en boitant tandis que quelques poules se promènent comme si de rien n'était.

Dans la poussière, elle voit une poignée de soldats inspecter le bus. Des ordres sont criés et, un peu plus loin, on emmène l'homme au drapeau. Il est encore en vie, mais n'oppose aucune résistance.

Elle tente à nouveau de se relever, mais la douleur dans sa jambe devient soudain insoutenable : elle est probablement fracturée.

Merde ! pense-t-elle.

Le garçon manchot lui sourit.

"Think you need help. You wait here so nobody steal water. I still have my legs so I run for help.

— How about your friend?"

Elle désigne d'un geste le cul-de-jatte toujours inerte à un mètre d'elle à peine.

"Dead. Not my friend. No problem. But you have pain. No good so I run for help, okay ?"*

Elle remercie le garçon qui part aussitôt en courant.

Dix minutes plus tard, il revient avec deux médecins qui se présentent en mauvais anglais. Après avoir rapidement examiné sa jambe, ils la portent entre eux deux jusqu'au camp de la Croix-Rouge.

Avant de quitter le garçon manchot, elle le remercie à nouveau.

Il a l'air de ne pas s'en faire du tout et lui pose un baiser sur la joue.

*"No problem, ma'am**."*

* Vous besoin d'aide. Vous attendre ici, personne voler l'eau. Moi encore mes jambes, courir chercher aide. – Et votre ami ? – Mort. Pas mon ami. Pas de problème. Mais vous mal. Pas bon, alors moi courir chercher aide.

** Pas de problème, m'dame.

Quartier Kronoberg

Le lendemain, la commissaire Jeanette Kihlberg lut systématiquement tous les documents que son assistant Jens Hurtig lui avait sortis. Des procès-verbaux, enquêtes et jugements concernant tous des cas de violences ou de meurtres à connotation sadique. Jeanette constata que leur auteur était un homme, à une seule exception près : Tyra Mäkelä, récemment condamnée avec son mari pour le meurtre de leur fils adoptif.

Rien de ce qu'elle avait vu sur la scène de crime de Thorildsplan ne lui rappelait quoi que ce soit. Elle sentait qu'elle avait besoin d'aide.

Elle prit son téléphone et appela Lars Mikkelsen, chargé à la criminelle des violences et agressions sexuelles sur les enfants. Elle décida de s'en tenir à un résumé aussi bref que possible. Si Mikkelsen était en mesure de l'aider, elle entrerait plus dans les détails.

Foutu merdier, songea-t-elle en attendant qu'il décroche.

Interroger des pédophiles, enquêter sur eux à longueur de journée : où trouvait-on la force de visionner des milliers d'heures d'agressions filmées et des millions de photos d'enfants abusés ? Elle supposait la tâche décourageante.

Pouvait-on soi-même avoir des enfants ?

Après sa conversation avec Mikkelsen, Jeanette Kihlberg réunit tous les enquêteurs pour tenter d'esquisser une vue d'ensemble à partir des faits disponibles. Ce n'était pas simple, car pour le moment les pistes étaient assez maigres.

"Le coup de téléphone au central d'urgence a été passé dans les environs du gratte-ciel du *Dagens Nyheter*." Åhlund brandit un papier. "Je viens de recevoir ça, et nous saurons bientôt avec plus de précision."

Jeanette hocha la tête. "Quelle précision ?

— Les techniciens ont dit plus ou moins dix mètres. Dans le pire des cas…" Åhlund se tut.

"Et dans le meilleur des cas ?" Schwarz ricana. "Je veux dire…

— Ça nous suffit, le coupa Jeanette. Ça suffit largement."

Elle attendit de capter leur attention, se leva et s'approcha du tableau blanc où étaient fixées une dizaine de photographies du garçon mort.

"Bon, que savons-nous ?" Elle se tourna vers Hurtig.

"Sur la pelouse et la plate-bande près du lieu de découverte du corps, on a relevé les traces de roues d'une poussette et d'une petite voiture. La voiture, c'est le véhicule de nettoyage et on a parlé à l'agent de la propreté : on peut rayer.

— Donc quelqu'un a pu utiliser une poussette pour amener le corps ?

— Tout à fait.

— Le garçon a-t-il pu être porté ? demanda Åhlund.

— Si on est assez costaud, c'est tout à fait possible. Le corps pesait à peine quarante-cinq kilos."

Le silence se fit, et Jeanette supposa que les autres, tout comme elle, imaginaient quelqu'un en train de transporter le cadavre du garçon emballé dans un sac-poubelle noir.

C'est Åhlund qui rompit le silence. "Quand j'ai vu les sévices qu'avait subis le garçon, j'ai aussitôt pensé à Harri Mäkelä, et si je n'avais pas su qu'il était détenu à Kumla, alors...

— Alors quoi ? l'interrompit Schwarz avec un sourire.

— Eh bien alors j'aurais pensé que c'était lui que nous recherchions.

— Tu m'en diras tant... Et tu crois qu'on n'y avait pas déjà pensé, nous autres ?

— Ça suffit !" Jeanette se plongea dans ses papiers. "Oubliez Mäkelä. En revanche, par Lars Mikkelsen, de la criminelle, j'ai eu des informations concernant un certain Jimmie Furugård.

— Qui est-ce ? demanda Hurtig.

— Un ancien Casque bleu. D'abord deux ans au Kosovo, puis un en Afghanistan. Il a arrêté il y a trois ans, avec une appréciation mitigée.

— Et en quoi est-il intéressant pour nous ?" Hurtig ouvrit son carnet et le feuilleta à la recherche d'une feuille vierge.

"Jimmie Furugård a plusieurs condamnations pour viol et violences au compteur. Dans la plupart des cas, ses victimes sont des immigrés ou des homosexuels, mais Furugård semble aussi s'en prendre à ses petites amies. Trois cas de viols. Condamné deux fois, relaxé une."

Hurtig, Schwarz et Åhlund se regardèrent et opinèrent du chef.

Ils sont intéressés, se dit Jeanette, mais loin d'être convaincus.

"OK, mais pourquoi ce cogneur a-t-il donc arrêté les Casques bleus ?" demanda Åhlund. Schwarz le dévisagea.

"D'après ce que je peux voir, c'est à la suite d'un blâme reçu pour avoir à plusieurs reprises abusé de prostituées à Kaboul. Mais je n'ai pas de détails.

— Donc, il n'est pas au trou ? demanda Schwarz.

— Non, il est sorti de Hall l'an dernier, fin septembre.

— Mais est-ce vraiment un violeur que nous recherchons ? objecta Hurtig. Et pourquoi Mikkelsen vient-il nous parler de lui ? Je veux dire, il s'occupe des violences faites aux enfants, non ?

— Du calme, continua Jeanette. Tous types de violence sexuelle peuvent être intéressants pour notre enquête. Ce Jimmie Furugård a l'air d'un sale type qui n'hésite pas non plus à s'en prendre aux enfants. À au moins une occasion, il a été soupçonné de violences et tentative de viol sur un jeune garçon."

Hurtig se tourna vers Jeanette. "Et où se trouve-t-il à présent ?

— D'après Mikkelsen, il a disparu sans laisser de traces. J'ai envoyé un mail à von Kwist pour qu'il lance un avis de recherche, mais il n'a toujours pas répondu. Il veut probablement avoir davantage de grain à moudre.

— Hélas, nous n'avons pas grand-chose sous le coude au sujet de Thorildsplan, et von Kwist n'est pas une flèche… soupira Hurtig.

— Pour le moment, l'interrompit Jeanette, on s'en tient à la routine, pendant que le labo travaille. Avec méthode et sans *a priori*. Des questions ?"

Tous secouèrent la tête.

"Bien. Alors chacun retourne vaquer à ses occupations."

Elle réfléchit un moment, puis frappa la table du bout de son stylo.

Jimmie Furugård, songea-t-elle. Probablement une double personnalité. Ne se considère sans doute pas comme un homosexuel et se bat avec son propre désir. Se fait des reproches et ressent de la culpabilité.

Quelque chose ne collait pas.

Elle ouvrit un des deux journaux qu'elle avait achetés en se rendant au travail mais n'avait pas eu le temps de lire. Elle avait déjà vu qu'ils avaient plus ou moins la même une, au titre près.

Elle ferma les yeux et compta jusqu'à cent sans bouger, puis prit son téléphone et appela le procureur von Kwist.

"Bonjour. Vous avez lu mon mail ? attaqua-t-elle.

— Oui, malheureusement, et j'en suis encore à me demander ce qui vous est passé par la tête.

— Qu'est-ce que vous voulez dire ?

— Qu'est-ce que je veux dire ? Ni plus ni moins que vous semblez avoir perdu la raison !"

Jeanette sentit qu'il était hors de lui.

"Je ne comprends pas…

— Jimmie Furugård n'est pas votre homme. Ne cherchez pas plus loin !

— Et donc… ?" Jeanette commençait à perdre patience.

"Jimmie Furugård est un bon Casque bleu, apprécié de ses supérieurs. Il a reçu plusieurs distinctions et…

— Moi aussi, je sais lire, le coupa Jeanette. Mais ce type est un nazi, plusieurs fois condamné pour viol et violences. Il a fréquenté des prostituées en Afghanistan, et…"

Jeanette s'interrompit. À quoi bon donner son avis ? Elle trouvait qu'il avait tort, mais voyait bien que le procureur faisait la sourde oreille.

"Je dois vous laisser." Jeanette avait retrouvé le contrôle de sa voix. "Nous n'avons plus qu'à chercher dans une autre direction, voilà tout. Merci pour le temps que vous nous avez consacré. Au revoir."

Elle raccrocha, posa les mains sur son bureau et ferma les yeux.

Avec le temps, elle avait appris qu'il y avait mille façons de violer, maltraiter, avilir et assassiner quelqu'un. Les poings fermés devant elle, elle réalisa qu'il y avait bien des façons de bâcler une enquête et qu'un procureur pouvait faire de l'obstruction pour d'obscures raisons.

Elle se leva et traversa le couloir jusqu'au bureau de Hurtig. Il était au téléphone et lui fit signe de s'asseoir. Elle regarda autour d'elle.

Le bureau de Hurtig était l'antithèse du sien. Sur l'étagère, des classeurs bien numérotés, des dossiers empilés avec soin sur son bureau. Même les fleurs à la fenêtre avaient l'air bien soignées.

Hurtig acheva sa conversation et raccrocha.

"Que dit von Kwist ?

— Que Furugård n'est pas notre homme." Jeanette s'assit.

"Il a peut-être raison."

Jeanette ne répondit rien. Hurtig repoussa une pile de papiers et continua.

"Tu sais qu'on arrivera un peu en retard demain ?"

Hurtig semblait avoir honte.

"Ne t'inquiète pas. Vous allez juste donner un coup de main pour déménager quelques ordinateurs bourrés de pornographie pédophile, puis vous êtes de retour."

Hurtig sourit.

Gamla Enskede

Jeanette Kihlberg quitta l'hôtel de police juste après huit heures du soir le lendemain de la découverte du corps à Thorildsplan.

Hurtig avait proposé de la ramener en voiture, mais elle avait décliné, sous prétexte de marcher jusqu'à la gare centrale pour prendre le métro vers Enskede.

Elle avait besoin d'être un moment seule.

Une promenade d'un quart d'heure, sans penser à son travail ni à ses finances. Juste laisser un peu vagabonder ses pensées, lâcher prise.

Elle n'en profita pas longtemps avant d'être interrompue.

Tandis qu'elle descendait l'escalier vers Kungsbro Strand, son téléphone signala la réception d'un SMS. C'était son père.

Salut. Ça va ?

Il avait de grosses difficultés à se servir d'un téléphone portable, et elle s'étonna qu'il ait choisi de la contacter par SMS. D'habitude, il téléphonait, et voilà qu'il avait écrit deux phrases – certes courtes, mais tout à fait compréhensibles.

Impec, lui répondit-elle. *En plein boum. La racaille a chaud aux fesses.*

Elle sourit en écrivant. C'était une phrase de son père,

qu'il avait l'habitude de dire en rentrant d'une journée de travail.

À l'approche du viaduc de Klaraberg, elle repensait déjà au travail.

Trois générations de policiers dans la famille. Son grand-père, son père, et maintenant elle. Sa grand-mère et sa mère avaient été femmes au foyer.

Comme Åke, songea-t-elle. Artiste. Et femme au foyer.

Quand son père avait compris qu'elle envisageait de s'engager sur ses traces, il l'avait abreuvée d'histoires destinées à l'effrayer.

Des gens détruits. Drogués, alcooliques. La violence absurde. Qu'autrefois on ne frappait pas un homme à terre était un mythe. On l'avait toujours fait, et ça continuerait.

Mais il y avait surtout une partie du travail qu'il détestait.

En poste à la périphérie sud de Stockholm, près du métro et du train de banlieue, il devait au moins une fois par an descendre sur les voies pour rassembler des restes humains.

Une tête.

Un bras.

Une jambe.

Un thorax.

Chaque fois, cela le désespérait.

Il ne voulait pas qu'elle ait à voir tout ce qu'il avait vu, et son message pouvait se résumer en une phrase.

"Quoi que tu fasses, ne deviens pas flic."

Mais rien n'avait pu la faire changer d'avis. Au contraire, toutes ces histoires l'avaient aidée à se motiver.

Le premier obstacle pour entrer à l'école de police avait été un défaut à l'œil gauche. L'opération lui avait coûté toutes ses économies, et elle avait dû faire des heures supplémentaires presque tous les jours pendant six mois pour y arriver.

Autre déconvenue quand elle avait appris qu'elle était tout simplement trop petite.

Un kiné l'avait tirée d'affaire : après douze semaines d'étirements du dos, il avait réussi à lui faire gagner les deux centimètres qui lui manquaient.

Le jour du test, elle était arrivée couchée dans la voiture, car elle savait qu'elle risquait de se tasser à rester trop longtemps assise.

Que se passera-t-il si je perds ma motivation ? songea-t-elle.

Cette soirée de début d'été était fraîche, aussi descendit-elle directement dans la gare centrale au lieu de rejoindre le métro par Vasagatan.

Ça ne doit pas arriver, se dit-elle une fois au chaud. Une seule chose à faire, aller de l'avant.

Elle traversa la gare routière, descendit l'escalator, puis emprunta le passage de la gare de banlieue vers le métro.

Les mendiants et les vendeurs à la sauvette qui s'y pressaient la firent penser à ses problèmes d'argent.

Elle ouvrit son portefeuille. Il ne lui restait que deux billets de cent tout froissés, dont trente couronnes allaient passer dans le ticket du retour. Elle espérait qu'Åke aurait encore un peu de l'argent qu'elle lui avait donné en début de semaine pour les frais du ménage. Même si Åhlund arrivait à réparer la voiture, il y en aurait sûrement pour deux mille.

Travail et économie, songea-t-elle.

Comment y couper, à la fin ?

Johan couché, Jeanette et Åke se retrouvèrent dans le séjour avec une tasse de thé chacun. Le championnat d'Europe de football approchait et on dissertait en long et en large à la télévision sur les chances de l'équipe nationale. Comme d'habitude, on parlait au moins de quart de finale, on espérait la demi-finale et peut-être, pourquoi pas, une première place.

"Au fait, ton père a appelé, dit Åke, sans quitter des yeux la télévision.

— Quelque chose en particulier ?

— Comme d'habitude. Il a demandé des nouvelles de toi, de Johan, de l'école. Moi, il m'a demandé si je n'avais toujours pas trouvé un moyen de gagner ma vie."

Jeanette savait que son père avait du mal avec Åke. Pipoteur, l'avait-il une fois appelé. Glandeur, à une autre occasion. Guignol. Flemmard. Une liste de noms d'oiseaux aussi longue que variée. Il lui arrivait aussi de les lui envoyer directement à la figure, en présence de toute la famille.

La plupart du temps, elle avait pitié d'Åke et prenait immédiatement son parti mais, de plus en plus souvent, il lui arrivait, en son for intérieur, d'approuver ces critiques.

Rien ne change dans cette fichue maison, pensa-t-elle.

Il disait très souvent qu'il aimait bien être une femme au foyer mais, strictement parlant, elle était tout autant elle-même une femme au foyer pour lui. La situation était acceptable tant qu'il avançait un peu avec ses peintures, mais, franchement, il ne se passait pas grand-chose de ce côté-là.

"Åke…"

Il ne l'entendait pas, profondément absorbé par une émission sur les capitaines des différentes équipes suédoises.

“Les finances sont carrément dans le rouge, dit-elle. J’ai honte de devoir encore une fois appeler papa.”

Il ne répondit pas.

Est-ce qu’il l’ignorait ?

“Åke ? tenta-t-elle. Tu m’écoutes, ou quoi ?”

Il soupira. “Oui, oui, fit-il, encore captivé par la télévision. Mais maintenant, tu as un prétexte pour l’appeler.

— Qu’est-ce que tu veux dire ?

— Eh bien, il a téléphoné, tout à l’heure.” Åke semblait irrité. “Il s’attend bien à ce que tu le rappelles, non ?”

Putain, c’est pas possible, pensa Jeanette.

Elle sentit sa colère monter. Pour éviter une dispute, elle se leva et alla à la cuisine.

Une montagne de vaisselle. Åke et Johan avaient mangé des crêpes, et ça se voyait.

Non, pas question de faire la vaisselle. Ça resterait là jusqu’à ce qu’il se décide à s’en occuper. Elle s’assit à la table de la cuisine et composa le numéro de ses parents.

C’est la dernière fois, se dit-elle.

Après son coup de fil, Jeanette retourna dans le séjour, se rassit sur le canapé et attendit patiemment la fin de l’émission. Elle aimait beaucoup le foot, sans doute plus qu’Åke, mais ce genre de programme ne l’intéressait pas. Beaucoup trop de blabla.

“J’ai appelé papa, dit-elle quand le générique se mit à défiler. Il vire cinq mille sur mon compte pour qu’on boucle le mois.”

Åke hocha la tête, l’air absent.

“Mais ça ne se reproduira plus, continua-t-elle. Cette fois, je parle sérieusement. Tu as compris ?”

Il se renfrogna. “Oui, oui, j’ai compris.”

On verra bien, pensa Jeanette.

Vita Bergen

Sofia et son ex-mari Lasse avaient obtenu l'appartement au terme d'un échange triangulaire complexe : contre le petit deux-pièces de Sofia sur Lundagatan et le trois-pièces de Lasse à Mosebacke elle avait aujourd'hui ce vaste cinq-pièces en haut d'Åsaberget, près de la place Nytorget et du parc de Vitaberg.

Elle ôta son manteau dans le hall et entra dans le séjour. Elle posa sur la table le sac de plats indiens à emporter et alla chercher à la cuisine des couverts et un verre d'eau.

Elle alluma la télévision, s'assit sur le canapé et commença à manger.

Elle trouvait rarement la sérénité de se consacrer uniquement à la nourriture et veillait toujours à avoir de quoi s'occuper en même temps : un livre, un journal ou, comme maintenant, la télévision. Au moins, cela lui faisait un peu de compagnie.

Du carburant, pensa-t-elle.

Le corps a besoin de carburant pour fonctionner.

Dîner seule la déprimait : elle se dépêcha de manger en zappant. Une émission pour les enfants, une série comique américaine, de la publicité, un programme éducatif.

Elle vit qu'il était bientôt l'heure du journal télévisé

et reposa la télécommande au moment où son téléphone bipa.

Un SMS de Mikael.

Comment tu vas ? Tu me manques…

Elle avala une dernière bouchée et lui répondit.

Crevée. Je vais travailler un peu à la maison ce soir. Bisous.

Le travail lui permettait d'échapper à la lassitude qu'elle ressentait parfois et, depuis quelque temps, la personnalité d'une patiente accaparait son attention.

Sofia avait pris l'habitude de se plonger dans ses notes tous les soirs, espérant chaque fois y trouver quelque chose de neuf ou de décisif.

Elle décida d'aller travailler une heure dans son bureau après les informations.

Elle alla dans la cuisine jeter les restes de nourriture à la poubelle. Elle entendit l'indicatif du journal télévisé dans le séjour. Pour la deuxième journée consécutive, la nouvelle principale était le meurtre de Thorildsplan.

Le présentateur annonça que la police avait rendu public un appel téléphonique reçu par le central d'urgence le matin précédent.

Celui qui appelait avait la voix de quelqu'un qui a bu.

Elle sortit une clé USB de son sac, la connecta à son ordinateur et ouvrit le dossier Victoria Bergman.

C'était comme s'il manquait plusieurs morceaux de sa personnalité. Au cours de leurs entretiens, il s'était avéré qu'elle avait connu dans son enfance et sa jeunesse beaucoup d'expériences traumatiques qui nécessitaient une prise en charge. Plusieurs séances s'étaient transformées en longs monologues, qu'on ne pouvait plus vraiment appeler des entretiens.

Parfois, Sofia avait même été sur le point de s'endormir en écoutant Victoria Bergman ressasser de sa voix monotone. Ses monologues fonctionnaient comme une sorte d'autohypnose qui provoquait aussi chez Sofia trous de mémoire et somnolence, au point qu'elle avait parfois du mal à se rappeler certains détails des récits de Victoria. Quand elle s'en était ouverte à son collègue du cabinet, il lui avait rappelé qu'elle pouvait avoir recours à des enregistrements et, en échange d'une bonne bouteille, il lui avait prêté son petit dictaphone.

Elle avait classé les cassettes par date et heure : elle en avait à présent vingt-cinq sous clé dans son cabinet. Elle avait transcrit les passages qu'elle trouvait les plus intéressants et les avait archivés sur sa clé USB.

Sofia ouvrit le dossier baptisé VB, qui contenait un certain nombre de ces transcriptions.

Elle double-cliqua sur un des fichiers et lut :

Certains jours étaient mieux que d'autres. C'était comme si mon ventre pouvait m'avertir à l'avance quand ils allaient se disputer.

Sofia vit dans ses notes que l'entretien portait sur les étés que Victoria, dans son enfance, passait en Dalécarlie. Presque chaque week-end, la famille Bergman remontait deux cent cinquante kilomètres jusqu'à leur petite ferme de Dala-Floda et Victoria avait raconté qu'ils y restaient le plus souvent quatre semaines d'affilée pendant les vacances.

Elle poursuivit sa lecture :

Mon ventre ne se trompait jamais et, plusieurs heures avant le début des cris, je m'étais déjà réfugiée dans mon boudoir secret.

Je me préparais toujours quelques sandwichs et une bouteille de sirop, parce que je ne pouvais jamais savoir combien de temps ils allaient se disputer ni quand maman aurait le temps de faire la cuisine.

Une fois, je l'ai vu entre les planches disjointes pourchasser maman à travers champs. Maman courait de toutes ses forces, mais il était plus rapide et l'a fait tomber d'un coup sur la nuque. Après, quand ils sont revenus dans la cour de la ferme, elle avait une grande plaie au-dessus de l'œil et lui il pleurait, désespéré.

Maman avait pitié de lui.

Quel destin injuste d'avoir la lourde tâche de dresser ses deux femmes…

Si seulement maman et moi l'avions écouté et n'avions pas été aussi rétives !

Sofia nota quelques points qu'il faudrait approfondir et ferma le document.

Au hasard, elle ouvrit une autre transcription et comprit aussitôt qu'il s'agissait d'une de ces séances où Victoria avait disparu en elle-même.

L'entretien avait commencé comme d'habitude, Sofia avait posé une question, Victoria avait répondu.

À chaque question pourtant, la réponse était de plus en plus longue et incohérente. Victoria disait quelque chose qui, par association d'idées, la faisait passer à tout autre chose, et ainsi de suite, de plus en plus vite.

Sofia chercha l'enregistrement de l'entretien, mit la cassette dans le magnétophone, appuya sur *play*, se cala au fond de son fauteuil et ferma les yeux.

La voix de Victoria Bergman.

Alors j'ai avalé pour leur rabattre le caquet et elles l'ont bouclé direct quand elles ont vu ce que j'étais prête à faire pour être leur copine. Sans pour autant leur lécher le cul. Faire semblant de bien les aimer. Les faire me respecter. Leur faire comprendre que j'avais aussi un cerveau et que je pouvais réfléchir, même si ça ne se voyait pas forcément quand je traînais toute seule dans mon coin.

Sofia ouvrit les yeux, regarda l'étiquette sur l'emballage de la cassette et vit que l'enregistrement datait de deux mois. Victoria lui avait parlé de son séjour à l'internat de Sigtuna et d'une brimade particulièrement retorse.

La voix continuait.

Victoria Bergman changeait de sujet.

Une fois la cabane en bois terminée, je n'ai plus trouvé ça rigolo, je n'avais pas envie de rester couchée là-dedans avec lui à lire des BD alors quand il s'est endormi je suis sortie de la cabane, je suis descendue à la barque, j'ai pris un des bancs en bois, je l'ai plaqué contre l'ouverture et j'y ai planté quelques clous jusqu'à ce qu'il se réveille en me demandant ce que je fabriquais. Reste couché, que je lui ai dit, et j'ai cloué jusqu'à ce que la boîte de clous soit vide…

La voix se tut et Sofia s'aperçut qu'elle était en train de s'endormir.

… et la fenêtre était trop étroite pour qu'il s'y glisse, alors pendant qu'il pleurait là-dedans, je suis allée chercher d'autres planches pour la boucher. Peut-être que je le laisserais sortir plus tard, peut-être pas mais, dans le noir, il aurait tout le temps de penser combien il tenait à moi…

Sofia arrêta le magnétophone, se leva et regarda sa montre.

Une heure ?

Non, impossible, se dit-elle. J'ai dû m'assoupir.

Le Monument

Vers neuf heures du soir, Sofia décida de faire comme voulait Mikael, d'aller dans son appartement d'Ölandsgatan dans le quartier du Monument. En chemin, elle fit des courses pour le petit-déjeuner, car elle savait que son frigo serait vide.

Une fois chez Mikael, elle s'endormit étendue dans son canapé et se réveilla quand il l'embrassa sur le front.

"Coucou, chérie. Surprise !" dit-il tout bas.

Elle regarda autour d'elle, en pleine confusion, se grattant là où il l'avait chatouillée avec sa barbe noire rêche.

"Salut, qu'est-ce que tu fais là ? Quelle heure est-il ?

— Minuit et demi. J'ai attrapé le dernier vol."

Il posa un gros bouquet de roses rouges sur la table et alla à la cuisine. Elle regarda les fleurs avec dégoût, se leva, traversa le vaste séjour et le rejoignit. Il avait sorti du frigo beurre, pain et fromage.

"Ça te dit aussi ? demanda-t-il. Une tasse de thé et une tartine ?"

Sofia hocha la tête et s'assit à la table de la cuisine.

"Comment s'est passée ta semaine ? continua-t-il. La mienne a été merdique ! Un fichu journaliste s'est mis en tête qu'une de nos molécules avait des effets secondaires néfastes, et ça a fait du battage dans les journaux et à la télé. On en a parlé, ici ?"

Il posa deux assiettes de tartines et alla chercher l'eau qui bouillait à gros bouillons sur la cuisinière.

"Je n'en sais rien. Mais c'est bien possible." Elle était encore engourdie de sommeil et prise à contre-pied par son arrivée à l'improviste.

"Moi, aujourd'hui, j'ai dû écouter une femme qui s'estimait harcelée par les médias…

— Je vois. C'est pas la joie, la coupa-t-il en lui tendant une tasse fumante de thé à la myrtille. Mais ça passera. Nous avons déterré que le journaliste en question était une sorte d'activiste écolo qui a participé à une action commando contre un élevage de visons. Quand ça sortira…"

Il rit en montrant d'un geste devant son cou quel serait le sort de celui qui avait osé s'élever contre ce grand laboratoire pharmaceutique.

Sofia n'aimait pas son arrogance, mais elle n'avait pas le courage de se lancer dans une discussion. Il était beaucoup trop tard pour ça. Elle se leva, desservit et rinça les tasses avant d'aller se laver les dents.

Mikael s'endormit près d'elle pour la première fois depuis plus d'une semaine et Sofia sentit combien il lui avait manqué, malgré tout.

Il était élancé et sec, même s'il avait pris quelques kilos ces derniers temps. Grand, poilu et chaud. Elle enfouit son visage dans sa nuque.

Il lui rappelait Lasse.

Sofia fut réveillée par des phares qui balayaient le plafond. D'abord, elle ne sut pas où elle était mais, en s'asseyant dans le lit, elle reconnut la chambre de Mikael et vit sur le radio-réveil qu'elle n'avait dormi qu'une heure à peine.

Elle referma doucement la porte de la chambre et se dirigea vers le séjour. Elle avait le sentiment d'avoir oublié quelque chose.

Elle ouvrit une fenêtre et alluma une cigarette. Un vent tiède souffla dans la pièce, et la fumée disparut dans le noir, derrière elle. Tout en fumant, elle regarda dans la rue un sac plastique blanc emporté par le vent, qui alla s'échouer dans une flaque sur le trottoir d'en face.

Il faut que je reprenne tout à zéro avec Victoria Bergman, pensa-t-elle. Il y a quelque chose qui m'a échappé.

Son sac était près du canapé. Elle y prit son ordinateur portable, qu'elle posa devant elle sur la table.

Elle ouvrit le document où elle avait point par point noté une brève vue d'ensemble de la personnalité de Victoria Bergman.

Née en 1970.

Célibataire. Pas d'enfants.

Entretiens centrés sur expériences traumatiques durant l'enfance.

Petite enfance : fille unique de Bengt Bergman, entre autres inspecteur à l'agence d'aide au développement SIDA et de Birgitta Bergman, femme au foyer. Ses premiers souvenirs sont l'odeur de la transpiration du père et les étés en Dalécarlie.

Enfance : grandit à Grisslinge, sur la commune de Värmdö. Maison de vacances à Dala-Floda, Dalécarlie. Très douée. Cours particuliers à partir de neuf ans. A commencé l'école avec un an d'avance et, au collège, a sauté la quatrième. A beaucoup voyagé avec ses parents. Victime très jeune d'abus sexuels (le père ? d'autres hommes ?). Souvenirs fragmentaires, racontés par associations incohérentes.

Adolescence : comportements à risques, idées suicidaires (depuis l'âge de quatorze, quinze ans ?). Décrit ses premières années d'adolescence comme "faibles". Là aussi, souvenirs fragmentaires. Lycée à l'internat de Sigtuna. Actes auto-destructeurs à répétition.

Sofia comprenait que les années de lycée avaient été très conflictuelles pour Victoria Bergman. En seconde, elle avait deux ans de moins que ses camarades de classe et était nettement moins développée que les autres sur le plan affectif et physique.

Sofia savait de sa propre expérience quelle pouvait être la cruauté des adolescentes entre elles dans les vestiaires après les cours de gym. En plus, elle était entièrement livrée à l'autorité des plus grands élèves, ce qu'on appelle le tutorat par les pairs.

Mais il manquait quelque chose.

Vie adulte : les succès professionnels sont décrits comme "sans importance". Vie sociale limitée. Peu de centres d'intérêt.

Thème central / questions : le trauma. Qu'a donc subi Victoria Bergman ? Quelle relation au père ? Souvenirs fragmentaires. Problématique dissociative ?

Sofia comprit alors qu'une autre question centrale devait être travaillée. Elle inséra une annotation nouvelle.

Que signifie la faiblesse ?

Elle discernait une grande angoisse et un profond sentiment de culpabilité chez Victoria Bergman.

Ensemble, avec le temps, elles pourraient peut-être creuser jusque-là et, peut-être, dénouer quelques nœuds.

Mais c'était loin d'être sûr.

Beaucoup d'éléments suggéraient que Victoria Bergman souffrait d'une problématique dissociative et Sofia savait que, dans quatre-vingt-dix-neuf pour cent des cas, cela venait d'abus sexuels ou d'un trauma analogue répété. Sofia avait déjà rencontré de nombreuses personnes avec des expériences traumatiques, apparemment incapables de s'en souvenir. Parfois, Victoria Bergman racontait d'horribles agressions, alors que d'autres fois elle ne semblait pas en avoir le moindre souvenir.

Au fond, c'est une réaction tout à fait logique, pensa Sofia. La psyché se protège d'expériences trop dérangeantes et, pour faire face à la vie de tous les jours, Victoria Bergman refoule l'impression laissée par ces événements et se crée une mémoire de substitution.

Mais que signifie donc cette *faiblesse* dont parle Victoria Bergman ?

Est-ce la personne victime d'abus qui est faible ?

Elle ferma le document et éteignit l'ordinateur.

Sofia songea à son propre comportement pendant ces séances. À une occasion, elle avait donné à Victoria Bergman une de ses propres boîtes de paroxétine, outrepassant là ses attributions. Ce n'était pas seulement illégal, mais aussi contraire à l'éthique et non professionnel. Pourtant, à force de raisonnements, elle s'était persuadée du bien-fondé de cette entorse aux règles. Le médicament ne lui avait fait aucun mal. Au contraire, Victoria Bergman s'était mieux portée : Sofia avait donc décidé qu'elle avait bien fait. Victoria avait besoin de ce médicament, c'était malgré tout l'essentiel.

À côté des traits dissociatifs, il y avait une tendance aux comportements compulsifs et Sofia avait même noté un symptôme suggérant un syndrome du savant : une fois, Victoria Bergman avait commenté la consommation de tabac de Sofia.

"Vous avez presque fumé deux paquets, avait-elle dit en désignant le cendrier. Trente-neuf mégots."

Une fois seule, Sofia avait bien sûr contrôlé et constaté que Victoria avait raison. Mais cela pouvait aussi bien être le fruit du hasard.

Tout cela mis ensemble faisait de la personnalité de Victoria Bergman le cas de loin le plus complexe que Sofia ait eu à traiter au cours de ses dix années d'exercice.

Sofia se réveilla la première, s'étira et passa les doigts dans les cheveux et la barbe de Mikael. Elle remarqua qu'elle commençait à grisonner, ce qui la fit sourire.

Le radio-réveil indiquait six heures et demie. Mikael bougea, se retourna vers elle, posa un bras sur sa poitrine et lui prit la main.

Elle n'avait pas de rendez-vous le matin et décida d'arriver tard à son cabinet.

Mikael était d'excellente humeur. Il lui raconta comment, au cours de la semaine, en plus de chercher des poux à ce journaliste fouille-merde, il avait obtenu un contrat juteux avec un gros hôpital de Berlin. Son bonus permettrait de financer un voyage de luxe où elle voudrait.

Sofia réfléchit, sans trouver d'endroit où elle rêvait d'aller.

"Qu'est-ce que tu dirais de New York ? Faire un peu de shopping dans les grands magasins. Petit-déjeuner chez Tiffany, et tout ça ? Tu sais, j'ai repéré quelques hôtels vraiment chers à Manhattan. On peut s'offrir la totale, avec massages, soins du visage et tutti quanti !"

New York, songea-t-elle, en frissonnant à ce souvenir. Pourquoi lui proposait-il justement ça ? Savait-il quelque chose ? Non, c'était forcément un hasard.

Elle et Lasse étaient allés à New York moins d'un mois avant que tout ne s'effondre.

Ce serait trop dur pour elle de rouvrir cette ancienne blessure.

"Ou tu préférerais plutôt partir au soleil ? Un voyage charter ?"

Elle voyait son enthousiasme mais elle avait beau faire, elle n'arrivait pas à le partager. Elle se sentait lourde comme une pierre.

Soudain, elle revit devant elle le visage de Victoria Bergman.

Parfois, au cours de leurs entretiens, elle tombait dans un état d'apathie qui rappelait celui des héroïnomanes, ne montrant plus le moindre signe de réaction affective. Elle se sentait à présent dans le même état, et se dit qu'il faudrait demander à son médecin d'augmenter sa dose de paroxétine la prochaine fois.

“Je ne sais pas ce que j'ai, mon chéri.” Elle l'embrassa sur la bouche. “J'aimerais beaucoup, mais en ce moment je n'ai le courage de rien. C'est peut-être à cause de tout ce qui m'encombre la tête au travail.

— Mais alors, raison de plus pour prendre des vacances. Pas besoin de partir longtemps. Un week-end, quelque chose comme ça ?”

Il roula dans le lit et se tourna vers elle tandis que sa main remontait sur son ventre.

“Je t'aime.”

Sofia était complètement ailleurs et ne répondit rien, mais sentit son irritation quand il se leva en rejetant brusquement la couverture. Elle n'était pas dans le coup. Il réagissait si vite et de façon si impulsive.

“Pardon, chéri. Ne te fâche pas.”

Mikael soupira, enfila un caleçon et alla dans la cuisine.

Pourquoi se sentait-elle coupable ? Pourquoi devrait-elle avoir mauvaise conscience à cause de lui ? Qu'est-ce qui lui en donnait le droit ? La culpabilité était certainement la pire des inventions humaines, se dit Sofia.

Elle ravala sa colère et le suivit. Occupé à lancer un café, il lui jeta un regard noir par-dessus l'épaule. Elle fut alors submergée de tendresse pour lui. Ce n'était pas sa faute s'il était comme ça.

Elle se glissa derrière lui, lui embrassa la nuque et laissa glisser son peignoir sur le sol de la cuisine. Qu'il la prenne contre l'évier avant sa douche.

Ce n'était quand même pas la fin du monde.

Tvålpalatset

Sa journée finie, comme Sofia Zetterlund s'apprêtait à rentrer chez elle, son téléphone sonna.

"Bonjour, Rose-Marie Bjöörn des services sociaux de Hässelby. Vous avez un instant ?"

Sofia vit à sa montre qu'il était bientôt quatre heures et demie. Elle n'avait pas vraiment envie de parler, mais accepta, si ce n'était pas trop long.

"Non, ne vous inquiétez pas." La femme semblait aimable. "Je voulais juste savoir s'il était exact que vous aviez l'expérience des enfants traumatisés par la guerre ?"

Sofia se racla la gorge. "Oui, c'est exact. Que souhaitez-vous savoir ?

— Eh bien, il se trouve que nous avons une famille, ici, à Hässelby, dont le fils aurait besoin de rencontrer quelqu'un qui puisse mieux comprendre ce qu'il a vécu. J'ai entendu parler de vous par hasard, et je me suis dit qu'il fallait vous contacter."

Sofia sentit sa fatigue. Raccrocher, voilà tout ce qu'elle aurait voulu.

"En fait, j'affiche plus ou moins complet. Quel âge a-t-il ?

— Il a seize ans, il s'appelle Samuel. Samuel Bai. De Sierra Leone."

Un instant, Sofia pesa le pour et le contre.

Drôle de coïncidence, se dit-elle. Je n'ai plus pensé à la Sierra Leone depuis plusieurs années et voilà soudain coup sur coup deux propositions liées à ce pays.

"Mais je vais peut-être pouvoir m'arranger malgré tout, finit-elle par dire. C'est pressé ?"

Elles convinrent d'un premier entretien d'évaluation une semaine plus tard et, quand l'assistante sociale eut promis de transmettre à Sofia le dossier du garçon, elles raccrochèrent.

Avant de quitter le cabinet, elle enfila une paire de chaussures rouges Jimmy Choo, tout en sachant que son talon écorché se remettrait à saigner avant même l'ascenseur.

Dala-Floda, 1980

Elle inhale le sac qu'elle a rempli de colle. D'abord sa tête commence à tourner, puis tous les sons se dédoublent. La Fille-corneille finit par se voir elle-même de haut.

Il sort de l'autoroute à la hauteur de Bålsta. Toute la matinée, elle a redouté l'heure où il s'arrêterait près du fossé et éteindrait le moteur. Elle ferme les yeux et essaie de cesser de penser quand il prend sa main pour la guider. Elle sent qu'il est déjà dur.

"Tu sais bien que j'ai mes besoins, Victoria, dit-il. Ça n'a rien d'étonnant. Tous les hommes en ont et c'est tout naturel que tu m'aides à me détendre pour qu'on puisse ensuite continuer la route."

Elle ne répond rien, continue à fermer les yeux tandis qu'il lui caresse la joue d'une main et de l'autre ouvre sa braguette.

"Allez, mets-y du tien, et arrête d'être aussi butée. Il n'y en a pas pour longtemps."

Son corps sent la sueur et son haleine le lait tourné.

Elle fait comme il lui a appris.

Avec le temps, elle est devenue plus habile et, le jour où il lui a fait un compliment, elle s'est presque sentie fière. D'être capable de quelque chose, d'être douée pour ça.

Quand il a fini, elle prend le rouleau de papier près du levier de vitesse pour essuyer ses mains poisseuses.

“Qu’est-ce que tu dirais qu’on fasse un saut au supermarché à Enköping pour t’acheter quelque chose de joli ? dit-il en souriant, avec un regard affectueux.

— Oui, pourquoi pas”, murmure-t-elle – car c’est toujours par des murmures qu’elle répond à ses propositions. Elle ne sait jamais ce qu’elles cachent en leur fond.

Ils sont en route pour la petite ferme de Dala-Floda.

Un week-end entier tout seuls.

Elle et lui.

Elle ne voulait pas y aller.

Au petit-déjeuner, elle a dit qu’elle ne voulait pas partir avec lui, qu’elle préférait rester à la maison. Il s’est alors levé de table pour prendre un nouveau carton de lait dans le frigo.

Il s’est placé derrière elle, a ouvert l’emballage et lui a versé le liquide glacé sur la tête. Le lait a coulé dans ses cheveux, sur son visage, jusqu’à ses genoux. Par terre, ça a formé une grande flaque blanche.

Maman n’a rien dit, elle s’est contentée de détourner les yeux, et il est allé sans un mot au garage charger la Volvo.

Et la voilà, en route à travers l’été verdoyant en Dalécarlie, pleine d’une inquiétude noire.

Il ne la touche pas de tout le week-end.

Bien sûr, il l’a regardée enfiler sa chemise de nuit, mais il n’est pas venu se glisser dans son lit.

Couchée sans trouver le sommeil, à guetter ses pas, elle fait semblant d’être une horloge. Elle se couche sur le ventre, et il est six heures, puis elle se tourne dans le sens des aiguilles d'une montre et, quand elle est sur le côté gauche, il est neuf heures.

Encore un quart de tour, elle est sur le dos et il est douze heures.

Puis sur le côté droit, trois heures.

Et retour sur le ventre, il est six heures.

Côté gauche neuf heures, sur le dos minuit.

Si elle parvient à contrôler l'horloge, il sera trompé par le temps et ne viendra pas la voir.

Elle ne sait pas si c'est pour ça, mais il garde ses distances.

Dimanche matin, alors qu'ils s'apprêtent à rentrer à Värmdö, il fait chauffer du porridge tandis qu'elle expose son idée : c'est les grandes vacances, elle aimerait bien rester un peu.

Il commence par trouver qu'elle est trop petite pour se débrouiller seule toute une semaine. Elle lui dit qu'elle a déjà demandé à tante Elsa, la voisine, de l'héberger, et qu'Elsa a été ravie.

Quand elle s'assoit à la table de la cuisine, le porridge est glacé. Elle a un haut-le-cœur à l'idée de cette bouille grise qui va enfler dans sa bouche et, comme si elle n'était pas déjà assez sucrée, il y a mélangé un bon décilitre de sucre en poudre.

Pour faire passer le goût de l'avoine trempée, émiettée et froide, elle essaye d'avaler une gorgée de lait. Mais elle a du mal, la bouillie veut sans arrêt remonter.

Il la regarde fixement par-dessus la table.

Ils se guettent, elle et lui.

"D'accord. On dit ça. Tu restes. Tu sais que de toute façon tu seras toujours la fifille à ton papa", dit-il en lui ébouriffant les cheveux.

Elle comprend qu'il ne la laissera jamais grandir.

Elle lui appartiendra toujours.

Il promet d'aller faire des courses pour qu'elle ne manque de rien.

À son retour, ils rangent les provisions chez tante Elsa. Après, ils font en voiture les cinquante mètres jusqu'à la ferme pour aller chercher sa petite valise de vêtements et, quand il s'arrête devant le portail, elle pose vite un baiser sur sa joue mal rasée et se dépêche de descendre. Elle a vu ses mains se porter sur elle et veut le prendre de vitesse.

Peut-être se contentera-t-il d'un baiser.

"Et sois sage", dit-il en refermant la portière.

Pendant bien deux minutes, il reste là, assis dans la voiture. Elle prend sa valise et s'assoit sur le perron. Alors seulement, il détourne le regard et démarre.

Les hirondelles plongent au-dessus de la cour de ferme et les vaches laitières d'Anders le Coq paissent dans la prairie, là-bas, derrière la remise peinte en rouge.

Elle le voit s'engager sur la grand-route puis à travers bois et elle sait qu'il va très bientôt revenir sous prétexte d'avoir oublié quelque chose.

Elle sait aussi avec la même infaillible certitude ce qu'il va vouloir qu'elle fasse.

C'est tellement prévisible, et tout ça va se répéter au moins deux fois avant qu'il ne s'en aille pour de bon. Peut-être aura-t-il besoin de revenir trois fois avant de se sentir tranquille.

Elle serre les dents et scrute l'orée du bois, où l'on aperçoit le lac entre les arbres. Au bout de trois minutes, elle voit arriver la Volvo blanche et rentre alors dans la cuisine.

Cette fois, c'est fini en dix minutes. Après, il s'assoit lourdement dans la voiture, fait au revoir et met le contact.

Victoria voit la Volvo disparaître à nouveau derrière les arbres. Le bruit du moteur s'éloigne de plus en plus, mais elle reste là à attendre, gardant intacte la boule au creux de son ventre pour ne pas crier trop tôt victoire. Elle sait combien la déception serait dure.

Mais il ne revient pas.

Quand elle le comprend, elle va se laver au puits. Elle remonte laborieusement un seau d'eau glacée et se récure en grelottant avant d'aller chez tante Elsa déjeuner et jouer un peu aux cartes.

Maintenant, elle commence à respirer.

Après le repas, elle décide de descendre se baigner au lac. Le sentier est étroit, couvert d'aiguilles de pin. C'est doux sous ses pieds nus. Dans les bois, elle entend un pépiement insistant et comprend que ce sont les cris d'oisillons qui attendent que leurs parents leur rapportent quelque chose à manger. Les cris sont tout proches, elle s'arrête pour les chercher du regard.

Un petit trou, à deux mètres à peine de hauteur dans le tronc d'un vieux pin, trahit la présence d'un nid.

Une fois au lac, elle se couche sur le dos dans la barque et fixe le ciel.

C'est la mi-juin, l'air est encore assez frais.

De l'eau froide va et vient le long de son dos, au rythme des vagues. Le ciel est comme du lait sale avec une tache de feu. À l'orée du bois, sur une branche, un plongeon pousse sa plainte.

Elle songe à laisser les vagues l'emporter jusqu'à la rivière, à prendre le large, libre, à tout quitter. Elle a sommeil mais, en son for intérieur, elle a compris depuis longtemps qu'elle ne pourrait jamais s'endormir assez profondément pour s'échapper. Sa tête est comme une lampe allumée oubliée dans une maison silencieuse et sombre. Autour de la froide lueur électrique volettent les papillons de nuit dont les ailes sèches lui frôlent les yeux.

Comme d'habitude, elle nage quatre longueurs entre le ponton et le gros rocher, à cinquante mètres dans le lac, avant de s'étendre sur un plaid, un peu au-dessus de l'étroite bande de sable blanc. Les poissons commencent à se réveiller, les moustiques zonzonnent à la surface en compagnie des libellules et des araignées d'eau.

Elle ferme les yeux et savoure cette solitude que personne ne peut troubler quand, soudain, elle entend des voix qui arrivent de la forêt.

Un homme et une femme descendent le long du sentier et devant eux gambade un petit garçon aux longs cheveux bouclés.

Ils la saluent et lui demandent si c'est une plage privée. Elle répond qu'elle n'est pas tout à fait sûre mais qu'à sa connaissance, tout le monde peut venir. Elle, en tout cas, s'y est toujours baignée.

"Ah, alors comme ça tu habites ici depuis longtemps ?" demande l'homme en souriant.

Le petit garçon dévale vers le rivage, la femme se dépêche de le suivre.

"C'est votre maison, là-bas ?" demande l'homme avec un geste. On aperçoit la petite ferme entre les arbres un peu plus loin.

"Oui, c'est ça. Maman et papa travaillent en ville, et moi je vais rester seule ici toute la semaine."

Elle ment, car elle veut observer sa réaction. Elle s'est constitué une liste de réponses types dont elle veut contrôler la validité.

"Ah bon, alors tu es une fille indépendante ?" dit l'homme.

Elle voit que la femme est en train d'aider le petit garçon à se déshabiller sur la plage.

"Assez, oui", dit-elle en se tournant vers l'homme.

Il a l'air amusé.

"Et quel âge as-tu ?

— Dix ans."

Il sourit et commence à enlever sa chemise.

"Dix ans et toute seule pendant une semaine. Comme Fifi Brindacier."

Elle se penche en arrière en se passant la main dans les cheveux. Puis le regarde droit dans les yeux.

"Oui, et alors ?"

À sa grande déception, l'homme n'a pas du tout l'air étonné. Au lieu de répondre, il se tourne vers sa famille.

Le garçon s'avance dans l'eau, la femme le suit, jean retroussé jusqu'aux genoux.

"Bravo, Martin !" crie-t-il fièrement.

Il ôte alors ses chaussures et commence à déboutonner son pantalon. Sous son jean, il porte un caleçon de bain moulant aux couleurs du drapeau américain. Il est bronzé sur tout le corps, elle le trouve mignon. Pas comme papa qui a du bide et une peau toujours blafarde.

Il la toise du regard.

"Tu as l'air d'une petite fille très dégourdie."

Elle ne répond pas mais, pendant une seconde, elle voit dans son regard quelque chose qu'elle croit reconnaître. Quelque chose qu'elle n'aime pas.

"Bon, à l'eau, maintenant", dit-il en tournant les talons.

Il descend sur la plage et tâte l'eau. Victoria se lève et rassemble ses affaires.

"À plus tard, peut-être, dit l'homme en la saluant d'un geste. Au revoir !

— Au revoir", répond-elle, se sentant soudain embarrassée par sa solitude.

En marchant sur le sentier qui traverse le bois vers la petite ferme, elle essaie de calculer combien de temps il mettra à venir la voir.

Il va sûrement venir dès demain, se dit-elle, et il voudra emprunter la tondeuse.

Finie la sécurité.

Gamla Enskede

Stockholm est infidèle comme une catin. Depuis le XIe siècle, elle baigne dans des eaux saumâtres et aguiche le passant avec ses îles et ses îlots, son air innocent. Elle est aussi belle que trompeuse et son histoire est jalonnée de bains de sang, d'incendies et d'excommunications.

Et de rêves brisés.

Quand Jeanette se dirigea au matin vers Enskede Gård et le métro, il y avait dans l'air une brume glacée, presque un brouillard, et les pelouses des villas alentour étaient humides de rosée.

L'approche de l'été, songea-t-elle. De longues nuits claires, de la verdure, et des sautes capricieuses entre la chaleur et le froid. Au fond, elle aimait cette saison mais, pour l'heure, ce temps la faisait se sentir seule. Il y avait comme une pression collective, il fallait saisir au vol cette courte période. Être gai, libéré, profiter. Ce qu'on oubliait, c'était le stress généré par cette exigence.

L'approche de l'été est traîtresse dans cette ville, songea-t-elle.

C'était l'heure de pointe du matin, le train était bondé. Des limitations du trafic à la suite de travaux sur les voies, du retard dû à un problème technique. Elle dut rester debout, serrée dans un coin près d'une porte.

Problème technique ? Sans doute quelqu'un avait-il sauté sous un train.

Elle regarda autour d'elle.

Un nombre inhabituel de sourires. Sans doute parce qu'il ne restait plus que quelques semaines jusqu'aux vacances.

Elle réfléchit à l'image que ses collègues pouvaient avoir d'elle. Sans doute parfois celle d'une vraie râleuse. Rentre-dedans. Autoritaire, peut-être. À l'occasion soupe au lait.

Au fond, elle n'était pas bien différente de la plupart des enquêteurs en chef. Ce travail demandait autorité et résolution, et la responsabilité conduisait parfois à trop exiger de ses subordonnés. Et à perdre son humour et sa patience. Était-elle appréciée de ceux avec qui elle travaillait ?

Jens Hurtig l'aimait bien, elle le savait. Et Åhlund la respectait. Schwarz ni l'un ni l'autre. Quant aux autres, probablement un peu des deux.

Mais une chose la dérangeait.

La plupart l'appelaient Nénette, et elle était convaincue qu'ils savaient tous qu'elle n'aimait pas ça.

C'était le signe d'un certain manque de respect.

Ils pouvaient se ranger en deux camps. Dans le camp Nénette, on trouvait Schwarz en tête, suivi par de nombreux collègues. Le camp Jeanette était constitué de Hurtig et Åhlund, dont la langue fourchait parfois malgré tout, et d'une poignée de collègues ou de débutants qui n'avaient jamais vu son nom que sur un papier.

Pourquoi ne jouissait-elle pas du même respect que les autres chefs ? Elle était nettement mieux notée et avait un meilleur taux d'élucidation que la plupart d'entre eux. Et chaque année, au moment des augmentations, elle pouvait constater noir sur blanc qu'elle était toujours en deçà de la moyenne salariale des chefs de sa catégorie. Dix ans d'expérience passaient à la trappe dès que des chefs fraîchement recrutés arrivaient avec leurs hautes exigences salariales ou que d'autres étaient promus.

Était-ce si simple ? Ce manque fondamental de respect était-il purement sexiste ? Venait-il seulement de ce qu'elle était une femme ?

Le métro s'arrêta à Gullmarsplan. Beaucoup de voyageurs descendirent et elle s'assit à une place libre au fond du wagon pendant qu'il se remplissait à nouveau.

Elle était une femme à un poste où les hommes dominaient, et on l'appelait Nénette, trop souvent pour se moquer d'elle.

Elle savait que beaucoup la trouvaient masculine. Les femmes n'étaient pas chefs dans la police. Elles ne commandaient pas, ni au travail, ni sur un terrain de foot. Elles n'étaient pas comme elle, au choix, directives, rentre-dedans et autoritaires.

Le train s'ébranla, quitta Gullmarsplan et traversa le pont de Skanstull.

Nénette, se dit-elle. Un des gars.

Institut médicolégal

Le travail d'identification de la victime progressait lentement. Le garçon avait une apparence étrangère. Toutes ses dents avaient été arrachées, aussi était-il inutile de faire appel à un odontologue.

À l'institut médicolégal de Solna, Ivo Andrić sortit de la bibliothèque un dictionnaire des médicaments bien écorné.

Les analyses préliminaires montraient que le garçon retrouvé mort à Thorildsplan avait dans le corps de grandes quantités de Xylocaïne adrénaline : d'après le dictionnaire, un anesthésiant local avec pour principes actifs la lidocaïne et l'adrénaline. Un des anesthésiants les plus employés par les dentistes en Suède, apprécié pour son action prolongée par l'adrénaline.

Un dentiste, se dit-il. Pourquoi pas ? Tout était possible. Mais pourquoi diable truffer un jeune garçon d'anesthésiant local ?

Pour qu'il ne souffre pas, évidemment.

Ivo Andrić se souvint des combats de chiens auxquels il avait pensé et une image d'une cruauté indescriptible se dessina en lui. Un pressentiment au-delà du mal.

Ce qu'il voyait avait un but.

Quartier Kronoberg

Au troisième jour après la découverte macabre à Kungsholmen, toujours rien ne permettait d'orienter l'enquête. Jeanette était frustrée. Le procureur von Kwist n'avait pas changé de position au sujet de Jimmie Furugård, et il n'était pour le moment toujours pas question de lancer un avis de recherche.

Jeanette avait contrôlé dans le registre des enfants disparus mais, à première vue, aucun ne semblait correspondre au garçon de Thorildsplan. Il y avait bien sûr des centaines, voire un millier d'enfants sans papiers en Suède, mais des contacts officieux *via* l'Église ou l'Armée du Salut n'avaient pas permis d'identifier quiconque pouvant ressembler à leur victime.

La mission municipale, basée dans la vieille ville, n'avait pas non plus pu fournir d'informations. En revanche, un des bénévoles de la permanence de nuit leur avait indiqué qu'un certain nombre d'enfants avaient l'habitude de se retrouver sous les arches du pont central.

“Ils sont extrêmement farouches, ces jeunes, avait dit le bénévole, préoccupé. Quand on y est, ils passent attraper au vol un sandwich et un bol de bouillon avant de filer. C'est clair, ils préfèrent ne pas avoir affaire à nous.

— Les services sociaux ne peuvent rien faire ? avait demandé Jeanette, même si elle connaissait déjà la réponse.

— J'en doute fort. Je sais qu'ils sont allés là-bas voilà un mois de ça : les jeunes se sont tous sauvés et ne se sont plus montrés pendant des semaines."

Jeanette Kihlberg l'avait remercié, en se disant qu'une visite du côté du pont donnerait peut-être quelque chose, à condition de trouver un jeune qui accepte de parler avec elle.

Le porte-à-porte autour de l'IUFM n'avait absolument rien donné et le travail de longue haleine consistant à contacter les camps de réfugiés avait désormais été étendu à tout le centre de la Suède.

Nulle part n'était porté manquant un enfant qui puisse correspondre au garçon retrouvé momifié dans les buissons à quelques mètres seulement de l'entrée du métro. Des heures d'enregistrements de vidéosurveillance de la station de métro et de l'IUFM voisin avaient été analysées par Åhlund, sans que rien d'inhabituel ne puisse être découvert.

À dix heures et demie, elle appela Ivo Andrić à l'institut médicolégal de Solna.

"Dis-moi que tu as quelque chose pour moi ! Nous sommes complètement enlisés, ici.

— Mouais…" Andrić respira profondément. "Voilà : tout d'abord, le corps est tout desséché, n'est-ce pas, momifié…"

Il se tut. Jeanette attendit la suite.

"Je recommence. Qu'est-ce que tu préfères : l'exposé technique, ou la version light ?

— Comme tu veux. Si je ne comprends pas quelque chose, je te demanderai de préciser.

— D'accord. Donc voilà : un corps mort placé dans

un milieu sec, chaud et assez bien ventilé sèche assez vite. Il ne se produit donc pas de putréfaction. Dans un cas de dessiccation massive – comme ici – il est difficile, pour ne pas dire impossible, d'arracher la peau, tout particulièrement celle du crâne. La peau du visage s'est incrustée en séchant, et il est tout simplement impossible de la détacher de…

— Pardon de t'interrompre, s'impatienta Jeanette. Je ne veux pas être désagréable, mais ce qui m'intéresse surtout, c'est comment il est mort et quand. Qu'il a séché, même moi je l'ai vu.

— Bien sûr. Je me suis peut-être un peu laissé emporter. Il faut que tu comprennes qu'il est presque impossible de dater la mort. Tout ce que je peux dire, c'est qu'elle remonte à moins de six mois. Le processus de momification prend lui aussi un certain temps, donc je suppose qu'il est mort quelque part entre novembre et janvier.

— D'accord, mais c'est quand même une période assez longue. Non ? Et vous avez pu relever son ADN ?

— Oui, nous avons prélevé l'ADN de la victime, ainsi que de l'urine sur le sac plastique.

— Quoi ? Tu veux dire que quelqu'un a uriné sur le sac ?

— Oui, mais ce n'est pas forcément l'assassin, n'est-ce pas ?

— Non, c'est vrai.

— Mais il nous faudra encore peut-être une semaine pour multiplier les séquences ADN et compléter son profil. C'est un peu compliqué.

— OK. Une idée de l'endroit où le corps a pu être conservé ?

— Eh bien… Comme je disais, dans un endroit sec."

Le silence se fit un moment. Jeanette réfléchit avant de reprendre.

“Donc, ça peut être n'importe où ? Est-ce que j'aurais pu faire ça chez moi ?”

Elle se représenta l'image répugnante et complètement absurde : le cadavre du jeune garçon chez elle, dans sa villa d'Enskede, séchant et se momifiant semaine après semaine.

“Je ne sais pas comment c'est chez toi, mais ça marcherait même dans un appartement normal. Ça sentirait peut-être un peu au début, mais avec un petit déflecteur d'air chaud, et en plaçant le corps dans un local clos, la chose devrait être parfaitement réalisable sans que les voisins ne viennent se plaindre.

— Dans un placard, tu veux dire ?

— Pas trop petit, peut-être. Un dressing, une salle de bains, ou quelque chose de ce genre.

— On n'est pas beaucoup plus avancés.” Elle sentit croître sa frustration.

“Non, je m'en rends bien compte. Mais j'arrive maintenant à quelque chose qui va peut-être un peu t'aider.”

Le visage de Jeanette s'éclaira.

“L'analyse préliminaire montre que le corps est bourré de produits chimiques.”

Enfin quelque chose, se dit-elle.

“Pour commencer, des amphétamines. Nous en avons trouvé des traces dans l'estomac et les veines. Il en a donc mangé et bu, mais beaucoup d'indices suggèrent qu'on lui en a aussi injecté.

— Un drogué ?” Elle espérait qu'il répondrait oui : tout serait beaucoup plus simple s'il s'agissait d'un toxicomane mort dans un squat quelconque et qui, avec le temps, se serait complètement desséché. On pourrait dans ce cas classer l'affaire en concluant que c'était un de ses camarades drogués qui, dans un état second, se serait débarrassé du corps en l'abandonnant dans les buissons.

"Non, je ne pense pas. On lui a vraisemblablement fait ces injections de force. Les piqûres d'aiguille sont un peu n'importe où et la plupart n'ont même pas touché de veine.

— Et merde !

— Je ne te le fais pas dire.

— Et tu es vraiment certain qu'il ne s'est pas injecté la dope lui-même ?

— Autant qu'on puisse l'être. Mais plus intéressant que les amphétamines, il a curieusement de l'anesthésiant dans le corps. Plus précisément de la Xylocaïne adrénaline, une invention suédoise des années quarante. Au début, le laboratoire AstraZeneca a commercialisé la Xylocaïne comme un médicament de luxe : on l'a utilisée pour traiter le hoquet du pape Pie XII et l'hypocondrie d'Eisenhower. Aujourd'hui, c'est un anesthésiant usuel, et c'est ce qu'on t'injecte dans la gencive chez le dentiste.

— Mais… je ne te suis plus.

— Oui, ce garçon, lui, n'en a pas dans la bouche, mais dans tout le corps. C'est très bizarre, si tu veux mon avis.

— Et il a été sérieusement brutalisé, non ?

— Oui, il a reçu beaucoup de coups, mais l'anesthésiant l'a fait tenir. À la fin, après des heures de souffrance, les drogues ont paralysé son cœur et ses poumons. Une mort lente et terriblement douloureuse. Pauvre gars…"

Jeanette sentit un vertige.

"Mais pourquoi ? demanda-t-elle, espérant qu'Ivo ait gardé sous le coude une explication plausible.

— Si tu m'autorises à spéculer un peu…

— Mais oui, je t'en prie.

— Instinctivement, la première chose à laquelle j'ai pensé, ce sont les combats de chiens. Tu sais, quand on fait se battre deux pitbulls jusqu'à ce que l'un d'eux meure. Ça se pratique parfois dans nos banlieues.

— Ça semble drôlement tiré par les cheveux", fut la première réaction de Jeanette à cette idée macabre. Mais elle n'en était pas si sûre. L'expérience lui avait appris à ne pas rejeter même le plus invraisemblable. Souvent, quand éclatait la vérité, on constatait que la réalité brute dépassait la fiction. Elle songea à ce cannibale allemand entré en contact par Internet avec un homme qui s'était volontairement laissé dévorer.

"Oh, pure spéculation, continua Ivo Andrić. Une autre hypothèse est peut-être plus crédible.

— Laquelle ?

— Eh bien, qu'il ait été frappé jusqu'à être méconnaissable par quelqu'un qui ne se serait pas arrêté, alors que le garçon était mourant. Qui l'aurait gavé de produits divers avant de continuer à le brutaliser."

Jeanette sentit remonter un souvenir brûlant.

"Tu te rappelles ce hockeyeur de Västerås qui avait reçu plus de cent coups de couteau ?

— Non, à vrai dire. C'était peut-être avant mon arrivée en Suède ?

— Oui, ça fait un moment. C'était au milieu des années quatre-vingt-dix. Un skinhead dopé au Rohypnol. Le joueur de hockey était ouvertement homosexuel et le nazi détestait les pédés. Le skinhead a continué à poignarder le corps sans vie alors qu'il aurait depuis longtemps dû avoir une crampe dans le bras.

— Oui, je pensais à quelque chose comme ça. Un dingue déchaîné, plein de haine et, disons… de Rohypnol ou de stéroïdes anabolisants, peut-être."

Jeanette n'était pas entièrement satisfaite mais, au moins, elle avait un peu de grain à moudre.

"Merci, Ivo. Appelle si tu as la moindre idée ou réflexion.

— Bien sûr. Je t'appelle si j'ai du nouveau et dès que j'ai les résultats plus précis des analyses chimiques. Bonne chance !"

Jeanette raccrocha. Elle avait faim et regarda l'heure. Elle décida de prendre le temps de déjeuner tranquillement à la cantine de l'hôtel de police. Elle choisirait le box tout au fond du restaurant, pour être tranquille le plus longtemps possible. D'ici une heure, la cantine serait bondée, et elle voulait être seule.

Avant de s'asseoir avec son plateau, elle ramassa au vol un journal oublié par quelqu'un. D'habitude, elle évitait de lire ce que les journalistes écrivaient sur les affaires dont elle s'occupait, estimant que cela risquait d'influencer son travail, même si leurs spéculations étaient pour la plupart si tirées par les cheveux que c'en était risible.

Elle comprit immédiatement que la source policière était quelqu'un de son entourage : des passages de l'article s'appuyaient sur des faits seulement connus par le premier cercle des enquêteurs. Comme elle était convaincue de l'innocence de Hurtig, il ne restait plus qu'Åhlund ou Schwarz.

"Qu'est-ce que tu fais là, dans ton coin ?"

Jeanette leva les yeux de son journal.

Hurtig la regardait, un petit sourire aux lèvres.

"Je peux m'asseoir ?" Il désigna de la tête la place libre en face d'elle.

"Déjà de retour ? fit Jeanette en l'invitant d'un geste à s'installer.

— Oui, on a fini il y a une heure. Danderyd. Une huile du BTP avec un disque dur bourré de porno pédophile. Affligeant." Hurtig fit le tour de la table, posa son plateau et s'assit. "Sa femme était complètement défaite et sa fille de quatorze ans est restée plantée là à nous regarder l'arrêter.

— Les pauvres..." Jeanette secoua la tête. "Et Åhlund et Schwarz ? Rentrés eux aussi ?

— Oui, ils devaient aussi venir casser la croûte."

Hurtig commença à manger et Jeanette le trouva fatigué. Combien d'heures avait-il dormi ?

Sans doute pas plus de deux.

"Et sinon ? Ça va ? demanda-t-elle.

— Maman m'a appelé ce matin, dit-il entre deux bouchées. Pour me dire que papa s'était blessé et était à l'hôpital à Gällivare."

Jeanette posa ses couverts et le regarda. " C'est grave ?"

Hurtig secoua la tête. "Je ne crois pas. Visiblement, il s'est pris la main droite dans la casseuse à bois. Maman dit qu'ils ont pu sauver la plupart de ses doigts. Elle les avait ramassés et mis dans un sac de glace.

— Mon Dieu !

— Mais elle n'a jamais retrouvé le pouce." Hurtig ricana. "C'est sûrement le chat qui l'aura pris. Mais pour papa, ce n'est pas un drame, la main droite. Il aime faire de la menuiserie et jouer du violon et, dans les deux cas, c'est la gauche la plus importante."

Jeanette se demanda ce qu'elle savait au fond de son collègue et fut forcée d'admettre que ce n'était pas grand-chose.

Hurtig avait grandi à Kvikkjokk, était allé à l'école à Jokkmokk et au lycée à Boden. Puis il avait travaillé quelques années, elle ne se souvenait pas dans quelle branche et, quand l'université d'Umeå avait lancé son programme de formation de policiers, il avait fait partie de la première promotion. Après son stage à la police de

Luleå, il avait demandé sa mutation à Stockholm. Rien que des faits, se dit-elle, rien de personnel, à part qu'il vivait seul dans un appartement de Söder. Une petite amie ? Oui, peut-être.

"Mais pourquoi l'hôpital de Gällivare ? dit-elle. Ils habitent toujours Kvikkjokk, non ?"

Il cessa de mâcher et la regarda. "Mais tu crois qu'il y a un hôpital, là-bas, un village d'à peine cinquante habitants ?

— C'est si petit ? Je comprends, alors. Ta mère a donc dû conduire ton père jusqu'à Gällivare ? Ça doit être à plusieurs dizaines de kilomètres.

— L'hôpital est à deux cents kilomètres, et il faut normalement quatre heures en voiture.

— Je vois, dit Jeanette, honteuse de son ignorance crasse en géographie.

— Ah ça, ce n'est pas facile. Cette foutue Laponie est vaste. Sacrément vaste."

Hurtig se tut un moment avant de continuer.

"Tu crois qu'il était bon ?

— Quoi donc ? demanda Jeanette, interloquée.

— Le pouce de mon paternel ? ricana-t-il. Tu crois que ça a plu au chat ? Bah, il ne doit pas y avoir grand-chose à manger sur le pouce calleux d'un putain de vieux Lapon. Qu'est-ce que tu en penses ?"

Un Sami, se dit-elle. Encore quelque chose dont je n'avais pas la moindre idée. Elle décida d'accepter la prochaine fois qu'il lui proposerait de sortir prendre une bière. Pour être vraiment un bon chef et pas seulement faire semblant, il était temps qu'elle apprenne mieux à connaître ses subordonnés.

Jeanette se leva avec son plateau et alla chercher deux cafés. Elle prit aussi quelques biscuits et revint. "Du nouveau sur le coup de fil ?"

Hurtig déglutit. “Oui, j’ai reçu un rapport juste avant de descendre à la cantine.

— Et?” Jeanette trempa ses lèvres dans le café brûlant.

Hurtig posa ses couverts. “C’est comme on le pensait. L’appel a été passé dans les environs du gratte-ciel de *Dagens Nyheter*. Plus précisément de Rålambsvägen. Et de ton côté?” Hurtig prit un biscuit qu’il trempa dans sa tasse de café. “Qu’est-ce que tu as fait ce matin?

— J’ai eu une intéressante conversation avec Ivo Andrić. Le garçon semble avoir été gavé de produits chimiques.

— Quoi? s’étonna Hurtig.

— De grandes quantités d’anesthésiant. Injecté.” Jeanette reprit son souffle. “Probablement contre sa volonté.

— Bordel de Dieu.”

Pendant l’après-midi, elle tenta de joindre le procureur von Kwist, mais sa secrétaire l’informa qu’il se trouvait pour le moment à Göteborg, où il devait participer à un débat télévisé. Il ne serait de retour que le lendemain.

Ce serait une émission en direct sur l’augmentation de la violence dans les banlieues. Kenneth von Kwist, partisan d’un durcissement des méthodes et d’un allongement des peines de prison, s’en prendrait entre autres à l’ancien ministre de la Justice.

Avant de rentrer chez elle, Jeanette passa voir Hurtig pour convenir d’un rendez-vous à la gare centrale à dix heures. Il fallait absolument réussir à parler très vite à un des gamins qui vivaient sous le pont de chemin de fer.

Gamla Enskede

À quatre heures et demie, la circulation sur Sankt Eriksgatan était complètement chaotique.

La vieille Audi avait coûté à Jeanette huit cents couronnes en pièces de rechange et deux bouteilles de Jameson, mais elle trouvait qu'elle en avait vraiment pour son argent. Après la réparation d'Åhlund, sa voiture tournait comme une horloge.

Des provinciaux, peu habitués au rythme effréné de la capitale, disputaient à la population locale plus expérimentée l'espace limité de la chaussée. Cela se passait plus ou moins bien.

Le réseau routier de Stockholm datait d'une époque où le parc automobile était bien moindre et il fallait avoir l'honnêteté de dire qu'il semblait plus adapté à une ville moyenne de la taille de Härnösand qu'à une métropole d'un million d'habitants, jadis candidate aux Jeux olympiques d'été. La fermeture pour travaux d'une des files du pont Västerbron ne contribuait pas à débloquer la situation. Jeanette mit plus d'une heure à gagner Gamla Enskede.

Dans de bonnes conditions, il fallait moins d'un quart d'heure.

En arrivant chez elle, elle croisa Johan et Åke. Ils allaient au foot, vêtus du même maillot avec écharpes vert et blanc assorties. Ils semblaient croire à la victoire et pressés d'en découdre, mais Jeanette savait d'expérience qu'ils reviendraient dans quelques heures déçus et effondrés. *Losers!* Le slogan des supporters adverses s'était bien souvent révélé exact.

"Aujourd'hui, on va gagner!" Åke l'embrassa rapidement sur la joue avant de pousser Johan devant lui sur le perron "À plus tard!

— Je ne serai sûrement pas là quand vous rentrerez." Jeanette vit Åke se rembrunir.

"Je dois partir pour le boulot, je serai de retour après minuit."

Åke haussa les épaules, leva les yeux au ciel et sortit avec Johan.

Jeanette ferma la porte derrière eux, se débarrassa de ses chaussures, entra dans le séjour et s'affala dans le canapé pour essayer de se reposer un peu. Dans tout juste trois heures il fallait qu'elle reparte, et elle espérait s'assoupir au moins un petit moment.

Elle se mit à ressasser, ses pensées flottaient comme des fils défaits, des aspects de l'enquête se mêlaient à des considérations pratiques. Il fallait tondre la pelouse, écrire des lettres, procéder à des interrogatoires. Il fallait qu'elle soit une mère attentive à son fils. Être capable d'aimer et d'éprouver du désir.

Et à côté de tout ça, avoir le temps de vivre.

Ou bien était-ce ce qu'elle faisait déjà?

Vivre.

Sommeil sans rêve et sans réel repos. Une interruption dans le mouvement sans fin. Un instant de répit dans ce perpétuel déplacement de son corps.

Sisyphe, pensa-t-elle.

Pont central

La circulation s'était clairsemée et, en se garant, elle vit que l'horloge à l'entrée de la gare centrale indiquait dix heures moins vingt. Elle sortit de sa voiture et verrouilla la portière. Hurtig était près d'un petit stand, deux saucisses à la main. Quand il aperçut Jeanette, il sourit, presque gêné. Comme s'il avait fait quelque chose d'interdit.

"Ton dîner ? fit Jeanette en désignant de la tête les énormes saucisses.

— Tiens, prends-en une.

— Tu as vu s'il y en avait quelques-uns ? demanda Jeanette avec un geste vers le pont central, en acceptant l'offrande qu'il lui tendait.

— En arrivant, j'ai vu une des voitures de la mission municipale. On va aller voir et causer un peu." Avec une serviette, il essuya un peu de salade de crevettes collée sur sa joue.

Ils passèrent devant l'entrée du parking situé sous la bretelle de la voie rapide de Klarastrand, laissant sur leur gauche la place Tegelbacken et l'hôtel Sheraton. Deux mondes sur une surface pas plus grande qu'un terrain de foot, songea Jeanette en apercevant un groupe d'individus massés dans l'obscurité près des piliers de béton gris.

Une vingtaine de jeunes, certains encore des enfants, s'attroupaient autour d'une camionnette portant le logo de la mission municipale.

Quelques enfants reculèrent en apercevant les nouveaux venus, et disparurent sous le pont.

Les deux volontaires de terrain ne purent fournir aucune information. Les enfants allaient et venaient et ils avaient beau être présents presque chaque soir, peu d'entre eux s'ouvraient à eux. Des visages anonymes se succédaient. Certains rentraient chez eux, d'autres partaient ailleurs et une partie non négligeable mourait.

C'était un fait.

Overdoses ou suicides.

L'argent, ou plutôt le manque d'argent, était un problème commun à tous ces jeunes, et un des volontaires leur dit que certains restaurants employaient occasionnellement ces enfants pour faire la plonge. Pour une journée entière de travail, douze heures, ils recevaient un repas chaud et cent couronnes. Jeanette ne fut pas étonnée d'apprendre que certains effectuaient aussi des prestations sexuelles.

Une fille d'une quinzaine d'années se risqua à venir leur demander qui ils étaient. La fille sourit, et Jeanette vit qu'il lui manquait plusieurs dents.

Jeanette réfléchit avant de répondre. Mentir sur ce qui les amenait n'était pas une bonne idée. Pour gagner la confiance de cette fille, mieux valait dire la vérité.

"Je m'appelle Jeanette, je suis policière, commença-t-elle. Voici mon collègue Jens."

Hurtig sourit et tendit la main pour la saluer.

"Ah oui, et qu'est-ce que vous voulez?" La fille regarda Jeanette droit dans les yeux, ignorant le geste de Hurtig.

Jeanette lui raconta le meurtre du jeune garçon, qu'ils avaient besoin d'aide pour l'identifier. Elle lui montra un portrait qu'ils avaient fait faire à un dessinateur de la police.

La fille, qui s'appelait Aatifa, dit qu'elle avait l'habitude de traîner du côté de la gare centrale. Son père et sa mère avaient fui l'Érythrée et se retrouvaient sans travail. Avec ses parents et ses six frères et sœurs, ils partageaient un appartement à Huvudsta. Quatre pièces.

Ni Aatifa ni aucun de ses amis ne reconnut le mort. Personne ne savait rien sur lui. Après deux heures, ils abandonnèrent et s'en revinrent vers le parking.

"Des petits adultes." Hurtig secoua la tête en sortant ses clés de voiture. "Mais ce sont des enfants, bordel ! Ils devraient jouer, construire des cabanes !"

Jeanette vit qu'il était secoué.

"Oui, et ils peuvent aussi disparaître sans que personne ne s'en aperçoive."

Une ambulance passa, gyrophare allumé, mais sans sirène. Sur Tegelbacken, elle tourna à gauche et disparut dans le tunnel Klara.

Prise d'une sensation de tristesse et de désolation, Jeanette frissonna et serra sa veste plus près du corps.

Åke ronflait dans le canapé. Elle le couvrit avec une couverture avant de monter dans la chambre se glisser nue sous la couette. Elle éteignit et resta couchée dans le noir sans fermer les yeux.

Elle entendait le vent souffler à la fenêtre, le bruissement des arbres et le sifflement lointain de l'autoroute.

Elle se sentait triste.

Elle ne voulait pas dormir.

Elle voulait comprendre.

Tvålpalatset

Sofia quitta Huddinge au bout du rouleau. L'entretien avec Tyra Mäkelä l'avait épuisée et elle avait en outre accepté une nouvelle mission qui serait probablement assez éprouvante. Lars Mikkelsen lui avait demandé de participer à l'enquête sur un pédophile qui allait être mis en examen pour agression sexuelle sur sa fille et diffusion de pédopornographie. L'homme avait reconnu les faits au moment de son arrestation.

Ça ne finira donc jamais ? se dit-elle en s'engageant sur Huddingevägen avec un gros poids sur la poitrine.

C'était comme si elle était forcée de porter elle aussi le poids de ce que Tyra Mäkelä avait vécu. Des souvenirs d'avilissement, cicatrisés en elle, auraient pourtant voulu refaire surface et mettre à nu leur propre vulnérabilité. Mais la cicatrice restait enfermée là, tout au fond de sa poitrine, et ne se manifestait qu'épisodiquement par une douleur lancinante. Savoir quel mal un être humain pouvait infliger à un autre était devenu comme une cuirasse impénétrable.

Rien ne pouvait y entrer, rien en sortir.

Ce poids l'accompagna jusqu'à son cabinet, où l'attendait le rendez-vous promis aux services sociaux de Hässelby. Avec l'ancien enfant-soldat Samuel Bai, de Sierra Leone.

Un entretien où elle savait qu'il serait question de violence aveugle et d'actes de barbarie.

Des jours comme celui-là, pas de déjeuner. Le silence dans la pièce de repos. Yeux clos et position horizontale pour tenter de retrouver son équilibre.

Samuel Bai était un jeune homme grand et musculeux qui commença par se montrer réticent et indifférent. Mais quand Sofia proposa d'abandonner l'anglais pour passer au krio, il s'ouvrit et devint aussitôt plus loquace.

Au cours de ses trois mois en Sierra Leone, elle avait appris cette langue de l'Afrique de l'Ouest, et ils parlèrent longtemps de Freetown, des lieux et des bâtiments qu'ils connaissaient tous les deux. Au fil de la conversation, la confiance de Samuel à son égard augmenta à mesure qu'il la voyait capable de comprendre une partie de ce qu'il avait vécu.

Au bout de vingt minutes, elle commença à avoir l'espoir de pouvoir l'aider.

Le problème d'attention et de concentration de Samuel Bai, son incapacité à rester assis tranquille plus d'une demi-minute, ainsi que ses difficultés à retenir de soudaines impulsions et explosions émotives faisaient penser à un TDA/H, trouble du déficit de l'attention et hyperactivité.

Mais ce n'était pas si simple.

Elle remarqua que le placement de la voix de Samuel, son intonation et sa gestuelle changeaient selon les sujets abordés dans la conversation. Il se mettait parfois à passer brusquement du krio à l'anglais, d'autres fois à utiliser un dialecte krio qu'elle n'avait jamais entendu. Ses yeux et sa posture changeaient aussi avec sa façon de parler. Tantôt il se tenait bien droit et parlait haut et clair du restaurant qu'il projetait d'ouvrir en ville, tantôt il se recroquevillait, le regard éteint, et murmurait dans cet étrange dialecte.

Si Sofia avait pu identifier des traits dissociatifs chez Victoria, ceux-ci étaient encore plus marqués chez Samuel Bai. Sofia soupçonnait que Samuel, en raison des atrocités qu'il avait vécues petit, souffrait d'un stress post-traumatique qui avait déclenché un trouble de la personnalité : il semblait abriter en lui plusieurs personnalités, passant apparemment inconsciemment de l'une à l'autre.

On appelle parfois ce phénomène *trouble de la personnalité multiple*, mais Sofia considérait que *dissociation* était une appellation meilleure.

Ces personnes étaient très difficiles à traiter, elle le savait.

Tout d'abord il fallait beaucoup de temps, qu'il s'agisse de chaque entretien ou de la durée globale des soins. Sofia comprenait que la traditionnelle séance de quarante-cinq à soixante minutes ne suffirait pas. Il faudrait prolonger chaque entretien avec Samuel Bai jusqu'à quatre-vingt-dix minutes et proposer aux services sociaux au moins trois séances par semaine.

Le traitement serait en outre difficile car il exigerait une attention totale du thérapeute.

Au cours de ce premier entretien avec Samuel Bai, elle reconnut aussitôt ce qu'elle avait vécu avec les monologues de Victoria Bergman. Samuel, comme Victoria, était un habile hypnotiseur et son état de quasi-somnolence déteignait sur Sofia.

Il lui faudrait se donner à fond pour pouvoir aider Samuel.

À la différence de ses interventions en terrain judiciaire, où il n'était absolument pas question de soigner les personnes qu'elle rencontrait, elle sentait qu'ici, elle pourrait se rendre utile.

Ils parlèrent plus d'une heure et, quand Samuel quitta le cabinet, il sembla à Sofia que l'image de sa psyché meurtrie commençait à se clarifier à ses yeux.

Elle était fatiguée, mais sa journée n'était pas finie : il fallait conclure l'affaire Tyra Mäkelä et se préparer à l'expertise qu'on lui avait demandée au sujet de ce livre d'un ancien enfant-soldat. Récit de ce qui se passe quand on donne à un enfant le droit de tuer.

Elle sortit les documents dont elle disposait et feuilleta la version anglaise du livre. Les éditeurs avaient envoyé la liste des questions auxquelles ils espéraient la voir répondre lors de leur rendez-vous prochain à Göteborg et elle réalisa vite qu'elle ne saurait leur donner de réponse directe.

C'était trop compliqué.

Le livre était déjà traduit, elle n'interviendrait que sur des détails.

Mais le livre de Samuel Bai, lui, n'était pas encore écrit. Il était là, sous ses yeux.

Je laisse tomber, je m'en fous, pensa-t-elle.

Sofia demanda à Ann-Britt d'annuler le billet de train et la chambre d'hôtel à Göteborg. L'éditeur dirait ce qu'il voudrait.

Souvent, la meilleure décision se prend sur un coup de tête.

Avant de rentrer chez elle, elle mit un point final à l'affaire Mäkelä en envoyant par courriel ses conclusions au groupe d'experts de Huddinge.

Au fond, ce n'était qu'une formalité.

Ils étaient tombés d'accord : Tyra Mäkelä serait condamnée à l'enfermement psychiatrique, comme l'avait préconisé Sofia.

Mais elle sentait qu'elle avait pesé dans la balance.

Le Monument

Après dîner, Sofia et Mikael débarrassèrent ensemble la table et chargèrent le lave-vaisselle. Mikael déclara qu'il avait juste envie de se détendre devant la télévision, ce que Sofia trouva une bonne idée, car elle avait un peu de travail. Elle alla s'installer à son bureau. Il avait recommencé à pleuvoir. Elle ferma la fenêtre et alluma son ordinateur portable.

Elle sortit de son sac la cassette numérotée *Victoria Bergman 14* et la glissa dans le magnétophone.

Sofia se souvint que, pendant cet entretien particulier, Victoria était triste, qu'il s'était passé quelque chose mais que, quand elle l'avait questionnée à ce sujet, Victoria s'était contentée de secouer la tête.

Elle entendit sa propre voix.

"Vous pouvez raconter exactement ce que vous voulez. Nous pouvons nous taire, si vous préférez.

— Mmmh, peut-être, si ce n'est que je trouve le silence parfois très désagréable. Terriblement intime."

La voix de Victoria Bergman se faisait plus sombre. Sofia se pencha en arrière et ferma les yeux.

J'ai un souvenir de quand j'avais dix ans. C'était en Dalécarlie. Je cherchais un nid d'oiseau et quand j'ai trouvé un petit trou je me suis doucement approchée de l'arbre. Là j'ai frappé fort le tronc de la main et les cris ont cessé. Je ne sais pas pourquoi j'ai fait ça, mais cela me semblait juste. Puis j'ai reculé de quelques pas, je me suis assise dans les touffes de myrtilles et j'ai attendu. Au bout d'un moment, un petit oiseau est venu se poser à l'ouverture du nid. Il s'est glissé à l'intérieur et les cris ont recommencé. Je me souviens que ça m'a irritée. Puis l'oiseau s'est envolé et j'ai trouvé une vieille souche que j'ai traînée et appuyée à l'arbre. J'ai pris une branche assez longue et je suis montée sur la souche. Alors j'ai tapé fort, au fond du trou, et j'ai continué jusqu'à ce que cessent les cris. Je suis redescendue et je suis allée attendre l'oiseau qui ne tarderait pas à revenir. Je voulais voir comment il réagirait en trouvant ses petits morts.

Sofia sentit sa bouche se dessécher. Elle se leva et alla boire un verre d'eau à la cuisine.

Quelque chose dans le récit de Victoria lui semblait familier.

Lui rappelait quelque chose.

Un rêve, peut-être ? Oui, sans doute. Un rêve.

Elle retourna dans son bureau. Le magnétophone qu'elle n'avait pas éteint continuait à ressasser.

La voix de Victoria Bergman était rauque à faire peur. Sèche.

Sofia sursauta quand la bande s'acheva. Mal réveillée, elle regarda autour d'elle. Il était déjà minuit passé.

De l'autre côté de la fenêtre, Ölandsgatan était déserte et silencieuse. La pluie avait cessé, mais la rue était toujours humide et brillait dans la lueur des réverbères.

Elle éteignit l'ordinateur et regagna le séjour. Mikael était allé se coucher. Elle se glissa doucement derrière lui.

Elle resta longtemps éveillée à songer à Victoria Bergman.

Le plus curieux était que Victoria, après ses monologues, revenait aussitôt à son moi habituel, contenu.

Comme si elle changeait de programme. On pressait un bouton sur la télécommande et on passait à une autre chaîne.

Une autre voix.

En allait-il de même avec Samuel Bai ? Différentes voix qui se relayaient ? Probablement.

Sofia remarqua que Mikael ne dormait pas, et l'embrassa sur l'épaule.

"Je ne voulais pas te réveiller, dit-il. Tu avais l'air si bien. Et tu parlais dans ton sommeil."

Vers trois heures du matin, elle ressortit du lit, prit une des cassettes, mit en route le magnétophone, se pencha en arrière et se laissa engloutir par la voix.

Des morceaux de la personnalité de Victoria Bergman se mettaient en place et Sofia avait l'impression de commencer à comprendre. Ressentir de la sympathie.

Voir les images peintes par Victoria Bergman avec ses mots aussi nettement qu'un film.

Mais la douleur noire de Victoria l'effrayait.

Trop grande pour être comprise.

Cette souffrance abyssale qui avec les années s'était enfouie toujours plus profond dans sa chair.

Elle avait sans doute pétri ses souvenirs, jour après jour, pour créer son propre univers mental où tantôt elle se consolait elle-même, tantôt se reprochait ce qui avait eu lieu.

Sofia frissonna aux grognements que charriait la voix de Victoria Bergman.

Parfois chuchotée. Parfois si exaltée qu'elle en postillonnait.

Sofia s'endormit, pour ne se réveiller que lorsque

Mikael vint frapper à la porte pour lui dire que c'était le matin.

"Tu es restée là toute la nuit ?

— Oui, presque, je dois voir une cliente aujourd'hui, il faut que je trouve par quel bout la prendre.

— OK. Écoute, il faut que j'y aille. On se voit ce soir ?

— Oui. Je t'appelle."

Il referma la porte. Sofia décida de continuer à écouter et retourna la cassette. Elle s'entendit elle-même respirer quand Victoria Bergman marqua une pause. Quand elle reprit, c'était d'une voix posée.

... il était en sueur et insistait pour qu'on se serre l'un contre l'autre alors qu'il faisait déjà si chaud, et il continuait pourtant à verser de l'eau sur le radiateur. Je pouvais voir son paquet pendouiller entre ses jambes quand il se penchait pour plonger la louche dans le baquet en bois, et j'aurais voulu le pousser pour qu'il tombe sur les pierres brûlantes. Ces pierres qui ne voulaient jamais refroidir. Chauffées tous les mercredis, une chaleur qui ne pénétrait jamais jusqu'aux os. Je restais dans mon coin, silencieuse, silencieuse comme une petite souris, et je voyais qu'il me regardait tout le temps. Quand il se mettait à faire de drôles d'yeux et commençait à respirer lourdement et après je devais me frictionner sous la douche pour être bien propre après avoir joué. Sauf que je savais que jamais je ne serais propre. Il fallait que je sois reconnaissante qu'il me montre tant de secrets, qui me permettraient d'être prête le jour où je rencontrerais des garçons, qui sont parfois si maladroits et impatients, ce qu'il n'était pas en tout cas, lui, parce qu'il s'était exercé toute sa vie et avait été formé par grand-mère et son frère, ce qui ne lui avait fait aucun mal, mais l'avait au contraire rendu fort et endurant. Il avait cent fois couru la course de ski de fond Vasaloppet avec côtes cassées et genou démis, sans se plaindre, même

s'il avait vomi à Evertsberg. Les écorchures que j'avais là, en bas, quand il avait fini de jouer sur le banc du sauna et retirait ses doigts, il n'y avait pas de quoi geindre. Quand il en avait fini avec moi et refermait la porte du sauna, je songeais aux araignées femelles, qui après l'accouplement dévorent les minuscules mâles…

Sofia sursauta. Elle se sentait mal.

Visiblement, elle s'était à nouveau endormie et avait fait plein de rêves horribles. Elle comprenait que c'était à cause du magnétophone resté allumé. La voix monotone avait guidé ses pensées et ses rêves.

Le ressassement de Victoria Bergman avait pénétré son inconscient.

Dala-Floda, 1980

Les ailes de la mouche sont désespérément collées au chewing-gum. Pas la peine de t'agiter, pense La Fille-corneille. Tu ne revoleras plus jamais. Demain, le soleil brillera comme d'habitude, mais il ne brillera pas pour toi.

Quand le père de Martin la touche, elle recule instinctivement. Ils sont sur l'allée de gravier devant chez tante Elsa, il est descendu de vélo.

"Martin a plusieurs fois demandé après toi. Il aimerait sûrement avoir quelqu'un pour jouer avec lui."

Il tend la main et lui caresse la joue.

"Ça me ferait plaisir si tu descendais te baigner avec nous un de ces jours."

Victoria détourne le regard. Elle a l'habitude d'être touchée et sait très bien où cela mène.

Elle le voit dans son regard quand il hoche la tête, dit au revoir et se remet en selle. Comme elle s'y attendait, il arrête son vélo et se retourne.

"Ah oui, j'oubliais, vous n'auriez pas une tondeuse que je puisse emprunter ?"

Il est exactement comme tous les autres, se dit-elle.

"Elle est dans la remise", dit-elle, avant de le saluer de la main.

Elle se demande quand il va revenir la chercher.

Son cœur se serre en y pensant, car elle sait qu'alors il la touchera à nouveau.

Elle le sait, mais ne peut pas s'empêcher d'y aller.

Sans qu'elle comprenne elle-même pourquoi, elle se plaît malgré tout avec eux, et surtout avec Martin.

Il ne parle pas encore très bien, mais ses déclarations d'amour laconiques et souvent incompréhensibles sont les plus belles qu'on lui ait jamais faites. Ses yeux brillent chaque fois qu'ils se revoient et qu'il court à sa rencontre se serrer fort dans ses bras.

Ils ont joué, se sont baignés, ont sillonné la forêt. Martin marchant d'un pas mal assuré sur le terrain accidenté, lui montrant des choses, Victoria lui disant gentiment leur nom.

Elle prononce “champignon”, “pin”, “cloporte”, et Martin s'efforce de l'imiter.

Elle lui enseigne la forêt.

Elle commence par ôter ses chaussures et sent le sable qui la chatouille un peu entre les orteils. Elle enlève son tee-shirt et sent le soleil lui réchauffer doucement la peau. Les vagues fraîches lui frappent les jambes avant qu'elle ne se jette à l'eau.

Elle reste dans l'eau si longtemps que sa peau se fripe, et elle en vient à souhaiter qu'elle se détache et tombe en lambeaux pour en avoir une toute neuve, intacte.

Elle entend la famille arriver sur le sentier. Martin pousse un cri de joie en la voyant. Il se précipite vers le rivage et elle se hâte de venir à sa rencontre pour qu'il ne se jette pas à l'eau tout habillé.

“Fifi, ma Fifi ! dit-il en la serrant dans ses bras.

— Martin, tu sais bien qu’on a décidé de rester ici jusqu’à la rentrée, glisse son père en regardant Victoria. Tu n’es pas obligé de l’étouffer tout de suite sous les câlins.”

Victoria répond aux embrassades de Martin et réalise, comme une douche froide.

Il reste si peu de temps.

“Ah, s’il n’y avait que toi et moi, chuchote-t-elle à l’oreille de Martin.

— Toi et moi”, répète-t-il.

Il a besoin d’elle, et elle a encore plus besoin de lui. Elle se promet de tanner papa pour qu’il lui permette de rester ici aussi longtemps que possible.

Victoria enfile son tee-shirt sur son maillot mouillé et se glisse dans ses sandales. Elle prend Martin par la main et le guide le long du rivage. Juste sous la surface miroitante du lac, elle voit une écrevisse ramper au fond de l’eau.

“Tu te souviens comment cette plante s’appelle ?” demande-t-elle en montrant une fougère pour détourner l’attention de Martin pendant qu’elle attrape l’écrevisse. Elle la tient fermement par la carapace et la cache derrière son dos.

“Foupière ?” dit Martin en se tournant vers elle d’un air interrogatif.

Elle éclate de rire et Martin rit lui aussi. “Foupière !” répète-t-il.

Au milieu des rires, elle lui brandit soudain l’écrevisse sous le nez. Elle voit son visage se tordre de peur et il éclate en sanglots hystériques. Alors, pour s’excuser, elle jette l’écrevisse par terre et la piétine jusqu’à ce que ses pinces cessent de gigoter. Elle le prend dans ses bras, mais ses pleurs sont inconsolables.

Elle sent qu'elle a perdu le contrôle sur lui, il ne suffit plus qu'elle soit là devant lui, il faut davantage, mais elle ne sait pas quoi.

Ne plus le contrôler, c'est comme ne plus se contrôler elle-même.

C'est la première fois qu'il ne lui fait pas confiance. Il a cru qu'elle lui voulait du mal, qu'elle était comme tous les autres, ceux qui veulent du mal.

Elle voudrait que le temps qu'elle passe avec Martin ne finisse jamais, mais elle sait que papa va venir la chercher dimanche.

Elle voudrait rester à la ferme pour toujours.

Être avec Martin.

Pour toujours.

Il la comble. Elle peut rester à le regarder dormir, observer ses yeux qui jouent sous ses paupières, écouter ses petits gémissements. Un sommeil paisible. Il lui a montré à quoi cela ressemblait, que cela existait.

Mais inexorablement arrive le samedi.

Ils sont comme d'habitude descendus sur la plage. Martin, assis au bord du plaid aux pieds de ses parents qui somnolent, joue distraitement avec les deux petits chevaux de Dalécarlie en bois peint qu'ils lui ont achetés dans une boutique à Gagnef.

Les nuages s'amoncellent dans le ciel, le soleil de l'après-midi ne pointe que par intermittence.

Victoria sait que l'instant tant redouté s'approche à pas de géant. Les adieux.

"Allez, c'est l'heure de rentrer", dit la mère en levant la tête du bras de son mari. Elle se lève et commence à ranger le panier du pique-nique. Elle prend ses chevaux à Martin, qui regarde avec étonnement ses mains vides.

Le père secoue le plaid et le plie.

Dans l'herbe, on devine la vague trace laissée par leurs corps. Victoria imagine l'herbe qui va bientôt se redresser et pousser vers le ciel. La prochaine fois qu'elle verra cet endroit, ce sera comme si cette famille n'avait jamais existé.

"Victoria, ça te dirait de venir dîner avec nous ce soir ? dit la mère. On pourra en profiter pour essayer le nouveau jeu de croquet. Tu pourrais faire équipe avec Martin, qu'est-ce que tu en dis ?"

Elle tressaute. Plus de temps, se dit-elle. J'ai plus de temps.

Elle pense que tante Elsa sera triste si elle ne passe pas la dernière soirée avec elle, mais elle ne peut pas refuser. Impossible.

Tandis que la famille s'éloigne sur le sentier, elle sent une paisible impatience l'envahir.

Elle range soigneusement ses affaires dans son sac de plage, mais ne rentre pas directement. Elle préfère s'attarder près des cabanes de bois au bord du lac pour profiter du calme et de la solitude.

Elle passe les mains sur la surface lisse du bois, songe au temps qui a passé sur ces planches, à toutes les mains qui les ont touchées, polies, en ont effacé toutes les aspérités. Comme si rien ne pouvait plus les atteindre.

Elle voudrait être comme ce bois, aussi intouchable.

Elle erre plusieurs heures en forêt, observe les troncs qui se contorsionnent pour atteindre la lumière ou se plient sous le vent, ceux qu'attaquent la mousse ou les parasites. Mais au cœur de chaque tronc se cache un fût parfait. Il faut juste savoir le trouver, se dit-elle en chantant pour elle-même :

"Prom'nons-nous dans les bois
Pendant que le loup y est pas
Si le loup y était
Il nous mangerait
Mais comme il n'y est pas
Il nous mangera pas."

Elle s'avance alors dans une clairière.

Au milieu de la végétation dense de la forêt, il y a un endroit où la lumière filtre à travers les cimes des pins maigres et descend sur la mousse moelleuse.

Comme dans un rêve.

Par la suite, elle devait passer plusieurs jours à tenter de retrouver cette clairière, en vain – au point de se demander si elle avait vraiment existé.

Mais pour l'heure elle y est, et cette clairière est aussi tangible qu'elle-même.

Quand Victoria arrive devant le perron de tante Elsa, elle sent une pointe d'inquiétude. Les personnes déçues peuvent faire mal, même sans le vouloir. C'est quelque chose que l'expérience lui a appris.

Elle ouvre la porte et entend le raclement des pantoufles de tante Elsa. Quand elle apparaît dans l'entrée, Victoria trouve tante Elsa plus voûtée et son visage plus pâle qu'à l'ordinaire.

"Bonjour petite mère", la salue Elsa. Victoria demeure silencieuse.

"Entre et viens t'asseoir, qu'on parle un peu", continue Elsa en se dirigeant vers la cuisine.

Victoria enlève ses chaussures, la suit à la cuisine où elle s'assoit en face d'elle. C'est autour de cette table qu'elles ont pris l'habitude de jouer au whist. Le rire d'Elsa résonne dans la suspension chaque fois qu'elle perd, et elle étend ses mains ridées pour serrer celles de Victoria.

"Petite reine du whist, tu es imbattable ! a-t-elle coutume de dire. Dis ce que tu veux en récompense, tu seras exaucée."

La récompense est toujours un chocolat froid et des brioches chaudes tartinées de beurre.

Mais aujourd'hui c'est différent.

Victoria lit la fatigue dans les yeux d'Elsa, sa bouche serrée, sa moue tombante.

"Ma petite Victoria", commence-t-elle en essayant de sourire.

Victoria voit qu'elle a les yeux brillants, comme si elle avait pleuré.

"Je sais bien que c'est ton dernier soir, continue-t-elle, et j'aurais aimé préparer un repas de fête et jouer aux cartes toute la soirée… mais je ne me sens pas trop dans mon assiette, tu comprends ?"

Victoria respire, soulagée, et découvre alors la culpabilité dans les yeux d'Elsa. Elle la reconnaît, comme si c'était la sienne. Comme si Elsa portait elle aussi en elle cette crainte de se voir renverser du lait froid sur la tête, d'être forcée à manger des lentilles jusqu'à en vomir, de ne pas avoir de cadeau d'anniversaire pour un mot de travers, d'être punie à la moindre erreur.

Dans les yeux d'Elsa, Victoria croit voir qu'elle aussi a appris que faire de son mieux ne suffit jamais.

"Je peux faire du thé, dit gaiement Victoria. Et puis te border et te lire une histoire jusqu'à ce que tu t'endormes."

Le visage d'Elsa s'adoucit, ses lèvres se relèvent pour former un sourire et se desserrent pour laisser échapper un rire.

"Tu es trop mignonne ! dit-elle en lui caressant la joue. Mais alors, pas de dîner de fête, et qu'est-ce que tu vas faire pour t'occuper, une fois que je me serai endormie ? Ça ne va pas être gai de rester ici toute seule dans le noir.

— Ne t'inquiète pas, dit Victoria. Les parents de Martin m'ont dit que je pouvais venir le coucher, et que comme ça je pourrai dîner avec eux. Alors je te couche, je couche Martin, et on me nourrit par-dessus le marché."

Elsa rit et hoche la tête.

"On va faire une salade que tu pourras apporter."

Elles s'installent côte à côte devant le plan de travail pour hacher des légumes.

Chaque fois que Victoria s'approche trop près d'Elsa, elle sent l'odeur âcre de pipi, qui lui fait penser à papa.

Papa, quand il est dur.

Cette odeur lui donne un haut-le-cœur. Elle sait trop bien le goût que ça a dans la bouche.

Tante Elsa a des bonbons à l'orange qu'elle peut prendre sans demander la permission. Ils sont dans une boîte en fer sur la table de la cuisine. Elle ouvre la boîte quand elle veut chasser son père de ses pensées. Elle ne sait jamais à l'avance quand le souvenir de son père va la prendre par surprise, alors elle ne croque jamais les bonbons, même quand il n'en reste plus qu'un éclat coupant comme une lame de rasoir. Plutôt s'irriter le palais que rester sans défense face au souvenir.

Elle suce le bonbon en coupant le concombre en tranches de parfaite épaisseur. Elsa a eu beau les rincer avec soin, les feuilles de salade restent un peu terreuses, mais Victoria ne dit rien, car elle comprend qu'Elsa n'a plus d'assez bons yeux pour le voir.

Elle ne songe pas à le lui reprocher, mais n'a pas non plus l'intention de manger de cette salade. Elle ne veut pas avaler davantage de merde.

Elle borde Elsa, comme promis, mais c'est à Martin qu'elle pense.

"Tu es une gentille petite fille. Souviens-toi de ça", dit Elsa avant que Victoria ne referme la porte de sa chambre. Elle va prendre la salade et, dévorée d'impatience, se dirige vers la maison de Martin, saladier à la main.

Que ce serait bien si elle parvenait à convaincre papa de la laisser rester encore une semaine. Ce serait bien pour tout le monde. Et il reste tant de choses passionnantes à montrer à Martin dans les environs.

Seule ombre au tableau, le père de Martin. Elle trouve que ses regards se sont faits plus insistants, son rire plus jovial, que ses mains s'attardent un peu plus longtemps sur ses épaules. Mais elle est prête à accepter ça pour échapper à papa une semaine de plus. Les premières fois, ce n'est jamais si terrible, se dit-elle. C'est seulement quand ça commence à aller de soi qu'ils se risquent à faire un peu moins attention.

En s'avançant dans l'allée, elle entend des éclats de voix à l'intérieur de la maison. On dirait le père de Martin, elle ralentit le pas. La porte est entrouverte, elle entend aussi un bruit d'éclaboussures.

Elle s'approche, ouvre en grand, ce qui fait sonner la vieille cloche pendue dans l'embrasure. Elle lâche quelques sons sourds.

"C'est toi, Fifi ? crie le père depuis la cuisine. Entre, entre donc."

Il y a une bonne odeur dans l'entrée.

Victoria franchit le seuil de la cuisine. À terre, Martin est debout dans une bassine. Sa mère est dans un fauteuil à bascule, du côté de la fenêtre, occupée à tricoter. Dos aux autres, elle tourne la tête pour rapidement saluer Victoria. Le père est assis torse nu et en short à côté de la bassine de Martin.

Le sang de Victoria se glace en voyant ce qu'il fait.

Martin est couvert de savon. Le père adresse un large sourire à Victoria. Un bras autour des fesses de Martin, il se sert de l'autre pour le laver.

Victoria regarde fixement.

"Eh oui, il y a eu un petit accident, dit le père. Martin a fait dans sa culotte pendant qu'on jouait dans les bois."

Le père astique soigneusement l'entrejambe du garçon. "Il faut que ce soit bien propre, tu comprends ?" lui dit-il.

Victoria voit le père attraper le petit zizi entre le pouce et l'index. Avec l'autre main, il frotte doucement jusqu'au petit bout violet.

La scène lui est familière. Le père avec l'enfant, la mère dans la même pièce qui leur tourne le dos.

Soudain, le saladier semble si lourd qu'il lui glisse des mains. Tomates, concombres, oignons, salade, tout explose par terre. Martin se met à pleurer. La mère pose son tricot et se lève de son fauteuil à bascule.

Victoria recule vers la porte.

Dès le hall, elle se met à courir.

Elle dévale le perron, trébuche et s'étale de tout son long sur le gravier, mais se relève aussitôt et continue à courir. Elle descend l'allée, franchit la grille, court vers chez elle le long de la route, monte jusqu'à la cour de la ferme. En larmes, elle ouvre la porte à la volée et se jette sur le lit.

C'est une tempête intérieure. Elle comprend que Martin va être détruit, il va grandir, devenir un homme, il sera comme tous les autres. Elle aurait voulu le protéger de ça, se sacrifier pour le sauver. Mais elle est arrivée trop tard.

Fini le bien, et c'était de sa faute.

On frappe alors doucement à la porte. Elle entend la voix du père de Martin, juste dehors. Elle rampe jusqu'à la porte pour la verrouiller.

"Qu'est-ce qui ne va pas, Victoria ? Pourquoi tu réagis comme ça ?"

Elle tente de se relever, mais les grincements du parquet menacent de trahir sa présence, à seulement quelques centimètres de lui.

"Sois gentille, Victoria, ouvre, tu veux ? On entend que tu es là."

Elle comprend qu'elle ne peut pas ouvrir la porte maintenant. Ce serait trop gênant.

Elle préfère se faufiler dans la chambre, ouvrir la fenêtre qui donne derrière la maison et sauter dehors. Elle contourne la remise jusqu'au chemin de gravier. En l'entendant, ils se retournent et vont à sa rencontre.

"Mais te voilà, on pensait que tu étais dedans. Où étais-tu passée ?"

Elle sent qu'elle va éclater de rire.

La mère et le père portant l'enfant dans ses bras, drapé dans une serviette.

Ils ont l'air ridicules.

Si effrayés.

"J'avais très envie de faire caca", ment-elle sans comprendre d'où sortent ces mots, mais ils sonnent juste.

Et ils rient avec elle. La serrent dans leurs bras.

La mère la porte jusque chez eux, et c'est tout naturel.

Ses bras sont si rassurants, comme le sont les bras quand tout est arrangé.

Qu'il n'y a plus rien à craindre.

Ses jambes heurtent à chaque pas la cuisse de la mère, mais ça n'a pas l'air de la déranger. Elle continue d'avancer d'un pas décidé. Comme si avec eux Victoria était chez elle.

“Vous reviendrez, l'été prochain ? demande-t-elle en sentant la joue de la mère contre la sienne.

— Oui, bien sûr, chuchote-t-elle. Chaque été nous reviendrons te voir.”

Cet été-là, Martin a encore six ans à vivre.

Hôpital de Huddinge

Karl Lundström allait être mis en examen pour pédopornographie et abus sexuels sur sa fille Linnea. En se dirigeant vers l'hôpital de Huddinge, Sofia Zetterlund récapitula ce qu'elle savait de lui.

Karl Lundström, quarante-quatre ans, avait un poste élevé au sein du groupe de BTP Skanska, comme responsable de plusieurs importants chantiers de construction ou d'aménagement. Sa femme Annette avait quarante et un ans, sa fille Linnea quatorze. Ces dix dernières années, la famille avait déménagé une bonne demi-douzaine de fois entre Umeå au nord et Malmö au sud, et habitait à présent une grande villa 1900 dans la baie d'Edsviken à Danderyd. Une vaste opération policière était en cours pour repérer l'éventuel cercle pédophile dont il était peut-être membre.

Constants déménagements, se dit-elle en s'engageant sur le parking. Typique des pédophiles. Ils déménagent pour éviter d'être découverts et échapper aux soupçons que pourrait éveiller la famille.

Ni Annette Lundström ni sa fille Linnea ne voulaient reconnaître ce qui s'était passé. La mère était désespérée et niait tout en bloc, tandis que la fille s'était enfermée dans un état apathique de mutisme total.

Sofia se gara devant l'entrée principale et pénétra dans le bâtiment. Dans l'ascenseur, elle décida de parcourir à nouveau le dossier.

Des interrogatoires policiers et du premier examen psychiatrique il ressortait que Karl Lundström était pétri de contradictions.

Les procès-verbaux des interrogatoires étaient très précis : il avait en particulier décrit ses rapports avec les autres hommes du cercle pédophile supposé.

D'après Lundström, ces hommes-là se retrouvaient partout, car ils reconnaissaient entre eux quelque chose dans leur façon d'être avec les enfants : une attirance physique pour les enfants dont les autres ne s'apercevaient que rarement, mais que les pédophiles repéraient instinctivement les uns chez les autres. Parfois, quand tout était clair, ils pouvaient se confirmer tacitement leur penchant par de simples regards ou gestes.

À première vue, il correspondait bien à un certain type d'hommes souffrant de troubles de la personnalité pédophiles ou éphébophiles auquel elle avait déjà été plusieurs fois confrontée.

Leur arme principale était leur capacité à dompter, manipuler, inspirer confiance et instiller culpabilité et soumission chez leurs victimes. À la fin se créait même une sorte de dépendance mutuelle entre victime et bourreau.

Ils n'avaient pas seulement en commun leur intérêt pour les enfants : ils partageaient la même vision de la femme. Leurs épouses étaient soumises, elles comprenaient ce qui se passait, sans jamais intervenir.

Sofia rangea les documents dans son sac.

“Bon, alors autant expédier ça. Vous êtes là pour évaluer ma responsabilité pénale. Qu’est-ce que vous voulez savoir ?”

Sofia observa l’homme assis en face d’elle.

Karl Lundström avait de fins cheveux blonds qui commençaient à grisonner. Ses yeux étaient las, un peu gonflés, et elle trouva une sorte de gravité triste dans son regard.

“Je voudrais que nous parlions de votre relation avec votre fille”, dit-elle. Autant aller droit au fait.

Il passa sa main sur son bouc.

“J’aime Linnea, mais elle ne m’aime pas. J’ai abusé d’elle et je l’ai reconnu pour nous faciliter les choses à tous. Je veux dire à ma famille. J’aime ma famille.” Sa voix semblait lasse, détachée, avec une mollesse qui sonnait faux.

On l’avait arrêté après une longue surveillance et le matériel pédopornographique retrouvé dans son ordinateur contenait plusieurs images et séquences filmées mettant en scène sa fille. Quel autre choix avait-il que de reconnaître les faits ?

“En quoi pensez-vous leur faciliter les choses ?

— Elles ont besoin d’être protégées. De moi et des autres.”

Cette affirmation était si curieuse qu’elle décida de rebondir dessus.

“Les protéger des autres ? Et de qui donc ?

— Ceux dont je suis le seul à pouvoir les protéger.”

Il fit un large geste du bras et elle remarqua qu’il sentait la sueur. Il ne s’était probablement pas lavé depuis plusieurs jours.

“En expliquant à la police les tenants et les aboutissants de toute cette affaire, je permets à Annette et Linnea d’obtenir une protection judiciaire et une nouvelle identité. Elles en savent trop, tout simplement. Il y a des gens dangereux. Pour eux, une vie humaine, ça ne vaut rien. Croyez-moi, je le sais. Dieu n'a pas touché ces gens-là, ce ne sont pas ses fils."

Elle comprit que Karl Lundström faisait allusion à des trafiquants d'enfants. Lors des interrogatoires, il avait raconté en détail à la police comment l'Organizatsiya, la mafia russe, l'avait menacé à plusieurs reprises, et qu'il craignait pour la vie de ses proches. Sofia avait parlé avec Lars Mikkelsen : pour lui, Karl Lundström mentait. La mafia russe ne procédait pas de la façon qu'il décrivait et ses déclarations comportaient plusieurs contradictions internes. Il avait en outre été incapable de présenter à la police la moindre preuve tangible qui puisse accréditer cette menace.

Pour Mikkelsen, Karl Lundström souhaitait obtenir une identité protégée pour ses proches dans le simple but de leur éviter la honte.

Sofia soupçonnait que Karl Lundström tentait peut-être de se fabriquer des circonstances atténuantes. Se donner le beau rôle d'une sorte de héros, à l'opposé de ce qui s'était vraiment passé.

"Regrettez-vous ce que vous avez fait ?" Il fallait tôt ou tard qu'elle pose cette question.

Il semblait absent.

"Si je regrette ? dit-il après un silence. C'est compliqué… Pardon, comment vous appelez-vous, déjà ? Sofia ?

— Sofia Zetterlund.

— Ah oui, c'est ça. Sofia signifie sagesse. Un bon nom pour une psychologue… Pardon. Alors voilà…" Il inspira profondément. "Nous… je veux dire moi et les autres, nous échangions librement nos femmes et nos enfants. Et finalement, je crois que cela se faisait avec l'accord tacite d'Annette. Et aussi des autres femmes…

De la même façon que nous nous reconnaissions instinctivement les uns les autres, nous choisissions également nos femmes. Nous nous retrouvions dans la maison des ombres, vous comprenez ?"

La maison des ombres ? Sofia avait vu l'expression dans le dossier de l'enquête préliminaire.

"Le cerveau d'Annette est comme verrouillé, poursuivit-il sans attendre sa réponse. Elle n'est pas bête, mais elle choisit de ne pas voir ce qui ne lui plaît pas. C'est son mode d'autodéfense."

Sofia savait que le phénomène n'était pas inhabituel. Il y avait souvent chez les proches des pédophiles une passivité qui permettait aux abus de continuer.

Mais la réponse de Karl Lundström était fuyante. Elle lui avait demandé s'il regrettait.

"Vous n'avez jamais considéré que ce que vous faisiez était mal ?" reformula-t-elle.

Il resta un moment silencieux, puis soupira à nouveau et se pencha au-dessus de la table.

"Il faut que vous définissiez le mot *mal* pour que je comprenne ce que vous voulez dire. Mal d'un point de vue culturel, social, ou encore autre chose ?"

Là, il se réveillait : regard plus vif, posture plus assurée.

"Karl, essayez de me parler de votre idée du mal, pas de celle des autres.

— Je n'ai jamais dit avoir mal agi. J'ai juste agi en suivant une pulsion qu'au fond tous les hommes connaissent, mais refoulent."

Sofia comprit que la plaidoirie avait commencé.

"Vous ne lisez pas ? poursuivit-il. Il y a un fil rouge de l'Antiquité à nos jours. Lisez Archiloque… *Elle se plaisait à tenir une branche de myrte ou la belle fleur du rosier, et sa chevelure abritait en ombrelle sa nuque et ses épaules. Avec ses cheveux noyés de parfums et son sein, elle aurait éveillé le désir d'un vieillard...* Les Grecs ont écrit là-dessus. Alcman, dans ses hymnes, célèbre la sensualité de l'enfant. Le solitaire qui vit sans enfants les regrette amèrement. Et consumé par ce désir, il se rend dans la maison des ombres... Au XXe siècle, Nabokov et Pasolini ont écrit des choses semblables, pour n'en citer que quelques-uns. Sauf que Pasolini parlait des jeunes garçons."

Sofia reconnut certaines formulations du procès-verbal des interrogatoires.

"Vous disiez que vous pouviez vous retrouver dans la maison des ombres : qu'est-ce à dire ?"

Il lui sourit.

"C'était juste une image. La métaphore d'un lieu secret, interdit. On trouve un grand réconfort dans la poésie, la psychologie, l'ethnologie et la philosophie si on veut se sentir compris. Je ne suis pas seul, non, mais j'ai l'impression d'être seul dans mon époque. Pourquoi ce que je désire est-il mal de nos jours ?"

Sofia comprit que c'était là une question avec laquelle il s'était longtemps débattu. Elle savait que les troubles pédophiles étaient au fond incurables. Il s'agit principalement de conduire le pédophile à comprendre que sa perversion est inacceptable et qu'elle nuit à autrui. Cependant elle ne l'interrompit pas, car elle voulait comprendre sa façon de raisonner.

"Fondamentalement, ce n'est pas mal, ce n'est pas mal pour moi, et je ne crois d'ailleurs pas non plus que ce soit mal pour Linnea. Ce mal est une construction sociale et culturelle. Donc : ce n'est pas un mal au vrai sens du mot. Les mêmes idées et les mêmes sentiments existaient voilà deux mille ans, mais ce qui était culturellement bien est devenu culturellement mal. Nous avons juste appris que c'était mal."

Sofia trouva l'irrationalité de son raisonnement provocante.

“Selon vous, il est donc impossible de réévaluer une conception ancienne ?”

Il semblait absolument sûr de lui.

“Oui, si c'est aller contre la nature.”

Karl Lundström croisa les bras, l'air soudain hostile.

“Dieu est la nature...” murmura-t-il.

Sofia resta silencieuse, attendant la suite, mais comme elle ne venait pas, elle décida de réorienter l'entretien.

Revenons à la honte.

“Vous dites qu'il y a des gens dont vous voulez protéger vos proches. J'ai eu connaissance de certains procès-verbaux où vous vous affirmez menacé par la mafia russe.”

Il hocha la tête.

“Y a-t-il d'autres raisons pour lesquelles vous souhaiteriez qu'Annette et Linnea obtiennent une identité protégée ?

— Non”, répondit-il laconiquement.

Elle ne fut pas convaincue par cette assurance de façade. Son refus de raisonner trahissait le doute, au contraire de son intention. Il y avait de la honte chez cet homme, même si elle était profondément enfouie en lui.

Elle fit une nouvelle tentative.

“Vous constatez que la société d'aujourd'hui condamne vos agissements ?”

Il hocha la tête, irrité.

“Pensez-vous que votre famille puisse éprouver de la honte pour ce que vous avez fait ?”

Il soupira, sans répondre.

“Vous avez également dit avoir conscience d'avoir fait du tort à votre fille parce que votre comportement n'est pas accepté dans une société moderne de droit...

— Je les ai entretenues, la coupa-t-il. Elles n'ont jamais manqué de rien et je n'ai à rougir de rien comme père ou chef de famille."

Il se pencha à nouveau au-dessus de la table. Son regard avait retrouvé son intensité et elle eut un mouvement de recul en sentant son odeur.

Ce n'était pas que la sueur. Son haleine sentait l'acétone.

"Et vous avez le culot de me parler de honte ? continua-t-il. Je vais vous dire quelque chose, quelque chose dont je n'ai pas parlé à la police…"

Ses sautes d'humeur inquiétaient Sofia. Cette odeur d'acétone pouvait être un signe de sous-alimentation. Ou prenait-il des médicaments ?

"Il y a des hommes, tout ce qu'il y a de plus ordinaires, peut-être un de vos collègues, un parent, je ne sais pas… moi, je n'ai jamais acheté d'enfant, mais eux, si…"

Ses pupilles semblaient normales, mais son expérience des psychotropes lui disait que quelque chose clochait.

"Comment ça ?"

Il se repencha en arrière, l'air un peu plus calme.

"La police a trouvé des choses compromettantes pour moi dans mon ordinateur, mais s'ils veulent vraiment du lourd, il faut qu'ils aillent voir dans une baraque à Ånge. Chez un certain Anders Wikström. La police ferait bien d'aller jeter un œil dans sa cave."

Le regard de Lundström flottait dans le vague. Sofia était sceptique.

"Anders Wikström a acheté un enfant à un homme de l'Organizatsiya. La troisième brigade, ou quelque chose comme ça. Solntsevskaya Bratva. Il y a deux vidéos dans un placard. Sur la première, il y a un garçon de quatre ans et un pédiatre du Sud de la Suède. On ne voit jamais son visage sur le film, mais il a sur la cuisse un grain de beauté en forme de trèfle facilement identifiable. Sur l'autre film, il y a une fillette de sept ans avec Anders, deux autres hommes et une Thaïlandaise. C'était l'été dernier, et des deux films c'est le plus horrible."

Karl Lundström respirait superficiellement par le nez et sa pomme d'Adam tressautait quand il parlait. Sofia ressentait un dégoût physique en le regardant. Elle ne savait pas si elle voulait en entendre davantage et sentait qu'elle avait du mal à conserver un point de vue objectif sur ce qu'il racontait.

Mais elle avait beau tourner la chose dans tous les sens, c'était son devoir de l'écouter et d'essayer de le comprendre.

"Ça s'est passé l'été dernier ?

— Oui… Anders Wikström, c'est le gros, sur le film. Les autres ne voulaient pas dire leur nom et on voit bien que la Thaïlandaise aurait aimé ne pas être là. Elle avait beaucoup bu et, à un moment où elle a refusé de faire ce que disait Anders, il lui a donné une gifle."

Sofia ne savait pas que croire.

"Je comprends que vous avez vu ces films, tenta-t-elle. Mais comment êtes-vous au courant de tous ces détails sur le tournage ?

— J'étais présent", dit-il.

Sofia savait qu'elle devrait communiquer à la police ce qu'elle venait d'entendre.

"Avez-vous d'autres expériences de ce type d'agression ?"

Karl Lundström prit un air triste. "Je vais vous raconter comment ça se passe, commença-t-il. À l'heure où je vous parle, environ cinq cent mille personnes sont en train d'échanger en ligne de la pédopornographie sous forme de photos ou de films. Pour avoir accès à ce matériel, il faut soi-même en produire, en échange. Ce n'est pas difficile, à condition d'avoir les bons contacts. Alors, on peut même commander un enfant sur le Net. Pour cent cinquante mille, vous pouvez avoir un garçon latino-américain, livré en lieu sûr. Ce garçon n'a pas d'existence officielle, il est donc à vous. Il va de soi que vous pouvez en faire ce que vous voulez et, le plus souvent, il finit par disparaître. Pour ça aussi, vous pouvez payer, si vous n'avez pas le courage de le tuer vous-même, et presque personne ne l'a. Il en coûte le plus souvent davantage que les cent cinquante mille déjà payés, peut-être même le double, et on ne marchande pas avec ce genre de personnes."

Ces faits n'étaient pas nouveaux pour Sofia. Ils étaient déjà dans les procès-verbaux des interrogatoires de police. Elle sentit pourtant le malaise arriver : un poids au ventre, une sécheresse de la gorge.

"Vous voulez dire que vous avez, *vous*, acheté un enfant ?"

Karl Lundström sourit avec lassitude. "Non. Mais comme je l'ai dit, je connais des gens qui l'ont fait. Anders Wikström a acheté les enfants qui apparaissent sur les films dont je viens de vous parler."

Sofia déglutit. Sa gorge la brûlait, ses mains tremblaient.

"Et qu'est-ce que ça vous a fait d'être témoin de tout ça ?"

Il sourit à nouveau. "Ça m'a excité. Qu'est-ce que vous croyez ?

— Vous y avez participé ?"

Il éclata de rire. "Non, j'ai juste regardé… Dieu m'est témoin."

Sofia le dévisagea. Sa bouche riait encore, mais ses yeux semblaient tristement vides.

“Vous parlez souvent de Dieu. Voulez-vous me parler un peu de votre foi ?”

Il haussa les épaules et leva les sourcils, interloqué.

“Ma foi ?

— Oui.”

Nouveau soupir. Il reprit, d’un ton las. “Je crois en une vérité divine. Un Dieu au-delà de notre entendement. Un Dieu proche des hommes dans la nuit des temps, mais dont la voix s’est éteinte en nous au fil des siècles. Plus Dieu a été institutionnalisé à coups d’inventions humaines comme l’Église ou les prêtres, moins Il a subsisté sous sa forme originelle.

— Et quelle est cette forme originelle ?

— La Gnose. Pureté et sagesse. Je pensais que Dieu était présent en Linnea quand elle était petite et… je pensais l’avoir trouvé. Mais je me trompais peut-être, je ne sais pas. Aujourd’hui, un enfant est impur dès la naissance. Il est infecté dès l’utérus par la rumeur du monde extérieur. Une rumeur pleine de fausseté terrestre et de mesquinerie, de mots vides de sens et de la pensée des choses matérielles et éphémères…”

Ils restèrent un moment silencieux, tandis que Sofia songeait à ce qui venait d’être dit.

Les ruminations religieuses de Karl Lundström pouvaient-elles d’une façon ou d’une autre expliquer pourquoi il s’en était pris à sa fille ? Elle sentit qu’il fallait pousser davantage cet entretien, aller au cœur des choses.

“Quand avez-vous abusé sexuellement de Linnea pour la première fois ?”

Il répondit comme par réflexe.

“Quand ? Eh bien… elle avait trois ans. J’aurais dû attendre quelques années, mais ça s’est trouvé comme ça… ça s’est fait comme par hasard.

— Racontez-moi comment vous avez vécu cette toute première fois. Dites-moi aussi quel regard vous portez aujourd'hui là-dessus.

— Eh bien… je ne sais pas. C'est difficile pour moi." Lundström se tortilla sur sa chaise et fit plusieurs fois mine de se lancer. Sa bouche s'ouvrit et se ferma à plusieurs reprises, tandis que sa pomme d'Adam bougeait chaque fois qu'il déglutissait.

"C'était… comme j'ai dit, c'était une sorte de hasard, finit-il par lâcher. L'occasion n'était en fait pas bien choisie du tout, car nous habitions alors une villa au centre de Kristianstad. En pleine ville, tout le monde pouvait voir ce qui se passait."

Il s'interrompit, l'air de réfléchir.

"Je lui donnais le bain dans le jardin. Elle avait une pataugeoire, je lui ai demandé si je pouvais me baigner moi aussi, elle voulait bien. C'était un peu froid, alors j'ai pris le tuyau pour rajouter de l'eau chaude. C'était un embout de tuyau à l'ancienne, en métal, enflé au bout. Il était resté toute la journée au soleil, il était chaud et agréable à manipuler. Alors elle a dit que ça ressemblait à un zizi…"

Il parut gêné. D'un hochement de tête, Sofia l'invita à continuer.

"Alors j'ai compris qu'elle pensait au mien, ou je ne sais pas…

— Et comment vous êtes-vous alors senti ?

— Eh bien, je ressentais juste comme un vertige… J'avais dans la bouche un goût de métal, comme du sang. Ça venait peut-être du cœur ? Comme le sang, en général." Il se tut.

"Donc vous avez introduit en elle l'embout du tuyau, et vous ne considérez pas avoir mal agi ?" Sofia se sentait mal et dut lutter pour cacher son dégoût.

Karl Lundström semblait las et ne répondit pas.

Elle décida de poursuivre. "Vous venez de dire que vous pensiez avoir trouvé Dieu en Linnea. Est-ce que cela a un rapport avec ces événements de Kristianstad ? Avec vos réflexions sur le bien et le mal ?"

Il secoua lentement la tête. "Vous ne comprenez pas…"

Il regarda à présent Sofia droit dans les yeux et poursuivit son raisonnement.

"Notre société est fondée sur une morale construite… Pourquoi l'homme n'est-il pas parfait, s'il est à l'image de Dieu ?"

Il écarta les mains et répondit lui-même à sa question.

"C'est parce que ce n'est pas Dieu qui a écrit la Bible, mais des hommes… Le vrai Dieu est au-delà du bien et du mal, au-delà de la Bible…"

Sofia comprit qu'il allait continuer à raisonner en rond autour de la question du bien et du mal.

Peut-être avait-elle dès le début posé la mauvaise question ?

"Le Dieu de l'Ancien Testament est imprévisible et vengeur parce qu'au fond il n'est qu'un homme. Il existe une vérité originelle sur l'essence de l'homme que le Dieu de la Bible ignore complètement."

Elle regarda sa montre. Le temps qui leur était imparti s'achevait, aussi le laissa-t-elle continuer.

"La Gnose. Vérité et sagesse. Vous devriez savoir ça, vous qui vous appelez Sofia. Ça veut dire sagesse en grec. Dans le gnosticisme, Sofia est un être féminin qui cause la chute."

Une fois Lundström reconduit dans sa cellule, Sofia resta à réfléchir. Elle ne pouvait s'empêcher de penser à la fille de Lundström, Linnea. À peine adolescente, et déjà blessée si profondément que sa vie entière en serait marquée. Qu'adviendrait-il d'elle ? Est-ce que Linnea, tout comme Tyra Mäkelä, deviendrait elle-même une prédatrice ? Combien un être humain pouvait-il endurer avant d'être complètement brisé et devenir un monstre ?

Sofia feuilleta ses papiers, à la recherche de données sur Linnea. Il n'y avait que de chiches indications sur sa scolarité. Première année à l'internat de Sigtuna. Bonnes notes. Douée surtout en sport. Championne de l'école aux 800 mètres.

Une fille capable d'échapper à la plupart des gens, songea Sofia.

Sigtuna, 1984

Le vieil homme est n'importe qui, elle ne l'a jamais vu. Pourtant, il pense visiblement avoir le droit de commenter sa façon de s'habiller. La Fille-corneille, elle, n'a rien à redire à la veste de marin qu'il porte, aussi trouve-t-elle tout à fait normal de lui cracher au visage.

Sur la colline à l'ouest de Sigtuna se trouvent les dix foyers d'élèves qui appartiennent à l'internat. L'établissement, qui a par le passé accueilli des élèves comme le roi Charles XVI Gustave, Olof Palme ou les cousins Peter et Marcus Wallenberg, dégouline de rites et de traditions.

L'imposant bâtiment central, jaune, est pour cette raison même imperméable au scandale.

La première chose que Victoria Bergman apprendra est que tout ce qui se passe ici reste ici, un ordre des choses qui depuis bien longtemps ne lui est que trop familier : c'est dans cette bulle de terreur muette qu'elle a vécu toute son enfance. C'est son souvenir le plus net, bien plus net que n'importe quel événement en particulier.

L'omerta qui règne à Sigtuna n'est rien en comparaison.

À peine descendue de voiture, elle ressent une délivrance qu'elle n'avait plus connue depuis la fois où elle était restée seule à Dala-Floda. Immédiatement, elle respire. Elle sait qu'elle n'aura plus à guetter les pas à la porte de sa chambre.

À l'accueil, on lui présente les deux filles avec qui elle partagera sa chambre.

Elles s'appellent Hannah et Jessica. Elles sont aussi de Stockholm et elle les trouve silencieuses et soigneuses, pour ne pas dire ennuyeuses. Elles parlent volontiers de leurs parents, haut placés au parquet de Stockholm, l'air de dire qu'elles suivraient leurs traces après avoir fait leur droit.

Victoria comprend au fond de leurs yeux bleus et naïfs qu'elles ne constitueront jamais un danger pour elle.

Elles sont trop faibles.

Elle les voit comme deux poupées sans volonté, qui laissent toujours les autres penser et décider à leur place. Des ombres d'individus. Presque rien ne les intéresse. Presque impossibles à cerner.

Au cours des premières semaines, Victoria soupçonne quelques-unes des filles de dernière année de mijoter quelque chose. Elle surprend des regards amusés échangés d'une table à l'autre à la cantine, une politesse exagérée et une tendance à toujours les coller de près, elle et les autres nouvelles. Tout ceci lui met la puce à l'oreille.

Et à juste titre, comme l'avenir va le montrer.

En observant attentivement les regards et les mouvements, Victoria identifie très vite la meneuse du groupe. C'est une grande brune, Fredrika Grünewald. Victoria trouve que son visage allongé et ses dents en avant lui donnent l'air d'un cheval.

Victoria profite d'une pause déjeuner.

Elle voit Fredrika se diriger vers les toilettes et la suit discrètement.

"Je sais comment va se passer le bizutage, ment-elle avec aplomb au nez de Fredrika. Ne comptez pas sur moi pour me laisser faire." Elle croise les bras et lève le nez d'un air détaché. "Je veux dire, pas sans faire du grabuge."

Fredrika est clairement impressionnée par le franc-parler effronté et l'assurance de Victoria. Elles se mettent alors à comploter en fumant en cachette. Au cours de la conversation, Victoria lui expose un plan dont elle assure qu'il va placer très haut la barre pour tous les bizutages futurs.

Ça va faire scandale, c'est sûr, et Fredrika Grünewald est particulièrement émoustillée par les titres dramatiques des journaux du soir qu'imagine Victoria : *SCANDALE AU LYCÉE ROYAL ! JEUNES FILLES VICTIMES D'UN RITUEL HUMILIANT !*

Au cours de la semaine, elle se rapproche de ses camarades de chambrée Hannah et Jessica. Elle les amène à lui confier des secrets et, en peu de temps, elle en fait ses amies.

Le vendredi soir, quand elles se retrouvent dans leur chambre, Victoria ouvre son sac à dos avec un sourire fier et un air de mystère.

"Matez ça !"

Hannah et Jessica regardent avec des yeux ronds les trois bouteilles de cassis Aurora que Victoria a réussi à introduire clandestinement à l'internat.

"Quelqu'un en veut ?"

Hannah et Jessica lâchent un rire incertain, échangent

un regard indécis avant d'accepter d'un hochement de tête.

Victoria leur sert de grands verres, persuadée qu'elles n'ont pas la moindre idée de ce qu'elles peuvent supporter.

Elles boivent vite, curieuses, tapageuses.

D'abord elles pouffent, bientôt pafs, fatiguées. Vers deux heures, les bouteilles sont vides. Hannah s'est déjà endormie par terre, Jessica se hisse à grand-peine sur son lit, où elle s'endort aussitôt.

Victoria n'a pas bu plus de quelques gorgées et s'allonge sur son lit, brûlante d'impatience.

Les yeux ouverts, elle attend.

Comme convenu, les grandes se pointent à quatre heures du matin. Hannah et Jessica se réveillent tandis qu'on les porte au bout du couloir, puis en bas de l'escalier et à travers la cour jusqu'à la cabane à outils adossée au logement du gardien, mais elles sont trop engourdies pour avoir la moindre chance d'opposer résistance.

Dans la remise, les filles se changent et endossent des tuniques roses et des masques de cochon. Elles ont fabriqué les masques avec des verres en plastique et du tissu rose où elles ont découpé des ouvertures pour les yeux. Au marqueur noir, elles ont dessiné des bouches ricanantes et sur le groin deux points pour les narines. Les masques tiennent avec des élastiques passés derrière la tête.

Quand elles se sont changées, une des filles sort un caméscope et une autre prend la parole. Ce qui sort des groins proéminents bourrés de feuilles d'aluminium en bandelettes ressemble davantage à un chuintement métallique qu'à de vrais mots.

Victoria voit une des grandes quitter la remise.

"Attachez-les", éructe une autre.

Les filles masquées se jettent sur Hannah, Jessica et Victoria, les placent chacune sur une chaise, leur attachent les mains dans le dos avec un solide adhésif argenté et leur bandent les yeux.

Victoria, réjouie, se penche en arrière en entendant la fille qui était sortie revenir dans la remise.

Victoria est retournée par la puanteur qu'elle apporte avec elle.

Plus tard, au petit matin, Victoria se frictionne pour se débarrasser de la puanteur, mais elle semble s'être incrustée dans sa peau.

Tout a été pire qu'elle ne l'avait imaginé.

Dans la lumière de l'aube, elle force la porte de Fredrika et, quand celle-ci se réveille, Victoria est assise à cheval sur elle.

"File-moi la cassette", siffle-t-elle tout bas pour ne pas réveiller les camarades de chambrée, tandis que Fredrika tente de se défendre.

Victoria lui a immobilisé les mains.

"Va te faire foutre! dit Fredrika, mais Victoria entend combien elle a peur.

— Tu as l'air d'oublier que je sais qui vous êtes. Je suis la seule à savoir qui se cachait derrière les masques. Tu ne voudrais pas que ton papounet apprenne ce que vous nous avez fait, hein?"

Fredrika comprend qu'elle n'a pas le choix.

Victoria monte à la salle vidéo et fait deux copies de la cassette. La première, elle la mettra à la boîte aux lettres de la gare routière dans une enveloppe affranchie à son adresse, à Värmdö. La seconde, elle a l'intention de la garder sous le coude pour l'envoyer aux journaux si jamais elles tentaient quelque chose contre elle.

X2000

Pour la seconde fois en moins de deux semaines, Ivo Andrić était forcé de participer à l'enquête sur le meurtre d'un jeune garçon. Cette fois-ci, il était assis devant une tasse de café au wagon-restaurant du train rapide X2000 censé arriver à la gare centrale à 13 h 40. La police de Stockholm l'avait contacté dans la matinée et, en accord avec sa hiérarchie, il avait interrompu ses vacances pour sauter dans le premier train.

Il ouvrit la chemise de photos qu'on lui avait envoyée. C'était six images imprimées en quadrichromie, très détaillées. Il vérifia qu'il était à l'abri des regards indiscrets.

La première photographie était une vue d'ensemble, montrant un corps mutilé placé sur un ponton. Comme la fois précédente, la victime était un jeune garçon. Le corps avait été découvert très tôt sur l'île de Svartsjö par un couple de personnes âgées qui faisaient du jogging. La deuxième image était un gros plan du dos du garçon : dans ce cas aussi, il y avait eu violence extrême.

Les autres images étaient des détails qui ne lui apprirent rien de plus.

À la différence du garçon trouvé près de Thorildsplan, on savait ici qui était très probablement la victime.

Le garçon du ponton s'appelait Youri Krylov, un jeune Biélorusse déclaré disparu début mars après avoir fugué d'un camp de réfugiés près d'Upplands Väsby. D'après l'office des migrations, il n'avait aucune famille, ni en Suède, ni en Biélorussie.

Ivo Andrić alla pour se resservir du café, mais changea d'avis et prit plutôt un verre de vin. Il était quand même censé être en vacances, après tout, et pouvait bien s'offrir ça. Il passa le reste du voyage à lire le rapport préliminaire, à prendre des notes et faire des comparaisons entre les deux cas.

Il vit presque immédiatement qu'il s'agissait très vraisemblablement du même auteur, à présent double meurtrier. Combien de jeunes garçons allait-on encore trouver morts ?

Île de Svartsjö

Hurtig appela le matin et Jeanette Kihlberg se rendit directement sur l'île de Svartsjö pour diriger l'enquête sur le jeune Biélorusse. Seule trouvaille importante, deux empreintes de chaussures, l'une de grande pointure, l'autre petite, presque celle d'un enfant, ainsi qu'une trace de pneu de voiture. Les techniciens en avaient fait des moulages, qui ne seraient utilisables qu'avec un élément de comparaison.

À une centaine de mètres du corps, Åhlund remarqua que le même véhicule avait frotté contre un arbre : s'il s'agissait de la voiture du meurtrier, on savait désormais qu'elle était bleue.

Dans la matinée, le procureur von Kwist avait ordonné une autopsie approfondie de Youri Krylov, c'était la procédure pour les crimes de cette nature.

Jeanette espérait qu'Ivo Andrić en serait chargé.

Deux garçons morts sur les bras : le procureur lui mettait la pression pour obtenir un résultat rapide. Elle gardait pourtant le moral.

Mais il n'avait toujours pas l'intention de lui accorder l'avis de recherche de Jimmie Furugård.

Foutu guignol, pensa Jeanette. S'il avait juste fait son travail, on aurait pu éliminer ou au contraire approfondir la piste Furugård.

Il y avait dans la nature quelqu'un qui enlevait des enfants que personne ne réclamait, puis les brutalisait jusqu'à ce qu'ils meurent. Et on avait beau avoir publié dans les grands quotidiens des appels à témoins pour identifier le garçon de Thorildsplan, les numéros verts étaient restés muets.

En revanche, une annonce dans l'émission de TV3 *Perdu de vue* avait provoqué une ruée de dérangés tenant à endosser le meurtre. Souvent, ce genre d'annonce pouvait donner un coup de pouce à une enquête enlisée mais, dans le cas présent, cela avait fait perdre un temps précieux : on était malgré tout forcé d'auditionner tous ces dingues, même si on savait d'avance qu'il s'agissait de fausses pistes.

Tous ceux qui avaient appelé étaient des hommes qui, sans diverses décisions politiques récentes, auraient dû être internés et soignés à l'hôpital psychiatrique de Långbro, aujourd'hui démantelé, pour y recevoir des soins adéquats. Au lieu de quoi ils traînaient dans les rues de Stockholm où ils domptaient leurs démons à coups de drogue et d'alcool.

État providence, mon cul, pensa-t-elle, brusquement hors d'elle.

Kiev, 1933

C'est un acte barbare de manger ses enfants!
Proclamation soviétique, RSS d'Ukraine, 1933.

Père avait mangé des pigeons et racontait des histoires à la petite Gilah, sa fille.

"Ma fille chérie."

Elle avait faim, n'avait eu que de l'herbe à manger, mais c'était pire pour le garçon de l'autre maison. Il était si faible qu'il tombait dès qu'il essayait de marcher.

"Une histoire. La barque et la sorcière."

Père l'embrassa sur le front et elle sentit sa mauvaise haleine.

"Il était une fois un père et une mère qui avaient une petite fille qui s'appelait Gilah Berkowitz. Elle était toute petite, mais grandissait très vite. Comme toi…"

Il sourit, lui chatouilla le ventre, mais elle ne rit pas.

"Un jour, la petite Gilah dit à son père : Je veux une barque d'or avec des rames d'argent, pour aller chercher de la nourriture pour vous et mes frères. Fabrique-moi une telle barque, s'il te plaît, s'il te plaît père.

— S'il te plaît, s'il te plaît père, chuchota-t-elle.

— La petite Gilah eut sa barque d'or et d'argent et, chaque jour, elle allait pêcher sur la rivière et revenait avec de quoi manger pour son père, sa mère et ses frères. Et chaque soir sa mère descendait au bord du fleuve et appelait : Reviens sur la rive, petite Gilah."

Mère est malade, pensa-t-elle. Bouche noire et visage tout blanc.

Père la regarda. "Et que dit alors la petite Gilah, quand mère l'appela ?

— Barque d'or, ramène Gilah sur la rive", dit-elle, en entendant mère tousser dans son lit.

Les mains de père étaient froides et son visage luisant. Peut-être la fièvre. Une fillette du bas de la rue était morte de fièvre et avait été mangée par sa mère. La mère de cette fille était une sorcière laide et méchante. Pas comme sa mère à elle, si pure et belle avant de tomber malade.

"Oui, cela se passait ainsi. Chaque jour pendant de longues, longues années. La petite Gilah grandissait toujours plus et sa mère descendait chaque soir l'appeler sur le rivage mais, un soir…" Il se tut en entendant mère tousser encore dans son lit.

Mais Gilah ne voulait pas écouter sa mère tousser. "La suite ! cria-t-elle en riant quand il la souleva en l'air. La sorcière dans le four !"

Il la tenait à bout de bras. Ça lui chatouillait à nouveau le ventre et, cette fois, c'était vraiment drôle.

Mais bientôt mère toussa encore plus fort et père cessa de rire. Il se tut, l'air grave, posa Gilah par terre et lui caressa les cheveux.

Elle voyait qu'il était triste, mais elle voulait la fin de l'histoire, quand la sorcière brûlait.

"Je ne peux pas continuer à raconter. Il faut que je m'occupe de ta mère. Elle a besoin d'eau."

Il n'y a pas d'eau, pensa Gilah. C'est la sécheresse, et mère a dit que tout ce qui pousse dans les champs que

Staline n'a pas pris est mort. Mère a aussi dit qu'elle allait elle aussi bientôt mourir à force de tousser. Se dessécher, comme les champs de blé.

"Ça ne sert à rien d'aller chercher de l'eau", dit Gilah.

Père la regarda sévèrement. "Qu'est-ce que tu veux dire ?"

Il le savait bien, lui qui disait toujours que mère était comme un oracle, qui savait tout ce qui se passait dans le monde et avait toujours raison.

"Mère dit qu'elle va mourir."

Les yeux humides, il ne répondit pas, mais prit la main de Gilah. Puis il se leva et alla mettre son chapeau et son manteau, malgré la chaleur. Il frissonna puis s'en alla.

Gilah se mit à la fenêtre et regarda son père marcher dans la rue. Elle savait que c'était dangereux dehors et qu'il n'y avait que père qui avait le droit d'y aller, pas mère, ni ses frères, ni elle. Il y avait des cadavres dehors et ils devaient être mangés parce qu'il n'y avait plus rien d'autre que de l'herbe, des feuilles, de l'écorce, des racines, des vers et des insectes. Être mangés. De toute façon, ils ne servaient plus à rien, les morts.

Institut médicolégal

Ivo Andrić ouvrit la fermeture Éclair du sac mortuaire en plastique gris. L'horrible odeur lui piqua le nez. Après avoir longtemps séjourné dans l'eau, les graisses corporelles s'étaient transformées en une sorte de mastic à l'odeur rance. Le corps, resté au moins trois semaines dans les roseaux au bord de l'île de Svartsjö, était en très mauvais état.

L'épiderme des mains et des pieds avait absorbé tant d'eau qu'il s'était détaché, comme des gants et des chaussettes. Les motifs papillaires étaient cependant intacts, et on avait ainsi pu relever des empreintes digitales.

Les corps séjournant dans l'eau prennent une posture caractéristique, tête, bras et jambes vers le bas, torse et dos relevés, jambes pliées au niveau des hanches. La putréfaction commence dès lors par la tête, en raison du sang qui s'y accumule.

On ne trouvait pas dans les poumons du garçon la quantité de liquide suffisante indiquant une noyade : il était très vraisemblablement déjà mort quand on l'avait placé dans l'eau.

Après seulement quelques heures, le corps y avait été attaqué par les mouches. Ivo Andrić pouvait voir de petits grains jaunes et orangés au coin des yeux, autour de la bouche et du nez. C'étaient leurs œufs qui, en quelques jours, se transformeraient en larves, ou asticots, très mobiles, qui s'enfonceraient profondément dans les muqueuses pour s'y nourrir. Quelques semaines plus tard se formeraient des pupes qui donneraient une nouvelle génération de mouches. Un jour, Ivo Andrić avait vu un corps entièrement recouvert d'une épaisse couche grouillante d'asticots jaunâtres.

Il n'était pas non plus inhabituel que des corps ayant séjourné dans l'eau portent les traces d'attaques de poissons. C'était le cas ici.

Les yeux du garçon avaient été en partie mangés. Il avait de gros hématomes à la mâchoire et au menton.

Là aussi, les organes sexuels du garçon avaient été enlevés et Ivo Andrić nota que l'ablation avait été effectuée avec la même précision que la fois précédente.

Il attrapa le corps pour le retourner, afin d'examiner le dos. Le cadavre était lâche et mou, il dut faire attention à ne pas l'abîmer plus que nécessaire.

Sur le dos, il constata les saignements sous-cutanés longilignes qui attestaient que ce garçon lui aussi avait été fouetté.

Il ne serait pas non plus surpris si ce corps s'avérait également gorgé de Xylocaïne adrénaline. Pourvu que le laboratoire puisse rapidement analyser les prélèvements.

Quartier Kronoberg

“Oubliez Furugård ! se contenta de dire von Kwist.

— Quoi ? Qu’est-ce que vous voulez dire ?” Jeanette Kihlberg se leva et s’approcha de la fenêtre. “Ce type est le plus… Non, là, je ne comprends plus rien.

— Furugård a un alibi, il n’a rien à voir avec ça. C’était une grave erreur de ma part de vous écouter.”

Jeanette entendit la voix indignée du procureur et imagina son visage cramoisi.

“Furugård est clean, continua-t-il. Il a un alibi.

— Ah oui ? Et de quel genre ?”

Von Kwist se tut un moment avant de poursuivre.

“Ce que je vais vous dire maintenant est confidentiel et doit rester entre vous et moi. Je ne fais que vous transmettre une information. C’est clair ?

— Oui, oui, bien sûr.

— Les forces armées suédoises au Soudan. C’est tout ce que je peux vous dire.

— Mais encore ?

— Furugård a servi en Afghanistan, puis a été stationné tout le printemps au Soudan. Il est innocent.”

Jeanette ne savait pas quoi dire.

“Au Soudan ?” finit-elle par lâcher, envahie par un sentiment d’impuissance.

Retour à la case départ. Pas de suspect, et seulement le nom d'une des deux victimes.

Le garçon de l'île de Svartsjö était bien Youri Krylov. Un jeune orphelin originaire de Molodetchno, à une heure de voiture au nord-ouest de Minsk, en Biélorussie. Quant aux circonstances de sa venue en Suède, on en était réduit aux conjectures. L'ambassade de Biélorussie, à Lidingö, ne se montrait pas particulièrement coopérative.

Le garçon momifié du métro Thorildsplan restait non identifié. À tout hasard, Jeanette avait contacté Europol à La Haye. En vain, bien sûr. L'Europe grouillait d'enfants réfugiés clandestins. Il y avait partout des enfants qui arrivaient et disparaissaient sans que personne ne sache où ils étaient passés. Et même si on le savait, personne ne faisait rien.

Au fond, ce n'étaient que des enfants.

Ivo Andrić l'avait appelée de Solna pour l'informer que Youri Krylov avait très vraisemblablement été castré vivant.

Elle réfléchit à ce que cela pouvait signifier. La violence inouïe, ce recours à la torture, tout, d'expérience, indiquait que l'auteur était un homme.

Mais si tout cela avait aussi une dimension rituelle, on ne pouvait pas exclure la participation de plusieurs personnes. Pouvait-il s'agir de trafiquants d'êtres humains ?

Pour le moment, il fallait de toute façon qu'elle se concentre sur l'hypothèse la plus vraisemblable. Un homme seul, violent, avec très probablement un casier judiciaire. La difficulté de ces critères, c'est qu'il y avait une multitude de candidats.

Elle regarda fixement les liasses de dossiers sur son bureau.

Des milliers de pages sur une centaine d'agresseurs potentiels.

Elle décida de parcourir à nouveau cette pile de jugements et de procès-verbaux.

Trois heures plus tard, elle trouva quelque chose d'intéressant. Elle se leva et sortit dans le couloir frapper à la porte de Jens Hurtig.

"Tu as un instant ?"

Il se tourna vers elle et lui répondit d'un sourire.

"Viens avec moi", lui dit-elle.

Ils s'installèrent de part et d'autre du bureau et Jeanette tendit un dossier à Hurtig.

Il l'ouvrit et parut étonné.

"Karl Lundström ? Mais c'est chez lui qu'on a fait cette descente. C'est le type avec l'ordinateur bourré de porno pédophile. Qu'est-ce qu'il y a avec lui ?

— Je vais t'expliquer. Karl Lundström a été entendu par la criminelle : dans le procès-verbal que tu as sous les yeux, Lundström décrit en détail comment on s'y prend pour acheter un enfant."

Hurtig sembla intéressé. "Acheter un enfant ?

— Oui. Et Lundström abonde en précisions. Il mentionne des sommes exactes, assure n'avoir jamais personnellement participé à ce commerce mais prétend connaître plusieurs personnes qui l'ont fait."

Hurtig se pencha en arrière et reprit son souffle.

"Putain, ça a l'air intéressant. Il donne des noms ?

— Non. Mais le dossier Lundström n'est pas encore complet. Parallèlement aux interrogatoires se déroule un examen psychiatrique. Peut-être les psychologues qui sont en train de parler avec lui pourront-ils nous en dire plus."

Hurtig feuilleta la pile de papiers. "Autre chose ?

— Oui, encore deux ou trois trucs. Karl Lundström

préconise la castration des pédophiles et des violeurs. Mais entre les lignes, on comprend qu'il considère que cela ne suffit pas : tous les hommes devraient être castrés."

Hurtig leva les yeux au ciel. "Est-ce que ce n'est pas un peu tiré par les cheveux ? En ce qui nous concerne, il s'agit de jeunes garçons.

— Possible, mais j'ai d'autres raisons encore de vouloir le tenir à l'œil, continua Jeanette. Il a sur le dos une affaire classée de viol sur enfant, avec violences et séquestration. Il y a sept ans. Celle qui l'a dénoncé était une certaine Ulrika Wendin, quatorze ans. Devine qui a classé l'affaire ?"

Il ricana. "Le procureur von Kwist, je suppose."

Jeanette hocha la tête.

"Ulrika Wendin a une adresse sur les hauteurs de Hammarby, et je propose qu'on aille la voir dès que possible.

— OK… quoi d'autre ?"

Il la regarda avec insistance et elle ne put s'empêcher de tarder un peu à répondre.

"La femme de Karl Lundström est dentiste."

Il semblait à présent interloqué.

"Dentiste ?

— Oui, dentiste, et à ce titre elle a accès à des médicaments. Nous savons qu'au moins une de nos victimes a été empoisonnée avec un anesthésiant utilisé par les dentistes. La Xylocaïne adrénaline. Je ne serais pas étonnée qu'on en trouve aussi des traces dans le sang de Krylov. Bref, il n'est pas impossible que tout soit lié."

Hurtig reposa le dossier et se leva.

"OK, tu m'as convaincu. Ce Lundström nous intéresse.

— J'appelle Billing, dit Jeanette. Espérons qu'il parvienne à convaincre le procureur d'ordonner un interrogatoire."

Hurtig s'arrêta sur le seuil de la porte.

"Il faut vraiment mettre von Kwist au parfum ? Ce n'est pas juste une conversation pour sonder le terrain ?

— Désolée, dit Jeanette. Dès lors qu'il fait déjà l'objet d'une mise en examen, nous devons au moins informer le procureur."

Hurtig soupira et sortit.

Elle appela le commissaire principal Billing qui, à sa grande surprise, se montra très accommodant et promit de faire son possible pour convaincre le procureur. Elle téléphona ensuite à celui qui dirigeait l'enquête à la criminelle, Lars Mikkelsen.

Elle lui exposa son affaire mais, quand elle nomma Karl Lundström, il éclata de rire.

"Non, écoute, ça ne colle pas." Mikkelsen se racla la gorge. "Ce n'est pas un assassin. J'en ai vu des ribambelles, et je les reconnais. Cet homme est un malade. Mais un assassin, non.

— Possible, dit Jeanette, mais j'aimerais en savoir plus sur ses contacts concernant le commerce d'enfants.

— Lundström donne l'impression d'en savoir long, mais je ne suis pas sûr que tu puisses en tirer grand-chose. Il s'agit d'un trafic international et je ne suis même pas sûr qu'Interpol puisse t'être d'un grand secours. Crois-moi, je travaille avec cette merde depuis vingt ans, et on s'y casse toujours les dents.

— Comment peux-tu être à ce point certain que Lundström n'est pas un assassin ?"

Il se racla à nouveau la gorge. "Bien sûr, tout est possible, mais si tu l'avais rencontré, tu comprendrais. Tu devrais plutôt parler avec une des psys, une certaine

Sofia Zetterlund qui a été consultée comme experte. Mais l'examen ne fait que commencer, il faudra attendre quelques jours pour avoir les conclusions de Huddinge."

Ils raccrochèrent.

Jeanette n'avait rien à perdre et cette psychologue pourrait peut-être l'aider, ne serait-ce qu'avec un détail apparemment insignifiant. Ça s'était vu. Avec le tour que prenaient les choses, il y avait lieu d'appeler cette Sofia Zetterlund.

Mais les horaires de bureau étaient déjà depuis longtemps dépassés et elle décida de remettre ce coup de téléphone au lendemain. Il était temps de rentrer à la maison.

Gamla Enskede

Depuis sa voiture, elle appela Åke pour savoir s'il y avait à manger à la maison, mais Johan et lui avaient dîné avec des pizzas et le frigo était vide : elle s'arrêta en route à la boutique de la station-service Statoil du Globe pour prendre une paire de saucisses grillées.

L'air était doux. Elle baissa la vitre de sa portière pour laisser le vent frais lui caresser le visage. Sa voiture garée devant la villa, elle sentit une odeur d'herbe coupée en remontant le jardin et, à l'arrière de la maison, elle trouva Åke assis avec une bière sur la véranda. Il était en sueur et sale après avoir travaillé dans le jardin pierreux et accidenté. Elle alla embrasser sa joue mal rasée.

"Salut, beau gosse, dit-elle par vieille habitude. Tu as bien travaillé, dis donc. Il y en avait besoin ! Je les ai bien vus lorgner de l'autre côté de la clôture." Elle désigna du menton les voisins en faisant mine de vomir. Åke rit et hocha la tête.

"Où est Johan ?

— Parti jouer au foot avec des copains."

Il la regarda et sourit, la tête un peu de côté.

"Tu es belle, même quand tu as l'air fatiguée." Il la prit par la taille et l'attira sur ses genoux. Elle passa la main dans ses cheveux ras, se libéra, se leva et gagna la cuisine par la porte vitrée.

“Il y a du vin à la maison ? Là, j’aurais vraiment besoin d’un verre.

— Il y a un cubi ouvert sur le plan de travail et quelques restes de pizza au frigo. Mais comme on a une heure devant nous, on devrait peut-être rentrer un moment ?”

Ils n’avaient pas fait l’amour depuis plusieurs semaines. Elle savait qu’il avait pris l’habitude de se soulager aux toilettes, mais elle se sentait vraiment trop fatiguée. Tout ce qu’elle voulait, c’était s’asseoir avec un verre de vin et profiter de cette belle soirée d’été. En se retournant, elle vit qu’il la suivait déjà.

“Bon, d’accord”, dit-elle sans grand enthousiasme.

Elle s’en rendait bien compte, mais n’avait pas le courage de faire semblant.

“Laisse tomber, si c’est comme ça.”

Elle le vit retourner s’asseoir sur la véranda et ouvrir une autre bière.

“Pardon, dit-elle. Mais je suis vraiment trop crevée. J’aimerais juste me mettre à l’aise et me détendre tranquillement en attendant le retour de Johan. On peut bien le faire avant de s’endormir ?”

Il détourna les yeux et grommela. “Oui, oui. Ça ira bien comme ça.”

Elle poussa un profond soupir, accablée de ne pas se sentir à la hauteur.

Elle retourna d’un pas décidé se camper devant Åke.

“Non, ça n’ira pas bien comme ça, bordel ! Ferme-la et viens me baiser, maintenant. Laisse tomber les préliminaires et toutes ces conneries !” Elle l’attrapa par la main et le tira de son fauteuil. “Prends-moi par terre dans la cuisine, ce sera très bien !

— Bordel, arrête ta provoc !” Åke se dégagea et s’éloigna. “Je prends le vélo pour aller chercher Johan.”

Tous ces mecs qui pensaient avoir le droit d'arriver avec leurs exigences et de la faire culpabiliser ! Ses chefs, Åke et puis aussi tous ces salauds qu'elle passait ses journées à essayer d'envoyer en taule.

Tous ces hommes qui, d'une façon ou d'une autre, avaient une influence sur sa vie et dont, bien souvent, elle aurait trouvé beaucoup plus facile de se passer.

Hôpital de Huddinge

Sofia se sentit complètement épuisée quand le père de Linnea Lundström, le pédophile Karl Lundström quitta la pièce. Il avait beau le nier, la honte le rongeait. Elle l'avait aperçue dans ses yeux quand il avait raconté l'épisode de Kristianstad. Ses élucubrations religieuses et ses histoires de trafics d'enfants lui servaient de paravent.

Dans ces derniers cas, il s'agissait plutôt de la refouler.

La faute et la honte n'étaient pas pour lui, mais pour la conscience humaine tout entière ou pour la mafia russe.

Ces histoires lui étaient-elles dictées par son inconscient ?

Sofia décida de communiquer à Lars Mikkelsen les informations recueillies au cours de l'entretien, même si elle pensait bien que la police ne trouverait jamais aucun Anders Wikström au Norrland, ni aucune cassette vidéo dans un placard de sa cave.

Elle composa le numéro de la police, on lui passa Mikkelsen, à qui elle résuma brièvement ce que lui avait raconté Karl Lundström.

Elle termina la conversation par une question rhétorique.

“Serait-il vraiment impossible que dans un des plus grands hôpitaux de Suède on cesse de distribuer des anxiolytiques à tort et à travers ?

— Lundström était vaseux ?

— Oui. Si on veut que je fasse correctement mon travail, il faut au moins que celui à qui je parle soit clean.”

En quittant le département 112 de l’hôpital de Huddinge, Sofia réfléchit à ses choix professionnels.

De quel type de clients souhaitait-elle vraiment s’occuper ? Quand et comment était-elle la plus utile ? Et quel prix était-elle prête à payer en termes d’insomnies et de ventre noué ?

Elle voulait travailler avec des clients comme Samuel Bai et Victoria Bergman mais, là, elle ne s’était pas montrée à la hauteur.

Avec Victoria Bergman, elle s’était tout simplement engagée trop personnellement, au point de perdre son jugement.

Et sinon ?

Elle gagna le parking, sortit ses clés de voiture et jeta un coup d’œil en direction du complexe hospitalier.

D’un côté, il y avait son travail ici, avec des gens comme Karl Lundström. Elle n’était pas seule à prendre les décisions. Elle rendait un rapport d’expertise qui, dans le meilleur des cas, était transmis à titre de recommandation aux autorités judiciaires.

C’était une sorte de téléphone arabe.

Elle murmurait son avis à l’oreille de quelqu’un, qui transmettait à la personne suivante, puis à une autre encore pour aboutir finalement chez un juge qui prononçait alors une décision d’une tout autre teneur, peut-être poussé par un magistrat influent.

Elle ouvrit sa voiture et se laissa tomber sur le siège.

D'un autre côté, il y avait son travail au cabinet, avec des clients comme Carolina Glanz, qui la payaient à l'heure.

Là, c'est un cadre prévisible, songea-t-elle en mettant le contact. Les conditions sont fixées à l'avance par contrat.

Utiliser et se laisser utiliser.

Le client paie pour un temps convenu, prétend à une concentration totale sur sa personne et utilise le thérapeute qui, de son côté, est payé pour se laisser utiliser par le client.

Une triste tautologie, constata-t-elle en sortant du parking.

Je suis comme une prostituée.

Lac Klara

Le bureau de Kenneth von Kwist est sobre, très masculin avec ses fauteuils de cuir noir, une grande table de travail et de nombreux tableaux naturalistes.

Au mur, derrière le bureau, un paysage de montagne, grand format.

Neige et tempête.

Son estomac le brûle, mais il se sert pourtant un grand whisky puis tend la bouteille à Viggo Dürer qui secoue la tête.

Von Kwist lève son verre, y trempe les lèvres et déguste le puissant arôme fumé.

Pour le moment, cette rencontre avec Viggo n'a rien changé, ni en mieux, ni en pire. Bien sûr, il a reconnu être plus qu'une simple connaissance de la famille Lundström.

"Viggo… dit le procureur Kenneth von Kwist avec un profond soupir. Nous nous connaissons depuis longtemps et j'ai toujours été là pour toi, comme toi chaque fois que j'ai eu besoin de ton aide."

Viggo Dürer hoche la tête. "C'est vrai.

— Mais là, je ne sais pas si je peux t'aider. Le fait est que je ne sais même pas si j'en ai envie.

— Qu'est-ce que tu racontes ?" Viggo Dürer le regarde, interloqué.

“Karl avait pris de puissants médicaments quand il a reconnu avoir abusé de Linnea.

— Oui, une histoire bien embrouillée.” Viggo Dürer s’ébroue avec une grimace de dégoût assez peu crédible. “Mais en quoi cela me regarde-t-il ?

— Linnea confirme ses déclarations.”

Viggo Dürer semble étonné. “Mais je croyais qu’Annette…” Il se tait et Kenneth réagit à cette interruption.

“Quoi, Annette ?”

Il cligne des yeux. “Eh bien, qu’elle avait mis tout ça derrière elle.”

Quelque chose dans l’apparence de Viggo Dürer conforte le procureur Kenneth von Kwist dans le soupçon que la fille avait raison.

“Linnea affirme que tu étais toi aussi impliqué dans les… comment dire… activités de Karl.

— Oh merde !” Viggo Dürer blêmit et porte la main à son cœur.

“Ça va ?”

L’avocat gémit et respire à fond avant de le rassurer d’un geste. “Rien de grave. Mais ce que tu dis est très inquiétant.

— Je sais. C’est pour ça que tu dois être pragmatique. Tu vois ce que je veux dire ?”

Tvålpalatset

Depuis de nombreuses années, le club de boxe Linnea occupait des locaux dans le même immeuble de Sankt Paulsgatan que le cabinet de Sofia Zetterlund. L'origine de ce nom était débattue. Certains prétendaient que les fondateurs du club avaient l'habitude de s'entraîner sur une pelouse près d'une villa portant ce nom, d'autres que l'ouverture était tombée le jour de la Sainte-Linnea. Selon une troisième théorie, ces boxeurs étaient de grands admirateurs d'Evert Taube, et leur choix final s'était porté sur ce que le grand poète mort noyé considérait comme le plus beau nom au monde.

Linnea.

À son retour au cabinet, Sofia se sentit complètement lessivée. Elle avait une heure devant elle avant son prochain client, une femme d'âge mûr qu'elle avait déjà vue deux fois, et dont le problème principal était justement d'avoir un problème.

Un entretien qui serait consacré à comprendre un problème qui initialement n'en était pas un, mais allait insensiblement le devenir au cours de la conversation.

Sofia se sentait impuissante. Qu'allait-elle inventer, cette fois ? Un tableau de travers chez elle parce que son mari aurait claqué trop fort la porte en partant travailler ? Ce tableau penché symboliserait le naufrage de son mariage, briserait les lignes du foyer. Ce serait sa faute, à lui, si elle n'allait pas bien, alors que vingt ans durant, tout ce qu'elle avait fait était de manger des chocolats tandis que ses enfants rataient tout ce qu'ils entreprenaient.

Elle alluma son ordinateur, parcourut ses notes et vit aussitôt qu'elle n'avait rien à préparer.

Après, ce serait le tour de Samuel Bai.

Les problèmes des gens ordinaires, songea-t-elle.

Une heure.

Victoria Bergman.

Elle brancha les écouteurs.

La voix de Victoria semblait amusée.

C'était si facile à en pisser de rire de voir leurs têtes sérieuses quand j'achetais un caramel pour dix centimes et j'avais des bonbecs plein mes poches que je pouvais revendre à tous ceux qui se battaient à qui oserait me peloter les seins ou me fourrer la main dans la culotte et après rire quand je me fâchais et mettais de la colle dans la serrure pour qu'ils arrivent en retard et ce type barbu qui vous tapait sur la tête avec son gros bouquin à vous faire claquer les dents et vous faisait cracher le chewing-gum qui de toute façon n'avait plus de goût et que j'ai après collé sur une mouche…

Sofia s'étonnait de voir à quel point la voix changeait selon les associations. Comme si ces souvenirs appartenaient à plusieurs personnes qui parlaient à travers un médium. Au milieu de la phrase, la voix de Victoria prit un ton triste.

… mais j'avais d'autres chewing-gums en réserve et j'ai pu m'en glisser un dans la bouche pendant qu'il lisait sur l'estrade en lorgnant si je copiais mes mains moites poissaient mes devoirs et je faisais des fautes d'orthographe juste parce que j'étais nerveuse pas débile comme tous ces crétins qui pouvaient dribbler mille fois sans fatiguer mais

ne savaient rien sur les capitales ou les guerres alors qu'ils auraient dû parce que c'était toujours des types comme eux qui commençaient les guerres sans jamais comprendre quand ça suffisait et tombaient toujours sur celui qui sortait un peu du rang et avait la mauvaise marque de jean ou une coiffure moche ou était trop gros…

La voix devint plus tranchante. Sofia se souvint que Victoria s'était fâchée.

… comme cette grosse fille sur son tricycle, avec sa drôle de tête, elle bavait toujours, une fois ils lui ont dit de se déshabiller mais elle n'a pas compris avant qu'ils lui enlèvent son pantalon. Ils avaient toujours cru qu'elle était juste grosse, la gosse, alors ça les a étonnés de voir qu'elle était adulte en bas et après on recevait une correction parce qu'on ne pleurait pas quand ils vous boxaient le ventre et qu'on rigolait et qu'on s'en allait sans rapporter ni se plaindre mais qu'on était dure et décidée…

Puis la voix se tut. Sofia entendit sa propre respiration. Pourquoi n'avait-elle pas invité Victoria à poursuivre ?

Elle appuya sur avance rapide. Presque trois minutes de silence. Quatre, cinq, six minutes. Pourquoi avait-elle enregistré ça ? On n'entendait que des respirations et des bruits de papier.

Au bout de sept minutes, Sofia s'entendit tailler son crayon. Puis Victoria rompit le silence.

Je n'ai jamais frappé Martin. Jamais !

Victoria criait presque et Sofia dut baisser le volume.

Jamais. Je ne trahis pas. J'ai bouffé de la merde pour elles. De la merde de chien. Putain de bordel j'ai l'habitude d'en avaler. Foutues snobs de Sigtuna ! J'ai bouffé de la merde à cause d'elles !

Sofia ôta les écouteurs.

Elle savait que Victoria perdait le fil, mélangeait ses souvenirs et oubliait souvent ce qu'elle venait de dire.

Mais ces blancs étaient-ils de banals trous de mémoire ?

Elle avait le trac à l'approche de l'entretien avec Samuel. Il ne fallait pas que la conversation s'enferre dans une impasse comme elle avait eu tendance à le faire lors des séances précédentes.

Il fallait qu'elle le prenne à bras-le-corps avant qu'il ne soit trop tard, avant qu'il lui glisse entre les doigts. Elle savait qu'elle aurait besoin de mobiliser toute son énergie pour cet entretien.

Comme d'habitude, Samuel Bai arriva ponctuellement, accompagné d'un assistant social de Hässelby.

"Deux heures et demie ?

— Je pensais prolonger un peu l'entretien, cette fois, dit Sofia. Vous pouvez revenir le chercher à trois heures."

L'assistant social disparut par l'ascenseur. Sofia regarda Samuel Bai, qui siffla. *"Nice meeting you, ma'am*"*, dit-il, en se fendant d'un grand sourire.

Sofia fut soulagée en comprenant laquelle des personnalités de Samuel se présentait à elle.

C'était Frankly Samuel, comme Sofia l'appelait dans ses notes, le Samuel franc, ouvert et aimable qui commençait toutes ses phrases par *"Frankly, ma'am, I have to tell ya**…"* Il parlait toujours un anglais à sa sauce qui amusait Sofia.

Ces derniers temps, Samuel devenait Frankly Samuel à peine l'assistant social parti.

Intéressant qu'il choisisse ce visage quand il vient me voir, se dit-elle en l'invitant à entrer.

* Content d'vous voir, m'dame.

** Franchement, m'dame, faut qu'j'vous dise…

L'attitude franche de Frankly Samuel faisait de lui le plus intéressant des différents Samuel que Sofia avait jusqu'ici observés au cours des entretiens. Le Samuel "ordinaire", qu'elle avait baptisé Samuel Common – sa personnalité principale – était renfermé, correct et se confiait peu.

Frankly Samuel était la facette de sa personnalité qui parlait des atrocités qu'il avait commises enfant. Il était presque surréaliste de l'observer, toujours souriant et charmeur, complimenter Sofia pour ses beaux yeux et sa jolie poitrine et finir sa phrase en racontant comment dans un hangar sombre de Lumley Beach près de Freetown il avait soigneusement coupé les oreilles d'une petite fille. Après, il pouvait éclater d'un rire communicatif qui rappelait à Sofia celui du footballeur Zlatan Ibrahimović. Un heu-heu-heu joyeux et comme aspiré qui faisait rayonner tout son visage.

Quelquefois, pourtant, elle avait vu des éclairs dans ses yeux, et pensait qu'il y avait là un autre Samuel qui ne s'était pas encore montré.

Le travail thérapeutique de Sofia visait à rassembler ces différentes personnalités en une personne cohérente. Mais elle savait bien qu'il ne fallait pas brûler les étapes. Le client devait pouvoir faire face à ce qu'il portait en lui.

Avec Victoria Bergman, tout s'était fait tout seul.

Victoria était comme une machine à laver : dans le ressassement de ses monologues, elle essayait de lessiver le mal.

Mais avec Samuel Bai, c'était différent.

Il lui fallait être prudente avec lui, sans pour autant être inefficace.

Frankly Samuel ne se montrait pas spécialement affecté en racontant les horreurs qu'il avait vécues.

Mais elle avait de plus en plus l'impression d'avoir devant elle une bombe à retardement.

Elle l'invita à s'asseoir, et Frankly Samuel se lova dans le fauteuil. Une sorte de gestuelle élastique, ondulante accompagnait cette personnalité.

Sofia le regarda et lui sourit, un peu sur ses gardes.

"So... how do you do, Samuel ?"*

Il heurta la table avec sa grosse bague en argent et la regarda avec des yeux joyeux. Puis il ondula des épaules, comme traversé par une vague.

*"Ma'am, dat has never been better... And frankly, I must tell ya**..."*

Frankly Samuel aimait bavarder. Il manifestait aussi un franc intérêt pour Sofia, posait lui-même des questions personnelles et demandait sans détour son avis sur différents problèmes. Tant mieux, car, ainsi, elle pouvait orienter la conversation vers des sujets qui lui semblaient propres à permettre une percée dans la thérapie.

L'entretien durait depuis une demi-heure quand Samuel, à la grande déception de Sofia, changea brusquement de personnalité en redevenant Samuel Common. Quelle erreur avait-elle commise ?

Ils avaient parlé de ségrégation, un sujet qui lui tenait à cœur, et il lui avait demandé où elle habitait et à quelle station de métro il fallait descendre pour venir la voir. À sa réponse – quartier de Södermalm, métro Skanstull ou Medborgarplatsen –, son sourire franc s'était fané et il s'était fait plus réservé.

"Monumental, ah ouais putain... fit-il en mauvais suédois.

— Samuel ?

* Bon... comment ça va, Samuel ?

** M'dame, super... Et franchement, faut qu'j'vous dise...

— Qui c'est ? Lui là, qui me crache à la figure… araignées sur les bras. *Tattoos…*"

Sofia savait à quels événements il faisait allusion. Les services sociaux de Hässelby l'avaient informée qu'il avait été victime d'une agression sous un porche d'Ölandsgatan. Par *Monumental*, il voulait dire le quartier du Monument, près de la sortie du métro Skanstull.

Près de l'appartement de Mikael, songea-t-elle.

"Regarde aussi mon *tattoo*, R pour *Revolution*, U pour *United*, F pour *Front*. Là !"

Il tira le col de son tee-shirt : il avait un tatouage sur la poitrine.

RUF, en lettres gauches. Elle ne connaissait que trop bien ce sigle lourdement chargé.

Était-ce le souvenir de cette agression qui avait fait ressurgir Samuel Common ?

Elle y réfléchit un instant tandis qu'il fixait la table en silence.

Peut-être Frankly Samuel n'avait-il pas su comment faire face à l'humiliation de cette agression et s'en était-il déchargé sur Samuel Common, qui assurait pour ainsi dire le suivi de ses contacts formels avec la police ou les services sociaux. Voilà pourquoi Frankly Samuel avait disparu quand il avait été question du quartier du Monument.

C'est dans l'ordre des choses, pensa-t-elle. Le langage est chargé de valeurs symboliques.

Elle imagina aussitôt comment faire revenir Frankly Samuel.

"Excuse-moi un instant, tu veux bien, Samuel ?

— Quoi ?"

Elle lui sourit. "Je voudrais te montrer quelque chose. Attends-moi là, je reviens dans une minute."

Elle sortit de la pièce et gagna directement la salle d'attente du dentiste Johansson, la porte à droite de son cabinet.

Sans frapper à la porte, elle entra dans la salle d'opération. Elle s'excusa auprès de Johansson, surpris, qui était en train de rincer la bouche d'une femme d'un certain âge, et lui demanda de lui prêter la vieille maquette de moto posée derrière lui sur une étagère.

"J'en ai besoin juste une heure. Je sais que tu y tiens, mais je promets de faire attention."

Elle adressa un sourire charmeur au dentiste sexagénaire. Il l'avait à la bonne, elle le savait. Il était sûrement aussi un peu émoustillé.

"Ah, ces psychologues, ces psychologues…" s'esclaffa-t-il sous son masque. Il alla chercher la petite moto métallique.

C'était la maquette d'une Harley Davidson *vintage*, laquée rouge. Elle était très bien faite, fabriquée selon Johansson aux États-Unis en 1959 à partir du métal fondu et du caoutchouc d'une vraie Harley.

Elle est parfaite, se dit Sofia.

Johansson lui tendit la petite moto en lui rappelant sa valeur. Au moins deux mille couronnes sur le Net, et plus même si on la vendait à un Japonais ou à un Amerloque.

Ça pèse au moins un kilo, se dit-elle en sortant du cabinet dentaire. Elle s'excusa encore auprès de Samuel et plaça la moto sur le rebord de fenêtre à gauche du bureau.

"Jeesus, ma'am!" s'exclama-t-il.

Elle n'aurait pas cru que la transformation aurait lieu si vite.

Les yeux de Frankly Samuel se mirent à briller. Il se précipita vers la fenêtre et, amusée, Sofia le regarda tourner précautionneusement la moto dans tous les sens en sifflotant et en poussant des cris ravis.

"Jeesus, beautiful..."

Lors de précédents entretiens, elle avait décelé une passion chez Frankly Samuel. À plusieurs reprises, il lui avait parlé du club des motards de Freetown, où il allait souvent traîner pour admirer les longues rangées de bécanes. À quatorze ans, il avait cédé à la tentation et volé une Harley pour aller sillonner les longues plages des environs.

Samuel s'était à présent rassis, la moto dans les bras, qu'il tapotait comme un petit chien. Ses yeux brillaient et son visage était fendu d'un grand sourire.

*"Freedom, ma'am. Dat is freedom... Dem bikes are for me like momma-boobies are for dem little children**."

Il se mit à parler de sa passion. Posséder une moto n'avait pas seulement signifié pour lui la liberté, cela lui avait aussi permis d'impressionner les filles et de se faire des amis.

"Parle-moi encore d'eux. *Your friends...*

— *Wich friends? Da cool sick or da cool fresh? Myself prefer da cool freshies! Frankly, I have lots of dem in Freetown... start with da cool fresh Collin***..."

Sofia sourit discrètement et le laissa lui parler de Collin et de ses autres amis, tous plus cool les uns que les autres. Au bout de dix, quinze minutes, elle se rendit compte qu'à force d'anecdotes tantôt admiratives, tantôt vantardes, il était sans doute parti pour passer toute

* La liberté, m'dame. Ça, c'est la liberté... Ces bécanes pour moi, c'est comme les lolos de maman pour un bébé.

** Quels amis? Les barges ou les cool? Moi j'préfère les cool! Franchement, j'en ai plein à Freetown... Pour commencer, mon pote super cool Collin...

la séance à faire le portrait de ses amis avec une impressionnante débauche de détails.

Elle sentit qu'il lui fallait être sur ses gardes. La logorrhée et l'agitation de Frankly Samuel lui faisaient perdre sa concentration.

Il fallait qu'elle réoriente l'entretien.

Il se produisit alors ce qu'elle avait bien sûr déjà envisagé, mais auquel elle ne s'attendait pas à cet instant précis.

Un nouveau visage de Samuel lui apparut.

Sierra Leone, 2001

Le camp de la Croix-Rouge à Lakka consiste en trois vastes tentes pleines à craquer de malades et de blessés et un petit bâtiment en dur qui sert de réserve pour les médicaments et autres équipements.

Le bâtiment en dur est gardé par deux soldats lourdement armés, car les médicaments sont convoités par les rebelles.

On bande son genou, qui est démis. Ça fait terriblement mal quand on le lui remet en place, mais la douleur ne lui fait rien et elle refuse l'ampoule de morphine qu'on lui propose.

Elle trouve qu'elle ne la mérite pas.

Quand elle demande à être assise sur un tabouret plutôt que d'occuper un lit, on se contente de secouer la tête en lui disant que jouer les martyrs n'a pas cours en Sierra Leone.

Peu après, elle s'endort, malgré la douleur.

Quand elle ouvre l'œil, il fait noir, à part quelques lanternes pendues à l'entrée et près du poêle au milieu de la tente.

“Vous êtes réveillée ?”

C'est une sombre voix masculine. “Je m'appelle Marcus, je suis pédiatre pour l'Unicef. Je vais vous accompagner à l'aéroport demain.”

Il lui tend un verre d'eau et regarde sa montre. "Comme vous voyez, vous ne pouvez plus rien faire ici. Il est temps de rentrer chez vous."

Il se penche pour éteindre la lampe avant de sortir de la tente.

Moins d'une semaine plus tard, Marcus sera mort.

Assassiné par ces mêmes enfants qu'il avait vocation d'aider.

De petits hommes avec des armes et le pouvoir de tuer.

Des enfants-soldats.

La route vers l'aéroport au nord de Freetown traverse une jungle très difficile d'accès.

Marcus conduit, elle est couchée sur la banquette arrière de la jeep, sa jambe bandée maintenue en hauteur.

À l'approche de Lungi, ils s'embourbent : les pluies violentes ont transformé le chemin forestier en fondrière. Ils réalisent qu'ils ne pourront pas continuer sans aide.

Au moment même où ils décident d'abandonner le véhicule et de continuer à pied, ils voient des lumières de phares et entendent des cris et une musique tonitruante.

Par le pare-brise, elle voit les voitures s'arrêter, mais la pluie battante et l'obscurité empêchent d'estimer l'importance du groupe de rebelles.

Elle entend Marcus tenter d'expliquer qu'ils sont des humanitaires en route pour l'aéroport de Lungi. Elle se penche prudemment par la fenêtre pour mieux voir.

Elle sait que ce qu'ils transportent a beaucoup de valeur : dollars, essence, deux pistolets automatiques, des appareils photo et un peu de matériel médical, dont une grosse bouteille d'alcool à 90°. Mais elle sait aussi qu'ils sont eux-mêmes le butin le plus précieux.

Le chef semble avoir une vingtaine d'années, mais la majorité a dans les douze ans, et certains pas plus de six ou sept ans. Ces gamins sont visiblement drogués, peut-être des amphétamines mélangées à une forme d'hallucinogène : ils se comportent comme dans une transe collective.

Le jeune chef des rebelles éclate de rire et, sans prévenir, frappe Marcus d'un coup de crosse en plein visage.

Ils la tirent de la voiture.

La douleur l'anesthésie.

Le chef la tire par les cheveux et arrache les boutons de sa chemise. Puis il se tourne vers les gamins.

"Wanna touch her?"*

Il rit, se penche sur elle et lui pince très fort un sein. Elle voit son visage qui sourit comme à travers un brouillard. Ses yeux sont pleins de feu et d'explosions, mais il n'y a aucun bruit. Elle a perdu l'ouïe.

C'est comme si elle se regardait d'en haut. Comme si elle avait quitté son corps. Elle ne sent rien, à part la douleur de sa jambe, et tout devient plus facile en se concentrant dessus.

Les enfants rendent les coups, se dit-elle.

Quelqu'un déchire son pantalon. Sa tête est tirée en arrière, une main la force à ouvrir grande la bouche. Elle reconnaît le goût écœurant du vin de palme.

Quand l'ouïe lui revient, on tambourine sur des bidons d'essence, un gamin pleure. Elle a réintégré son corps et son cerveau s'est remis à fonctionner.

Debout devant elle, le gamin reboutonne son pantalon sous les rires des autres. Un des plus âgés lui donne des tapes dans le dos tandis qu'il se détourne en

* Vous voulez la toucher ?

sanglotant. Elle voit que du sang a coulé le long de sa cuisse et a taché de rouge sa jambe de pantalon.

Elle pense qu'elle crie, mais n'en est pas sûre.

Elle ne rouvre les yeux que dix minutes plus tard. À côté d'elle git Marcus, recroquevillé, le corps couvert de grandes plaies. Elle est à peine consciente, le sel de ses larmes lui brûle les yeux.

Elle lève la tête et voit le chef penché au-dessus d'elle.

*"Piss on ya bitch**…"

Le jet brûlant a une curieuse odeur douceâtre et, avant qu'il ne touche ses yeux, elle a le temps de voir sa couleur rouge.

Le monde autour d'elle n'a plus trois dimensions. Il est plat comme un tableau.

Pisse-t-il du sang ?

Quand il a fini, il la soulève par le cou comme une poupée, et elle sent son sexe humide contre son ventre nu.

Il fourre sa langue dans sa bouche, lui lèche le nez et les yeux. Le liquide rouge a un goût bizarre.

Il a mangé des betteraves, se dit-elle avant de perdre connaissance et plonger dans le noir.

Elle tourne la tête et aperçoit une faible lueur juste au-dessus d'elle. Une ampoule ?

La lumière filtre à travers une toile sale qui se balance doucement dans le vent.

Non, c'est la lune, et maintenant que ses yeux se sont habitués, elle voit aussi des parois de terre dans la faible

* J'te pisse dessus, salope…

lumière qui arrive jusqu'à elle. Elle essaie d'avoir les idées claires.

Elle a été jetée avec Marcus au fond d'un trou, dont l'ouverture a été bouchée par une bâche en toile grossière. Va-t-on les enterrer vivants ?

Il lui faut se ressaisir. Elle regarde autour d'elle et la situation se clarifie.

La paroi argileuse est un peu en pente, peut-être assez pour qu'elle puisse s'y hisser. Le bord n'est qu'à deux, trois mètres. Elle fait une tentative, mais la douleur la fait retomber.

Ses ongles s'enfoncent dans la couche de terre meuble et elle finit par réussir à grimper jusqu'en haut.

La lueur d'une ampoule à travers le tissu. Non, la lune.

À plat ventre, elle rampe jusqu'à la bâche. Elle en soulève doucement quelques décimètres pour voir dehors.

Une bruine tombe en silence et, au clair de lune, elle voit un des gamins qui dort à découvert. Soudain, elle entend du chahut et rentre la tête.

"Mambaa manyani… Mamani manyimi…"

Les victimes deviennent bourreaux, songe-t-elle.

Les adultes leur ont volé leur enfance et maintenant ils rendent les coups. Victimes et bourreaux se confondent. Normal.

Elle sort du trou, ramasse une couverture jetée sur un rocher et s'en drape. Elle rampe sur les coudes et ce n'est qu'une fois parvenue aux buissons à l'orée de la jungle qu'elle ose se redresser. Appuyée à une branche, elle descend la pente en boitant. La douleur et l'épuisement lui font bientôt à nouveau quitter son corps.

Elle se voit de dehors, voit ses jambes avancer, mais ne les sent pas.

La nuit passe, elle ne sait pas où elle est, la lune est cachée par les arbres et semble suivre sa propre route dans le ciel noir.

Elle entend un bruit d'eau courante et s'endort près d'un ruisseau.

Combien de jours s'écoulent ?

Elle ne sait pas.

Après, elle ne se souviendra que de voix et d'ombres étrangères.

Ce sont des voix de femmes qui la réveillent.

Puis celle d'un homme qui dit appartenir à la milice gouvernementale. On la conduit parmi les frondaisons, elle ne sait pas vers où. D'autres voix encore. Des silhouettes à l'extérieur d'une tente.

Elle est couchée dans un lit et une voix à son chevet dit que la tête de Marcus a été retrouvée dans un carton sur les marches de l'hôtel de ville de Freetown.

L'ombre se penche vers elle et lui dit que le crâne a été rasé et qu'on y a incisé trois lettres. RUF.

Le séjour

baignait dans la lueur vacillante de la télévision. Discovery Channel était restée allumée toute la nuit et, à cinq heures et demie, elle fut réveillée par la voix monotone du speaker.

“*Pla kat* signifie plagiat en thaï, mais c’est aussi le nom d’une espèce géante et agressive de poisson de combat élevé et utilisé en Thaïlande dans des compétitions spectaculaires. Deux mâles sont enfermés dans un petit aquarium : pour défendre leur territoire, ils s’attaquent aussitôt. La confrontation sanglante ne cesse qu’avec la mort d’un des poissons.”

Elle sourit, se leva et alla lancer un café à la cuisine.

En attendant qu’il soit prêt, elle alla regarder par la fenêtre.

le parc
et ses arbres verdoyants, les voitures stationnées et les passants au compte-goutte.

Stockholm.

Södermalm.

Chez elle ?

Non, être chez soi, c’était tout autre chose.

Un état. Un sentiment qu’elle ne connaîtrait jamais. Jamais de la vie.

Lentement, par petits bouts, une idée se fit jour.

Son café bu, elle débarrassa la table et regagna le séjour.

Elle déplaça l'abat-jour, ôta le crochet et ouvrit la porte cachée derrière la bibliothèque.

Elle vit que le garçon dormait profondément.

la table

du séjour était jonchée de journaux de la semaine écoulée. Elle s'attendait à trouver au moins un article sur la disparition, et pensait même que ça ferait les gros titres.

Un enfant qui se volatilise, ça devait bien être une nouvelle importante ?

Pour les journaux du soir, de quoi vendre du papier pendant au moins une semaine.

C'était comme ça d'habitude.

Mais elle n'avait rien trouvé indiquant qu'il était recherché. Rien non plus aux informations à la radio : elle commençait à se dire qu'il était encore plus parfait qu'elle n'avait osé l'espérer.

Si personne ne s'inquiétait de sa disparition, il se réfugierait auprès d'elle tant qu'elle satisferait ses besoins élémentaires, et elle savait qu'elle le ferait.

Elle ferait plus que les satisfaire.

Elle irait au-devant de ses désirs jusqu'à ce qu'ils se confondent avec les siens et qu'elle et lui ne fassent plus qu'un. Elle serait la tête de cette créature nouvelle, lui les muscles.

Pour le moment, sans connaissance sur son matelas, il n'était qu'un embryon. Mais quand il aurait appris à penser comme elle, il n'existerait plus pour eux qu'une seule vérité.

Quand elle lui aurait appris ce que cela faisait d'être à la fois victime et bourreau, il comprendrait.

Il serait la bête, et elle celle qui déciderait si la bête devait ou non laisser libre cours à ses pulsions. Ensemble, ils formeraient une personne parfaite, chez qui le libre arbitre serait guidé par une conscience et les pulsions physiques par une autre.

Elle pourrait libérer ses pulsions par son intermédiaire, et il pourrait en jouir.

Aucun ne pourrait être tenu pour responsable de ce que ferait l'autre.

le corps
serait constitué de deux entités, un animal et un être humain.

Une victime et un bourreau.

Un bourreau et une victime.

Le libre arbitre uni aux pulsions physiques.

Deux antipodes dans un même corps.

la chambre
était sombre, elle alluma l'ampoule au plafond. Le garçon se réveilla, elle lui donna à boire. Épongea son front en sueur.

Elle alla remplir la bassine d'eau tiède dans le réduit des toilettes et revint le laver soigneusement avec un gant, du savon et de l'eau. Puis elle le sécha bien.

Avant de retourner dans l'appartement, elle lui refit une injection de somnifère et attendit qu'il ait à nouveau perdu conscience.

Il s'endormit la tête posée contre sa poitrine.

Harvest Home

Comme d'habitude, les clients étaient un mélange d'artistes du coin, de musiciens et d'acteurs à moitié connus et de touristes de passage désireux de se frotter à la prétendue bohème de Södermalm.

En réalité, ce quartier était l'un des plus petit-bourgeois et ethniquement homogènes du pays et il y vivait plus de journalistes que nulle part ailleurs en Suède.

C'était aussi une des zones les plus criminogènes, même si les médias s'obstinaient à en donner une image branchée et intello plutôt que violente et dangereuse.

Faiblesse, songea Victoria Bergman en ricanant. Voilà six mois qu'elle suivait cette thérapie avec Sofia Zetterlund, et pour en arriver où ?

Au début, elle avait trouvé que ces entretiens lui apportaient quelque chose, c'était l'occasion de brasser ses émotions et ses réflexions, et puis Sofia Zetterlund savait écouter.

Au début.

Puis elle avait trouvé qu'elle n'en tirait pas assez en retour. Sofia Zetterlund avait l'air de dormir sur place. Quand Victoria se confiait vraiment, Sofia se contentait de hocher froidement la tête, prenait une note, bougeait ses papiers ou tripotait son petit dictaphone, l'air absent.

Elle sortit le paquet de cigarettes de son sac et le posa sur la table, où elle se mit à tambouriner nerveusement du bout des doigts. Le malaise était là, un poids sur sa poitrine.

Là depuis longtemps.

Plusieurs jours, plusieurs mois.

Des années.

Bien trop longtemps pour être supportable.

Victoria Bergman était à une terrasse sur Bondegatan. Depuis qu'elle avait déménagé à Södermalm, elle venait souvent ici boire un ou deux verres de vin.

Elle s'y était sentie chez elle dès la première fois. Le personnel était aimable sans être trop familier. Elle détestait les barmen envahissants qui après quelques visites seulement commençaient à vous appeler par votre prénom. Cela lui donnait l'impression d'être un pilier de bar, ce qui ne flattait pas l'image qu'elle avait d'elle-même.

En imaginant le visage amorphe, endormi et indifférent de Sofia Zetterlund, Victoria Bergman eut une idée. Elle sortit un stylo de la poche de sa veste et aligna trois cigarettes devant elle.

Sur la première, elle écrivit SOFIA, sur l'autre FAIBLE, et sur la dernière ENDORMIE.

Puis en travers du paquet SOFIA ZZZZZZZ...

Elle alluma la cigarette où était écrit SOFIA.

Rien à foutre, pensa-t-elle. Finies ces consultations. Pourquoi y retourner ? Sofia Zetterlund se disait psychothérapeute, mais c'était quelqu'un de faible.

Le cuisinier sortit fumer un cigarillo dans la rue. Il lui fit un signe de tête en la reconnaissant et elle lui répondit par un sourire.

Le restaurant n'était qu'à moitié plein, alors que l'après-midi de ce vendredi était déjà bien avancé. Sans doute était-ce à cause du temps gris et frisquet, ou du jour de relâche dans les finales du championnat d'Europe de football.

Le couple suédo-hollandais qui tenait le bar projetait les matchs sur écran géant : quelques jours plus tôt, elle y avait assisté à la rencontre France-Hollande. Le local était alors plein à craquer de toute la communauté hollandaise de Stockholm.

Les murs étaient couverts de fanions avec le lion noir hollandais sur fond orange, mêlés à des drapeaux et des guirlandes aux couleurs de la Suède.

Les décorations étaient toujours là et resteraient sûrement là jusqu'à ce qu'une des équipes faiblisse et se fasse éliminer.

Elle songea à Gao. Gao et elle n'étaient pas faibles.

Les événements récents étaient encore gravés sur ses paupières et une sensation presque euphorique s'empara de son corps. Pourtant, malgré l'excitation qu'elle ressentait encore, elle était rongée par une insatisfaction, un mécontentement. Comme s'il lui en fallait plus.

Elle comprit qu'il lui fallait soumettre Gao à une épreuve à laquelle il échouerait. Alors, elle retrouverait peut-être la sensation du début. Elle comprit que c'était le regard de Gao et de personne d'autre qu'elle voulait voir se poser sur elle. Ses yeux quand il avait réalisé qu'elle l'avait trahi.

Elle savait que la trahison était pour elle une drogue et qu'elle se servait du mensonge pour pouvoir se sentir bien. Avoir deux êtres en son pouvoir et décider toute seule qui caresser et qui frapper. Si, sur un coup de tête, on changeait arbitrairement de victime, on les faisait se haïr mutuellement et tout faire pour s'attirer votre reconnaissance.

Quand ils se sentaient assez en danger, on les amenait à vouloir s'entretuer.

Gao était son enfant. Sa responsabilité, son tout.

Il n'y en avait eu qu'un comme cela avant lui : Martin.

Elle trempa ses lèvres dans le vin et se demanda si c'était à cause d'elle qu'il avait disparu. Non, pensa-t-elle. Ce n'était pas sa faute, elle n'était qu'une enfant à l'époque.

C'était la faute de son père. Il avait détruit chez elle toute confiance envers les adultes : elle avait mis le père de Martin dans le même sac.

Il m'aimait bien, c'est tout, et j'ai mal interprété ses caresses, se dit Victoria.

J'étais une enfant désorientée.

Elle but une grande gorgée de vin et feuilleta le menu, même si elle savait bien qu'elle ne comptait rien manger.

Bondegatan

Sofia Zetterlund entra dans la boutique Tjallamalla, sur Bondegatan, dans l'espoir de trouver quelque chose de joli pour étoffer sa garde-robe, mais en ressortit avec un petit tableau représentant le Velvet Underground, l'ancien groupe de Lou Reed qu'elle avait beaucoup écouté à l'adolescence.

Elle s'était étonnée de voir qu'ils vendaient aussi de l'art, c'était bien la première fois. Mais elle n'avait pas hésité un instant : ce tableau était vraiment une trouvaille.

Elle s'installa en terrasse au pub Harvest Home, à deux pas de là, et posa le tableau sur la chaise voisine.

Le shopping n'avait pas calmé son inquiétude. Le vin marcherait peut-être mieux.

Elle commanda un demi du blanc de la maison. La serveuse sourit en la reconnaissant, elle lui rendit son sourire en allumant une cigarette.

Elle avait bien essayé d'arrêter mais, elle en était de plus en plus certaine, c'était impossible. La nicotine l'aidait à penser et, parfois, elle fumait dix, quinze cigarettes d'affilée.

Elle repensa à Samuel Bai et à sa séance de thérapie, quelques heures plus tôt. Elle frémit en songeant à ce qu'elle avait libéré et à sa propre réaction.

En colère, il était imprévisible, muré derrière une façade compacte, détaché de toute rationalité. Sofia se souvint comment elle avait tenté de tailler dans le vif, d'atterrir au milieu du fracas d'une réminiscence chaotique en lui présentant quelque chose à quoi se raccrocher. Mais elle avait échoué.

Elle desserra son foulard et tâta son cou endolori. Elle avait eu de la chance de s'en tirer vivante.

Elle ne savait pas comment elle pourrait continuer à s'occuper de lui.

Tout s'était bien passé, jusqu'au moment où le nouveau Samuel avait fait surface.

Il était là, la maquette de moto du dentiste entre les mains, en train d'évoquer avec passion un de ses camarades d'enfance, quand elle avait été témoin d'une effrayante métamorphose.

Elle savait que les personnalités dissociatives pouvaient très vite changer d'identité. Un mot, un geste avaient suffi à Samuel.

Dans une incise, qui d'ailleurs concernait son camarade, Samuel avait mentionné Pademba Road Prison.

Dès le troisième mot, sa voix avait changé, se chargeant d'un sifflement sourd :

“Prissson…”

Il était parti dans un grand éclat de rire qui lui avait glacé le sang. Son grand sourire était toujours là, mais complètement vide, et son regard noir.

Sofia écrasa son mégot. Elle se sentit sur le point de fondre en larmes.

Du cran. Tu es plus forte que ça.

Ses souvenirs étaient confus.

Mais elle se souvenait que Samuel s'était levé brusquement en heurtant le bureau, renversant sa boîte de crayons qui lui avait roulé sur les genoux.

Et elle se souvenait de ce qu'il lui avait éructé.

D'abord en krio.

"I redi, an a de foyu. If yu ple wit faya yugo soori!"

Je suis prêt, et je suis là pour te prendre. Si tu joues avec le feu, tu vas le regretter.

Puis en langue mendé.

"Mambaa manyani… Mamani manyimi…"

C'était comme une langue enfantine, la grammaire était étrange, mais aucun doute sur le sens de ces mots. Elle avait déjà entendu ça.

Puis il l'avait soulevée par le cou comme une poupée.

Et tout était devenu noir.

Quand Sofia porta d'une main tremblante son verre de vin à sa bouche, elle se rendit compte qu'elle pleurait. Elle s'essuya les yeux avec la manche de son chemisier et comprit qu'il fallait qu'elle mette de l'ordre dans ses souvenirs.

L'assistant social était venu le chercher.

Sofia se souvenait de lui avoir confié Samuel, comme si rien d'inhabituel n'avait eu lieu. Mais que s'était-il passé avant ?

Chose étrange, le seul souvenir qui lui restait était celui d'un parfum qu'elle reconnaissait.

Celui qu'utilisait Victoria Bergman.

C'est le choc, songea Sofia, ou peut-être le manque d'oxygène quand il a tenté de m'étrangler. Ça doit être ça.

Mais elle savait que ce n'était pas toute la vérité.

Elle remplit son verre de vin.

Je n'arrive pas à distinguer mes clients les uns des autres, constata-t-elle brutalement en buvant quelques gorgées. Voilà pourquoi je ne m'en sors pas.

Samuel Bai et Victoria Bergman.

Les mêmes sauts brusques entre diverses personnalités.

En plus du choc et du manque d'oxygène, elle avait complètement perdu les pédales, et c'était pour cela que son seul souvenir de la consultation de Samuel concernait Victoria Bergman.

Je ne m'en sors pas, se répéta-t-elle en silence. Annuler son prochain rendez-vous ne suffit pas, j'annule tout. Pour le moment, je suis incapable de l'aider.

C'est comme ça, pensa-t-elle, aussitôt très soulagée de s'être décidée.

Parfois, il fallait accepter d'être faible.

Ses réflexions furent interrompues par son téléphone. Un numéro qu'elle ne reconnaissait pas.

"Oui, allô ? dit-elle d'une voix hésitante.

— Allô, ici Jeanette Kihlberg, de la police de Stockholm. Vous êtes bien Sofia Zetterlund ?"

Ce n'était pas très professionnel de répondre comme elle l'avait fait. En se mordant les lèvres, elle mentit : "Pardon. Je suis en réunion, j'avais oublié de couper mon téléphone…

— D'accord. Voulez-vous que j'appelle plus tard ?

— Non, pardon, juste un instant…"

Sofia se leva et entra dans le restaurant. La salle était presque déserte mais, par précaution, elle alla s'enfermer aux toilettes, pour que le bruit du bar ou de la cuisine ne vienne pas révéler qu'elle n'était pas du tout en réunion.

"Voilà, nous pouvons maintenant parler sans être dérangées.

— Réunion du vendredi soir ?

— Eh bien… En fait… Disons que c'est administratif." Parfois, les mensonges lui venaient tout seuls et sa propre inventivité l'impressionnait.

"Il s'agit d'un de vos patients, Karl Lundström. Nous avons lieu de penser qu'il est peut-être mêlé à une affaire sur laquelle nous enquêtons et Lars Mikkelsen m'a suggéré de m'adresser à vous au sujet de vos entretiens avec lui. Je serais intéressée de savoir s'il vous a raconté quelque chose qui puisse nous aider.

— Tout dépend bien sûr de quoi il s'agit. Comme vous le savez certainement, je suis tenue au secret professionnel et, si je ne me trompe pas, il faut une décision du procureur pour que je puisse me prononcer au sujet d'une enquête en cours.

— Elle ne va pas tarder."

Sofia s'assit sur le siège des toilettes et regarda fixement un graffiti sur le mur en carrelage.

"J'enquête sur deux jeunes garçons qui ont été torturés avant d'être assassinés. Je suppose que vous lisez les journaux ou que vous regardez les informations, je pense que vous n'avez pas pu rater ça. Je vous serais très reconnaissante si vous aviez quelque chose à nous dire au sujet de Lundström, si insignifiant cela puisse-t-il paraître."

Sofia n'aimait pas le ton de cette femme, à la fois humble et condescendant. Comme si elle cherchait à l'embobiner et à lui tirer les vers du nez.

Sofia se sentit offensée. Pour qui la prenaient-ils ?

"Comme je vous l'ai dit, je ne peux rien pour vous sans une décision du procureur, et d'ailleurs je n'ai pas le dossier de Karl Lundström avec moi."

Elle entendit la déception dans la voix de la policière. "Je comprends, mais si vous changez d'avis, n'hésitez pas à me contacter. Tout peut être utile."

On frappa à la porte des toilettes. Sofia dit qu'elle devait raccrocher.

Le Monument

Ce soir-là, Sofia et Mikael bavardaient devant la télévision et, comme d'habitude, il l'abreuvait du récit de ses succès professionnels. Elle le savait égocentrique et, le plus souvent, elle aimait écouter le son de sa voix. Mais ce soir-là, elle ressentait elle aussi le besoin de se soulager en parlant de ce qui lui était arrivé. Elle ajusta son foulard pour être certaine que Mikael ne verrait pas les marques de strangulation.

"Aujourd'hui, j'ai été agressée par un patient.

— Quoi ?" Mikael la regarda, étonné.

"Rien de grave, juste une gifle, mais… j'ai l'intention de me défaire de ce patient."

Elle lui expliqua qu'elle avait mal jugé l'état mental de Samuel. Qu'elle s'était jusqu'ici toujours sentie en sécurité pendant leurs entretiens mais que, cette fois-ci, elle avait eu peur. Vraiment peur.

Elle expliqua qu'elle était déçue d'interrompre la thérapie, parce qu'elle nourrissait un bon espoir d'arriver à quelque chose avec lui et que son cas était intéressant.

"Mais ce genre de problème arrive tout le temps, non ? dit Mikael en lui caressant le bras. C'est clair, tu ne peux pas continuer avec un patient menaçant."

Elle lui dit qu'elle avait besoin d'un câlin.

Plus tard, blottie sous le bras de Mikael dans la pénombre de la chambre, elle devinait son profil tout proche.

“Il y a quelques semaines, tu m’as demandé si je voulais aller à New York, tu te souviens ?” Elle lui caressa la joue et il se tourna vers elle.

“Bien sûr. Mais tu as dit que tu n’en avais pas envie. Tu as changé d’avis ? Je peux m’occuper des billets dès demain si tu veux.”

Comme il s’emballait, elle regretta un instant d’avoir abordé le sujet. D’un autre côté, le moment était peut-être venu de lui raconter.

“Lasse et moi nous y sommes allés l’an dernier, et…

— D’accord, j’ai compris. Mais on peut très bien aller ailleurs. Londres, ou pourquoi pas Rome. Je ne suis jamais…

— Sois gentil, ne m’interromps pas”, dit-elle doucement. Pourquoi ne comprenait-il donc pas combien tout ceci était dur pour elle ?

“Pardon, mais j’étais si content. Que voulais-tu me raconter ?

— Eh bien, c’est au cours de ce voyage que Lasse et moi… Nous nous sommes vraiment trouvés… Nous étions si proches… Je ne sais pas comment dire, c’était comme si nous nous découvrions vraiment pour la première fois. Mais après j’ai eu si peur. Pas de ce qui s’est passé alors, mais après.

— Tu es sûre que c’est quelque chose que je veux entendre ?

— Je ne sais pas. Mais ce qui s’est passé est important pour moi. Je voulais un enfant avec lui et…

— Ah, d’accord… Et j’ai envie d’entendre ça ?” Mikael soupira.

Sofia se fâcha, roula loin de son épaule et tendit la main vers sa lampe de chevet. Elle alluma et s’assit au bord du lit tandis que Mikael grimaçait en se cachant le visage sous le bras.

“Maintenant, je veux que tu m’écoutes, dit-elle. Pour une fois, j’ai quelque chose de vraiment important à te dire.”

Mikael remonta sa couverture et lui tourna le dos.

“Je voulais avoir un enfant avec lui, commença-t-elle. Nous étions ensemble depuis dix ans mais, jusque-là, il n’en voulait pas. Pendant ce voyage, pourtant, des circonstances ont fait qu’il a changé d’avis.

— La lumière m’éblouit, tu ne pourrais pas éteindre ?”

Son manque d’intérêt la blessa, mais elle éteignit pourtant la lampe et se glissa contre son dos.

“Est-ce que tu veux un enfant, Mikael ?” demanda-t-elle au bout d’un moment.

Il lui prit le bras, qu’il plaça autour de lui.

“Mmmh… peut-être pas tout de suite.”

Elle songea à ce que Lasse lui avait toujours répété. Pendant dix ans. *Pas tout de suite.* Mais à New York, il avait changé d’avis.

Elle était persuadée que c’était sérieux, même si tout était devenu différent à leur retour.

Ce qui s’était passé alors, elle ne voulait pas y penser. Comme les gens changeaient… On avait même parfois l’impression que chacun contenait plusieurs versions de la même personne. Lasse avait été proche d’elle, il l’avait choisie. En même temps, il y avait un autre Lasse qui la repoussait. Au fond, c’était de la psychologie de base mais, malgré tout, cela l’effrayait.

“Est-ce qu’il y a quelque chose qui te fait peur, Mikael ? demanda-t-elle doucement. Qui te fait vraiment peur ?”

Il ne répondit rien, et elle comprit qu’il s’était endormi.

Elle resta un moment éveillée à songer à Mikael.

Qu'est-ce qu'elle lui avait trouvé ?

Il était mignon.

Il ressemblait à Lasse.

Il l'avait intéressée, en dépit ou justement à cause de son air si ordinaire.

Un classique passé petit-bourgeois. Grandi à Saltsjöbaden avec ses parents et une sœur plus jeune. Enfance protégée, confortable. Pas de problèmes d'argent. L'école, le foot puis la voie toute tracée, comme son père. Comme une lettre à la poste.

Son père s'était suicidé juste avant leur rencontre et Mikael n'avait jamais voulu en parler. Chaque fois qu'elle essayait d'aborder le sujet, il quittait la pièce.

La mort de son père était une blessure ouverte. Elle comprenait combien ils avaient été proches. Elle n'avait rencontré qu'une fois sa mère et sa sœur.

Elle s'endormit contre son dos.

À trois heures et demie du matin, elle se réveilla trempée de sueur. Pour la troisième nuit de suite, elle avait rêvé de la Sierra Leone. Elle était bien trop troublée pour pouvoir se rendormir. Mikael dormait profondément à côté d'elle. Elle se leva tout doucement pour ne pas le réveiller.

Il n'aimait pas qu'elle fume à l'intérieur, mais elle alluma une cigarette sous la hotte de la cuisine.

Elle songea à la Sierra Leone en se demandant si elle n'avait pas commis une erreur en décommandant la mission d'expertise qu'on lui avait confiée.

Cela aurait été une façon plus maligne et plus prudente de revenir sur ce qu'elle avait vécu là-bas que d'accepter de se retrouver brutalement face à face avec un ancien enfant-soldat comme Samuel Bai.

La Sierra Leone avait à bien des égards été une déception. Les enfants qu'elle avait imaginé pouvoir aider à avancer vers une vie meilleure, elle n'avait jamais pu les approcher vraiment. Elle se rappelait seulement leurs visages vides et leur aversion pour les humanitaires. Elle avait vite compris qu'elle était pour eux dans l'autre camp. Une étrangère, adulte, blanche, qui les effrayait sûrement plus qu'elle ne les aidait. Des enfants lui avaient jeté des pierres. Ils avaient perdu toute confiance envers les adultes. Jamais elle ne s'était sentie aussi impuissante.

Et voilà qu'elle avait à présent échoué avec Samuel Bai.

Une déception, songea-t-elle. Si la Sierra Leone avait été une déception, sa vie actuelle, sept ans plus tard, ne valait guère mieux.

Elle se prépara quelques tartines et but un verre de jus de fruits en songeant à Lasse et Mikael.

Lasse l'avait trahie.

Mais Mikael était-il lui aussi une déception ? Tout avait pourtant si bien commencé entre eux…

Étaient-ils en train de s'éloigner avant même d'avoir été vraiment proches ?

Au fond, il n'y avait aucune différence entre son travail et sa vie privée. Les visages se confondaient. Lasse. Samuel Bai. Mikael. Tyra Mäkelä, Karl Lundström.

Tous, autour d'elle, étaient des étrangers.

Ils s'éloignaient, échappaient à son contrôle.

Elle s'assit à nouveau devant la cuisinière, alluma une nouvelle cigarette et regarda la fumée disparaître dans la hotte. Le petit magnétophone était posé sur la table, elle le saisit.

Il était très tard, elle aurait mieux fait d'essayer de dormir, mais elle ne put résister à la tentation. Elle le mit en route.

… toujours eu le vertige, mais il avait tellement envie de monter dans la grande roue. Sans ça, ça ne serait jamais arrivé, il aurait aujourd'hui pris l'accent de Scanie, aurait grandi, appris à attacher tout seul ses chaussures. Putain, ce que c'est dur de se souvenir. Mais il était drôlement gâté, il fallait toujours qu'il ait tout ce qu'il voulait.

Sofia sentit qu'elle se détendait.

Dans cet état juste avant le sommeil, ses pensées se libéraient.

La porte

s'ouvrit et la femme blonde s'approcha de lui. Elle était nue elle aussi et c'était la première fois qu'il voyait une femme sans vêtements. Même sa mère ne s'était jamais montrée à lui ainsi.

Il ferma les yeux.

Elle se glissa près de lui et resta là absolument silencieuse tandis qu'elle humait ses cheveux en lui caressant doucement la poitrine. Elle n'était pas sa vraie mère, mais elle l'avait choisi. L'avait juste regardé, puis en souriant lui avait pris la main.

Personne ne l'avait jamais caressé ainsi et jamais il ne s'était senti autant en sécurité.

Les autres avaient toujours hésité. Ils ne le touchaient pas, ils le pinçaient. Pour voir ce qu'il valait.

Mais la femme blonde n'hésitait pas.

Il ferma à nouveau les yeux et la laissa faire de lui ce qu'elle voulait.

le matelas
était humide après leurs exercices. Plusieurs jours durant, ils restèrent au lit, sans rien faire d'autre que s'exercer et dormir alternativement.

Quand il ne comprenait pas bien ce qu'elle attendait de lui, elle lui montrait avec soin ce qu'elle voulait qu'il fasse. Même si tout était nouveau pour lui, il apprenait vite et devenait à la longue de plus en plus habile.

Ce dont il avait le plus de mal à apprendre le maniement était l'objet en forme de griffe.

Souvent, il ne tirait pas assez fort et elle était obligée de lui montrer comment il devait la griffer jusqu'à ce que ça saigne.

S'il tirait trop fort, elle gémissait, sans jamais pourtant faire mine de le punir : plus fort il tirait, mieux c'était, même s'il ne comprenait pas vraiment pourquoi.

Peut-être parce qu'elle était un ange, insensible à la douleur.

le plafond

et les murs, le sol et le matelas, le plastique qui crissait sous ses pieds et la petite pièce avec douche et toilettes. Tout était à lui.

Les journées passaient à soulever des poids, à faire de douloureux exercices d'abdominaux et, des heures durant, à pédaler sur le vélo d'appartement qu'elle avait placé dans un coin de la chambre.

Dans les toilettes, il y avait une petite armoire pleine d'huiles et de crèmes dont elle l'enduisait chaque soir. Certaines sentaient fort mais faisaient disparaître ses courbatures. D'autres avaient un parfum merveilleux et rendaient sa peau lisse et élastique.

Il se regarda dans le miroir, banda ses muscles et sourit.

la chambre
était une miniature du pays où il était arrivé. Silencieuse, sûre, propre.

Il se souvint de ce que disait le grand philosophe chinois sur la capacité de l'homme à apprendre.

J'entends et j'oublie, je vois et je me souviens, je fais et je comprends.

Les mots étaient superflus.

Il se contenterait de la regarder et d'apprendre ce qu'elle voulait qu'il fasse. Puis il le ferait et il comprendrait.

La chambre était silencieuse.

Chaque fois qu'il faisait mine de vouloir dire quelque chose, elle lui posait la main sur la bouche avec un *chut*. Quand elle communiquait avec lui, c'était par de petits grognements étouffés et précis, ou des gestes. Au bout d'un moment, il cessa tout à fait de parler.

Il voyait combien elle était contente de lui quand elle le regardait. Quand il posait sa tête sur ses genoux et qu'elle caressait ses cheveux ras, il se sentait calme. Par un petit ronronnement, il lui montrait qu'il aimait ça.

La chambre était sûre.

Il l'observait et apprenait, imprimait ce qu'elle voulait qu'il fasse et, à la longue, il cessa de penser par mots et phrases pour rapporter toutes ses expériences à son propre corps. Le bonheur était une chaleur au ventre, l'inquiétude une tension dans les muscles de la nuque.

La chambre était propre.

Il se contentait de faire et comprendre. Sensations pures.

Jamais il ne disait un mot. S'il pensait, c'était par images.

Il serait un corps, et rien d'autre.

Les mots n'avaient aucun sens. Ils n'avaient pas de place dans la pensée.

Mais ils étaient là, et il n'y pouvait rien.

Gao, pensa-t-il. Je m'appelle Gao Lian.

Quartier Kronoberg

Après sa conversation avec Sofia Zetterlund, Jeanette Kihlberg se sentit découragée. Elle savait que la décision du procureur serait un problème. Von Kwist lui mettrait des bâtons dans les roues, elle en était convaincue.

Et puis il y avait cette Sofia Zetterlund.

Jeanette n'aimait pas sa froideur. Elle était beaucoup trop rationnelle et insensible. Il s'agissait quand même de deux jeunes gens tués, et si elle pouvait leur être utile, pourquoi refusait-elle ? Était-ce simplement par rigueur déontologique qu'elle se retranchait derrière le secret professionnel ?

Tout piétinait.

Dans la matinée, avec Hurtig, elle avait en vain cherché à contacter Ulrika Wendin, la fille qui sept ans auparavant avait dénoncé Karl Lundström pour agression et viol. Le numéro de téléphone fourni par les renseignements n'était plus attribué et personne ne leur avait ouvert à son dernier domicile connu, sur les hauteurs de Hammarby. Jeanette espérait que le message qu'elle avait laissé dans la boîte aux lettres pousserait la fille à se manifester dès son retour. Mais pour l'instant le téléphone restait silencieux.

Cette enquête n'avait pas cessé de monter en pente raide.

Il fallait provoquer du changement. Lancer de nouveaux défis.

Si elle voulait monter en grade dans la police, cela signifierait travailler dans un bureau, des fonctions administratives.

Mais était-ce cela qu'elle souhaitait ?

Comme elle lisait une circulaire interne informant d'un stage de formation continue de trois semaines sur les interrogatoires d'enfants, on frappa à sa porte.

Hurtig entra accompagné d'Åhlund.

"On pensait aller prendre une bière. Tu viens avec nous ?"

Elle regarda l'heure. Quatre heures et demie. Åke allait se mettre à préparer le dîner. Gratin de macaronis et boulettes de viande devant la télévision. Le silence, avec une note de lassitude, voilà tout ce qu'ils partageaient désormais.

Du changement, songea-t-elle.

Elle froissa en boule la circulaire et la jeta à la corbeille. Trois semaines sur un banc d'école.

"Non, je ne peux pas. Une autre fois, peut-être", dit-elle en se rappelant qu'elle s'était voilà peu promis d'accepter.

Hurtig hocha la tête en souriant. "D'accord, à demain. Mais ne va pas te tuer à la tâche." Il referma derrière lui.

Juste avant de ranger ses affaires pour rentrer, elle prit sa décision.

Après une courte conversation avec Johan pour convenir qu'il demanderait à son copain David s'il pouvait dormir chez lui, elle réserva par téléphone deux billets de cinéma pour la première séance. Bien sûr, ce n'était pas un changement grandiose, mais, au moins, une modeste tentative de secouer un peu la grisaille quotidienne. Un cinéma, puis un restaurant. Peut-être une bière.

En répondant, Åke sembla irrité.

“Qu’est-ce que tu fais ? demanda-t-elle.

— Comme d’habitude à cette heure-ci. Et toi ?

— J’allais rentrer, mais je me disais qu’on pourrait plutôt se retrouver en ville.

— Ah bon ? Quelque chose de spécial ?

— Non, je me disais juste que ça faisait longtemps qu’on n’était pas sortis s’amuser ensemble.

— Johan va rentrer, et je suis en train de…

— Johan dort chez David, l’interrompit-elle.

— Ah bon, très bien. On se voit où, alors ?

— Devant les halles de Söder. Six heures et quart.”

Fin de la conversation. Jeanette fourra le téléphone dans la poche de sa veste. Elle avait espéré que ça lui aurait fait plaisir, mais il avait plutôt eu l’air éteint. D’un autre côté, il ne s’agissait que d’aller au cinéma. Mais il aurait quand même pu montrer un peu plus d’enthousiasme, se dit-elle en éteignant son ordinateur.

En coupant par l’escalier de Medborgarhuset, devant la plaque commémorant l’assassinat de la ministre Anna Lindh, Jeanette aperçut Åke. Il avait l’air renfrogné. Elle s’arrêta pour le regarder. Vingt ans ensemble. Deux décennies.

Elle s’approcha de lui.

“À la louche, sept mille, dit-elle en souriant.

— Quoi ? fit Åke, interloqué.

— Sans doute un peu plus. Je n’ai jamais été très bonne en maths.

— Mais de quoi tu parles ?

— Environ sept mille jours que nous sommes ensemble. Tu vois le tableau ? Vingt ans.

— Mmh…”

Indira

Une étude unique sur l'avilissement humain, premier long métrage au monde entièrement tourné avec un téléphone portable, n'était peut-être pas le meilleur film qu'ait jamais vu Jeanette, mais il n'était absolument pas aussi mauvais que le trouvait Åke.

"On aurait dû faire comme je voulais, lui glissa Åke à l'oreille, aller voir *Indiana Jones*. Et voilà, deux cents balles foutues en l'air."

Jeanette détourna la tête et se leva de son fauteuil de cinéma.

Ils sortirent en silence de la salle, remontèrent jusqu'à Medborgarplatsen et se dirigèrent vers Götgatan.

"Tu as faim ?" Jeanette se tourna vers Åke. "Ou on va juste prendre une bière quelque part ?

— Un petit creux, peut-être." Åke regardait droit devant lui. "Qu'est-ce que tu veux faire ?"

Jeanette sentit croître sa frustration.

Elle prenait l'initiative de sortir au cinéma, proposait une bière, et pourquoi pas de manger un morceau, et voilà qu'il restait éteint et indifférent.

"Je ne sais pas, peut-être qu'on ferait mieux de rentrer… Tu dois être assez fatigué, avec tout ce que tu as fait aujourd'hui, ironisa-t-elle.

— Mais, oui, parfaitement, dit-il. En effet, je suis épuisé."

Jeanette s'arrêta et l'attrapa par la veste.

"Allez, quoi ! Je blaguais. Bien sûr, qu'on sort manger. Allons à Indira, sur Bondegatan.

— Bon, d'accord." Il la regarda. "Ça ne fera pas de mal de se mettre quelque chose sous la dent."

Pour Jeanette, il avait l'air de se sacrifier. Comme si c'était un énorme effort de devoir passer encore deux heures en sa compagnie.

Le restaurant indien était plein, et ils durent patienter dix minutes qu'une table se libère, ce qui sembla irriter Åke au plus haut point. Quand ils furent installés tout au fond de la salle en sous-sol, il faisait ostensiblement la tête.

Jeanette se demanda à quand remontait leur dernier restaurant indien. Cinq ans ? Et leur dernier restaurant tout court ? Deux ans, peut-être. À une époque, juste avant la naissance de Johan, au milieu des années quatre-vingt-dix, quand de plus en plus de restaurants indiens ouvraient en centre-ville, Åke et elle y allaient presque une fois par semaine.

Ils commandèrent chacun une Kingfisher et on leur servit très vite à manger. Jeanette prit un simple *palak paneer* et Åke choisit un plat de poulet très pimenté. La rapidité du service parut le mettre de meilleure humeur. Ou c'était peut-être la bière. Il en était déjà à sa deuxième.

"C'est bon, dit Jeanette entre deux bouchées. Mais je suis une poule mouillée…

— Oui, tu choisis toujours la même chose", dit Åke.

Toujours la même chose ? Jeanette le trouvait lui aussi très prévisible. Il prenait toujours le plat le plus fort, lui expliquait doctement pourquoi il fallait manger pimenté, après quoi il se sentait mal à la fin du repas et insistait pour vite rentrer à la maison.

“Tu mangeais toujours ça, autrefois, continua-t-il. Pourquoi tu n’essaies jamais rien d’autre ?

— Je te dis, je dois être lâche. Et toi, ton plat, c’est comment ?”

Åke ricana. “Fort. Tu veux goûter ?

— Volontiers.”

Jeanette en prit une demi-cuillère, ce qui était déjà plus que suffisant. Elle dut la faire passer avec de la bière et de l’eau.

“Mais comment tu peux manger ça ? s’esclaffa-t-elle. Ça a juste goût de piment.” Ses yeux pleuraient, elle les essuya avec sa serviette.

Ce qu’il dit alors lui procura une sensation de déjà-vu.

“D’abord, c’est bon pour la santé. Le piment tue les bactéries intestinales et fait suer. Le système de refroidissement du corps est stimulé. C’est pour ça qu’on mange épicé dans les pays chauds. D’autre part, ça donne un putain de coup de fouet. Les endorphines circulent dans le cerveau, on est presque dopé.

— Et troisièmement, c’est drôlement macho”, compléta-t-elle. Elle savait qu’il allait ricaner en opinant.

“Sain et macho.” Il sourit.

Elle regarda son assiette. Il avait presque tout mangé. Il allait bientôt commencer à se sentir mal. Il appelait ça le coma pimentique.

Ils commandèrent encore chacun une bière et elle vit qu’il commençait à être éméché. Il avait le visage rouge et la nourriture épicée le mettait en sueur. Mais il n’abandonnerait pas avant d’avoir nettoyé son assiette.

Il ne manqua pas de signaler au personnel qu’il avait apprécié, mais qu’il aurait aimé que ce soit encore un peu plus fort. Puis il leur répéta ce qu’il venait de lui dire sur les vertus de la nourriture épicée. Le serveur opina du chef.

Il l'ennuyait. Jeanette tenta de changer de sujet de conversation, mais il n'avait pas l'air intéressé : elle l'ennuyait probablement elle aussi.

Au bout d'une heure, Jeanette constata qu'ils n'avaient parlé que de la nourriture, et que ce n'était que la redite d'une conversation qu'ils avaient sûrement eue au moins dix fois, quinze ans plus tôt.

Stagnation, songea-t-elle en regardant Åke. Il avait une nouvelle bière devant lui et, depuis un quart d'heure, ne lâchait pas son portable. Toutes les deux minutes il buvait quelques grandes gorgées, toutes les cinq il regardait sa montre. De temps en temps, son portable vibrait.

"À qui tu écris ?"

Il leva les yeux vers elle. "Euh… C'est un nouveau projet artistique. Un nouveau contact."

Aussitôt, Jeanette fut intéressée. Quelque chose se passait donc, enfin ?

"Ah oui ? Raconte."

Il but encore une gorgée de bière. "Attends… il faut que je finisse d'envoyer ça."

Nouveau silence. Elle vit qu'il commençait à pâlir. Il posa son téléphone sur la table, mit sa main devant la bouche pour cacher un renvoi.

"Tu n'aurais pas un Samarin ?" Ses yeux étaient brillants.

"Des reflux gastriques ?"

Il s'essaya à sourire, sans succès. "Non, mais il faut quelque chose de basique après le piment.

— Désolée, dit Jeanette. Je n'ai pas de Samarin. Mais on peut demander au restaurant. À défaut, tu pourrais toujours avoir une cuillère de bicarbonate."

C'était censé être une plaisanterie, mais il n'eut pas l'air de relever.

"Laisse tomber, dit-il. Je vais au petit coin. Profites-en pour payer, qu'on puisse y aller."

Il s'éclipsa. Jeanette savait qu'il resterait longtemps aux toilettes puis qu'il proposerait de rentrer en taxi. Elle régla la note et attendit.

Un nouveau projet artistique, songea-t-elle. Je me demande bien qui est ce contact.

Vingt minutes plus tard, il réapparut, les yeux larmoyants, la mine défaite. Sans se rasseoir, il prit sa veste au dos de sa chaise. "Tu as payé ?

— Oui. Mais toi, comment tu vas ?"

Il enfila sa veste sans répondre.

"Tu as appelé un taxi ?

— Non, je me disais qu'on pourrait rentrer en métro.

— Oublie. Il faut que je rentre vite. Je suis barbouillé."

Le coma pimentique venait de mettre un point final à la soirée.

Devant le restaurant, Jeanette revint à la charge au sujet de ce nouveau projet artistique. Il fit des réponses évasives, en grommelant que ça ne donnerait rien.

"Tout à l'heure, tu disais que tu étais épuisé." Jeanette héla un taxi, qui s'arrêta en montant sur le trottoir. "Tu as peint ?"

Il soupira. Il avait l'air sur le point de vomir. Quatre grandes bières en seulement une heure, pensa Jeanette. Et ce plat. Manquerait plus qu'il vomisse dans le taxi.

"Non", finit-il par dire. Le chauffeur se pencha un peu par la portière pour leur rappeler que son compteur tournait. "J'ai ressorti quelques vieux trucs que je voulais arranger un peu.

— Ah ? Très bien…" Jeanette se rappelait toutes les fois où Åke avait entrepris d'arranger d'anciens tableaux.

À la fin, il les trouvait toujours pires qu'avant, quand il ne les détruisait pas tout simplement.

Elle ouvrit la portière du taxi. "Gamla Enskede. Combien ?

— Je marche au compteur, répondit le chauffeur. Deux cents, trois cents peut-être."

Jeanette s'assit à l'avant. La note de la soirée serait salée. Et à quoi bon ? se demanda-t-elle en voyant Åke s'effondrer sur la banquette arrière.

Elle se tourna vers le chauffeur. "Vous allez trouver, non ? Je vous guiderai une fois sur place."

Il la regarda en fronçant les sourcils. "Votre tête me dit quelque chose."

Jeanette était physionomiste et, après seulement quelques secondes, elle le remit. C'était le visage d'un camarade de classe. Les yeux et le nez n'avaient pas changé, la bouche avait gardé quelque chose, mais les lèvres n'étaient plus aussi charnues. C'était comme voir le visage d'un enfant caché sous plusieurs couches de graisse et de peau flasque. Elle ne put s'empêcher d'éclater de rire.

"Mon Dieu… Magnus ? C'est toi !?"

Il rit à son tour en passant sa main sur son crâne presque chauve, comme pour cacher les ravages des ans. Elle se souvenait de lui avec de longs cheveux bouclés. Ils étaient auburn, à l'époque. N'en restait que quelques poils de rat.

"Jany ?"

Elle hocha la tête. Son vieux surnom.

Il stoppa le compteur. "Allez, je te le fais à cent cinquante, en souvenir du bon vieux temps."

Il lui sourit et déboîta sur la rue.

Le bon vieux temps, songea-t-elle. Lui, c'était la terreur de la classe. Une fois, il l'avait même frappée.

Pendant un cours de gym en cinquième. Le genre de type qu'il aurait mieux fallu éviter. Mais Jeanette s'y était refusée.

Elle le regarda, en se disant qu'il devait penser à la même chose.

"Bon, alors… dit-il en s'engageant sur Ringvägen vers Skanstull. Qu'est-ce que tu fais dans la vie ?

— Je suis flic."

Il éclata de rire et se tourna vers elle. "Ah merde, il faut que je le rallume ? fit-il en tapotant sur le compteur.

— Non, pas de problème."

Ils s'arrêtèrent à un feu rouge en bas de l'avenue. Il tendit la main vers l'arrière pour saluer Åke, qui n'avait vraiment pas l'air bien.

"Vous êtes mariés ?" La question s'adressait aux deux, mais Åke détourna la tête et se blottit sur sa banquette.

"Ouais", dit Jeanette. Le feu passa au vert, le taxi repartit. "Et toi ?

— Célibataire. Je fais le taxi…" Il monta sur le pont de Skanstull. "Je dois dire que ça ne m'étonne pas que tu sois devenue flic.

— Ah oui ? Et pourquoi ?

— Ça va de soi." Il la regarda d'un air entendu. "Tu étais déjà le flic de la classe, à l'époque. Il fallait toujours que tu aies un avis sur tout. Maintenant que j'y repense, tu étais vraiment une dure à cuire."

Dure à cuire ? Jeanette ne savait pas combien de fois elle avait pleuré, enfant. À l'école qu'elle fréquentait, il y avait toute une petite bande, dont il faisait partie, qui faisait subir des brimades aux autres et, même si elle s'en était plutôt bien sortie, elle avait mal en songeant à ce que certains avaient pu endurer.

“Je veux dire, continua-t-il, on n’était pas des anges… Tu te souviens de lui, avec les lunettes, et l’autre, là, celle qui ne disait jamais rien ?

— Oh oui… Fredrik et Ann-Christine.”

Elle ne s’en souvenait que trop bien.

“Oui, c’est ça. On leur menait drôlement la vie dure, mais toi, qu’est-ce que tu étais chiante ! Toujours sur notre dos… Pas étonnant que tu soies devenue flic ! Ton père l’était déjà, non ?” À nouveau, il éclata de rire.

“Tu roules trop vite”, dit Jeanette, sans lever un sourcil.

Il ralentit tandis que son sourire s’éteignait.

“Pardon, je me suis laissé distraire.”

Jeanette songea à toutes ces fois où elle avait dû s’interposer. À l’époque, ils se contentaient de ricaner, de la charrier.

Là, il avait aussitôt obtempéré.

Åke passa le reste de la soirée à faire la navette entre le lit et les toilettes. Juste avant minuit, il sembla s’être endormi. Jeanette resta devant la télévision à regarder un mauvais film sur des policiers américains qui pourchassaient des terroristes. Morte d’ennui, elle ouvrit une bouteille de vin.

Tellement prévisible, songea-t-elle, autant à propos du film que de sa relation avec Åke.

Était-elle si prévisible ?

Probablement.

Palak paneer.

Flic de la classe dès le collège.

Uppsala, 1986

Elle est la seule fille dans ce job d'été. Quinze mecs qui s'excitent entre eux et la baraque de chantier n'est pas bien grande, surtout quand il pleut tout le temps et qu'ils ne peuvent pas sortir. Ils ont pris l'habitude de jouer aux cartes qui ira avec la Fille-corneille dans l'autre pièce.

La grande prairie en bas de la vieille caserne de Polacksbacken est couverte de manèges, de roues de la fortune et de stands divers. C'est le début du mois d'août, une fête foraine s'est installée pour une semaine à Uppsala.

Elle va y promener Martin pendant que ses parents dînent en ville.

Martin est d'humeur on ne peut plus charmante : il est ravi d'être là juste avec elle. Après tous ces étés passés ensemble, elle est devenue sa meilleure amie, et c'est vers elle qu'il vient quand il veut parler de quelque chose d'important. Quand il est triste ou quand il veut faire quelque chose de passionnant, d'interdit.

Ce printemps, il lui a tellement manqué qu'elle a plusieurs fois par semaine pris le bus pour aller le voir chez lui, à Bergsbrunna.

Elle a regretté leurs étés passés ensemble, leurs jeux, leurs secrets. Ce n'était pas du tout la même chose quand ses parents étaient là, à toujours vouloir tout décider, organiser, sans avoir la moindre idée ou l'imagination nécessaire pour comprendre les souhaits et les besoins réels de Martin.

Elle suppose que ce sera leur dernier été ensemble, puisqu'on a proposé au père de Martin un nouveau poste très bien payé en Scanie. La famille va déménager vers le sud mi-août et il paraît qu'ils ont déjà trouvé une nounou pour Martin, très soigneuse et responsable, d'après sa mère.

Victoria a promis de retrouver ses parents à huit heures au pied de la grande roue, où Martin finira la soirée avec une vue panoramique de la plaine d'Uppsala à dix kilomètres à la ronde. De là-haut, on voit sûrement jusqu'à Bergsbrunna.

Tout l'après-midi, Martin a attendu ce moment avec impatience. De partout, on voit la grande roue avec ses nacelles, à plus de trente mètres au-dessus du sol.

Elle, elle n'est pas pressée d'y monter, car elle sait que ce ne sera pas seulement la fin de la soirée, mais aussi peut-être la dernière chose qu'ils feront jamais ensemble.

Après, ce sera fini.

Et elle ne veut pas que les adultes soient avec eux. Voilà pourquoi elle propose de faire tout de suite un tour de grande roue : ils pourront toujours en faire un autre quand les parents seront revenus. Et comme ça, il pourra de là-haut leur montrer des choses dans le paysage avant même qu'ils n'aient eu le temps de les voir.

Il trouve l'idée super et, avant d'aller faire la queue, ils s'achètent chacun un soda. Quand ils lèvent la tête, au pied de la grande roue, ça donne le vertige. C'est si haut. Incroyable. Elle le prend sous son bras et lui demande s'il a peur.

"Juste un peu", répond-il, mais elle voit bien que ce n'est pas tout à fait vrai.

Elle lui passe la main dans les cheveux et le regarde dans les yeux.

"Ne t'en fais pas, Martin, dit-elle en essayant d'être convaincante. Je suis là. Alors rien ne peut t'arriver."

Il lui sourit et s'agrippe à sa main, quand ils s'installent dans une nacelle. À mesure que les gens embarquent et qu'ils s'élèvent peu à peu, Martin lui serre de plus en plus fort le bras. Quand la nacelle se balance et reste un moment suspendue presque tout en haut, tandis qu'en bas montent les derniers passagers, il dit qu'il en a assez.

"Je veux redescendre.

— Mais Martin, tente-t-elle, quand on sera tout là-haut, on verra jusque chez toi, à Bergsbrunna, tu veux quand même voir ça, non ?" Elle lui montre du doigt le paysage, comme elle lui a autrefois montré la forêt. "Regarde, là-bas, c'est le ponton de la baignade et là, c'est l'usine."

Martin ne veut pas regarder.

"S'il te plaît… on ne peut pas redescendre ?" dit-il, du désespoir dans la voix.

Elle ne comprend pas. Il trouvait que c'était une bonne idée, il l'a bassinée avec cette grande roue et, d'un coup, voilà qu'il ne veut plus.

Elle réfrène l'envie de le secouer un bon coup en le voyant fondre en larmes.

Quand la roue se remet à tourner, il la regarde et essuie ses yeux avec la manche de son tee-shirt. Au troisième tour, sa peur est comme balayée et sa curiosité s'éveille devant le paysage qui s'ouvre sous leurs yeux.

“Tu es le meilleur”, lui chuchote-t-elle à l’oreille. Ils se serrent en riant dans les bras l’un de l’autre.

Ils repèrent beaucoup d’endroits connus. Ils voient le terrain de jeu, les collines de Vilan où ils sont souvent allés faire de la luge l’hiver. Mais pas la maison de Martin à Bergsbrunna, cachée par la forêt de Sävja. Derrière les bâtiments de la caserne de Polacksbacken, on voit couler le Fyrisån, avec le pont de Kungsängen et la station d’épuration.

Le long de la rivière, on aperçoit une rangée de péniches à travers les arbres. Quelques enfants se baignent près d’un ponton, leurs rires montent jusqu’à la nacelle où ils sont assis.

“Moi aussi, je veux me baigner !” dit-il.

Il reste presque quarante-cinq minutes avant le rendez-vous avec les parents de Martin, et la rivière est juste un peu en contrebas. Mais l’air s’est rafraîchi et ils n’ont pas de maillots. Elle sait aussi l’odeur qu’il peut y avoir, là-bas, quand le vent souffle du mauvais côté et charrie les effluves douceâtres et étouffants de crasse et d’excréments qui émanent de la station d’épuration un peu plus loin.

Mais il est têtu. Il veut se baigner, un point c’est tout. Et comme c’est pour eux une soirée particulière, elle cède sans trop se faire prier.

Avec à nouveau le sentiment que cette soirée ne va pas être aussi parfaite qu’elle l’aurait souhaité.

Le tour de grande roue fini, il a hâte de descendre à la rivière.

Ils quittent la foule de la fête foraine, contournent les bâtiments de la caserne et suivent le sentier qui descend en pente par une sorte de ravin vers le Fyrisån.

Le ponton où des enfants se baignaient un moment plus tôt est désert, à part une serviette oubliée là, pendue à un des pieux. Les péniches se balancent, sombres et vides, sur les eaux noires de la rivière.

Elle s'avance d'un pas décidé sur le ponton, se penche pour tâter l'eau.

Plus tard, elle ne comprendra pas comment elle a pu le perdre.

Soudain, il n'est plus là.

Elle l'appelle. Elle cherche désespérément dans les buissons et les roseaux du rivage. Elle tombe et se coupe sur une pierre tranchante, mais Martin n'est nulle part.

Elle revient en courant sur le ponton, mais dans l'eau c'est le calme plat.

Rien.

Pas un mouvement.

Comme si elle était dans une bulle opaque qui étouffait les bruits et les sensations.

Quand elle comprend qu'elle n'arrivera pas à le retrouver, elle se précipite jambes tremblantes vers la fête foraine et erre sans but entre les buvettes et les manèges, jusqu'à s'asseoir au milieu d'une des allées les plus animées.

Jambes et pieds des passants, odeur écœurante de popcorn. Lumières clignotantes multicolores.

Elle a l'impression que quelqu'un a fait du mal à Martin. Et c'est alors que viennent les larmes.

Quand les parents de Martin la trouvent, ils n'arrivent pas à lui parler. Ses pleurs sont intarissables, elle s'est uriné dessus.

"Martin a disparu", répète-t-elle. À l'arrière-plan, elle voit le père appeler un infirmier et sent qu'on l'entoure d'une couverture. Quelqu'un la prend par les épaules et la couche en position latérale de sécurité.

D'abord, ils ne sont pas trop inquiets pour Martin, car le champ de foire n'est pas bien grand, et il y a beaucoup de monde pour s'occuper d'un enfant égaré.

Mais après une bonne demi-heure de recherches une inquiétude rampante les saisit. Martin n'est plus là et, après encore une demi-heure, son père appelle la police. On commence alors à fouiller plus systématiquement les environs de la fête foraine.

On ne retrouve pourtant pas Martin ce soir-là. Ce n'est que le lendemain, quand on entreprend de draguer la rivière, que l'on retrouve son corps.

D'après ses blessures, il s'est noyé, sans doute après s'être cogné la tête contre une pierre. On remarque que le corps, probablement dans la soirée ou la nuit, a été gravement lacéré. On s'accorde à penser que ces dégâts ont été causés par l'hélice d'un bateau à moteur.

Victoria est admise en observation à l'hôpital universitaire pour quelques jours. Le premier, elle ne dit pas un mot, les médecins concluent à un grave état de choc.

Ce n'est que le deuxième jour qu'elle peut être entendue par la police et elle est alors victime d'une crise d'hystérie d'au moins vingt minutes.

Au policier qui l'interroge, elle raconte que Marin a disparu après un tour de grande roue et qu'elle a été prise de panique quand elle n'a pas pu le retrouver.

Le troisième jour à l'hôpital, Victoria se réveille en pleine nuit. Elle se sent observée et ça pue dans sa chambre. Quand ses yeux se sont habitués à l'obscurité, elle voit bien qu'il n'y a personne, sans pouvoir pourtant se défaire du sentiment que quelqu'un la regarde. Et il y a aussi cette odeur écœurante, comme des excréments.

Doucement, elle se glisse hors du lit, quitte sa chambre et sort dans le couloir. Là, c'est éclairé, mais silencieux.

Elle regarde alentour, pour trouver la source de son inquiétude. Alors elle la voit. Une lampe rouge qui clignote. Elle comprend brutalement, c'est un choc violent au diaphragme.

“Coupez ça ! crie-t-elle. Vous n’avez pas le droit de me filmer !”

Des pas précipités qui s’approchent de partout. Elle le savait. Ils l’ont épiée, ont suivi et enregistré ses moindres mouvements, noté soigneusement chacun de ses mots.

Peut-être toute sa vie durant.

Comment a-t-elle pu être assez stupide pour n’avoir rien remarqué ?

Trois membres de l’équipe de nuit surgissent en même temps.

“Mais qu’est-ce qui se passe ? demande l’un d’eux pendant que les deux autres lui attrapent les bras.

— Allez vous faire foutre ! crie-t-elle. Lâchez-moi et arrêtez vos enregistrements ! Je n’ai rien fait !”

Les infirmiers ne la lâchent pas et, quand elle oppose résistance, ils la tiennent encore plus fort.

“Là, là, du calme”, tente l’un d’eux.

Elle les entend parler dans son dos, se mettre d’accord. Le complot est tellement évident que c’en est risible.

“Arrêtez avec vos putains de codes et arrêtez de chuchoter ! lâche-t-elle, butée. Dites-moi ce qui se passe. Et pas la peine d’essayer, j’ai rien fait, c’est pas moi qui ai tartiné du caca sur la fenêtre.

— Non, on sait bien”, dit un autre.

Ils essayent de la calmer. Ils lui mentent effrontément et elle n’a personne à appeler, personne qui puisse l’aider. Elle est en leur pouvoir.

“Stop ! crie-t-elle en voyant l’un d’eux préparer une seringue. Lâchez mes bras !”

Puis elle tombe dans un profond sommeil.

Repos.

Au matin, le psychiatre vient la voir. Il lui demande comment elle va.

“Comment ça ? dit-elle. Je n’ai aucun problème.”

Le psychiatre explique alors à Victoria que son sentiment de culpabilité face à la mort de Martin lui a provoqué des hallucinations. Psychose, paranoïa, stress post-traumatique.

Victoria l'écoute parler en silence, mais une résistance muette et compacte monte en elle, comme un orage qui menace.

La cuisine

était équipée comme une salle d'autopsie. Sur les étagères du placard il n'y avait plus de conserves et de provisions, mais des bouteilles de glycérine et d'acétate de calcium et quantité d'autres produits chimiques.

Sur l'évier cliniquement propre étaient disposés des outils ordinaires. Il y avait là une hache, une scie, des pinces diverses dont une plate, des cisailles et de grosses tenailles.

Sur un torchon, les instruments plus petits. Un scalpel, une pincette, une aiguille et du fil, ainsi qu'un outil allongé terminé par un crochet.

Quand elle eut terminé, elle entoura le corps d'un drap de lin blanc et propre. Elle rangea le bocal contenant les organes génitaux avec les autres dans le placard de la cuisine.

Elle lui poudra le visage et le maquilla soigneusement avec un crayon de khôl et un rouge à lèvres clair.

La dernière chose qu'elle fit fut de raser tous ses petits poils duveteux car elle avait remarqué que le formol faisait un peu durcir le corps et gonfler la peau. Les poils allaient se rétracter et la peau serait plus lisse.

Quand elle eut fini, le garçon semblait presque vivant. Comme s'il dormait.

Danvikstull

Le troisième garçon fut trouvé près du terrain de pétanque sous Danvikstull. D'après les experts, c'était un bon exemple d'embaumement réussi.

Jeanette Kihlberg était d'humeur massacrante. Pas seulement parce que son équipe venait de perdre le match contre Gröndal, mais aussi parce qu'au lieu de rentrer prendre une douche, elle était en route vers une nouvelle scène de crime.

Elle arriva sur place en sueur, toujours en survêtement. Elle salua de la main Schwarz et Åhlund puis s'approcha de Hurtig qui fumait près de la rubalise.

"Alors, ce match ?

— Battues 3-2. Une pénalité injuste, un autogoal et une déchirure du ligament croisé de notre gardienne.

— Eh oui. Je l'ai toujours dit, glissa Schwarz en ricanant. Les nanas ne devraient pas jouer au foot. Vous avez toujours des problèmes avec vos genoux. Vous n'êtes juste pas faites pour ça."

Elle sentit la colère monter, mais n'avait pas le courage de remettre ce débat sur le tapis. Dès qu'il était question de sa pratique du football, elle avait toujours droit aux mêmes commentaires de ses collègues. Mais elle trouvait bizarre qu'un gars aussi jeune que Schwarz ait des opinions si ringardes.

“Je connais la chanson. Et ici, comment ça se présente ? On sait qui c’est ?

— Pas encore, dit Hurtig. Mais j’ai bien peur que ça rappelle de manière inquiétante nos deux précédentes affaires. Le gamin est embaumé, il a l’air vivant, juste un peu pâle. On l’a couché là-bas sur une couverture pour donner l’impression qu’il se faisait bronzer.”

Åhlund indiqua le bosquet près du terrain de pétanque.

“Autre chose ?

— D’après Andrić, le corps peut théoriquement être ici depuis deux jours, répondit Hurtig. Pour moi, c’est peu plausible. Malgré tout, il est à découvert. Et puis moi, en tout cas, je trouverais bizarre un type couché sur une couverture, en pleine nuit.

— Peut-être que personne n’est passé par là la nuit dernière.

— Non, bien sûr, mais en tout cas…”

Jeanette Kihlberg fit tout ce qu’on attendait d’elle, puis demanda à Ivo Andrić de l’appeler dès qu’il aurait fini son rapport. Elle voulait son compte rendu oral, il pouvait téléphoner à n’importe quelle heure du jour ou de la nuit.

Elle ordonna à Åhlund et Schwarz de rester sur place pour attendre le rapport préliminaire des techniciens.

Deux heures après son arrivée sur la scène de crime, Jeanette remonta dans sa voiture et, alors seulement, elle sentit ses courbatures.

Après le rond-point de Sickla, elle appela Dennis Billing.

“Salut, c’est Jeanette. Tu es en plein boum ?”

Le chef de la police semblait essoufflé. “Je rentre chez moi. Alors, à quoi ça ressemblait ?”

Elle s'engagea sur la rocade sud en direction du pont qui rejoignait les hauteurs de Hammarby.

"Ben nous voilà avec un autre gamin mort sur les bras. Où on en est avec Lundström et von Kwist ?

— Von Kwist est malheureusement opposé à tout interrogatoire de Lundström. Je ne peux pas y faire grand-chose pour le moment.

— Non mais qu'est-ce qu'il a à s'entêter comme ça ? Il joue au golf avec Lundström, ou quoi ?

— Attention à ce que tu dis, Jeanette. Nous savons tous les deux que von Kwist est un très habile…

— Conneries !

— En tout cas c'est comme ça. Il faut que je te laisse maintenant. On en reparle demain." Dennis Billing raccrocha.

Au feu rouge, après avoir pris à droite la route d'Enskede, son téléphone sonna.

"Jeanette Kihlberg.

— Allô… bonjour. Je m'appelle Ulrika. Vous avez cherché à me joindre."

La voix était toute faible. Jeanette comprit que c'était Ulrika Wendin.

"Ulrika ? Merci d'appeler.

— Bon, qu'est-ce que vous vouliez ?

— Karl Lundström", dit Jeanette.

Silence à l'autre bout du fil.

"D'accord, dit la fille au bout d'un moment. Et pourquoi ?

— J'aimerais parler avec vous de ce qu'il vous a fait et j'espère que vous pourrez m'aider.

— Merde…" Ulrika soupira. "Je ne sais pas si j'ai le courage de revenir là-dessus.

— Je comprends que ce soit pénible pour vous. Mais c'est pour une bonne cause. Vous pouvez en aider d'autres en racontant ce que vous savez. S'il va en taule dans l'affaire pour laquelle il est mis en examen, ce sera pour vous une réparation.

— De quoi est-il accusé ?

— Je vous en parlerai demain, s'il est possible de se voir. Vous voulez bien que je passe chez vous ?"

Nouveau silence. Jeanette écouta quelques secondes la respiration lourde de la fille.

"Ça devrait aller… vous venez quand ?"

Institut médicolégal

C'est à minuit passé qu'on amena le cadavre dans la salle d'autopsie et qu'Ivo Andrić réalisa qu'il lui faudrait de l'aide. Dès la scène de crime, il avait compris que c'était là l'œuvre d'un spécialiste.

Il se trouvait qu'un des agents qui faisait le ménage de nuit à l'Institut médicolégal était un Ukrainien qui avait fait des études de médecine à l'université de Kharkov. En voyant arriver le corps, il avait aussitôt dit que ça lui rappelait Lénine. Ivo Andrić le pria de développer sa remarque. L'homme de ménage se souvenait d'avoir lu quelque part qu'un certain professeur Vorobyov avait été chargé dans les années vingt d'embaumer Lénine.

Ivo Andrić se rendit dans le bureau, connecta son ordinateur portable sur Internet et lança une recherche.

Une semaine après sa mort, le corps de Lénine avait commencé à montrer des signes de putréfaction. La peau commençait à jaunir et à foncer, des taches et des sortes de moisissures apparaissaient. C'était en effet Vorobyov, professeur à l'institut d'anatomie de l'université de Kharkov, qu'on avait alors chargé d'essayer de conserver le corps.

Fasciné, Ivo Andrić lut comment on s'y était pris. On avait d'abord ôté les viscères, puis lavé le cadavre à l'acide acétique avant d'injecter du formol dans les muqueuses. Après plusieurs jours de travail intense, on avait immergé Lénine dans une bassine en verre contenant une solution de divers produits chimiques dont de la glycérine et de l'acétate de calcium.

Ivo Andrić retourna dans la salle d'autopsie et constata assez vite que la personne qui avait embaumé le garçon pouvait avoir elle aussi consulté les notes de Vorobyov. Sa première hypothèse, selon laquelle il s'agissait d'un travail de spécialiste, était peut-être un peu hâtive.

De nos jours, il suffisait d'avoir accès à Internet.

Comme on pouvait supposer que c'était l'œuvre de la même personne que dans les cas précédents, qui disposait de substances anesthésiantes en grandes quantités, elle ne devait pas non plus avoir eu de mal à se procurer les produits chimiques nécessaires à un embaumement.

Ce garçon avait entre douze et quinze ans. Ses blessures étaient identiques à celles des deux autres gamins. Une centaine de bleus, des piqûres d'aiguille et des plaies au dos. Comme il s'y attendait, les organes génitaux avaient été prélevés. Toujours avec un instrument aussi tranchant et la même précision.

Ivo Andrić décida de faire un moulage en plâtre de la dentition, miraculeusement intacte, et de l'envoyer à un odontologue pour identification.

Il était déjà deux heures et demie du matin : il hésita à appeler Jeanette Kihlberg pour lui faire part de ce qu'il avait trouvé. Mais après tout, elle avait insisté. Quelqu'un, dans la nature, en était à son troisième meurtre, et n'allait probablement pas en rester là.

En composant son numéro, il commença à avoir froid.

Gamla Enskede

Après sa conversation avec Ivo Andrić, Jeanette Kihlberg eut du mal à se rendormir. Les ronflements d'Åke ne l'aidaient pas, mais elle savait comment s'en arranger : elle lui donna un léger coup de coude et il se mit en grognant sur le côté.

À quatre heures et demie, Jeanette en eut assez de se tortiller au lit sans dormir. Elle gagna sans bruit la cuisine et lança un café.

Tandis que la cafetière crachotait, elle descendit à la cave remplir la machine à laver. Elle se prépara quelques tartines, prit sa tasse de café et sortit dans le jardin.

Avant de s'asseoir, elle alla prendre les journaux dans la boîte aux lettres en bas de l'allée de gravier.

Évidemment, le garçon de Danvikstull faisait les gros titres. Il y avait presque de quoi se sentir persécutée.

De l'autre côté de la rue, une poussette avait été abandonnée près de la boîte du voisin.

Éblouie à travers la haie par le soleil matinal, elle se protégea les yeux de la main pour voir ce qui se passait.

Un mouvement dans les buissons. Un jeune homme se pressait de revenir dans la rue en reboutonnant son pantalon : elle comprit que le type venait d'uriner contre sa haie.

Il gagna la poussette, y pêcha un journal qu'il glissa dans la boîte aux lettres du voisin. Puis il continua vers la maison suivante.

Une poussette, songea-t-elle – cela lui donna une idée.

Quartier Kronoberg

La première chose que fit Jeanette Kihlberg en arrivant à son bureau fut de téléphoner au service de messagerie AB Tidningstjänst.

"Bonjour, ici Jeanette Kihlberg, de la police de Stockholm. J'ai besoin de savoir qui vous aviez en service dans le secteur de l'IUFM le matin du 9 mai."

La standardiste semblait nerveuse.

"Oui... je pense que c'est possible. De quoi s'agit-il ?

— D'un meurtre."

En attendant que la messagerie rappelle, Jeanette fit venir Hurtig dans son bureau.

"Sais-tu que certains porteurs de journaux utilisent des poussettes plutôt que des remorques de vélo ? dit-elle quand Hurtig se fut installé devant elle.

— Non, je ne savais pas. Où veux-tu en venir ?" Il avait l'air interloqué.

"Tu te souviens qu'on a relevé les traces d'une poussette à Thorildsplan ?

— Bien sûr.

— Et qui se promène de si bon matin ?"

Hurtig sourit en hochant la tête. "Les porteurs de journaux...

— Le téléphone va bientôt sonner, dit Jeanette. J'aimerais que tu répondes."

Ils restèrent sans rien dire à peine une minute avant l'appel. Jeanette activa le haut-parleur.

"Jens Hurtig, police de Stockholm."

La fille du service de messagerie se présenta. "Je viens de parler à une policière qui voulait savoir qui était en service dans le secteur de Kungsholmen ouest le neuf mai.

— Oui, exact."

Jeanette vit que Hurtig avait bien pris le train en marche.

"Il s'appelle Martin Thelin, mais il ne travaille plus pour nous.

— Avez-vous un numéro de téléphone où nous pouvons le joindre ?

— Oui, il y a un numéro de portable."

Il nota le numéro puis demanda à la standardiste si elle avait d'autres informations sur ce porteur de journaux.

"Oui, j'ai aussi son numéro de Sécurité sociale. Vous le voulez ?

— Oui, merci."

Hurtig nota et raccrocha.

"Alors, qu'est-ce que tu en penses ? demanda Jeanette. Un suspect ?

— Oui, ou un témoin. Il est tout à fait possible de transporter un cadavre dans une poussette, non ?"

Jeanette hocha la tête. "Ou alors c'est ce Martin Thelin qui a découvert le corps près de Thorildsplan en faisant sa tournée. Et qui a appelé le 112."

Elle sonna Åhlund et lui demanda de rechercher ce Thelin. Elle lui donna le numéro de téléphone.

"Bon, au travail, et vite, continua-t-elle. Dis-moi qui tu mets en haut de la liste.

— Karl Lundström, répondit sans hésiter Hurtig.

— Ah oui ? Et pourquoi ?"

La situation avait l'air de plaire à Hurtig.

"Pédophile. Sait comment on achète des enfants du tiers-monde. Est favorable à la castration. Peut grâce à sa femme dentiste se procurer de l'anesthésiant.

— Je suis d'accord, dit Jeanette. Alors on va mettre le paquet sur lui. J'ai reçu ce matin le dossier du cas Ulrika Wendin, et je propose qu'on se plonge un peu dedans avant d'aller la voir."

Hauteurs de Hammarby

La fille qui vint leur ouvrir était petite et menue. Elle ne faisait guère plus de dix-huit ans.

“Bonjour, je suis Jeanette Kihlberg. Voici mon collègue Jens Hurtig.”

La fille détourna les yeux, hocha la tête et les précéda dans une petite cuisine.

“Vous voulez du café ?” demanda-t-elle en s’asseyant à la table. Jeanette nota qu’elle semblait nerveuse.

“Non, merci. C’est gentil, mais nous n’allons pas rester longtemps.”

Jeanette s’installa en face d’elle, tandis que Hurtig restait sur le pas de la porte.

“Il y avait un nom différent sur la porte, dit Jeanette.

— Oui, je sous-loue, en troisième ou quatrième main.

— D’accord, je sais ce que c’est. La situation à Stockholm est vraiment désespérante. Impossible de trouver à se loger, à moins d’être millionnaire, bien sûr.” Jeanette sourit.

La fille ne semblait plus aussi effrayée et se fendit même d’un demi-sourire.

“Ulrika, je vais aller droit au but, pour que vous soyez débarrassée de nous au plus vite.”

Ulrika Wendin hocha la tête en tapotant nerveusement la nappe.

Jeanette l'informa brièvement de la mise en examen de Karl Lundström : la fille parut soulagée en comprenant que les preuves contre le pédophile étaient sans doute assez accablantes pour le faire condamner.

"Il y a sept ans, vous l'avez vous aussi dénoncé pour viol. Votre plainte pourrait être réexaminée, et je pense que vous avez de bonnes chances de gagner.

— Gagner ?" Ulrika Wendin haussa les épaules. "Je ne veux pas recommencer avec tout ça…

— Voulez-vous nous raconter ce qui s'est passé ?"

La fille fixa la nappe en silence, tandis que Jeanette étudiait son visage.

Elle voyait quelqu'un d'effrayé et de désemparé.

"Je ne sais pas par où commencer…

— Commencez par le début, dit Jeanette.

— Une copine et moi… tenta-t-elle. Une copine et moi, on avait répondu à une annonce sur Internet…" Ulrika Wendin se tut et jeta un regard vers Hurtig.

Jeanette comprit que sa présence gênait Ulrika et, d'un geste léger, elle lui fit comprendre qu'il valait mieux qu'il quitte la pièce.

"Au début, c'était surtout pour rire, continua-t-elle une fois Hurtig disparu dans le vestibule. Mais on avait vite compris qu'on pouvait se faire de l'argent. Le type qui avait mis l'annonce voulait coucher avec deux filles en même temps. On recevrait cinq mille couronnes…"

Jeanette vit combien elle avait du mal à en parler.

"D'accord. Et que s'est-il passé alors ?"

Ulrika Wendin baissait toujours les yeux vers la table. "J'étais assez dérangée, à l'époque… On a picolé, on est convenus d'un rendez-vous et il est venu nous chercher en voiture.

— Karl Lundström ?

— Oui.

— D’accord. Continuez.

— On s’est arrêtés dans un bar. Il nous a offert à boire et ma copine a filé. Il a commencé par se fâcher, mais je lui ai promis de venir avec lui pour moitié prix…”

Elle avait honte.

“Je ne sais pas pourquoi ça s’est passé comme ça…”

Sa voix se défit. “Tout s’est mis à tourner et il m’a ramenée à la voiture. Après ça, c’est le blanc. Quand je me suis réveillée, c’était dans une chambre d’hôtel.”

Jeanette comprit qu’elle avait été droguée.

“Et vous ne savez pas quel hôtel ?”

Pour la première fois, Ulrika Wendin croisa le regard de Jeanette.

“Non.”

D’abord hésitant et incohérent, le récit de la jeune fille se fit plus direct et précis. Elle raconta comment elle avait été forcée de coucher avec trois hommes tandis que Karl Lundström filmait. À la fin, il l’avait violée à son tour.

“Comment savez-vous que c’était Karl Lundström ?

— Je n’ai pas su qui c’était avant de voir par hasard sa photo dans le journal.

— Et vous avez alors porté plainte contre lui ?

— Oui.

— Et vous avez pu l’identifier lors d’une confrontation ?”

Ulrika Wendin sembla lasse. “Oui, mais il avait un alibi.

— Pouvez-vous vous être trompée ?”

Un éclair de mépris traversa les yeux de la fille.

“C’était lui, bordel !”

Ulrika Wendin soupira et fixa la table d’un air absent.

Jeanette hocha la tête. “Je vous crois.”

Kärrtorp

Quand Jeanette et Hurtig eurent quitté l'appartement et regagné le parking, Hurtig ouvrit la bouche pour la première fois depuis leur arrivée.

"Bon, qu'est-ce que tu en dis ?"

Jeanette ouvrit la portière de la voiture. "Que von Kwist va bien être forcé de rouvrir son dossier. À moins de commettre une faute professionnelle.

— Et en ce qui nous concerne ?

— Là, c'est un peu plus douteux." Ils s'installèrent et Jeanette démarra.

"Douteux ?" s'étrangla Hurtig.

Jeanette secoua la tête. "Mais mon pauvre Hurtig, c'était il y a sept ans. Elle était ivre et droguée. Et puis ça n'a pas grand-chose à voir avec les meurtres sur lesquels nous enquêtons."

Comme elle ralentissait à un carrefour, son téléphone sonna. Putain, qui c'est encore ? se dit-elle.

C'était Åhlund.

"Vous êtes où ? demanda-t-il.

— Sur les hauteurs de Hammarby, on rentre, répondit Jeanette.

— Alors vous n'avez qu'à faire demi-tour. Le porteur de journaux Martin Thelin habite à Kärrtorp."

L'ex-porteur de journaux Martin Thelin vint leur ouvrir en pantalon de survêtement noir et chemise ouverte, l'air de tenir une solide gueule de bois. Il n'était pas rasé, ses cheveux étaient en vrac et son haleine aurait tué un éléphant.

"C'est à quel sujet ?" Martin Thelin se racla la gorge et Jeanette recula d'un pas, de peur qu'il vomisse.

"On peut ?" Hurtig brandit sa carte de police avec un geste vers l'appartement.

Martin Thelin haussa les épaules et les fit entrer. "Bien sûr, excusez le désordre."

Jeanette fut frappée de le voir aussi indifférent à leur présence, mais supposa qu'il s'attendait bien à ce qu'on le retrouve tôt ou tard.

Une odeur de bière renversée et de vieille poubelle empestait l'appartement. Jeanette s'efforça de ne respirer que par la bouche. Thelin les fit entrer dans le séjour, s'assit dans l'unique fauteuil et les invita d'un geste à s'installer sur le canapé.

"Ça va si j'aère un peu ?" Jeanette regarda autour d'elle et, quand le poivrot opina du chef, elle alla ouvrir grande une fenêtre avant de venir s'asseoir à côté de Hurtig.

"Racontez-nous ce qui s'est passé à Thorildsplan." Jeanette ouvrit son carnet. "Oui, nous savons que vous y étiez.

— Prenez votre temps, précisa Hurtig. Nous voulons le plus de détails possible."

Martin Thelin se mit à se balancer d'avant en arrière, et Jeanette comprit qu'il fouillait dans sa mémoire fragmentaire d'ivrogne.

"Bon, je n'étais pas très net ce matin-là, commença-t-il en attrapant un paquet de cigarettes qu'il secoua pour en extraire une. J'avais picolé toute la soirée, et une bonne partie de la nuit, alors…

— Et vous êtes quand même parti faire votre tournée ?” Jeanette nota dans son carnet.

“C’est ça. Et quand j’ai eu fini, je me suis arrêté à ce métro pour pisser et c’est alors que j’ai vu le sac plastique.”

Malgré son état d’ivresse, il leur fit un récit détaillé, sans trou de mémoire. Il était entré dans les buissons à gauche de l’entrée du métro, avait uriné puis découvert le sac-poubelle noir. L’avait ouvert, un choc.

Dans sa confusion, il était revenu dans l’allée, avait récupéré la poussette avec laquelle il transportait ses journaux et vite traversé le parc jusqu’à Rålambsvägen.

Près du gratte-ciel de *Dagens Nyheter*, il avait appelé le 112.

C’était tout.

Il n’avait rien vu d’autre.

Hurtig le dévisagea. “On pourrait vous coffrer pour ne pas vous être manifesté plus tôt. Mais si vous nous accompagnez au poste pour laisser un échantillon de salive, on veut bien fermer les yeux.

— Pour quoi faire, un échantillon de salive ?

— Eh bien, pour qu’on puisse exclure votre ADN de la scène de crime, expliqua Jeanette. Votre urine, on l’a déjà recueillie sur le sac plastique.”

Le plastique

se froissa quand l'autre se retourna dans son sommeil. Le garçon avait dormi longtemps. Gao avait compté presque douze heures – il avait compris que la cloche qu'on entendait faiblement au loin sonnait toutes les heures.

À ce moment précis, la cloche sonna à nouveau et il se demanda si c'était une église.

Il pensait avec des mots malgré lui.

Maria. Petrus, Jakob, Magdalena.

Gao Lian. De Wuhan.

Il entendit que l'autre se réveillait.

l'obscurité

amplifiait les bruits de l'autre garçon. Les pleurs, le ferraillement quand il tirait sur sa chaîne, les gémissements et les plaintes, les mots étrangers.

Gao n'avait pas de chaîne. Il était libre de faire à l'autre ce qu'il voulait. Peut-être reviendrait-elle s'il lui faisait quelque chose ? Elle lui manquait, il ne savait pas pourquoi elle tardait à revenir.

Il remarqua que l'autre garçon passait son temps à tâtonner dans le noir, comme s'il cherchait quelque chose. Parfois il appelait, dans sa langue bizarre. Ça faisait *chto, chto, chto*.

Il voulait que le garçon disparaisse. Gao le haïssait. Sa présence dans la chambre le faisait se sentir seul.

Enfin, elle arriva.

Il avait passé si longtemps dans le noir que la lumière qui envahit la pièce lui fit mal aux yeux. L'autre garçon cria, pleura en donnant des coups de pied. En voyant Gao dans la lumière, il se calma un peu et le dévisagea d'un regard haineux. Peut-être le garçon était-il juste jaloux que Gao ne soit pas enchaîné ?

La femme blonde entra dans la pièce et s'approcha de Gao, un bol à la main. Elle posa par terre la soupe fumante puis l'embrassa sur le front et lui passa la main dans les cheveux, et il se souvint combien il aimait qu'elle le touche.

Peu après, elle revint avec un deuxième bol qu'elle donna à l'autre garçon. Il commença à manger avidement, mais Gao, lui, attendit qu'elle ait fermé la porte et qu'il fasse à nouveau noir. Il ne voulait pas qu'elle voie combien il avait faim.

Au bout d'une heure seulement elle revint. Elle portait un sac sur l'épaule et tenait un objet noir qui ressemblait à un gros scarabée.

le plafond

s'était illuminé d'éclairs à la mort de l'autre garçon. Gao ne se sentait plus seul, il pouvait se déplacer librement dans la pièce sans devoir se cacher de l'autre. Elle venait le voir plus souvent désormais, et ça aussi, c'était bien.

Mais il y avait quelque chose qu'il n'aimait pas.

Ses pieds commençaient à le faire souffrir. Ses ongles avaient poussé en s'enroulant sur eux-mêmes et il avait du mal à marcher sans avoir mal.

Une nuit qu'il dormait, elle s'approcha sans qu'il le remarque. À son réveil, il était pieds et poings liés, les mains dans le dos. Elle était assise à califourchon sur lui, il apercevait l'ombre de son dos.

Il comprit aussitôt ce qu'elle voulait faire. Une seule personne le lui avait déjà fait, c'était dans l'orphelinat où il avait grandi, près de Wuhan. Plusieurs fois, le vieil homme balafré l'avait poursuivi dans les couloirs. Il se faisait toujours prendre et le vieux tenait les pieds de Gao en le serrant à le faire pleurer. Il sortait alors son couteau d'un petit fourreau en bois et éclatait de son rire édenté.

Ça ne lui plaisait pas qu'elle aussi, qu'il aimait tant, lui fasse ça.

Après, elle défit la corde et lui donna à manger et à boire. Il refusa de toucher à la nourriture et, quand elle se lassa de lui caresser le front et quitta la pièce, il resta longtemps couché éveillé, en songeant à ce qu'elle avait fait.

Il la haïssait, ne voulait plus rester là. Pourquoi lui avait-elle fait du mal, alors qu'il lui avait clairement montré qu'il ne voulait pas ? Elle ne l'avait jamais fait jusque-là, et il n'aimait pas ça.

Mais un peu plus tard, quand elle revint et qu'il vit qu'elle pleurait, il sentit que ses pieds ne lui faisaient plus mal et ne saignaient pas non plus comme c'était toujours le cas quand le vieux les taillait.

Alors il lui adressa pour la première fois la parole.

"Gao, dit-il. Gao Lian…"

Gamla Enskede

Le soleil levé depuis plusieurs heures avait séché la rosée sur la pelouse.

Jeanette Kihlberg regarda par la fenêtre de la cuisine : la journée serait chaude. Pas un brin de vent et déjà un brouillard de chaleur sur les tuiles de l'autre côté de la rue.

Le porteur de journaux à la poussette passa sur le coup de sept heures.

Martin Thelin, pensa-t-elle. Tout comme Furugård, Thelin avait un alibi à toute épreuve. Pendant que Furugård était en mission secrète au Soudan, le porteur de journaux était en cure. Six mois dans un établissement du Hälsingland. Hurtig avait vérifié toutes ses permissions : Martin Thelin était hors de cause.

Il était sept heures et demie, elle prenait son petit-déjeuner seule.

Johan ronflait encore au lit. Åke, elle ne savait pas où il était passé. Sorti avec un copain la veille. Il n'était pas rentré et n'avait pas répondu quand elle l'avait appelé, une demi-heure plus tôt.

Putain, pourquoi aller traîner dans les bars alors qu'on est fauchés ? se dit-elle.

Des cinq mille couronnes de son père, elle en avait donné deux mille à Åke. “C'est mes potes qui arrosent”

– tu parles ! Elle ne savait que trop bien comment il se comportait après quelques verres. Un panier percé. Tournée générale ! Åke, le pote généreux. Leur argent. Non, son argent à elle, qu'elle avait emprunté à son père et dont Johan était aussi censé profiter.

Åke et elle s'étaient à peine vus depuis plusieurs jours. Elle repensa au fiasco de la sortie au cinéma et du dîner en ville.

Comme ils avaient changé.

Ça ne s'était pas fait du jour au lendemain. Le changement s'était produit en eux insidieusement, sans qu'il soit possible de dire quand. Depuis cinq ans, deux ans, six mois ? Elle était incapable de le dire.

Tout ce qu'elle savait, c'était que leur complicité passée lui manquait. Même s'ils avaient alors des opinions différentes dans bien des domaines, ils discutaient, parlaient, étaient curieux, se surprenaient mutuellement. Leur dialogue s'était peu à peu changé en deux monologues muets. Le travail et l'argent étaient devenus leurs seuls sujets de conversation et, même là, ils étaient incapables de dialoguer. Alors que cela aurait dû être si simple.

La mort de la communication.

Elle avait l'impression de radoter, il était irritable et indifférent.

Jeanette finit son café et débarrassa la table. Elle alla ensuite dans la salle de bains, se brossa les dents et entra sous la douche.

La communication, songea-t-elle. Où la trouvait-elle ?

Avec les filles du club de foot, sans aucun doute. Pas toujours, mais assez souvent pour qu'elles lui manquent si les matchs et les entraînements étaient trop espacés.

Avec elles, elle pouvait communiquer. Et pas seulement par la parole, physiquement aussi. Le jeu, la collaboration sur le terrain, se comprendre d'un regard, d'un geste. Une communication instinctive à travers des mouvements physiques collectifs.

Quand cela fonctionnait, c'était extraordinaire. Tout était si facile. Les paroles venaient ensuite d'elles-mêmes.

Dix, quinze personnes différentes, avec des opinions, des préférences et des attentes différentes formaient une communauté. Bien sûr, tout le monde n'était pas d'accord, mais on pouvait parler ouvertement de presque tout. Rires, plaisanteries ou disputes n'avaient aucune importance.

Deux joueuses qui s'entendaient sur le terrain pouvaient être amies même en étant des personnes totalement différentes.

Elle n'en fréquentait pourtant aucune hors du foot. Elles se connaissaient depuis des années, faisaient la fête ensemble, sortaient prendre des bières. Mais elle n'en avait jamais invité aucune chez elle.

Elle savait pourquoi. Elle n'en avait tout simplement pas l'énergie. Son énergie, elle en avait besoin au travail : tant qu'elle ferait ce métier, c'était absolument nécessaire.

Jeanette sortit de la douche, se sécha et commença à s'habiller. Elle jeta un œil à l'heure et vit qu'elle risquait d'être en retard.

Elle sortit de la salle de bains, entrebâilla la porte de la chambre de Johan et vit qu'il dormait toujours profondément. Elle alla ensuite à la cuisine lui écrire un bref message.

"Bonjour. Je rentre tard. Dîner au congélo. À réchauffer. Bonne journée. Bises, maman."

Il faisait presque trente degrés dehors au soleil et elle aurait bien préféré aller se dorer quelque part à la plage avec Johan. Mais elle voyait bien qu'il ne serait pas de sitôt question de partir en vacances.

Cela ne devait pourtant pas être aussi long qu'elle le pensait.

Quartier Kronoberg

Une demi-heure plus tard, elle était arrivée à Kungsholmen et fit un point bref et déprimant avec Hurtig, Schwarz et Åhlund.

Dans la matinée, Jeanette apprit qu'elle était autorisée à poursuivre son enquête pour la seule raison qu'il serait mal vu de l'abandonner si vite.

En clair, personne ne se souciait des trois gamins. Jeanette comprit entre les lignes que le seul but de son travail était pour le moment de rassembler des informations qui pourraient s'avérer très utiles dans l'éventualité où l'on tomberait sur un gamin assassiné dont la disparition, elle, aurait été signalée.

Un petit Suédois mort après avoir été torturé, avec des proches qui s'épancheraient dans la presse en accusant la police de n'en avoir pas fait assez.

Jeanette n'y croyait pas : elle était convaincue que l'agresseur ne choisissait pas ses victimes au hasard.

La cruauté et le mode opératoire étaient si semblables qu'il devait s'agir d'un seul et même auteur. Mais impossible d'en être certaine : souvent le hasard s'en mêlait et compliquait tout.

Elle avait exclu tous les meurtres banals, le mari jaloux qui étrangle sa femme, la querelle d'ivrogne qui tourne à l'homicide, etc. C'était sans intérêt. Des hommes ordinaires qui trucident sur un coup de tête, rien à voir avec le profil de cet agresseur. Il s'agissait ici de torture, d'actes de violence sophistiqués et prolongés, d'un auteur qui pouvait se procurer de l'anesthésiant et savait s'en servir. Les victimes étaient de jeunes garçons qui avaient subi une ablation des parties génitales. S'il existait quelque chose comme un meurtre *normal*, c'était ici tout le contraire.

On frappa doucement à la porte et Hurtig entra. Il s'assit en face d'elle, l'air découragé.

"Bon, alors, qu'est-ce qu'on fait ? demanda-t-il.

— Vraiment, je ne sais pas, répondit-elle, comme si l'apathie de son collègue était contagieuse.

— Combien de temps on nous donne ? Ce n'est pas l'affaire la plus prioritaire, je suppose ?

— Quelques semaines, sans précisions, mais si on ne trouve pas très vite quelque chose, on devra mettre l'enquête de côté.

— OK. Je propose qu'on remette ça avec Interpol et qu'on fasse une fois de plus la tournée des camps de réfugiés. Et si ça ne donne rien, on pourra toujours retourner traîner sous le pont central. Je refuse de croire que des enfants puissent disparaître comme ça, sans que personne ne les réclame.

— Je suis bien d'accord avec toi, sauf qu'ici, c'est plutôt le contraire, dit Jeanette, en regardant Hurtig dans les yeux.

— Qu'est-ce que tu veux dire ?

— Eh bien, ces gamins n'ont pas disparu, ils ont plutôt fait surface."

Åke appela à deux heures et demie. D'abord, elle ne comprit pas ce qu'il disait, tellement il était excité mais, quand il se fut un peu calmé, elle parvint à se faire une idée.

“Tu vois ? Je vais exposer. C’est une galerie d’enfer, elle a déjà vendu trois de mes peintures.”

Qui ça, elle ? pensa Jeanette.

“C’est dans les beaux quartiers, à Östermalm ! Putain, j’y crois pas !

— Åke, calme-toi. Pourquoi ne m’as-tu rien dit ?”

Bien sûr, au cours du dîner après le cinéma, il avait fait allusion à quelque chose en cours, mais elle pensait en même temps à ces vingt ans ou presque où il avait traîné à la maison. Où elle l’avait entretenu et encouragé dans son art. Et voilà qu’il était entré en affaires avec une galerie sans lui en parler.

On entendait sa respiration, mais il ne disait rien.

“Åke ?”

Après un moment, il se réveilla. “Je... je ne sais pas. Ça s’est fait sur une intuition. Il y avait cet article dans *Perspectives artistiques*. Après l’avoir lu j’ai décidé d’aller lui parler. Tout avait l’air de coller si bien avec ce qu’elle écrivait dans l’article. J’avais un peu le trac, au début, mais j’ai tout de suite su que c’était la chose à faire. Le moment était venu, tout simplement.”

Alors voilà donc pourquoi il n’est pas rentré hier soir, pensa-t-elle.

“Åke, tu me caches des choses. Qui es-tu allé voir ?”

Il lui expliqua que cette femme, qui dirigeait une des galeries les plus en vue de Stockholm, avait été complètement emballée par son travail. Par son intermédiaire, il avait déjà vendu des tableaux pour presque quarante-cinq mille couronnes avant même le vernissage de l’exposition.

La galeriste prévoyait d’au moins quadrupler la

somme et lui avait promis une autre exposition dans sa filiale de Copenhague.

“Le musée Louisiana n’est pas loin ! s’esclaffa Åke. Sauf que là, c’est juste un petit local près de Nyhamn.”

Jeanette se réjouissait que les choses bougent enfin, cela lui faisait chaud au cœur, mais elle avait en même temps comme une boule au creux du ventre.

Son art n’appartenait-il qu’à lui ?

Elle n’aurait pas su compter le nombre de nuits où ils avaient veillé pour discuter de ses tableaux. Il finissait souvent par pleurer en se lamentant que ça ne marche pas et elle devait le consoler et l’encourager à poursuivre dans sa voie. Elle avait cru en lui.

Elle savait qu’il était doué, même si elle était loin d’être experte en la matière.

“Åke, tu me surprendras toujours, mais là, c’est le pompon !”

Elle ne put s’empêcher de rire, même si elle aurait aussi voulu lui demander de lui expliquer pourquoi il avait ainsi franchi le pas en secret, sans elle. C’était pourtant quelque chose dont ils parlaient depuis si longtemps.

“J’avais peur de me planter, finit-il par dire. Tu m’as toujours soutenu, c’est vrai. Putain, tu as payé pour que je puisse continuer. Comme un mécène. J’apprécie vraiment tout ce que tu as fait pour moi.”

Jeanette ne savait pas quoi dire. Un mécène ? C’était donc ainsi qu’il la voyait ? Une sorte de distributeur de billets à domicile ?

“Et tu sais quoi ? Devine qui va exposer à Copenhague en même temps que moi ? Au même endroit ?”

Il épela “D-i-e-s-e-l-F-r-a-n-k” tout en éclatant de rire. “Adam Diesel-Frank ! Non, écoute, il faut que je raccroche. Je dois voir Alexandra pour discuter de quelques détails. À ce soir !”

Elle s'appelait donc Alexandra.

Ils raccrochèrent et Jeanette resta silencieuse devant son bureau. En vingt ans, il n'avait pas bougé le petit doigt pour se vendre. Et voilà qu'il vend tout d'un seul coup. Mon Dieu, il avait plusieurs fois décliné quand elle lui avait arrangé des contacts. Le galeriste de Göteborg qui devait venir le voir. Il avait annulé sous prétexte qu'il *n'avait pas le courage*. Une autre fois, il était *malade*, une troisième ça n'en valait pas la peine parce qu'il se trouvait tellement *nul*.

Gamla Enskede

En s'engageant dans l'allée de la maison, Jeanette dut piler pour ne pas emboutir la voiture inconnue stationnée devant la porte du garage. La plaque d'immatriculation de cette voiture de sport rouge mentionnait le nom de son propriétaire. KOWALSKA. Le nom de la galerie qu'Åke avait contactée. Jeanette en déduisit que cette voiture devait être celle d'Alexandra Kowalska.

Elle ouvrit la porte et entra.

"Il y a quelqu'un ?"

Comme personne ne répondait, elle monta au premier étage. En entendant des rires et des éclats de voix dans l'atelier, elle alla frapper à la porte.

Le silence se fit à l'intérieur, elle ouvrit. Des tableaux jonchaient le sol et Åke était attablé en compagnie d'une femme blonde, la quarantaine, d'une beauté remarquable. Elle portait une robe moulante et était discrètement maquillée. Sans doute cette fameuse Alexandra, se dit Jeanette.

"Tu veux fêter ça avec nous ?" Åke désigna la bouteille de vin sur la table. "Mais il va falloir aller te chercher un verre", ajouta-t-il en voyant qu'il n'y en avait pas pour elle.

Qu'est-ce que c'est que ce cirque ? se dit Jeanette en voyant qu'il avait sorti pain, fromage et olives.

Alexandra s'esclaffa et la regarda. Jeanette n'aimait pas le rire de cette femme. Il sonnait faux.

"Nous pourrions peut-être nous présenter ?" Alexandra leva un sourcil d'un air entendu et se leva. Elle était grande, bien plus grande que Jeanette. Elle s'approcha en lui tendant la main.

"Alex Kowalska, dit-elle, et Jeanette entendit à son accent qu'elle n'était pas suédoise.

— Jeanette... Je vais chercher un autre verre."

Alexandra, Alex pour les intimes, resta jusqu'aux environs de minuit avant d'appeler un taxi. Åke s'était endormi sur le canapé du séjour et Jeanette se retrouva toute seule à la cuisine avec un verre de whisky.

Il n'avait pas fallu longtemps à Jeanette pour déceler en Alexandra Kowalska une manipulatrice. Visiblement, il ne s'agissait pas seulement de la peinture d'Åke. Alex avait passé la soirée à lui faire de l'œil et à le flatter, sous son nez, sans se gêner.

À plusieurs reprises, Jeanette avait fait des allusions qui, sans être blessantes, auraient dû faire comprendre à Alex qu'il était temps de s'en aller. Mais elle s'était incrustée, invitant Åke à aller chercher une autre des bonnes bouteilles qu'elle avait apportées.

Au cours de la soirée, Alex avait encore promis à Åke une autre exposition. À Cracovie, où elle avait ses origines et d'importants contacts. Percée, succès, Jeanette trouvait le baratin de cette femme franchement choquant. Les superlatifs sur l'œuvre d'Åke et les projets grandioses étaient une chose. Puis venaient les compliments. Alex décrivait Åke comme un homme unique pour son charme en société, un artiste qu'elle jugeait passionnant et doué comme ce n'était pas permis. Ses yeux étaient francs, intenses et intelligents, et ainsi de suite. Alexandra avait même dit qu'il avait de beaux poignets et, quand Åke les avait regardés en souriant, elle avait caressé du doigt les veines du dessus de sa main en parlant des lignes du peintre. Jeanette trouvait pathétique la plupart de ce qu'Alex avait dit au cours de la soirée, mais Åke avait visiblement été séduit par tant de compliments.

Cette femme est un serpent, songea Jeanette, en imaginant déjà la déception que ressentirait Åke quand ses espérances ne seraient pas entièrement satisfaites.

Elle éteignit à la cuisine et alla dans le séjour essayer de réveiller Åke qui ronflait – en vain : impossible de le ressusciter, elle dut se glisser seule dans le lit.

Jeanette avait mal dormi, fait des cauchemars et se réveilla complètement déprimée. La couette était trempée de sueur et elle n'avait aucune envie de se lever. Mais elle ne pouvait pas rester au lit.

Qu'est-ce que ce serait bien d'avoir un boulot normal, pensa-t-elle. Un emploi où l'on pourrait sans problème prendre un jour de repos en se mettant en congé maladie. Se faire remplacer ou remettre le travail à plus tard.

Elle s'étira, frissonna et écarta la couette. Sans qu'elle sache comment, soudain, elle fut debout. Son corps avait par réflexe pris la décision à sa place. Prends tes responsabilités, lui avait-il intimé. Fais ton devoir, ne te laisse pas aller.

Après une douche, elle s'habilla et descendit à la cuisine, où Johan prenait son petit-déjeuner. Son sentiment de malaise s'était estompé, elle se sentait prête pour une nouvelle journée de travail.

“Déjà levé ? Mais il n'est que huit heures.” Elle remplit la cafetière.

"Oui, je n'arrivais pas à dormir. On a un match ce soir." Il feuilleta le journal du matin, trouva les pages sportives et se mit à lire.

"C'est un match important?" Jeanette sortit une tasse et une assiette, les posa sur la table, prit du lait et du yaourt au frigidaire.

Johan ne répondit pas.

Jeanette alla chercher la cafetière, remplit sa tasse, s'installa en face de lui et répéta sa question.

"Match de coupe", marmonna-t-il sans quitter le journal des yeux.

Une nouvelle fois, Jeanette se sentit impuissante : n'être au courant de rien, ne pas avoir la moindre idée du quotidien de son enfant. Elle se souvint qu'elle n'avait pas mis les pieds à son école du trimestre, à part pour la fête de fin d'année.

"Contre qui ? Quelle coupe ?

— Laisse tomber!" Il replia le journal et se leva. "De toute façon, ça ne t'intéresse pas!

— Mais enfin, Johan… Bien sûr que si, ça m'intéresse, mais tu sais bien que mon travail est très prenant et…" Elle s'interrompit et réfléchit. Des mauvaises excuses, était-ce vraiment tout ce qu'elle avait à lui offrir ? Elle eut honte.

"On joue contre Djurgården." Il posa son assiette dans l'évier. "C'est la finale ce soir, et je crois que papa viendra." Il sortit de la cuisine.

"Alors vous allez gagner, lança-t-elle dans son dos. Djurgården, c'est des nuls."

Sans répondre, il alla s'enfermer dans sa chambre.

Au moment de partir, elle entendit Åke bouger sur le canapé. Elle alla voir au salon. Mal réveillé, il se massait le visage. Ses cheveux étaient en bataille, ses yeux rougis.

“J’y vais, dit-elle. Et je ne sais pas quand je rentre. Peut-être tard.

— Oui, oui…” Il la regarda et elle vit dans ses yeux fatigués qu’il n’en avait rien à faire.

“N’oublie pas le match de Johan ce soir. Il compte sur toi.

— On verra.” Il se leva. “J’irai si j’ai le temps, mais ce n’est pas sûr. Je dois voir Alex pour mettre au point le catalogue de l’expo, ça peut être long. Mais toi, tu n’as qu’à y aller, non ? ironisa-t-il.

— Arrête ton char. Tu sais bien que je ne peux pas.” Elle tourna les talons et sortit de la pièce. Dans l’entrée, chaussures et bottes s’entassaient en vrac dans les graviers et les moutons.

Pas à la hauteur, songea-t-elle. Nulle, égocentrique.

“J’appellerai pour savoir comment ça s’est passé.”

Elle ouvrit la porte et sortit sur le perron sans lui laisser le temps de répondre.

Quartier Kronoberg

Comme d'habitude, il y avait des bouchons pour entrer en ville, mais cela s'arrangea après Gullmarsplan et, en se garant, elle constata qu'il était à peine plus de neuf heures. Elle décida de commencer sa journée de travail par un tour dans Kungsholmen pour se décrasser l'esprit de ses soucis privés et faire place à des préoccupations professionnelles.

En entrant dans son bureau, elle trouva Hurtig qui l'attendait, assis à sa place.

"Alors, patronne, on arrive tard ? ricana-t-il.

— Qu'est-ce que tu fiches ici ?" Elle s'approcha en lui signifiant d'un geste de changer de fauteuil.

"Dis-moi si je me trompe, Jeanette, commença-t-il. Mais pour le moment, on est mal barrés, non ?"

Jeanette hocha la tête. "Où veux-tu en venir ?

— J'ai pris la liberté d'aller jeter un œil à des cas anciens de violence extrême…

— Et ?" Sa curiosité était piquée : Hurtig ne serait pas venu la déranger sans rien sous le coude.

"Et par hasard, j'ai trouvé ça." Il jeta une chemise brune sur le bureau. Dessus : *Bengt Bergman. Affaire classée.*

Elle ouvrit la chemise : elle contenait une vingtaine de feuilles écrites à la machine.

"Résume-moi plutôt, je lirai si je trouve ça intéressant." Elle referma la chemise.

"Intéressant, il faut voir. Bengt Bergman a été interrogé ici même sept fois ces dernières années, et encore pas plus tard que lundi dernier.

— Lundi dernier ? Et pourquoi ?

— Une certaine Tatiana Achatova l'a accusé de viol. C'est une prostituée qui…" Hurtig s'interrompit. "Mais on s'en fout, ce n'est pas elle qui m'a mis la puce à l'oreille. C'est la brutalité. Et en comparant avec les autres plaintes, c'est toujours pareil.

— La violence ?

— Oui. Les filles ont été brutalisées, certaines fouettées à coups de ceinture, et toutes ont subi un viol anal par insertion d'objet. Probablement une bouteille.

— Je suppose qu'il n'a jamais été condamné dans aucune de ces affaires, puisque son casier est vierge.

— Exact. Les preuves étaient trop faibles, la plupart des victimes des prostituées. C'était parole contre parole et, si j'ai bien lu, sa femme lui a fourni un alibi chaque fois.

— Tu veux dire qu'on devrait le convoquer ?"

Hurtig sourit : Jeanette comprit qu'il avait gardé le meilleur pour la fin.

"Deux des plaintes concernent des agressions sexuelles sur mineurs. Une fille et un garçon. Frère et sœur, nés en Érythrée. Là aussi, avec violences…"

Jeanette ouvrit aussitôt la chemise et feuilleta son contenu. "Putain, Hurtig, je suis bien contente de travailler avec toi. Voyons voir… là !"

Elle sortit un bref document qu'elle parcourut.

"Juin 1999. La fille avait douze ans, le garçon dix. Violence brutale, traces de fouet, agression sexuelle, enfants d'origine étrangère. Affaire classée pour cause de… qu'est-ce que je lis ? Les enfants n'ont pas été considérés comme assez crédibles à cause des divergences de leurs témoignages. Là aussi, sa femme a sorti un alibi. Ça risque d'être dur de le relier à notre enquête. Il nous en faut davantage."

Hurtig y avait déjà réfléchi.

"On peut tenter notre chance, dit-il. Dans le dossier de Bergman, j'ai trouvé le nom de sa fille. On pourrait peut-être tâter le terrain en lui envoyant un signal.

— Là, je ne te suis plus. Qu'est-ce qu'elle pourrait nous apporter, d'après toi ?

— Je ne sais pas, moi, elle n'a peut-être pas autant envie que sa mère de fournir un alibi à son père ? Bien sûr, c'est un coup de poker, mais des fois ça marche, ça s'est vu. Qu'est-ce que tu en dis ?

— OK. Mais alors à toi d'appeler." Jeanette lui tendit le téléphone. "Tu as son numéro ?

— Bien sûr, dit Hurtig en la narguant avec son carnet avant de composer le numéro. Un numéro de mobile, pas d'adresse, désolé."

Jeanette éclata de rire. "Tu savais que je marcherais dans la combine, hein ?"

Hurtig lui sourit tout en attendant en silence.

"Oui, bonjour… Je cherche une certaine Victoria Bergman. C'est le bon numéro ?" Hurtig sembla étonné. "Allô ?" Il fronça les sourcils. "Elle a raccroché."

Ils se regardèrent.

"Attendons un moment, j'essaierai de la rappeler." Jeanette se leva. "Elle préfère peut-être parler à une femme. Et puis, là, j'ai besoin d'un café."

Ils gagnèrent le coin cuisine.

Au moment où Jeanette sortait le gobelet brûlant du distributeur, Schwarz fit irruption, suivi de près par Åhlund.

“Vous avez entendu ? fit Schwarz en ajustant son holster.

— Entendu quoi ?” Jeanette secoua la tête.

“Attaque d’un transport de fonds à Söder. Sur Folkungagatan.”

Il sembla à Jeanette voir Schwarz sourire. “Billing veut qu’on aille filer un coup de main. Visiblement, ils manquent d’effectifs.

— OK, OK. Si c’est Billing qui le dit, je ne vous retiens pas, filez !” Jeanette haussa les épaules.

Les deux collègues hochèrent la tête et repartirent en trombe.

“Dupond et Dupont.” Hurtig sourit. “Honnêtement, j’ai l’impression que Schwarz trouve plus drôle d’aller chasser des bandits que de rester ici lire de vieux rapports.

— Comme tout le monde, non ?”

Dix minutes plus tard, Hurtig composa à nouveau le numéro et passa le téléphone à Jeanette, qui jeta un coup d’œil à l’horloge de l’ordinateur. Elle nota : *10:22, TÉL. FILLE DE BENGT BERGMAN*.

Après trois sonneries, elle entendit une femme répondre.

“Bergman.” Une voix sombre, presque masculine.

“Victoria Bergman ? La fille de Bengt Bergman ?

— Oui, c’est ça.

— Bonjour, ici Jeanette Kihlberg, de la police de Stockholm.

— Ah ? Et que puis-je pour vous ?

— Eh bien… Il se trouve que j’ai eu votre numéro par l’avocat de votre père, qui aimerait savoir si vous seriez prête à être son témoin de moralité dans le cadre d’un procès à venir.”

Ce mensonge provoqua un hochement de tête approbateur chez Hurtig. “Bien joué”, chuchota-t-il.

Après un silence, la femme répondit.

“Ah, je vois. Et donc, vous m’appelez pour ça…

— Je comprends que vous puissiez trouver ça désagréable, mais d’après ce qu’on m’a dit, vous pourriez témoigner en sa faveur. Vous êtes certainement au courant des accusations portées contre lui ?”

Hurtig secoua la tête. “Ça va pas, non ?”

Jeanette lui fit signe de se taire. Elle entendit la femme soupirer.

“Non, vraiment, désolée, mais ça fait plus de vingt ans que je ne lui ai pas parlé ni à lui ni à maman et, franchement, je suis étonnée qu’il s’imagine que je puisse vouloir me mêler de ses affaires.”

En entendant cette réponse, Jeanette se demanda si Hurtig n’avait pas raison.

“Ah bon ? Ce n’est pas tout à fait ce qu’on m’a dit, mentit-elle encore.

— Peut-être, mais qu’est-ce que j’y peux ? En revanche, si ça vous intéresse, je peux vous dire qu’il est très certainement coupable. Surtout s’il s’agit de ce qui lui pendouille entre les jambes. Sa breloque, il me l’a imposée depuis l’âge de trois ou quatre ans.”

Cette franchise laissa Jeanette estomaquée. Elle dut se racler la gorge avant de reprendre.

“Si ce que vous dites est exact, pourquoi n’avoir jamais porté plainte contre lui ?”

Putain, qu’est-ce que c’est que ça ? pensa-t-elle tandis que Hurtig la félicitait pouce en l’air.

“Ça me regarde. Vous n’avez aucun droit de me téléphoner avec toutes vos questions. Pour moi, il est mort.

— D’accord, je comprends. Je ne vous dérangerai plus.”

Un clic, et Jeanette raccrocha à son tour.

Qu’est-ce que c’était que ça ?

En appelant la fille de Bengt Bergman, elle s'attendait à tout, sauf ça.

Hurtig attendait en silence qu'elle dise quelque chose.

"On va le chercher, finit-elle par dire.

— *Yes!*" Hurtig se leva. "Tu veux l'interroger ? Ou je m'en occupe ?

— Je prends, mais tu peux y assister, si tu veux."

Quand Hurtig eut refermé derrière lui, le téléphone sonna et Jeanette vit que c'était son chef.

"Où tu es, bordel ?" Billing semblait fâché.

"Dans mon bureau, pourquoi ?

— On t'attend depuis bientôt un quart d'heure. C'est l'heure de la réunion d'encadrement, tu as zappé ?"

Jeanette se frappa le front. "Non, pas du tout. J'arrive tout de suite."

Elle raccrocha, se précipita dans le couloir et, en courant à moitié vers la salle de conférences, elle comprit que ce serait une longue journée.

Gamla Enskede

Quand le lendemain au petit-déjeuner Jeanette vit la photo dans le journal, elle eut honte pour la deuxième fois en peu de temps.

Dans les pages sportives, l'équipe de Johan était en photo.

Hammarby avait remporté la finale contre Djurgården 4 buts à 1, dont deux marqués par Johan.

Jeanette était morte de honte d'avoir oublié la veille de téléphoner dans la soirée pour demander comment s'était passé le match, alors qu'il avait pourtant bien dit que c'était la finale.

La réunion d'encadrement avait traîné en longueur à cause de Billing qui se noyait dans les détails. Le reste de l'après-midi avait été consacré à mettre la main sur Bengt Bergman et entendre la prostituée qui avait porté plainte contre lui. Très peu bavarde, elle s'était contentée de répéter ce qu'elle avait déjà déclaré dans sa plainte. Il était déjà huit heures quand Jeanette avait quitté l'hôtel de police. Elle s'était endormie devant la télévision avant le retour d'Åke et Johan et, quand elle s'était réveillée, à minuit passé, ils étaient déjà allés se coucher.

Maintenant, il était trop tard pour demander. Le mal était fait, elle n'y pouvait plus rien.

Jeanette réalisa que les garçons assassinés sur lesquels elle travaillait retenaient davantage son attention que son propre fils bien vivant. Mais en même temps, elle n'y pouvait rien. Même si, aujourd'hui, il n'était pas content d'elle et considérait à juste titre qu'elle l'avait négligé, on pouvait espérer qu'un jour il comprendrait, réaliserait qu'il n'avait pas été si mal loti. Un toit, à manger et des parents peut-être trop occupés d'eux-mêmes, mais qui l'aimaient plus que tout.

Mais si, une fois adulte, il ne voyait pas les choses ainsi, et ne se souvenait que du négatif ?

Elle entendit Johan sortir de sa chambre pour aller à la salle de bains en même temps qu'Åke descendait l'escalier. Jeanette se leva pour sortir deux autres tasses et assiettes.

“Bonjour, dit Åke en prenant au frigidaire un pack de jus d'orange qu'il but directement au goulot. Tu lui as parlé ?”

Il s'assit, le regard perdu par la fenêtre. Le soleil brillait, le ciel était bleu clair. Quelques hirondelles filèrent au-dessus de la pelouse : un temps à prendre le petit-déjeuner au jardin.

“Non, il vient de se réveiller, il est sous la douche.

— Nous l'avons beaucoup déçu.

— Comment ça, nous ?” Jeanette chercha son regard, mais il ne quitta pas la fenêtre des yeux. “Je pensais que c'était juste moi.

— Non, non.” Åke se retourna.

“Mais alors, qu'est-ce que tu as donc fait pour qu'il soit en rogne contre toi ?”

Åke reposa bruyamment sa tasse de café, recula sa chaise et se leva d'un bond.

“En rogne ?” Il se pencha au-dessus de la table. “C'est ça que tu crois ? Que Johan est *en rogne* contre nous ?”

Ce brusque mouvement d'humeur déconcerta Jeanette.

"Mais je…

— Il n'est ni fâché, ni en rogne. Il est triste et déçu. Il trouve qu'on ne s'occupe pas de lui et qu'on se dispute sans arrêt.

— Tu n'étais pas au match, hier ?

— Non, je n'ai pas eu le temps.

— Comment ça, pas eu le temps ?" Jeanette réalisa qu'elle était en train de reprocher à Åke ses propres défaillances. En même temps, elle avait toujours considéré que c'était à lui de veiller au bon fonctionnement du ménage. Elle se tuait au travail, faisait bouillir la marmite et, quand ça ne suffisait pas, c'était encore elle qui appelait ses parents pour leur emprunter de l'argent. Tout ce qu'il avait à faire, c'était de s'occuper un peu de la vaisselle, faire quelques lessives et veiller à ce que Johan fasse ses devoirs.

"Eh non, je n'ai pas eu le temps ! C'est aussi simple que ça !"

Jeanette vit qu'il était vraiment fâché, à présent.

"Moi aussi, j'ai une vie hors de ces murs, continua-t-il en gesticulant. Putain, j'étouffe, ici. Ça devient irrespirable."

Jeanette sentit elle aussi monter la colère. "Mais bouge-toi donc ! cria-t-elle. Trouve-toi un vrai boulot au lieu de rester glander à la maison.

— Pourquoi vous vous disputez ?" Johan était dans l'embrasure de la porte, habillé, mais les cheveux encore humides. Jeanette vit qu'il était triste.

"On ne se dispute pas." Åke se leva pour se resservir du café. "Maman et moi, on parle, c'est tout.

— On ne dirait pas." Johan tourna les talons pour retourner dans sa chambre.

"Allez, viens t'asseoir, Johan." Jeanette poussa un profond soupir en lorgnant vers sa montre.

"Papa et moi, nous sommes désolés d'avoir manqué le match, hier. Je vois que vous avez gagné. Bravo!" Jeanette brandit le journal en lui montrant la photo.

"Bah... soupira Johan, en s'asseyant à table pour le petit-déjeuner.

— Tu sais, tenta Jeanette, nous sommes un peu débordés en ce moment, papa et moi, avec le travail et..." Elle commença à tartiner une tranche de pain en cherchant des mots introuvables. Ils lui faisaient défaut, il n'y avait aucune excuse qui vaille.

Elle posa la tartine devant Johan, qui la regarda d'un air dégoûté.

"Mais tous les autres parents étaient là! Eux aussi, ils ont un boulot."

Jeanette leva les yeux vers Åke pour chercher un soutien, mais il regardait toujours par la fenêtre.

L'amour inconditionnel, pensa-t-elle. C'était à elle d'en porter le fardeau mais, sans s'en rendre compte, elle en avait chargé les épaules de son fils.

"Mais tu sais bien, dit-elle en implorant Johan du regard, maman court après les méchants bandits pour que toi, tes copains et leurs parents vous puissiez dormir tranquillement la nuit."

Johan la dévisagea et il y avait dans ses yeux un éclair de colère qu'elle n'y avait jamais vu.

"Tu me rabâches ce refrain depuis mes cinq ans! cria-t-il en se levant de table. Je ne suis plus un gosse, merde!"

La porte de sa chambre se referma en claquant.

Jeanette tenait sa tasse.

Chaude.

En cet instant, c'était la seule chaleur autour d'elle.

"Comment en est-on arrivé là?"

Åke se retourna et la regarda pensivement. “Autant que je me souvienne, ça n’a jamais été différent.” Il lui jeta un dernier regard. “Il faut que j’aille lancer une lessive.”

Il lui tourna le dos et s’en fut.

Jeanette enfouit son visage dans ses mains. Les larmes brûlaient l’intérieur de ses paupières. Elle sentait le sol se dérober sous elle. Tout ce qui semblait aller de soi tremblait sur ses fondations. Qui était-elle, sans eux ?

Elle se ressaisit, alla dans l’entrée prendre sa veste et sortit sans au revoir. Ils ne voulaient plus d’elle.

Elle s’installa au volant de sa voiture et partit rejoindre ce qui était encore sa vie.

Quartier Kronoberg

En attendant que von Kwist soit joignable, elle lut tout ce qu'elle put trouver sur les anesthésiants en général et la Xylocaïne en particulier.

À dix heures et demie, elle eut enfin le procureur au téléphone.

"Pourquoi vous obstinez-vous ? attaqua-t-il. Que je sache, cette affaire ne vous regarde pas. C'est Mikkelsen qui s'en occupe. Je me trompe ?"

Son ton donneur de leçons irrita Jeanette.

"Oui, c'est vrai, mais j'aimerais clarifier un certain nombre de choses. Certaines de ses déclarations m'intriguent.

— Ah oui, et quoi par exemple ?

— Principalement, le fait qu'il prétende savoir comment on peut acheter un enfant. Un enfant que personne ne recherchera et qu'on peut faire disparaître moyennant finances. Et puis deux ou trois autres choses que j'aimerais tirer au clair avec lui.

— Ah bon, quoi ?

— Les gamins assassinés ont été castrés et leur corps contenait un anesthésiant utilisé par les dentistes. Karl Lundström a un avis assez radical sur la castration et vous êtes certainement au courant que sa femme est dentiste. Bref, il est intéressant pour mon enquête.

— Excusez-moi, mais…" Von Kwist se racla la gorge. "… mais tout ça m'a l'air bien flou. Rien de concret. Et puis il y a une chose que vous ignorez." Il se tut.

"Ah oui, qu'est-ce que je ne sais pas ?

— Que pendant ses interrogatoires il était sous l'emprise de puissants médicaments.

— D'accord, mais ce n'est pas une raison pour…

— Ma petite, la coupa-t-il, vous ne savez même pas de quels médicaments nous parlons."

Le mépris hautain du procureur la fit bouillir de colère, mais elle prit sur elle pour se contenir.

"Non, c'est vrai. Alors, de quels médicaments s'agit-il ?"

Elle l'entendit fouiller dans des papiers.

"Xanor, ça vous dit quelque chose ?"

Jeanette réfléchit.

"Non, je ne vois pas…

— J'avais compris. Sinon vous n'auriez pas pris les déclarations de Lundström au sérieux.

— Que voulez-vous dire ?

— Le Xanor est le médicament qui a conduit Thomas Quick à reconnaître en gros tous les meurtres non élucidés de la planète. Si on le lui avait demandé, il aurait probablement aussi endossé les assassinats d'Olof Palme et de Kennedy. Et même le génocide rwandais par-dessus le marché." Von Kwist pouffa à son bon mot.

"Vous voulez donc dire que…

— Que ce n'est pas une bonne idée de continuer, la coupa-t-il. Autrement dit : je vous interdis de continuer.

— Vous pouvez faire ça ?

— Et comment ! D'ailleurs, j'ai déjà parlé à Billing."

Jeanette tremblait de rage. Sans son ton arrogant, elle aurait peut-être accepté la décision du procureur, mais son mépris renforçait au contraire sa détermination à le défier. Lundström pouvait prendre tous les médicaments du monde, ce qu'il avait dit était trop intéressant pour qu'on n'en tienne pas compte.

Elle n'allait pas laisser tomber.

Tvålpalatset

Une pluie noire d'orage crépitait sur le toit de cuivre de la brasserie München tandis que la baie de Riddarfjärden s'illuminait çà et là de violents éclairs.

À l'heure du déjeuner, Sofia Zetterlund décida qu'il valait mieux aller se changer les idées en se promenant autour de la place Mariatorget. Elle avait en plus un début de migraine.

Il faisait chaud et l'averse du matin faisait fumer la place au soleil.

À gauche de la statue en bronze figurant la pêche de Tor, des petits vieux s'étaient réunis pour une pétanque et, sur les pelouses, les gens étalaient leurs plaids un peu partout. Les gaz d'échappement de Hornsgatan mêlés à la poussière soulevée des allées de gravier rendaient l'air difficilement respirable.

Elle tourna à l'angle du Seven Eleven et remonta vers l'église Mariakyrkan.

Vingt minutes plus tard, elle était rentrée au cabinet.

Son mal de tête avait empiré. Elle alla aux toilettes se rincer le visage et prendre deux cachets de Treo. Elle espérait que ça suffirait à lui redonner des forces.

Elle ouvrit le placard sous son bureau et en tira le dossier Karl Lundström pour se rafraîchir la mémoire.

Pour elle, rien ne motivait un internement psychiatrique : les déclarations de Karl Lundström étaient fondées sur des convictions idéologiques, aussi avait-elle préconisé la prison.

Mais il en irait autrement.

Tout indiquait que le tribunal opterait pour le placement de Karl Lundström dans un établissement psychiatrique. Parce que lors de ses interrogatoires à Huddinge il était sous Xanor, on considérait le rapport d'expertise qu'elle avait rendu comme inutilisable pour étayer un jugement.

En d'autres termes, l'entretien qu'elle avait eu avec lui était déclaré sans valeur.

Le tribunal ne voyait en lui qu'un pauvre type complètement paumé, mais Sofia avait bien compris, elle, que ce que Karl Lundström lui avait dit n'avait pas été inventé sous influence médicamenteuse.

Pour Karl Lundström, lui seul détenait la vérité. Il était convaincu du droit du plus fort, qui lui conférait le privilège de se livrer à des agressions sur les individus plus faibles. Il plaçait très haut ses capacités, en était fier.

Elle se rappelait ses paroles.

Tout n'était qu'une vaste plaidoirie.

"Je ne considère pas que ce que j'ai fait est mal, avait-il affirmé. Ce n'est mal que dans la société d'aujourd'hui. Votre morale est souillée. Les pulsions sont immémoriales. Les paroles de Dieu ne comportent aucune interdiction de l'inceste. Tous les hommes désirent la même chose que moi, c'est un désir sans âge, lié au sexe. Ça a déjà été dit en pentamètres. Je suis une créature de Dieu et j'agis suivant la mission qu'il m'a confiée."

Des justifications moralo-philosophiques et pseudoreligieuses.

Elle ne pouvait que constater que la certitude qu'avait Karl Lundström de sa propre grandeur en faisait une personne très dangereuse.

Qui se considérait douée d'une intelligence supérieure.

Faisait preuve d'une remarquable absence d'empathie.

Le talent de manipulateur de Karl Lundström ferait qu'après quelque temps à Säter ou un autre établissement psychiatrique, on lui accorderait des permissions : chaque seconde qu'il passerait en liberté mettrait les autres en danger.

Elle décida d'appeler la commissaire Jeanette Kihlberg.

Dans la situation présente, c'était son devoir de s'asseoir sur le droit.

Jeanette sembla pour le moins surprise en entendant Sofia se présenter et demander un rendez-vous pour raconter ce qu'elle savait sur Karl Lundström.

"Comment se fait-il que vous ayez changé d'avis ?

— Je ne sais pas s'il y a un lien avec l'affaire sur laquelle vous enquêtez, mais je crois que Lundström est peut-être mêlé à quelque chose de plus important. Mikkelsen a-t-il creusé ce que Lundström raconte au sujet d'Anders Wikström et de ces vidéos ?

— D'après ce que j'ai compris, ils s'en occupent en ce moment. Mais Mikkelsen pense qu'Anders Wikström est le fruit de l'imagination de Lundström et qu'ils ne vont rien trouver. Vous l'avez examiné, n'est-ce pas ? Ça a l'air d'un grand malade.

— Oui, mais pas au point de ne pas pouvoir répondre de ses actes.

— Ah non ? D'accord, mais il y a bien une échelle dans la folie ?

— Oui, une échelle des peines.

— Ce qui signifie qu'on peut avoir des idées de dingue et être puni pour ça ? compléta Jeanette.

— Tout à fait. Mais la peine doit être adaptée à chaque délinquant et, dans le cas présent, j'ai préconisé la prison. Ma conviction est que Lundström ne peut pas être aidé par des soins psychiatriques.

— Je suis bien d'accord, dit Jeanette. Mais que dites-vous du fait qu'il ait été sous l'emprise de médicaments ?"

Sofia sourit. "D'après ce que j'ai pu lire, les quantités n'étaient pas assez importantes pour que ce soit décisif. Il s'agissait de très petites doses de Xanor.

— Le médicament administré à Thomas Quick.

— Oui, oui. Mais Quick était drogué à une tout autre échelle.

— Vous pensez donc qu'il n'y a pas lieu de s'inquiéter de ça ?

— Exact. Je pense qu'il vaut la peine d'interroger Lundström au sujet de ces gamins assassinés. Il n'y a pas de fumée sans feu."

Jeanette rit.

"Pas de fumée sans feu ?

— Oui, s'il y a un grain de vérité dans cette histoire d'achat d'enfants, vous pourrez peut-être en tirer davantage.

— Je comprends. Merci d'avoir pris le temps d'appeler.

— De rien. Quand peut-on se voir ?

— J'appelle demain matin pour se voir au déjeuner, ça vous va ?

— D'accord."

Elles raccrochèrent. Sofia regarda par la fenêtre. Dehors, le soleil brillait.

Le Monument

Le soir, il s'était mis à pleuvoir, et tout semblait soudain plus sale. Sofia Zetterlund ramassa ses affaires et quitta le cabinet.

Si la météo tournait au fiasco, le dîner avec Mikael n'en était pas loin. Elle s'était donné du mal, car ce devait être leur dernière soirée avant longtemps. On avait demandé à Mikael de travailler au siège de la société, en Allemagne, et il serait absent plusieurs mois. Pourtant, après une conversation distraite, il s'était endormi sur le canapé après le dessert que Sofia avait mis presque une heure et demie à préparer, un gâteau à la carotte et au fromage blanc, avec des raisins secs, tandis qu'elle lavait les verres debout devant l'évier au son de ses ronflements qui arrivaient du salon, elle sentit qu'elle n'allait pas bien.

Elle n'était pas bien au boulot. Tous ceux qui étaient intervenus dans l'examen de Lundström l'irritaient, thérapeutes, psychologues, psychiatres légistes. À la clinique, ses patients l'irritaient aussi. Heureusement, elle était dispensée de Carolina Glanz pour quelque temps : elle avait décommandé ses derniers rendez-vous et Sofia savait grâce à la presse du soir qu'elle gagnait désormais sa vie en tournant des films érotiques.

Victoria Bergman avait elle aussi cessé de venir. C'était une perte. Sofia passait désormais ses journées à coacher des chefs d'entreprise au commandement et à la communication. C'était en grande partie une routine qui ne demandait presque aucune préparation, mais d'un ennui si colossal qu'elle se demandait si cela en valait la peine.

Elle décida de laisser en plan le reste de la vaisselle et avec une tasse de café alla dans son bureau allumer son ordinateur. Elle sortit son petit dictaphone de son sac et le posa sur la table.

Victoria Bergman se disputait avec une petite fille qui, selon toute apparence, était elle-même enfant.

Peut-être un événement particulier avait-il été décisif?

Pendant sa première année de lycée, il y avait eu un incident sur lequel elle revenait sans arrêt, mais Sofia ne savait pas exactement de quoi il s'agissait, car Victoria en parlait toujours à toute allure.

C'était peut-être plus qu'un événement particulier. Une vulnérabilité qui avait duré longtemps, peut-être toute son enfance.

Le fait d'être une paria, d'être la plus faible.

Sofia était encline à penser que Victoria méprisait la faiblesse.

Elle feuilleta son carnet jusqu'à trouver une page blanche et décida d'avoir toujours de quoi noter quand elle écoutait les entretiens enregistrés.

En regardant l'étiquette, elle vit que celui-ci remontait à tout juste un mois.

La voix sèche de Victoria :

… et puis juste se retrouver là un jour les mains scotchées dans le dos en laissant les mains de tous les autres libres de faire tout ce qu'ils voulaient même si je n'avais pas envie. Voulais pas pleurer quand ils ne pleuraient pas parce que quand même ça aurait pu vraiment être la honte surtout

qu'ils avaient fait toute cette route pour dormir chez moi et pas chez leurs femmes. Ils étaient sûrement bien contents de ne pas avoir à payer l'addition pour pouvoir rester à la maison faire leurs bricoles toute la journée plutôt que d'avoir les bras et les jambes en compote à force de trimballer…

Sofia tendit la main vers sa tasse de café et entendit que Mikael s'était réveillé et faisait du bruit au salon.

Elle se sentait désemparée, fatiguée et mal à l'aise.

Le murmure de la télé.

Une fatigue physique, comme une courbature.

Et puis cette voix qui ressassait impitoyablement.

La pluie contre la fenêtre.

Mikael.

Devait-elle arrêter d'écouter ?

… c'est que les types voulaient s'en aller le matin puis revenir pour le repas du soir qui était toujours sain, nourrissant et copieux même s'il avait souvent goût de sexe et pas d'épices…

Sofia entendit Victoria se mettre à pleurer et trouva bizarre de ne pas en avoir le moindre souvenir.

Quand personne ne regardait on pouvait bien se pencher au-dessus des casseroles et laisser couler dedans ce qu'on avait dans la bouche au lieu d'aller tout cracher aux chiottes. Et puis je suis restée seule avec grand-mère et grand-père. C'était bien, comme ça finies les disputes avec papa et j'ai pu plus facilement m'endormir sans le vin ni les médicaments qu'on pouvait toujours faucher pour avoir cette sensation agréable dans la tête. Tout ce que je voulais, c'était faire taire cette voix qui rabâchait à longueur de temps en me demandant si j'allais oser aujourd'hui…

Sofia se réveilla devant l'ordinateur à minuit et demi avec une sensation désagréable dans le corps.

Elle ferma le fichier et alla se chercher un verre d'eau à la cuisine mais changea d'avis et alla dans l'entrée prendre le paquet de cigarettes qu'elle avait dans son manteau.

Tandis qu'elle fumait sous la hotte de la cuisine, elle réfléchit aux récits de Victoria.

Tout était comme imbriqué et même si cela pouvait au début sembler incohérent, il n'y avait au fond aucun blanc. C'était un seul et même long événement. Une heure étirée aux dimensions d'une vie, comme un élastique fatigué.

Combien peut-on tirer dessus sans qu'il casse ? songea-t-elle en posant sa cigarette fumante dans le cendrier.

Elle regagna son bureau et regarda ses notes : *SAUNA, OISILLONS, CHIEN EN PELUCHE, GRAND-MÈRE, COURIR, ADHÉSIF, VOIX, COPENHAGUE.* C'était bien son écriture, à peine un peu moins soignée que d'habitude.

Intéressant, songea-t-elle en retournant à la cuisine avec son dictaphone. Elle approcha une chaise de la cuisinière.

Tout en rembobinant la cassette, elle reprit sa cigarette dans le cendrier. Elle arrêta au milieu de la cassette et appuya sur lecture. Tout d'abord, elle entendit sa propre voix.

"Où êtes-vous allés, cette fois où vous êtes partis si loin ?"

Elle revit Victoria changer de position sur son siège et rajuster un pan de robe qui était remonté.

"Euh, c'est que je n'étais pas bien grande à l'époque, mais j'ai dans l'idée qu'on a dû rouler jusqu'à Dorotea ou Vilhelmina, dans le Sud de la Laponie. Mais on est peut-être allés encore plus loin. C'était la première fois qu'on me laissait m'asseoir à l'avant de la voiture, je me sentais grande. Il me racontait un tas de trucs et après m'interrogeait pour voir si j'avais retenu. Une fois, il a posé un dictionnaire sur le volant pour m'interroger sur toutes les capitales du monde. Ce bouquin indiquait Quezon City comme capitale des Philippines, mais j'ai soutenu que c'était Manille, et rien d'autre. Il s'est fâché et nous avons parié des chaussures de ski neuves. Quand plus tard il s'est avéré que j'avais raison, j'ai eu une vieille paire en cuir achetée aux puces, que je n'ai jamais utilisée.

— Combien de temps êtes-vous partis ? Votre mère était-elle du voyage ?"

En réécoutant la conversation, Sofia trouvait ses questions trop contraignantes. Elle alluma une nouvelle cigarette au mégot qu'elle écrasa ensuite dans le cendrier.

Elle entendit Victoria éclater de rire.

"Non, qu'est-ce que vous croyez, elle ne venait jamais."

Elles restèrent ensuite presque une minute silencieuses, avant qu'elle ne s'entende rappeler à Victoria qu'elle avait parlé d'une voix.

"Qu'est-ce que c'était comme voix ? Vous avez l'habitude d'entendre des voix ?"

Sofia s'irrita de s'entendre rabâcher ainsi.

"Oui, ça arrivait quand j'étais petite, répondit Victoria. Mais au début, c'était plutôt un son soutenu qui devenait lentement de plus en plus fort et aigu. Une sorte de marmonnement qui montait.

— Vous l'entendez toujours ?

— Non, ça fait longtemps. Mais quand j'ai eu seize, dix-sept ans, ce son uniforme s'est transformé en véritable voix.

— Et que disait cette voix ?

— Elle me demandait surtout si j'allais oser aujourd'hui. *T'es cap ? T'es cap ? Alors, t'es cap aujourd'hui ?* Oui, et des fois, c'était assez pénible.

— À votre avis, que voulait dire cette voix ? Oser quoi ?

— Me suicider, tout simplement ! Putain, si vous saviez ce que j'ai lutté avec cette voix. Alors du coup, quand je l'ai fait, elle a arrêté.

— Vous voulez dire que vous avez fait une tentative de suicide ?

— Oui, c'était quand j'avais dix-sept ans, que j'étais partie en voyage avec des copines. On s'était séparées quelque part en France, je crois, et quand je suis arrivée à Copenhague, j'étais une loque, j'ai essayé de me pendre dans ma chambre d'hôtel.

— Vous avez essayé de vous pendre ?"

En écoutant sa propre voix, elle trouva qu'elle manquait d'assurance.

"Oui… Je me suis réveillée sur le sol des toilettes ma ceinture autour du cou. Le crochet s'était détaché du plafond, je m'étais cogné la bouche et le nez sur le carrelage. Il y avait du sang partout et je m'étais ébréché une dent de devant."

Elle avait ouvert la bouche et montré à Sofia la réparation sur son incisive droite. Elle avait une autre couleur que la gauche.

"Alors après ça la voix s'est tue ?

— Oui, apparemment. J'avais montré que j'étais cap, ça ne servait plus à rien de me rabâcher les oreilles." Victoria éclata de rire.

Sofia entendit sur l'enregistrement qu'elles étaient alors restées bien deux minutes à respirer sans rien dire. Puis le bruit de Victoria qui recule sa chaise, enfile son manteau et sort de la pièce.

Sofia écrasa sa troisième cigarette, arrêta la hotte aspirante et alla se coucher. Il était presque trois heures du matin et il avait cessé de pleuvoir.

Qu'avait-elle fait pour que Victoria interrompe sa thérapie ? Ensemble, elles avançaient dans la bonne direction.

Ces entretiens avec Victoria Bergman lui manquaient.

La route

qui serpentait sur l'île de Svartsjö resta longtemps déserte, mais elle finit par trouver un garçon.

Seul dans le fossé avec son vélo cassé.

Faisait du stop.

Faisait confiance à tout le monde.

N'avait jamais appris à reconnaître ceux qui avaient été trahis.

la chambre

était éclairée par l'ampoule du plafond. Elle assistait à la représentation assise dans un coin.

Dans le mur en face de la porte dérobée menant au séjour, elle avait fixé un solide anneau d'acier destiné à amarrer les bateaux.

Ils avaient déshabillé le garçon, enserré son cou dans un collier attaché à l'anneau par une chaîne de deux mètres.

Il pouvait se déplacer sur quatre mètres carrés, mais n'avait aucune possibilité d'arriver jusqu'à elle.

Près d'elle, sur le sol, le câble électrique et, sur ses genoux, le taser qui pouvait au besoin tirer deux projectiles : une fois les flèches d'acier fichées, cinquante mille volts traverseraient le corps du garçon cinq secondes durant. Ses muscles tétanisés, il serait mis complètement hors d'état de nuire.

Elle fit signe à Gao que la représentation pouvait commencer.

Il avait passé la matinée à se purifier et, par la méditation, heure après heure diminuer l'activité de sa pensée. Aucune logique ne devait le distraire de ce pour quoi il était entraîné.

Maintenant, dans les dernières secondes avant le début de la représentation, il allait anéantir en lui les derniers restes de pensée.

Il ne serait plus qu'un corps avec quatre besoins vitaux élémentaires.

Oxygène.

Eau.

Nourriture.

Sommeil.

Rien d'autre.

Une machine, pensa-t-elle.

le plastique
sur le sol crissa quand le garçon enchaîné commença à bouger. Il était encore perdu, étourdi, à peine revenu à lui, jetant alentour des regards inquiets. Il tirait maladroitement sur la chaîne attachée autour de son cou, mais avait sûrement déjà compris l'impossibilité de se libérer et recula donc en rampant pour se redresser dos au mur.

Gao allait et venait devant le gamin nu, sans défense.

D'un coup de pied à l'entrejambe, il le fit s'agenouiller, le souffle coupé. Puis il le frappa fort au-dessus d'une oreille et le garçon tomba à terre en gémissant.

Quelque chose se brisa et son nez se mit à saigner.

Elle comprit aussitôt que le combat était par trop inégal et détacha la chaîne du gamin en pleurs.

l'ampoule

se balançait doucement au plafond et les ombres jouaient sur le dos du garçon qui rampait à terre. Gao avait immédiatement saisi la situation et ce qu'on exigeait de lui. Mais l'autre garçon croyait que ses supplications et ses sanglots allaient le sauver : à aucun moment il ne comprit que c'était pour de bon.

Il restait couché par terre en gigotant comme un chiot soumis.

Était-ce la première fois de sa vie qu'il ressentait une réelle douleur physique ? Était-il pour cette raison incapable de réagir comme l'aurait exigé l'instinct de survie ? Peut-être l'avait-on éduqué à croire à la bonté innée de l'homme ? Il était trop désemparé pour se donner une chance sérieuse de se défendre.

Gao le couvrait d'une avalanche de coups de poing et de coups de pied.

Elle finit par tenter d'égaliser les chances en donnant un couteau au garçon, mais celui-ci se contenta de le jeter loin de lui en hurlant, terrorisé.

Elle alla donner à Gao la bouteille d'eau aux amphétamines. Il était en sueur, les muscles du haut de son corps se bandaient quand il respirait profondément.

Elle et lui formeraient un tout parfait.

Dans la pénombre, ils ne faisaient qu'un.

Juste des orifices ouverts et fermés.

Sang et douleur. Impulsions électriques.

Lentement, elle commença à fouetter le dos du garçon avec le câble électrique, augmenta le rythme et frappa de plus en plus fort.

Le dos du garçon se mit à beaucoup saigner.

Elle prit une des seringues mais, au moment de lui injecter l'anesthésiant dans le cou, elle remarqua qu'il n'était plus en vie.

C'était fini.

Quartier Kronoberg

Karl Lundström était pour l'instant le seul nom intéressant sur la liste des suspects. Jeanette était surprise, mais aussi reconnaissante que Sofia Zetterlund ait appelé. Peut-être ce rendez-vous apporterait-il du nouveau ?

Il y en avait bien besoin : l'enquête était au point mort.

Thelin et Furugård étaient depuis longtemps hors de cause et l'interrogatoire du violeur présumé Bengt Bergman n'avait rien donné.

Jeanette avait trouvé Bergman particulièrement désagréable. D'humeur imprévisible, mais en même temps froidement calculateur. Il avait plusieurs fois parlé de sa grande capacité d'empathie, tout en faisant preuve du contraire.

Elle ne pouvait pas s'empêcher d'y voir des similitudes avec ce qu'elle avait lu dans le dossier de Karl Lundström.

C'était la femme de Bergman qui, chaque fois qu'il avait été soupçonné, lui avait fourni un alibi. Jeanette, en colère, l'avait rappelé à von Kwist quand elle avait proposé de retourner parler avec elle. Elle lui avait aussi rappelé la similitude avec Karl Lundström et sa femme Annette, qui prenait son parti même quand il s'agissait d'agressions sexuelles sur leur fille.

Comme d'habitude, le procureur était resté inflexible et Jeanette dut s'avouer que sa tentative avec Bengt Bergman avait été un coup de poker.

Un bluff qui avait raté.

Au cours de la brève conversation téléphonique qu'elle avait eue avec sa fille, elle avait pourtant compris que Bengt Bergman en avait lourd sur la conscience.

Quand on coupait les ponts avec ses parents, ce n'était pas sans raison.

Jeanette constata laconiquement que le procureur s'apprêtait très probablement à classer sans suite la plainte pour viol aggravé déposée par la prostituée Tatiana Achatova.

Que pouvait une prostituée sur le retour, plusieurs fois condamnée dans des affaires de drogue, contre un haut fonctionnaire de l'agence d'aide au développement SIDA ? C'était parole contre parole. Et n'importe qui pouvait prévoir à qui le procureur von Kwist ferait confiance.

Non, Tatiana Achatova n'avait aucune chance, songea Jeanette en rangeant le dossier Bengt Bergman.

Une fois de plus, elle sentit la lassitude l'envahir : elle aurait tant voulu être en congé pour profiter de l'été et de la chaleur. Mais Åke était parti à Cracovie avec Alexandra Kowalska et Johan était monté en Dalécarlie avec quelques copains : elle serait juste terriblement seule si elle prenait ses congés maintenant.

“Tu as de la visite.” Hurtig entra dans son bureau. “Ulrika Wendin attend dans l'entrée. Elle ne veut pas monter, mais dit qu'elle veut te voir.”

La jeune femme fumait dans la rue. Malgré la chaleur, elle portait un épais blouson noir à capuche, un jean noir et des rangers. Sous la capuche rabattue sur sa tête, de grosses lunettes noires. Jeanette s'approcha d'elle.

"Je veux que mon enquête soit rouverte, dit Ulrika en écrasant sa cigarette.

— OK… allons quelque part pour parler. Je vous offre un café.

— D'accord. Mais je n'ai pas d'argent sur moi.

— Je vous invite, je vous dis. Venez."

Elles descendirent en silence Hantverkargatan et Ulrika eut le temps de fumer encore une cigarette avant d'arriver au bar. Elles commandèrent chacune un café et un sandwich avant de s'installer en terrasse.

Ulrika ôta ses grosses lunettes de soleil et Jeanette comprit pourquoi elle en portait. Son œil droit était gonflé et violet sombre. Un coup de poing ? D'après la couleur, le bleu avait un ou deux jours.

"Non mais enfin qu'est-ce que c'est que ça ? s'exclama Jeanette. Qui vous a fait ça ?

— Cool, c'est juste un mec que je connais. Un type bien, en fait. Enfin, quand il ne boit pas…" Elle sourit, honteuse. "C'est moi qui lui ai offert un coup à boire, puis on s'est frités quand j'ai voulu baisser le son de la chaîne.

— Mon Dieu, Ulrika, ce n'est quand même pas votre faute ! Vous fréquentez de drôles de gens ! Un type qui vous frappe parce que vous voulez baisser le son pour éviter des plaintes des voisins ?"

Ulrika Wendin haussa les épaules et Jeanette vit que ça ne menait à rien.

"Bon alors… reprit-elle. Je vous aiderai pour l'aspect juridique des choses si vous souhaitez le réexamen de votre plainte contre Lundström." Elle se doutait bien que von Kwist ne risquait pas d'en prendre tout seul l'initiative. "Qu'est-ce qui vous a fait changer d'avis ?

— Eh bien, après notre conversation, chez moi, commença-t-elle, j'ai réalisé que je n'avais pas encore tourné la page. Je veux tout raconter.

— Tout ?

— Oui, c'était si dur, à l'époque. J'avais honte…"

Jeanette regarda la jeune femme, frappée par son air fragile.

"Honte ? Pourquoi ?"

Ulrika se tortillait sur son siège. "Ce n'est pas seulement d'avoir été violée…"

Jeanette ne voulait pas l'interrompre, mais le silence d'Ulrika indiquait qu'elle attendait d'être relancée.

"Qu'est-ce que vous n'avez pas raconté ?

— C'était si dégradant, finit-elle par lâcher. Ils m'ont fait quelque chose qui m'a fait perdre mes sensations à partir de la taille, alors quand ils m'ont violée…" Elle se tut à nouveau.

Jeanette sursauta. "Alors ?"

Ulrika écrasa sa cigarette et en alluma aussitôt une autre.

"Ça ne faisait que couler sous moi. Les excréments, quoi… comme un putain de bébé."

Jeanette vit qu'Ulrika était sur le point d'éclater en sanglots. Ses yeux étaient brillants, sa voix tremblait.

"C'était une sorte de rituel. Ça les faisait jouir. Putain, c'était tellement dégradant que je n'en ai jamais parlé à la police."

Ulrika s'essuya les yeux du revers de sa manche et Jeanette se sentit envahie de tendresse pour cette jeune femme.

"Vous voulez dire qu'on vous a droguée avec un anesthésiant ?

— Oui, quelque chose de ce genre."

Elle regarda le bleu d'Ulrika. Depuis l'œil droit, l'hématome presque noir se ramifiait jusqu'à l'oreille.

Tout juste battue par un soi-disant petit ami.

Voilà sept ans violée et dégradée par quatre hommes dont l'un était Karl Lundström.

"On va monter dans mon bureau pour recueillir votre témoignage complet."

Ulrika Wendin hocha la tête.

Un anesthésiant ? pensa Jeanette. Le fait que les corps des gamins assassinés contenaient de l'anesthésiant était absolument confidentiel. Cela ne pouvait pas être une coïncidence.

Jeanette sentit son pouls augmenter.

Tvålpalatset

Quand le téléphone sonna, Sofia Zetterlund était profondément plongée dans ses pensées. La sonnerie stridente faillit lui faire renverser sa tasse de café. Elle avait pensé à Lasse.

En décrochant, tandis qu'Ann-Britt s'excusait de la déranger, elle pensait toujours à lui et réalisa qu'il lui manquait, malgré tout ce qu'il lui avait fait.

"J'ai en ligne Jeanette Kihlberg, de la police, l'avertit Ann-Britt.

— C'est bon, je la prends."

Un clic dans l'écouteur.

"Sofia Zetterlund.

— Allô ? Ici Jeanette Kihlberg. Pouvons-nous déjeuner ensemble, pas trop tard, pour avoir un peu plus de temps ? Je passe chez le traiteur chinois en chemin, comme ça nous pourrons nous retrouver près du stade de Zinkensdamm. Au fait, ça vous va de manger chinois ?"

Deux questions et une décision dans la foulée : Jeanette Kihlberg ne gaspillait pas ses paroles.

"Oh, avec les JO à Pékin cette année, je me suis entraînée", plaisanta Sofia.

Jeanette rit.

Elles se saluèrent et Sofia raccrocha.

Elle avait du mal à se concentrer. Lasse occupait toujours ses pensées.

Elle ouvrit le tiroir de son bureau et sortit la photo.

Grand et brun avec d'intenses yeux bleus. Mais ce dont elle se souvenait le plus nettement était ses mains. Il avait beau travailler dans un bureau, on aurait dit que la nature l'avait doté des poings robustes et calleux d'un artisan.

En même temps, elle était soulagée d'avoir réussi à refouler le manque et à le remplacer par de l'indifférence. Il ne méritait pas qu'on le regrette.

Elle se rappela ce qu'elle lui avait dit dans leur chambre d'hôtel d'Upper West Side pendant leur séjour à New York, avant que tout ne s'effondre.

Je me donne à toi, Lasse. Je suis à toi, tout entière, et je te fais confiance pour prendre soin de moi.

Comme elle avait été naïve ! Jamais plus. Elle ne laisserait plus personne l'approcher aussi près.

Sofia enfila sa veste et sortit.

Stade de Zinkensdamm

"Ah, enfin un visage sur cette voix", dit Jeanette Kihlberg en la saluant d'une poignée de main.

Souris.

"Tout à fait", répondit en souriant Sofia Zetterlund. Cette femme avait la quarantaine et était beaucoup plus petite que ne l'avait imaginé Sofia.

Jeanette tourna les talons et Sofia lui emboîta le pas. Sa démarche était souple et décidée. Elles s'installèrent sur les vastes gradins en béton nouvellement bâtis et contemplèrent la pelouse artificielle du stade de Zinkensdamm.

"Drôle d'endroit pour un déjeuner, dit Sofia.

— Zinken est un super terrain, dit Jeanette en lui rendant son sourire. Pour trouver plus agréable, il faut chercher. Kanalplan, peut-être.

— Kanalplan ?

— Oui, Nacka s'entraînait là-bas, à une époque. Maintenant c'est l'équipe féminine de Hammarby qui y joue. Mais excusez mes parenthèses, autant nous y mettre tout de suite. Vous avez peut-être un rendez-vous ?

— Ne vous inquiétez pas. Nous pouvons rester ici toute la journée si nécessaire."

Jeanette était concentrée sur une aile de poulet. "Très bien, ça peut prendre un bon moment. Pas facile à comprendre, ce Lundström. Et puis certains faits demandent à être clarifiés."

Sofia posa sa barquette à côté d'elle.

"Avez-vous trouvé cet Anders Wikström, l'ami de Lundström à Ånge ?

— Non, j'en ai parlé ce matin avec Mikkelsen. Il y a en effet un Anders Wikström à Ånge. Ou plutôt un Anders Efraim Wikström. Mais il a plus de quatre-vingts ans et vit dans une maison de retraite aux environs de Timrå depuis presque cinq ans. Il n'a jamais entendu parler de Karl Lundström et n'a rien à voir avec tout ça."

Sofia n'était pas étonnée. Cela confirmait ce qu'elle pensait depuis le début : Anders Wikström était le fruit de l'imagination de Karl Lundström.

"Je vois. Et sinon, vous avez trouvé autre chose ?"

Jeanette tassa les restes de nourriture au fond de sa barquette.

"Le cas de Lundström est plus lourd que ça. Hier soir, une jeune fille a déposé un témoignage peut-être important pour moi. Je ne peux pas en dire plus pour le moment, mais il y a un lien avec les meurtres sur lesquels j'enquête."

Jeanette alluma une cigarette et toussa.

"Putain, il faudrait que j'arrête… Vous en voulez une ?

— Oui, volontiers…"

Jeanette lui tendit son briquet.

"Avez-vous demandé à sa femme si elle était au courant de l'existence de ces films ?"

Jeanette se tut un moment avant de répondre.

"Quand Mikkelsen lui a posé la question, elle n'a donné que des explications confuses. Elle ne sait pas, ne se souvient pas, elle était absente, etc. Elle ment pour le protéger. Quant aux déclarations de Karl Lundström, j'ai du mal à m'y retrouver. Cette histoire d'Anders Wikström et de mafia russe… Mikkelsen pense qu'il ment comme il respire.

— Je ne suis pas si sûre que Karl Lundström se contente de mentir, dit Sofia en inspirant une profonde bouffée. C'est en partie pour ça que je vous ai rappelée.

— Que voulez-vous dire ?

— Je crois que c'est plus compliqué que ça.

— Ah oui ? Comment ça ?

— Je veux dire qu'il est possible qu'il dise parfois la vérité, après quoi il se remet à fantasmer. Ou plutôt à imaginer, à se tromper lui-même. Il a transgressé un tabou majeur en s'en prenant à sa propre fille.

— Vous voulez donc dire qu'il lui faut trouver une façon de gérer sa culpabilité ?

— Oui. Il se met à se mépriser lui-même au point d'endosser quantité d'agressions qu'il n'a en fait pas commises."

Sofia souffla quelques ronds de fumée.

"Pendant notre entretien, à plusieurs reprises, il a problématisé le concept de mal concernant l'attirance des hommes pour les petites filles, et il est clair qu'il considère cette attirance comme plus ou moins naturelle. Pour achever de se convaincre lui-même, il s'invente une série d'actes si extrêmes qu'il est impossible de les ignorer."

Sofia écrasa son mégot. "Et Linnea ?"

Jeanette parut pensive. "En plus de ce qu'il y avait dans l'ordinateur de Lundström, on a aussi trouvé une vieille cassette VHS à la cave.

— Chez eux, donc ?

— Oui, et en plus des empreintes digitales de Lundström, on a aussi relevé dessus celles de Linnea."

Sofia frissonna. “Elle a donc vu les films en sa compagnie ?

— Oui, c’est ce que nous supposons. L’analyse de la cassette a montré qu’il s’agit – excusez l’expression – de pédopornographie classique. D’après ce que nous savons, des films tournés au Brésil dans les années quatre-vingt. Ils circulent depuis longtemps dans les cercles pédophiles et sont – excusez encore l’expression – des morceaux de choix pour collectionneurs…

— Donc rien à voir avec la mafia russe ?

— Non, la mafia russe, tout comme cet Anders Wikström imaginé par Lundström, n’a rien à voir avec ça. En revanche, le contenu de ces films correspond aux actes auxquels il a fait référence dans son entretien avec vous, à la différence essentielle qu’ils ont été filmés au Brésil il y a vingt ans.

— Cela semble plausible. Ses mensonges au sujet d’Anders Wikström étaient donc inspirés de films existants. Ce qui explique pourquoi ses mensonges sont si détaillés.

— Dans un des tiroirs de son bureau, on a trouvé aussi une mèche de cheveux et une culotte de sa fille. Qu’en pensez-vous ?

— Oui, je connais ce type de comportement. Il collectionne des trophées. Le but est d’exercer un pouvoir sur sa victime. Grâce aux objets, il peut par l’imagination se reporter aux agressions et les revivre.”

Elles demeurèrent un moment silencieuses. Cette histoire faisait froid dans le dos.

Sofia songea à ce que Linnea Lundström pouvait avoir vécu. Elle repensa à Victoria Bergman et se demanda comment Linnea gérait ce passé. Victoria avait appris à canaliser ses expériences. Mais Linnea ?

“Comment va sa fille, aujourd’hui ?”

Jeanette fit un geste d’impuissance.

“Mikkelsen dit qu’il retrouve chez elle la réaction d’autres jeunes qu’il a rencontrés. Ils sont en colère, mais se sentent tellement trahis qu’ils ne font plus confiance à personne. Quand elle ne pleure pas, elle crie qu’elle hait son père, mais en même temps il ne fait aucun doute qu’il lui manque.”

Sofia songea à nouveau à Victoria Bergman. Une femme adulte restée une enfant.

“Je comprends”, dit-elle.

Jeanette regarda la pelouse artificielle. “Vous avez des enfants ?” demanda-t-elle en allumant une nouvelle cigarette.

La question surprit Sofia.

“Non… L’occasion ne s’est pas présentée. Et vous ?

— Ouais, un gamin.” Sofia remarqua l’air pensif de Jeanette. “Il a…” Jeanette se fit grave. “Il a l’âge de Linnea. Ils sont drôlement fragiles, à cet âge…

— Je sais.

— C’est vrai que c’est votre spécialité, à ce que m’a dit Mikkelsen ? Les enfants traumatisés…” Jeanette fit un geste vague et ajouta : “Honnêtement, j’ai du mal à comprendre ce genre de criminels. Bordel, qu’est-ce qui les pousse ?”

La question était directe et appelait une réponse tout aussi directe, mais Sofia ne trouva rien à dire. L’énergie et la présence de Jeanette l’intéressaient et en même temps la déconcentraient.

“Il n’y a pas d’explication simple, dit-elle après un temps. Mais pour vous répondre, il y a deux ou trois choses que j’ai trouvées bizarres chez Karl Lundström.

— Quoi, par exemple ?

— Je ne sais pas si cela signifie quelque chose, mais il a parlé à plusieurs reprises de castration. Une fois, il m’a demandé si je savais comment on castrait un renne, avant de m'expliquer qu'on lui écrasait les testicules avec les dents. Une autre fois il est allé jusqu'à préconiser l'ablation des organes sexuels dès la naissance."

Jeanette resta silencieuse quelques secondes.

"Tout ce dont nous parlons ici doit rester entre nous. Mais ce que vous me dites ici renforce indubitablement mes soupçons. Il se trouve en effet que les trois garçons que nous avons retrouvés assassinés ont été amputés du sexe.

— Ça alors…"

Jeanette regarda Sofia avec un air de reproche. "Dommage que vous n'en ayez pas parlé la première fois au téléphone.

— Je n'avais aucune raison d'enfreindre le secret médical la première fois que vous m'avez contactée. J'avais tout simplement du mal à y voir un rapport direct avec votre enquête."

Jeanette l'excusa d'un geste.

Elle avait du tempérament et, à sa grande surprise, Sofia découvrit qu'elle aimait ça.

Le visage de Jeanette Kihlberg ne cachait pas ses sentiments. Sofia vit dans son regard le reproche céder la place à la mélancolie.

"Bon, inutile de retourner le couteau dans la plaie. Avez-vous quelque chose d'autre à me mettre sous la dent ?

— Xylocaïne et adrénaline", dit Sofia.

Jeanette avala sa fumée de travers et fut secouée par une attaque de toux.

Stupéfaite par cette réaction violente, Sofia ne savait pas comment continuer. Jeanette la précéda, entre deux quintes de toux.

"Mais qu'est-ce que vous racontez, là ?

— Eh bien… Karl Lundström a dit qu'Anders Wikström avait pour habitude d'injecter de la Xylocaïne adrénaline à ses victimes. Je ne connaissais pas ce mélange. Je ne sais pas si on peut se shooter avec."

Jeanette secoua la tête et respira profondément. "On ne se drogue pas avec, dit-elle d'un ton las. C'est un anesthésiant. Celui qu'on a trouvé dans le corps des garçons assassinés. La Xylocaïne adrénaline est utilisée par les dentistes, et Annette Lundström est dentiste. Que dire de plus ?"

Nouveau silence.

"Eh bien… Ça ne sent pas bon", dit Sofia au bout d'un moment.

La sonnerie du téléphone de Jeanette Kihlberg les interrompit. Elle s'excusa.

Sofia n'entendait pas ce qu'on lui disait à l'autre bout du fil, mais visiblement Jeanette en était toute retournée.

" Bordel ! D'accord… autre chose ?"

Jeanette se leva et se mit à aller et venir entre les sièges des gradins.

"Oui, oui, je comprends. Mais putain, comment ça a pu se passer ?"

Elle se rassit. "OK. J'arrive…" Elle replia son téléphone et soupira, découragée. "Et merde !

— Qu'est-ce qui s'est passé ?

— Voilà, on parle bien tranquillement de lui, et…

— Qu'est-ce que vous voulez dire ?"

Jeanette Kihlberg se pencha en arrière et jura en silence entre deux bouffées. Son visage était comme un livre ouvert. Déception. Colère. Découragement.

Sofia ne savait pas quoi dire.

"Il n'y aura plus d'entretiens avec Lundström, marmonna Jeanette Kihlberg. Il s'est pendu dans sa cellule. Qu'est-ce que vous dites de ça ?"

New York, 2007

La tempête de neige sur la côte est des États-Unis entraîne le déroutement du vol 4592 vers Toronto au lieu de l'aéroport Kennedy. En compensation, on les loge dans un hôtel quatre étoiles en attendant le vol du lendemain matin.

Après s'être rafraîchis, ils décident de rester dans leur chambre d'hôtel partager une bouteille de champagne.

"Ah putain que c'est bon! Enfin les vacances!"

Lasse se laisse tomber en arrière et s'étire sur le lit. Sofia, qui se maquille en sous-vêtements devant le miroir juste à côté, lui jette une serviette mouillée.

"Viens là, viens faire un enfant avec moi, dit-il soudain, la serviette toujours sur le visage. Je veux avoir un enfant avec toi, répète-t-il, et Sofia se fige.

— Quoi ?

— Je veux qu'on fasse un enfant."

Sofia se demande s'il ne la fait pas marcher.

"Tu es sérieux ? Vraiment ?"

Parfois, il lui arrive de lancer ce genre de choses pour revenir dessus la seconde d'après. Mais sa voix a quelque chose d'inhabituel.

"Oui, bordel ! Tu approches la quarantaine, après il sera trop tard. Pas pour moi, mais pour toi. Et je me dis qu'on devrait peut-être aller de l'avant... Allez, tu vois bien ce que je veux dire.” Il ôte la serviette et elle voit qu’il est tout à fait sérieux.

“Mon amour ! Si tu savais comme je suis heureuse…”

Peut-être est-ce à cause de l’alcool, ou de la fatigue du voyage qu’elle se met à pleurer. Probablement un mélange des deux.

“Mais, ma chérie, tu pleures ?” Il se lève et s’approche d’elle. “Quelque chose ne va pas ?

— Non, non, non. Je suis juste si heureuse. Bien sûr que je veux avoir un enfant avec toi ! Tu sais très bien que j’en ai envie depuis toujours.” Elle le regarde dans les yeux dans le miroir.

“Bon, mais on s’y met, alors ! Maintenant ou jamais.”

Elle s’approche du lit. Il la prend dans ses bras, l’embrasse dans le cou et commence à dégrafer son soutien-gorge.

Il a les yeux qui brillent comme autrefois, ça la démange.

Après, ils vont dans une boîte de nuit en bas de Nassau Street. Un des rares endroits de la rue où la queue ne soit pas trop longue.

Le club, plongé dans la pénombre, est constitué d’une enfilade de pièces séparées par des rideaux de velours rouge. Dans la plus grande, une petite scène, vide à leur arrivée.

Il n’y a pas grand monde. Ils vont boire un verre au bar. Deux heures passent et, à mesure qu’elle s’enivre, les gens commencent à arriver et le volume de la musique augmente sur la scène.

Un homme et une femme s’installent près d’eux au bar.

Par la suite, elle ne se rappellerait pas leur nom, mais n’oublierait jamais ce qui allait se passer.

D'abord, ils n'échangent que des regards et des sourires. La femme fait un compliment à Sofia sur un détail de ses vêtements.

Les verres défilent et, bientôt, les quatre se retirent sur un canapé dans un coin plus calme du local.

Une vaste pièce.

Lumière et musique tamisée. Canapé en forme de cœur.

Alors, elle comprend dans quel genre de boîte Lasse l'a emmenée.

C'est lui qui a proposé de sortir dans un club. Et n'avait-il pas l'air de la conduire d'un pas décidé jusqu'à Nassau Street ?

Elle se sent bête d'avoir mis si longtemps à comprendre où ils étaient.

Puis tout va si vite, si facilement.

Et ce n'est pas seulement à cause de l'alcool. C'est parce qu'il se passe quelque chose entre elle et Lasse en présence de ces deux étrangers.

Il la présente comme sa compagne. Tous ses gestes disent qu'ils sont ensemble et elle comprend qu'il le fait pour la rassurer.

Elle se lève pour aller aux toilettes. À son retour, la femme s'est assise à côté de Lasse et la place à côté de l'homme est libre. Aussitôt, elle sent naître l'excitation et le sang bat à ses tempes tandis qu'elle s'assoit.

Elle regarde Lasse et voit qu'il a compris qu'elle sait ce qui est en train de se passer et n'a rien contre.

Bien sûr, elle peut imaginer le partager avec une autre. Elle est là, non ? Et il ne ferait rien sans son assentiment ?

Ils n'ont plus de secrets. Ils s'aimeront toujours autant, quoi qu'il arrive.

Et ensemble, ils auront un enfant.

À son réveil le lendemain matin, Sofia a un terrible mal de tête. Le simple fait de bâiller lui fait voir des étoiles.

"Réveille-toi, Sofia… On décolle dans une heure."

Elle jette un œil au réveil sur la table de nuit de l'hôtel.

"Merde, six heures moins le quart… J'ai dormi combien de temps ?

— Une demi-heure, à tout casser, rit Lasse. Tu te serais vue, hier soir…

— Hier ?"

Elle lui sourit, même si son mal de tête rend la chose douloureuse.

"Tout à l'heure, tu veux dire ? Viens ici !"

Elle est nue, laisse glisser la couette. Elle se met sur le ventre et remonte une jambe. "Viens !"

Lasse rit à nouveau. "Putain que tu es belle couchée comme ça… Mais… tu n'as pas oublié que nous avons de la visite ?"

Elle entend alors la douche couler dans la salle de bains. Elle aperçoit les corps nus par l'embrasure de la porte quand elle se retourne pour l'embrasser.

"Où est le problème ?"

Ont-ils bien fait ? En tout cas, elle se sent à l'aise et lui aussi a l'air heureux.

"Un coup rapide, alors, chuchote-t-il. L'avion n'attend pas les cinglés."

Sa migraine n'est plus qu'un agréable vertige.

En toute hâte, ils quittent l'hôtel à bord d'un taxi pour attraper l'avion. L'homme et la femme les saluent en agitant la main, sans qu'ils échangent adresses ou numéros de téléphone.

Pendant le vol, elle s'assoupit un peu, en grande partie grâce aux trois mignonnettes de vodka qu'ils ont partagées au petit-déjeuner.

Elle se réveille quand il la secoue doucement.

"Sofia ? Il faut que tu voies ça. C'est presque futuriste..."

Elle s'est endormie sur son épaule. Elle se redresse, toute raide, et regarde par le hublot. C'est New York sous la neige de part et d'autre de l'Hudson qui coupe en deux l'image. Le quadrillage des rues du Bronx et de Brooklyn ressemble à de petites lignes tracées sur une feuille blanche. Les ombres des gratte-ciel forment des graphiques.

Elle se sent en sécurité assise à côté de lui.

À leur arrivée à leur hôtel de l'Upper West Side de Manhattan, le soleil brille dans un ciel bleu clair. Sofia est déjà venue une ou deux fois à New York, mais cela remonte à presque dix ans et elle a oublié combien cette ville pouvait être belle.

Lasse et elle sont enlacés à la fenêtre de leur chambre, au quinzième étage, d'où ils ont une vue fantastique sur Central Park endormi sous l'épaisse couverture de neige tombée pendant la nuit.

"Tu ne regrettes pas ce qui s'est passé hier ?" demande-t-il en lui enlevant une mèche du front.

Elle se retourne et l'embrasse sur la bouche.

"Lasse... ça fait si longtemps que... Nous sommes si proches, maintenant.

— Tu voudrais les revoir ?"

Elle le regarde en jouant l'étonnement. "Qui ça ?"

Ils rient et elle lui appuie pour rire sur le nez avec l'index.

Puis elle redevient sérieuse. “Lasse, ça n’a pas d’importance, c’était une nuit… spéciale. Elle m’a fait me sentir à nouveau comme quand on s’est connus.”

Elle marque une pause et lui caresse la joue. “Mais ça n’avait rien à voir avec eux. Quelque chose s’est passé entre toi et moi. C’était comme avant… sauf que c’était mieux. J’ai senti quelque chose de nouveau aussi avec toi. Maintenant, j’ai confiance en toi… enfin, je ne veux pas dire que je ne te faisais pas confiance avant, mais à présent, je sens que…” Elle ne trouve pas ses mots.

“Oui?” Il la regarde d’un air à la fois enjoué et mélancolique.

“Je sens que je me donne à toi, Lasse. Je suis à toi, tout entière, et je te fais confiance pour prendre soin de moi.”

Elle le regarde droit dans les yeux et elle trouve qu’il a l’air triste.

“Je…” Il s’interrompt et la serre dans ses bras, longtemps. Elle a l’impression qu’il est sur le point de lui raconter quelque chose.

“Moi aussi, je t’aime”, dit-il au bout d’un moment, mais elle a le sentiment qu’il était parti pour dire autre chose.

Dans le miroir de la chambre, elle voit la fenêtre vers laquelle il est tourné. Son visage se reflète dans la vitre, il lui semble qu’il pleure. Elle songe à ce qu’elle ressentait quelques semaines seulement auparavant. Elle a l’impression d’être dans un autre monde. À présent, il veut un enfant avec elle et tout sera différent.

Alors il lâche prise et la regarde à nouveau. Oui, il a pleuré. Mais il sourit à présent de tout son visage. “Tu sais ce qu’on devrait faire, maintenant?

— Non… Quoi? C’est toi qui es venu ici des centaines de fois, tu devrais avoir des idées, dit-elle en riant elle aussi.

— On va commencer par déjeuner tôt au restaurant de l'hôtel. La cuisine est unique, en tout cas elle l'était quand je suis descendu ici l'an dernier. Puis on va se reposer quelques heures et après je t'emmènerai quelque part. Dans un endroit très spécial en cette saison.

— En cette saison ?

— Oui, et ce n'est pas un club échangiste. L'endroit est passionnant pour d'autres raisons. Tu verras. Ce sera une surprise."

Ils se changent et descendent au restaurant en ascenseur.

Au dessert, elle a réussi à le convaincre de sauter la sieste et de passer directement à la surprise. Une lueur malicieuse s'allume alors dans ses yeux, il s'excuse et quitte le restaurant. Il revient dix minutes plus tard mais, sans rejoindre leur table, va directement au bar où il tend quelque chose au barman. Ils discutent un bref instant, puis il la rejoint à table, un sourire aux lèvres.

On entend alors soudain une guitare et une caisse claire dans les haut-parleurs. Il n'y a pas grand monde dans la salle à manger, Sofia comprend aussitôt que la musique lui est destinée. Elle reconnaît immédiatement la chanson, mais où l'a-t-elle entendue ?

Elle pose sa cuillère et regarde Lasse qui sourit sans rien dire.

"Merde, Lasse ! Mais j'adore cette chanson… comment savais-tu ?"

Alors, elle se souvient.

Il y a un an environ. Elle est allée au cinéma voir un film asiatique, thaïlandais ou vietnamien, dans lequel on l'entend. Au fond, elle n'a pas trouvé le film si bien que ça, mais cette chanson, passée en boucle chaque fois que le couple du film se réveille, fume dans le soleil du matin ou fait l'amour, lui est restée dans la tête.

Rentrée chez elle, elle avait déjà oublié le titre du film, mais elle se souvient d'avoir dit à Lasse qu'elle avait aimé la chanson. Elle l'avait fait rire en tentant de la lui chanter, mais il avait visiblement bien compris de quelle chanson elle parlait.

Pourquoi ne lui en avait-il pas parlé plus tôt ?

Il ne dit rien et Sofia s'impatiente. "Qui chante ça ? Ça vient de ce film… pourtant tu ne l'as pas vu ?"

Il se penche vers elle. "Non, mais je t'ai entendue chanter la chanson. Trinque avec moi, je vais t'expliquer."

Il remplit leurs deux verres et continue. "En fait, la fille dans la chanson vient de l'endroit où nous allons nous balader. D'ailleurs le disque est depuis plus de dix ans dans le placard, au-dessus de la chaîne… mais les rares fois où tu m'as laissé le mettre, tu n'as jamais voulu l'écouter jusqu'au bout. Trop macho, tu disais. Ça, c'est le dernier titre de l'album."

Ils trinquent, Lasse se tait. Elle prend son mal en patience et écoute attentivement les paroles. Et bientôt elle comprend.

And the straightest dude I ever knew was standing right for me all the time… Oh my Coney Island baby, now. I'm a Coney Island baby, now.

Elle soupire et se cale au fond de sa chaise. "Coney Island ? On va aller sur Coney Island ? En plein hiver ?"

L'image qu'elle a de Coney Island, de l'autre côté de Brooklyn, est celle de plages de sable et d'une fête foraine décrépite datant des années vingt. On peut sans doute y aller en été. Mais pas fin novembre.

"Lasse, tu as de drôles d'idées.

— Non, crois-moi, c'est fantastique là-bas, dit-il d'un air sérieux. Tu vas aimer."

Elle lui caresse le dos de la main. "Des plages, des manèges, de la neige sale, du vent et pas un chat ? Des drogués et des chiens errants ? Je suis censée aimer ça ? Et qui c'est, l'idiot qui chante cette chanson ?"

Ils s'embrassent longtemps, puis il lui dit que c'est Lou Reed. Elle est interloquée.

"Lou Reed ? Mais on n'a pas de disque de Lou Reed…"

Il sourit. "Tu ne te rappelles pas la pochette ? Lou Reed en smoking, le visage à moitié caché derrière un chapeau noir."

Elle rit. "Lasse, tu me fais marcher. Je te dis qu'on n'a pas ce disque à la maison. Moi, des fois, je range l'armoire."

Il reste interdit. "Mais bien sûr que si, on a ce disque, non ?"

Son trouble l'amuse. "Je suis absolument certaine qu'on ne l'a pas et que tu ne me l'as jamais fait écouter. Mais ça ne fait rien. Ce que tu viens de faire pardonne ton cafouillage.

— Ce que je viens de faire ?

— Eh bien oui, passer la chanson, gros malin !" Elle rit à nouveau. "Tu t'es souvenu qu'elle me plaisait."

Il semble soulagé et le doute disparaît de son visage. "Bon, alors… à la tienne !"

Ils trinquent à nouveau et elle réalise combien elle l'aime.

Quand elle lui a chanté la chanson en revenant du cinéma, il a fait celui qui ne la connaissait pas. Alors qu'en fait, il a patiemment attendu la bonne occasion de la lui passer.

Pendant un an, il a gardé ça pour lui, il a attendu et il s'en est souvenu.

C'est un détail, mais un détail auquel elle attache une grande importance. Elle compte pour lui, et même s'il ne le dit pas directement, il le dit à sa façon.

Ils passent leur dernier jour à faire du shopping et à se reposer dans leur chambre d'hôtel.

La balade à Coney Island a été merveilleuse, comme il l'avait promis.

La fête foraine aux portes de Brooklyn était fermée pour l'hiver, mais ils avaient trouvé d'agréables bars ouverts tard dans la nuit.

La plage était déserte, et seuls les oiseaux marins les avaient accompagnés dans leur promenade autour de la presqu'île, aux petites heures du matin.

Dans le vol du retour, Sofia se demande depuis quand ils n'ont pas été aussi bien ensemble. Elle vient de le retrouver, ce Lasse disparu depuis des années, mais qu'elle avait toujours su là.

Soudain le voilà revenu, ce Lasse dont elle était tombée amoureuse jadis.

De retour à Stockholm, pourtant, tout se ternit. Après seulement quelques semaines à la maison, Sofia comprend qu'elle aura beau faire, il lui savonnera toujours la planche.

Aussi brusquement qu'il est revenu, il disparaît.

Ils lisent le journal au petit-déjeuner.

“Lasse ?

— Mmh…” Il est concentré sur sa lecture.

“Le test de grossesse…”

Il ne lève même pas les yeux du journal.

“Il est négatif.”

Maintenant il lève les yeux. Étonné.

“Quoi ?

— Je ne suis pas enceinte, Lasse.”

Il demeure silencieux quelques secondes. “Pardon, j'avais oublié…” Il sourit, gêné, et se replonge dans son journal.

Le style cafouilleux ne lui va plus.

"Oublié ? Tu as oublié ce dont on a parlé à New York ?

— Mais non." Il semble las. "C'est juste que le boulot a été très prenant. Je sais à peine quel jour on est."

Froissement de journal.

Il le regarde fixement, mais elle voit bien qu'il ne lit pas. Ses yeux sont immobiles, dans le vague. Il soupire, l'air encore plus las.

Les journées à New York commencent à ressembler aux souvenirs diffus d'un rêve. Sa proximité, leur complicité, la journée passée à Coney Island, tout a disparu.

Le rêve a été remplacé par un quotidien gris et prévisible dans lequel Lasse et elle ne font que se croiser, comme des ombres.

Elle se dit qu'il la prend vraiment comme allant de soi. Il a même oublié l'enfant qu'ils étaient censés avoir ensemble. Elle n'arrive pas à comprendre ça.

Elle sent qu'elle va bientôt exploser.

"Ah oui, au fait, Sofia, j'avais un truc à te dire, dit-il en posant enfin son journal. Ils m'ont appelé de Hambourg pour me dire que ça avait capoté. Ils ont besoin de moi, et je n'ai pas pu refuser."

Il tend la main pour attraper le jus d'orange, hésite, puis lui en verse avant de se servir.

"Tu sais comment sont les Allemands, ils ne se reposent jamais. Même pas pour Noël ou le Jour de l'an."

C'est alors qu'elle éclate.

"Mais bordel, arrête un peu ! crie-t-elle en lui lançant son journal à la figure. Pour la Saint-Jean tu étais parti. Pour la Sainte-Lucie, parti. Et maintenant Noël et le Nouvel An ! Ça ne peut plus durer. Putain, tu es quand même chef, tu devrais pouvoir déléguer ton travail les jours fériés, merde !

— Sois gentille, Sofia, du calme.”

Il fait un geste d’impuissance en secouant la tête.

Elle a l’impression qu’il ricane. Même quand elle se fâche, il ne la prend pas au sérieux.

“Ce n’est pas aussi facile que tu crois. Il suffit que je tourne le dos pour que tout se casse la figure. Les Allemands travaillent bien, mais ils ne sont pas très autonomes. Tu sais, ils aiment la loi, l’ordre, et marcher au pas.”

Il rit et s’approche d’elle en souriant. Mais elle ne décolère pas.

“Il n’y a peut-être pas qu’en Allemagne que tout se casse la figure dès que tu es absent.

— Comment ça ? Qu’est-ce que tu veux dire ?”

Soudain, il a l’air effrayé. “Qu’est-ce qui se casse la figure ? Il s’est passé quelque chose ?”

Sa réaction n’est pas celle qu’elle attendait, et sa colère retombe d’elle-même.

“Non, rien, j’étais juste tellement fâchée et déçue de devoir encore une fois passer une fête toute seule.

— Je comprends, mais je n’y peux rien”, dit-il en se levant pour commencer à ranger le petit-déjeuner dans le frigidaire. D’un coup, il semble infiniment lointain.

Plus tard, alors qu’il est sous la douche, elle fait quelque chose qu’elle n’a jamais fait depuis le début de leur vie commune.

Elle va dans l’entrée prendre son téléphone professionnel dans la poche de sa veste. Celui qui est toujours en mode silencieux quand il est en congé et à la maison. Elle le déverrouille et navigue jusqu’à la liste des appels.

Les quatre premiers sont des numéros allemands, mais le cinquième un numéro dans la région de Stockholm.

D'autres numéros allemands, puis toujours le même numéro à Stockholm.

Elle fait défiler la liste et voit ce numéro revenir à intervalles réguliers : il appelle quelqu'un à Stockholm plusieurs fois par jour.

Elle entend que Lasse a fini de se doucher et elle remet le téléphone dans sa veste.

Il lui cache quelque chose.

Elle sent sa colère se réveiller.

Elle reste dans l'entrée et entend qu'il fait couler le robinet du lavabo. Il va se raser, elle sait qu'il en a environ pour cinq minutes.

Elle reprend le téléphone, retrouve le numéro inconnu et l'appelle en surveillant du coin de l'œil la porte de la salle de bains.

C'est une voix douce de femme qui répond.

"Bonjour chéri ! Je croyais que tu étais occupé…"

Le sang de Sofia se glace.

"Allô… Tu es là ?" La voix semble enjouée.

Elle raccroche.

Elle s'assoit à la table de la cuisine.

Dans mon dos ? se dit-elle. Tout se casse la figure dans mon dos.

Lasse sort, une serviette autour de la taille. Il lui sourit et va s'habiller dans la chambre. Après, elle sait qu'il va lancer un café.

Elle ouvre le frigidaire, prend le pack de lait et le vide dans l'évier. Puis écrase l'emballage au fond de la poubelle.

Il arrive dans la cuisine.

"Si tu veux faire du café, il faut que tu sortes acheter du lait. Il n'y en a plus.

— Comment ça, plus de lait ? J'en ai acheté un pack hier !

— Je n'en sais rien, mais c'est comme ça. Moi, je ne bois pas de lait."

Il soupire et ouvre le frigidaire pour vérifier.

"Bon, si je sors en acheter, tu mettras en route le café pendant ce temps-là."

Quand elle entend la porte claquer, elle retourne dans l'entrée. Il a juste mis un pull. Sa veste est toujours là.

Elle prend le téléphone : deux appels manqués.

Probablement cette inconnue, mais elle n'ose pas vérifier de peur de les effacer de l'écran.

Elle va dans la messagerie et ouvre la boîte de réception.

Après avoir lu une trentaine de messages échangés par Lasse et cette étrangère ces derniers mois, elle a l'impression de s'écraser contre un mur.

Quartier Kronoberg

Le *passage des soupirs* relie l'hôtel de police de Stockholm avec le palais de justice : c'est par là que les prévenus sont conduits au tribunal. Il serpente par des souterrains et on raconte qu'il a été le théâtre de plusieurs suicides.

Karl Lundström s'était pendu dans sa cellule et se trouvait à présent dans le coma.

Jeanette Kihlberg savait ce que cela signifiait : sa culpabilité ne serait peut-être jamais complètement établie.

Le soir même de sa tentative de suicide, le journal télévisé avait rapporté l'événement et plusieurs des habituels donneurs de leçons professionnels s'étaient acharnés sur les carences de sécurité du système pénitentiaire. Les psychologues en avaient eux aussi pris pour leur grade pour n'avoir pas su déceler les tendances suicidaires chez Lundström.

Jeanette se cala au fond de son fauteuil élimé et regarda par la fenêtre.

Au moins, elle avait fait ce qu'elle avait pu.

Il fallait à présent qu'elle appelle Ulrika Wendin pour l'informer de la nouvelle situation.

La jeune fille ne sembla pas étonnée en entendant Jeanette lui dire ce qui s'était passé et lui expliquer que, tant que Karl Lundström restait dans le coma, un nouveau procès était bien sûr exclu.

Åhlund et Schwarz s'étaient vu confier la mission de déterminer si la Volvo bleue de Karl Lundström pouvait être la même voiture que celle qui avait éraflé un arbre sur l'île de Svartsjö, mais la première analyse suggérait que ce n'était pas le cas.

La couleur de la peinture ne correspondait pas. Des nuances de bleu différentes.

Karl Lundström, songea-t-elle.

De l'autre côté de la vitre cuisait le soleil de l'après-midi.

Quand le téléphone sonna, ce fut pour annoncer un nouveau cadavre.

À peu près au moment où Karl Lundström nouait un drap autour de son cou à la prison de Kronoberg, on avait trouvé un garçon mort dans un grenier de Södermalm.

Le Monument

Au départ, Ivo Andrić ne devait pas avoir à s'occuper de ce quatrième garçon. Mais il se trouvait que le légiste Rydén, chargé d'examiner le corps, avait besoin d'aide et que son assistant habituel était en vacances : Ivo Andrić avait donc accepté de venir lui prêter main-forte.

A priori, pas grand-chose ne suggérait que ce garçon trouvé dans un grenier du quartier du Monument, près de Skanstull, était tombé sur le même agresseur que les victimes précédentes, à part son visage complètement défiguré.

Deux trous béants témoignaient de l'ancien emplacement des yeux et on ne pouvait que deviner ce qui avait été un nez ou des lèvres. Tout le visage était couvert de cloques pleines de liquide et il ne restait que quelques rares touffes de cheveux.

La lourde porte métallique du grenier s'ouvrit et la commissaire Jeanette Kihlberg entra.

“Salut, Rydén. Tu as la situation bien en main, j'espère ? dit-elle avant de se tourner vers Ivo Andrić. Ah bon, toi aussi tu es sur le coup ?

— Le hasard. Un collègue en vacances, et me voilà.” Ivo Andrić se gratta la tête.

À première vue, cela ressemblait à une brûlure, mais comme le corps était intact par ailleurs et que les vêtements ne présentaient aucune trace de cendre ou de suie, il fallait tirer une autre conclusion.

"On dirait de l'acide", dit Ivo Andrić, et Rydén opina du chef.

Le sol sous le gamin et les murs étaient éclaboussés. Rydén sortit un coton-tige qu'il trempa dans une des flaques jaunes. Il le flaira et sembla perplexe.

"Comme ça, au débotté, on dirait de l'acide chlorhydrique, apparemment très concentré, vu l'effet qu'il a eu en touchant son visage. Je me demande si celui qui a fait ça a mesuré les risques qu'il prenait… Il avait sans doute de grandes chances de se blesser lui-même."

Ivo Andrić se frotta le menton. "Ce mur a l'air neuf." Il montra le mur de gauche et continua. "Les maçons ont l'habitude d'utiliser de l'acide. Ils en frottent les vieilles briques pour que le ciment accroche, je crois.

— Ça semble plausible, dit Rydén.

— Et on sait qui c'est ?" Jeanette se tourna vers eux.

"Je croyais que c'était ton boulot de trouver ça ? répondit Rydén. Ivo et moi, on ne s'occupe que du comment. Pas de qui et absolument pas du pourquoi. En tout cas, le gamin portait un collier drôlement bizarre. On l'a photographié avant de l'enlever : je ne m'y connais pas spécialement en ethnologie, mais ça a l'air africain.

— Qui l'a trouvé ?

— Un drogué qui habite l'immeuble. Il a dit être monté au grenier chercher un carton de disques qu'il pensait revendre. Mais vu que les portes de plusieurs box ont été fracturées plus loin dans le couloir, c'est sans doute ce qu'il était en train de faire quand il a découvert ce gamin pendu au plafond. Ça a dû être sacrément désagréable, si vous voulez mon avis."

Jeanette Kihlberg s'approcha de Schwarz et Åhlund qui bavardaient à l'autre bout du grenier.

“Alors comme ça les Dupond et Dupont sont là ?” Elle ricana.

Åhlund éclata de rire et lui confirma que l’homme qui avait découvert le corps était en route pour Kungsholmen pour y être interrogé. Rien ne semblait indiquer qu’il ait quoi que ce soit à faire avec ça, mais on ne pouvait pas l’exclure.

Au cours des heures suivantes, la scène de crime fut bouclée et quantité d’objets mis dans des sachets plastique numérotés. Le garçon avait été pendu avec une corde à linge ordinaire munie d’un nœud coulant. Son cou portait la marque de strangulation typique en forme de V retourné, dont la pointe correspondait au nœud, enfoncé de presque un centimètre dans la peau. La marque de la corde était rougeâtre, et avait pris en séchant une apparence de cuir. Ivo Andrić nota de petits saignements discrets au bord de la plaie.

Au sol, à la verticale du corps, une flaque d’urine et d’excréments.

“Qu’il ne s’est pas suicidé, personne ici n’en doute.” Rydén désigna ce qui avait été le visage du garçon. “À moins d’avoir d’abord accroché la corde au plafond, de s’être passé la tête dans le nœud coulant puis jeté un seau d’acide chlorhydrique à la figure, ce que je trouve quand même tiré par les cheveux. Bon, bien sûr, si un jeune homme très dérangé décide de se tuer, si tordue que paraisse sa méthode, il n’y a pas lieu de soupçonner un meurtre – sauf quand le suicide s’avère physiquement impossible, comme c’est le cas ici.

— Qu’est-ce que tu veux dire ? demanda Jeanette.

— La corde à laquelle le gamin pendait est au moins dix centimètres trop courte.

— Trop courte ?

— Oui. La corde n'est pas assez longue pour qu'il ait pu l'accrocher au plafond monté sur le tréteau. Élémentaire, mon cher Watson." Rydén désigna le plafond.

"En outre, il a été pendu vivant. Il s'est vidé les boyaux et, si on y regarde de plus près, on devrait trouver les traces d'une émission de sperme.

— Tu veux dire qu'il a joui quand on l'a étranglé ?" Schwarz se tourna vers Rydén et Jeanette crut qu'il allait éclater de rire.

"Oui. C'est habituel. Enfin, bref. Quelqu'un l'a pendu au plafond, probablement avec ça." Ryden montra une échelle adossée au mur un peu plus loin. "Puis on a disposé le tréteau pour faire croire qu'il était monté dessus, et pour finir on lui a jeté de l'acide au visage – et pourquoi ça ?

— Bonne question...

— Ma première idée est : pour cacher son identité." Ivo se tourna vers Jeanette. "Mais ce n'est pas à nous de tirer ça au clair. Et encore moins ce petit détail bizarre de corde trop courte. Ça vous fait un os à ronger.

— Ce qu'il y a de curieux, c'est que c'est la deuxième fois en assez peu de temps que je vois ça." Rydén affichait bizarrement une mine réjouie.

"Qu'est-ce que tu veux dire ?

— Eh bien pas l'acide, mais cette histoire de corde trop courte.

— Ah oui ?" La curiosité de Jeanette s'était éveillée.

"Oui, c'était pareil. Le mort était un homme dans la force de l'âge qui trompait sa compagne et avait une double vie. Il n'y avait que ce détail de la corde trop courte qui nous a fait réfléchir, sinon tout indiquait un suicide.

— Et vous n'avez douté à aucun moment ?

— Non, sa compagne a raconté qu'elle l'avait trouvé en rentrant de voyage. C'est aussi elle qui avait prévenu la police. Au pied de la chaise, il y avait une pile d'annuaires téléphoniques.

— Alors vous avez cru qu'il avait posé les annuaires sur la chaise pour atteindre le nœud coulant ?

— Oui, c'est la conclusion que nous avons tirée. Sa compagne nous a dit qu'en état de choc elle avait déplacé les annuaires pour le détacher, et nous n'avions aucune raison de ne pas la croire. Sinon, il n'y avait la trace d'aucune autre personne sur les lieux et, si je me souviens bien, elle avait un alibi. Il y avait un gardien de parking et un contrôleur de train pour confirmer ses dires.

— Vous avez fait une analyse sanguine ?"

Jeanette avait la désagréable impression de rater quelque chose qui était pourtant là, sous ses yeux. Une coïncidence sur laquelle elle n'arrivait pas à poser le doigt.

"Non, pas que je sache. Il n'en a pas été question. L'affaire a été classée comme suicide.

— Donc tu ne trouves pas qu'il y ait le moindre lien avec ça ?

— Non, là, tu es à côté de la plaque, Nénette, dit Rydén. Ce sont deux affaires bien distinctes.

— OK, peut-être bien. Mais transporte le gamin à Solna et demande au labo de vérifier s'il n'y a pas des traces d'anesthésiant."

Rydén parut interloqué. Ivo Andrić, qui avait aussitôt compris où Jeanette voulait en venir, expliqua :

"On a trois corps à la morgue. Des jeunes garçons, dont nous pensons qu'ils sont tombés sur le même agresseur. Bien sûr, il y a beaucoup de différences. Ils ont tous été sévèrement battus et castrés par-dessus le marché. Et anesthésiés : ils avaient des traces de narcotique dans le sang. Alors si on trouve ça aussi sur ce gamin…" D'un geste, il laissa la parole à Jeanette.

"Oui, enfin, je ne sais pas… Juste un pressentiment." Elle remercia Ivo d'un sourire.

Institut médicolégal

Dans la poche du garçon, on avait trouvé une convocation des services sociaux de Hässelby. Soudain, on avait un nom. Schwarz et Åhlund allèrent aussitôt chercher ses parents et les conduisirent à Solna pour procéder à l'identification.

Le collier que portait le garçon s'avéra être un bijou de famille transmis de génération en génération.

Bien sûr, en raison du visage défiguré par l'acide, il fut impossible de l'identifier formellement mais, quand les parents virent le tatouage du garçon, ils furent absolument convaincus que c'était leur fils. RUF, gravé sur la poitrine avec un bout de verre, n'était pas l'ornement corporel le plus courant à Stockholm et, à onze heures vingt-deux, les papiers étaient signés et le mort avait retrouvé son visage.

Pour l'acide, Rydén avait vu juste : il s'agissait d'acide chlorhydrique à quatre-vingt-quinze pour cent.

L'analyse sanguine avait montré que le garçon avait reçu une puissante dose d'amphétamines avant d'être pendu.

On n'avait pas encore pu établir dans quelle mesure il avait également reçu de la Xylocaïne adrénaline.

Le corps nu du garçon était étendu sur la table de dissection, ouvert du cou au pénis, et Ivo Andrić nota quelques petites marques sur sa poitrine gauche. Il n'avait aucune trace d'injection : il avait dû être drogué par la nourriture ou la boisson.

Trois heures plus tard, son rapport terminé, il téléphona à Jeanette pour lui résumer ses résultats.

"Cette violence extrême rappelle les autres garçons, commença-t-il. Jusqu'à présent, on n'a trouvé que des traces d'amphétamines mais elles n'ont pas été injectées.

— Non ?

— Non, il les a absorbées autrement. En revanche, j'ai trouvé deux petites marques sur sa poitrine.

— Quel genre de marques ?

— Ça ressemble aux électrodes d'un taser, mais je ne suis pas sûr.

— Et tu es certain qu'il n'y a pas des marques de ce genre chez les autres ?

— Pas complètement, vu leur mauvais état. Je n'ai plus qu'à les ressortir du frigo pour vérifier. Je te rappelle."

Ils raccrochèrent.

Un taser, pensa Jeanette Kihlberg.

Là, on a quelqu'un qui déraille sérieusement.

Quartier Kronoberg

Le garçon retrouvé pendu dans le grenier du quartier du Monument s'appelait Samuel Bai, seize ans, déclaré disparu depuis qu'il avait fugué de chez lui. Les services sociaux de Hässelby avaient communiqué son dossier : drogue, vols, violences.

Ses parents avaient fui la guerre en Sierra Leone et fait l'objet de plusieurs enquêtes. Le plus gros problème de la famille était leur fils aîné Samuel, qui montrait les symptômes clairs d'un traumatisme de guerre et avait un temps été suivi à la consultation de pédopsychiatrie de Maria Prästgatan ainsi que par une thérapeute privée, Sofia Zetterlund.

Jeanette tiqua. Encore Sofia ! D'abord Lundström, et maintenant Samuel Bai. Si le monde était petit, Stockholm l'était encore plus.

Curieux que cette femme soit mêlée à toutes ces affaires, pensa Jeanette. Mais au fond, peut-être pas. En Suède, cinq policiers représentaient l'ensemble de l'expertise sur les crimes sexuels contre les enfants. Combien de psychologues étaient spécialistes des enfants traumatisés ?

Peut-être deux ou trois.

Elle décrocha son téléphone et composa le numéro de Sofia Zetterlund.

“Bonjour Sofia. C’est à nouveau Jeanette Kihlberg, cette fois au sujet de Samuel Bai, de Sierra Leone. Vous l’avez eu en consultation. Nous l’avons retrouvé mort.

— Mort ?

— Oui. Assassiné. Pouvons-nous nous voir dans l’après-midi ?

— Vous pouvez venir maintenant. J’allais rentrer, mais je peux attendre.

— D’accord. Je serai là dans un quart d’heure.”

Tvålpalatset

Jeanette dut faire deux fois le tour de la place Mariatorget avant de trouver à se garer.

Elle prit l'ascenseur et fut accueillie à l'entrée du cabinet par une femme qui se présenta comme Ann-Britt, la secrétaire de Sofia.

Pendant que la femme allait prévenir Sofia, Jeanette inspecta la pièce. La décoration de luxe avec œuvres d'art originales et meubles coûteux lui donna l'impression que c'était ici qu'il fallait travailler si on voulait gagner des gros sous, et pas, comme elle, se tuer à la tâche à Kungsholmen.

La secrétaire revint accompagnée de Sofia qui demanda à Jeanette si elle voulait quelque chose à boire.

"Non merci, ça va. Je ne veux pas vous faire perdre votre temps, alors je propose qu'on s'y mette tout de suite.

— Vraiment, ne vous inquiétez pas, répliqua Sofia. Si je peux vous aider, c'est très volontiers. C'est toujours agréable de se rendre utile."

Jeanette regarda Sofia. Instinctivement elle lui plaisait. Lors de leur précédente conversation, il y avait eu entre elles une certaine distance mais, à présent, après seulement quelques minutes, Jeanette percevait une vraie gentillesse dans le regard de Sofia.

“Je vais essayer d’éviter les lapsus freudiens”, plaisanta Jeanette.

Sofia sourit à son tour. “Vous êtes chou…”

Jeanette ne comprenait pas ce qui se passait, d’où venait ce ton intime, mais il était bien là. Elle s’en pénétra et en profita un instant.

Elles s’installèrent de part et d’autre du bureau et s’observèrent.

“Que voulez-vous savoir ? demanda Sofia.

— Il s’agit de Samuel Bai et… eh bien il est mort. Il a été retrouvé pendu dans un grenier.

— Un suicide ? demanda Sofia.

— Non, pas du tout. Il a été assassiné et…

— Mais vous venez de dire qu’il…

— Oui, mais c’est quelqu’un d’autre qui l’a pendu. Sans doute en essayant maladroitement de faire croire à un suicide… En fait non, ce n’était même pas une tentative de camouflage.

— Là, je ne vous suis plus.” Sofia secoua la tête d’un air perplexe en allumant une cigarette.

“Je propose qu’on saute les détails. Samuel a été assassiné, voilà tout. Nous aurons peut-être l’occasion d’en reparler une autre fois de façon plus approfondie mais, pour le moment, j’ai besoin d’en savoir un peu plus sur lui. N’importe quoi qui puisse m’aider à comprendre qui il était.

— D’accord. Mais plus spécifiquement ?”

Elle entendit bien à sa voix que Sofia était déçue, mais elle n’avait pas le temps d’entrer dans les détails.

“Pour commencer, à quel titre l’avez-vous rencontré ?

— À vrai dire, je n’ai pas de formation spécifique en pédopsychiatrie, mais comme j’ai travaillé en Sierra Leone, nous avons fait une exception.

— Ça n'a pas dû être une partie de plaisir, compatit Jeanette. Mais vous avez dit *nous* ? Qui d'autre était concerné par cette décision ?

— Eh bien, les services sociaux de Hässelby m'ont contactée pour savoir si je pouvais envisager de m'occuper de Samuel… Il vient de Sierra Leone, mais vous devez être au courant ?

— Bien sûr." Jeanette réfléchit avant de poursuivre. "Que savez-vous de ce qu'il a vécu à…

— Freetown, compléta Sofia. Il m'a raconté, entre autres, qu'il avait fait partie d'une bande qui vivait de vols et de cambriolages. Plus parfois quelques missions d'intimidation pour le compte de chefs mafieux locaux." Sofia reprit haleine. "Je ne sais pas si vous pouvez comprendre… La Sierra Leone est un pays plongé dans le chaos. Des groupes paramilitaires utilisent des enfants pour faire ce qu'aucun adulte ne pourrait imaginer faire. Les enfants sont dociles et…"

Jeanette voyait bien qu'évoquer ce sujet était pénible pour Sofia. Elle aurait bien voulu lui épargner ça, mais il fallait qu'elle en sache davantage.

"Quel âge avait Samuel, à l'époque ?

— Il m'a dit qu'il avait déjà tué à sept ans. À dix, il avait perdu le compte des meurtres et des viols qu'il avait exécutés. Toujours sous l'influence de hash et d'alcool.

— Merde, quelle horreur ! À quoi joue l'humanité ?

— Pas l'humanité. Seulement les hommes… Le reste, ça ne compte pas."

Elles restèrent silencieuses. Jeanette se demanda ce que Sofia elle-même avait pu vivre pendant son séjour en Afrique. Elle avait du mal à l'imaginer là-bas. Ces chaussures, cette coiffure…

Elle était tellement propre sur elle.

"Je peux vous en prendre une ?" Jeanette désigna le paquet de cigarettes posé près du téléphone.

Sofia le poussa lentement vers Jeanette, sans la quitter des yeux. Elle plaça le cendrier entre elles, au milieu du bureau.

"Pour Samuel, la transplantation dans la société suédoise a été extrêmement difficile et, dès le début, il a eu beaucoup de mal à s'adapter.

— Qui n'en aurait pas eu ?" Elle songea à Johan qui, à une époque, avait eu de grosses difficultés de concentration – sans pourtant avoir approché rien qui puisse ressembler à ce que Samuel avait vécu.

"Tout à fait, opina Sofia. À l'école, il avait du mal à rester tranquille. Il était turbulent, dérangeait ses camarades de classe. Plusieurs fois, il s'est fâché et s'est montré violent après s'être senti agressé ou mal compris.

— Que savez-vous de sa vie hors de l'école et de chez lui ? Avez-vous eu l'impression qu'il avait peur de quelque chose ?

— L'agitation de Samuel, combinée à sa grande expérience de la violence, a souvent conduit à des conflits avec la police ou les autorités. Pas plus tard qu'au printemps dernier, il a lui-même été agressé et volé." Sofia tendit la main vers le cendrier.

"Pourquoi a-t-il fugué de chez lui, à votre avis ?

— Quand il a disparu, sa famille et lui venaient juste d'apprendre qu'il allait être placé en foyer à l'automne. Je pense que c'est ce qui l'a poussé à filer." Sofia se leva. "Là, j'ai besoin d'un café. Je vous en apporte un ?

— Volontiers."

Sofia sortit et Jeanette entendit le ronronnement de la machine à café de la réception.

La situation était étrange.

Deux femmes équilibrées, adultes, intelligentes, en train de discuter du meurtre d'un jeune homme violent et très dérangé.

Elles n'avaient pourtant absolument rien en commun avec la réalité de ce garçon.

Qu'attendait-on d'elles ? Qu'elles découvrent une vérité qui n'existait pas ? Comprennent quelque chose qui ne pouvait être compris ?

Sofia revint avec deux tasses fumantes de café noir qu'elle posa sur le bureau.

"Je suis désolée de ne pas pouvoir vous être d'une grande aide, mais si vous me donnez quelques jours pour feuilleter mes notes, nous pourrions peut-être nous revoir ?"

Curieuse femme, songea Jeanette. C'était comme si Sofia pouvait lire dans ses pensées : c'était fascinant et un peu effrayant, aussi.

"Vous voulez ? Je vous en serais extrêmement reconnaissante." Elle sourit, de plus en plus en confiance avec Sofia. "Si vous n'avez rien contre, nous pourrions peut-être joindre l'utile à l'agréable en dînant ensemble ?"

Jeanette s'écouta parler avec étonnement. Où était-elle allée chercher cette idée de dîner ? Elle n'avait pas l'habitude d'être aussi familière. Elle qui n'avait jamais invité chez elle les filles de l'équipe de foot, alors qu'elle les connaissait depuis si longtemps.

Loin de décliner l'offre, Sofia se pencha et la regarda dans les yeux. "Très bonne idée. Ça fait une éternité que je n'ai pas dîné avec quelqu'un d'autre que moi-même." Sofia marqua une pause avant de poursuivre, toujours sans quitter Jeanette du regard. "En fait, je suis en train de rénover ma cuisine. Mais si vous vous contentez d'un traîteur, j'aimerais vous inviter chez moi."

Jeanette hocha la tête. "Disons vendredi ?"

Tvålpalatset

Après avoir raccompagné Jeanette Kihlberg jusqu'à l'ascenseur, Sofia regagna son bureau. Elle se sentait pousser des ailes, presque heureuse. Elle avait vraiment fini par inviter Jeanette à dîner chez elle. Était-ce si malin que ça?

Elle ressentait quelque chose pour Jeanette, mais était-ce réciproque? En tout cas c'était fait, elles allaient se voir en privé : ce que cela donnerait, l'avenir le dirait.

Elle sortit les cassettes de Victoria Bergman et en inséra une dans le magnétophone avant d'appuyer sur *play*. En entendant la voix de Victoria, elle attrapa son carnet, le posa sur ses genoux, se cala dans son fauteuil et ferma les yeux.

... la vache bien sûr qu'elle était toujours au courant la trouillarde mais elle faisait comme si c'était pas bizarre de se réveiller seule et de le retrouver chez moi slip par terre avec ces taches jaunes qui puaient.

Sofia tenta de repousser les images envahissantes que la voix de Victoria véhiculait. Je dois être professionnelle, pensa-t-elle, ne pas en faire une affaire personnelle. Et pourtant : l'image du papa qui se glisse chez sa fille.

Se couche près d'elle.

Sofia imagina l'odeur de sexe, elle se mit à respirer difficilement et commença à se sentir mal.

Partout cette pourriture impossible à laver.

… et geindre bien sûr je ne pouvais pas j'aurais pris une gifle et pleuré pendant Spéciale dédicace. *Le cornichon sur ma tartine au pâté de foie était déjà assez salé sans mes larmes alors mieux valait se taire chantonner avec la radio et répondre aux questions. J'aimais bien trouver le nom de la chanson et appeler pour faire coucou à mon cousin qui habite Östersund, Borgholm ou n'importe où. Papa disait qu'il y avait tellement de gens tordus qu'on pourrait en supprimer la moitié et moi j'étais toujours d'accord. Je continuais à chantonner, une peau sur mon chocolat et sa main à nouveau là quand maman regardait ailleurs…*

Sofia sentait qu'elle n'avait pas la force d'en écouter davantage, mais quelque chose l'empêchait d'arrêter le magnétophone.

… et on pouvait courir encore plus loin et encore plus vite mais jamais assez pour avoir un prix à poser sur l'étagère à côté de la photo du garçon qui n'avait pas voulu nager après avoir vu le paysage…

La voix devenait plus intense, plus aiguë, mais restait toujours aussi monotone.

Sa fréquence et son timbre se métamorphosaient.

D'abord basse.

… et il voulait seulement qu'on l'embrasse mais il avait déjà trouvé quelqu'un d'autre pour partir en vacances avec lui…

Puis alto.

… et s'occuper de lui pendant qu'elle monterait tout au nord, dans le parc naturel de Padjelanta…

Mezzo, soprane, voix de plus en plus claire.

… crapahuter vingt kilomètres par jour et flairer des racines de rhodiole, le seul intérêt, parce qu'en creusant on trouvait quelque chose qui n'était pas moche, qui sentait la rose…

Sans rouvrir les yeux, elle chercha à tâtons sur le bureau, trouva le magnétophone et l'envoya balader par terre.

Silence.

Elle ouvrit les yeux et regarda son carnet.

Deux mots.

PADJELANTA, RHODIOLE.

De quoi Victoria était-elle en train de parler ?

De la blessure d'être brusquement arrachée à sa vie au moment où l'on s'y attend le moins ?

Du fait d'atteindre l'intégrité en se rendant inaccessible ?

Sofia sentait qu'elle pataugeait. Elle voulait comprendre, mais c'était comme si Victoria était complètement défaite. Où qu'elle se tourne, Victoria était confrontée à elle-même, les yeux dans les yeux et, tentait-elle de se retrouver, elle ne découvrait qu'une étrangère.

Sofia referma son carnet et se prépara à rentrer. Elle regarda sa montre. Dix heures moins vingt, elle avait donc dormi presque cinq heures.

Ce qui expliquait son mal de tête.

Gamla Enskede

Après son rendez-vous avec Sofia Zetterlund, Jeanette avait eu du mal à se concentrer sur son travail. Elle avait été touchée, sans qu'elle sache vraiment où. Elle avait envie de la revoir. Oui, elle avait même hâte d'être vendredi.

En quittant Nynäsvägen, elle faillit entrer en collision avec une petite voiture de sport rouge qui arrivait sur sa gauche et aurait dû lui laisser la priorité. Au moment même où elle klaxonnait rageusement, elle vit que c'était Alexandra Kowalska.

Pauvre idiote, pensa-t-elle, tout en agitant joyeusement la main. Alexandra la salua à son tour et s'excusa en secouant la tête.

Elle se gara dans l'allée, entra chez elle et trouva Åke à la cuisine en train de faire cuire des boulettes de viande. Il était d'une humeur pétillante.

Jeanette mit les pieds sous la table.

"Tu te rends compte ? commença-t-il aussitôt. Alex est venue me dire que l'expo de Copenhague était accrochée et que j'avais déjà vendu deux tableaux. Regarde ça !" Il sortit de sa poche un papier qu'il jeta sur la table. Elle vit que c'était un chèque de quatre-vingt mille couronnes.

"Et ce n'est qu'un début", s'esclaffa-t-il en remuant la poêle avant d'aller chercher deux bières au frigidaire.

Jeanette resta pensive, sans rien dire. Voilà donc le grand chamboulement. Hier, elle s'inquiétait de savoir s'ils allaient boucler la fin du mois et aujourd'hui, quelques heures plus tard seulement, elle était devant un chèque qui représentait plus de deux mois de son salaire.

"Bon, allez, qu'est-ce qui ne va pas, encore?" Campé devant elle, Åke lui tendit une bière décapsulée. "Tu ne trouves pas ça bien que je gagne enfin un peu d'argent avec ce que, pendant toutes ces années, tu as considéré comme un hobby?" Elle entendait combien il était déçu.

"Mais enfin, Åke, pourquoi tu dis ça? Tu sais bien que j'ai toujours cru en toi." Elle aurait voulu lui poser la main sur le bras, mais il se déroba en retournant devant la cuisinière.

"Oui, tu dis ça maintenant. Mais pas plus tard qu'il y a deux semaines, tu es venue pleurnicher que j'étais irresponsable."

Il se retourna et lui sourit. Mais ce n'était pas son sourire habituel, plutôt un sourire de triomphe.

Elle sentit sa colère monter en voyant combien il était content de lui. N'avaient-ils pas fait ce chemin ensemble? Était-il totalement aveugle au fait que, pendant toute leur vie commune, c'était elle qui avait veillé à ce qu'il y ait à manger à table et des couleurs sur sa palette?

Åke s'approcha d'elle et la prit dans ses bras.

"Pardon. C'est moi qui suis bête."

Mais cela sonnait creux.

"Alex dit que *Dagens Nyheter* publie une critique dimanche et qu'ils veulent faire une interview pour le supplément de samedi. Putain, ce que j'ai mérité ça!"

Il tendit les bras en l'air, comme s'il avait marqué un but.

Vita Bergen

“Vous n’avez pas eu de mal à trouver ? dit Sofia en ouvrant à Jeanette.

— Pas du tout, répondit Jeanette. J’étais flic bien avant l’invention du GPS !”

Sofia pouffa et fit entrer Jeanette.

“La cuisine est inhabitable, comme je vous le disais. Passons au salon.”

Jeanette entra et sentit une odeur inconnue chatouiller ses narines. Les relents de térébenthine et de vieux vêtements de sport qui dominaient chez elle étaient remplacés ici par une odeur de propre agressive, presque chimique, vaguement florale, qui se mêlait au parfum de Sofia. Cela lui plaisait, ou peut-être était-ce juste la nouveauté qu’elle appréciait.

Cela faisait bien longtemps qu’elle n’était pas entrée chez quelqu’un à titre privé, et la première fois depuis une éternité qu’elle se sentait la bienvenue.

“Il y en a qui ont de la chance, dit Jeanette en embrassant du regard la vaste salle de séjour sobrement meublée. Je veux dire être logée comme ça, en plein centre, et seule en plus.”

Sofia l’invita à s’asseoir dans le canapé tandis qu’elle allait accrocher son manteau.

Jeanette s’installa avec un profond soupir. “Parfois,

je donnerais n'importe quoi pour pouvoir rentrer chez moi et simplement m'asseoir, comme ça." Elle pencha la tête en arrière et regarda Sofia par-dessus le dossier. "Quel rêve, de couper à tous ces regards pressants, tout ce va-et-vient, tous ces dîners à prévoir et toutes ces conversations à la grimace devant la télé…

— Peut-être, dit Sofia avec un sourire entendu, mais on peut aussi se sentir très seule." Elle revint dans la pièce. "Il y a des moments où je n'ai qu'une envie : vendre l'appartement et déménager." Elle prit deux verres dans un placard vitré et y versa du vin avant de venir s'asseoir à côté de Jeanette.

"Vous avez très faim, ou nous attendons un peu ? J'ai prévu des antipasti.

— Ça me va très bien d'attendre."

Elles se regardèrent.

"Et où aimeriez-vous déménager ? reprit Jeanette.

— Ah, ça… Si je le savais je vendrais dès demain, mais je n'en ai pas la moindre idée. À l'étranger, peut-être."

Sofia leva son verre.

"Vu comme ça, ça fait peut-être envie, dit Jeanette, en levant à son tour son verre, mais je ne sais pas si ça change grand-chose à la solitude."

Sofia éclata de rire. "Je dois être victime du mythe du Suédois renfermé sur lui-même et croire qu'il suffit de descendre sur le continent pour que tout devienne aimable et chaleureux."

Jeanette rit à son tour. Cette remarque était pourtant juste. La froideur nordique. Elle la ressentait elle aussi. "Ce qui me tenterait plus, ce serait de ne pas avoir à comprendre ce que les gens disent."

Le sourire de Sofia se ternit. "Sérieusement ?

— Au fond non, mais parfois ce serait bien de pouvoir avoir la barrière de la langue comme excuse pour ne pas écouter tout ce que les gens peuvent raconter comme conneries…”

Jeanette sentit qu'elle se confiait peut-être un peu trop. Mais quelque chose chez Sofia faisait qu'elle ne censurait pas ses pensées comme d'habitude avant de les verbaliser.

“Mais si vous aviez à choisir, où iriez-vous ?” demanda-t-elle pour glisser sur ce qu'elle venait de dire.

Sofia réfléchit. “Amsterdam m'a toujours attirée, mais au fond je n'ai pas d'*a priori.* Ça a peut-être l'air d'un cliché, mais je préférerais partir vers quelque chose, et non pas fuir autre chose, vous voyez ce que je veux dire ?

— Que tout ce qu'on désire vraiment se réduit finalement à des clichés ?” la taquina Jeanette. Sofia rit.

“Je connais bien cette impression et, pour être honnête, eh bien…”

Jeanette fit une pause avant de se relancer.

“… c'est-à-dire que vous et moi, nous ne nous connaissons pas encore très bien…” Elle regarda Sofia au fond des yeux et trempa ses lèvres dans son verre. “Pouvez-vous garder un secret ?”

Elle regretta aussitôt le tour dramatique qu'elle avait donné à la conversation en s'exprimant ainsi. Comme si elles étaient deux adolescentes en train de refaire le monde dans leur chambre, comme si les mots étaient la seule garantie dont on avait besoin pour se sentir en confiance.

Elle aurait tout aussi bien pu lui demander si elle voulait être sa meilleure copine. Toujours cette même volonté naïve de contrôler la réalité chaotique par des mots plutôt que de laisser la situation réelle décider de ce qu'on disait.

Les mots plutôt que l'action.

Les mots en guise de confiance.

“Tout dépend si c’est quelque chose de criminel. Mais en même temps, vous savez bien que je suis astreinte au secret professionnel.” Sofia sourit.

Jeanette fut reconnaissante à Sofia d’avoir réagi ainsi à sa question d’ado attardée.

Sofia la regardait comme si elle voulait vraiment voir. L’écoutait comme si elle voulait vraiment comprendre.

“Si vous étiez au parti chrétien-démocrate, vous trouveriez sans doute ça criminel.”

Sofia jeta la tête en arrière dans un éclat de rire. Son cou était long et musculeux, oui, vulnérable et solide en même temps.

Jeanette pouffa elle aussi et se rapprocha un peu en ramenant un genou sur le canapé. Elle se sentait comme chez elle. Elle se demanda si c’était vraiment aussi simple qu’elle le pensait, si avec les années ses amis étaient devenus de moins en moins nombreux parce qu’elle avait toujours fait passer le travail d’abord.

Là, il y avait autre chose.

Quelque chose d’évident.

“Je suis mariée à Åke depuis vingt ans, et cela commence à me peser.” Elle se tourna de façon à faire à nouveau face à Sofia. “Et parfois je suis si lasse de savoir exactement à l’avance ce qu’il va dire et la façon dont il va réagir.

— Certains appelleraient cela une relation de confiance, dit Sofia avec une touche de scepticisme dans la voix, très professionnelle.

— C’est vrai. Mais ce qu’il y a de tragique, c’est que c’est justement ce qu’il aime. « Toi et moi, Jeanette… », c’est ce qu’il dit chaque fois qu’il nous arrive de dire la même chose en même temps. Et alors je réponds : « Tu l’as dit. Toi et moi… » On tente en permanence de trouver une justification au fait de vivre ensemble. Il voit des ressemblances que nous n'avons pas, en fait, et les monte en épingle pour en faire quelque chose de significatif. Enfin, c'est ce qu'il faisait autrefois. Maintenant je ne sais plus. Parfois, je me demande s'il ne s'est pas lassé lui aussi."

Sofia resta silencieuse et Jeanette vit qu'elle réfléchissait, l'air sérieux.

"Bien sûr, c'est rassurant d'avoir quelqu'un de si proche, mais en même temps… c'est comme vivre avec son frangin. Pfff, je ne sais pas ce que c'est que la proximité. Ce n'est sûrement pas uniquement une question géographique. Mon Dieu, ce que je me sens rasoir."

Jeanette fit un geste d'impuissance, certaine pourtant que Sofia ne la jugerait pas.

"Pas de problème." Sofia sourit doucement et Jeanette lui rendit son sourire. "J'écoute volontiers, mais seulement en amie.

— Bien sûr. Je n'aurais de toute façon pas les moyens de consulter quelqu'un comme vous. Pauvre flic que je suis. Vous devez bien facturer dans les mille de l'heure ?

— Oui, et encore, hors taxes."

Elles éclatèrent de rire et Sofia remplit leurs verres.

"Bon, bien sûr, j'aime Åke, mais je ne crois pas vouloir continuer à vivre avec lui. Ou plutôt, non, je sais que je ne veux plus. Il n'y a plus que Johan, mon fils, qui me retient. Il a treize ans. Je ne sais pas s'il supporterait un divorce. Enfin, en même temps, il est assez grand pour comprendre que ce sont des choses qui arrivent.

— Åke est au courant ?

— Il doit bien se douter que je ne suis plus engagée à cent pour cent dans notre relation.

— Mais vous n'en avez jamais parlé ?

— Non, pas vraiment. C'est plus une atmosphère. Je m'occupe de mes affaires, lui des siennes."

Jeanette caressa du doigt le bord de son verre. “Enfin, ses affaires… En fait, je ne sais pas trop ce qu’il fabrique. Il n’a plus le temps de faire la lessive, le ménage, ni même apparemment de s’occuper de Johan.

— Toujours présent et toujours absent ? dit Sofia, sarcastique.

— En plus, je crois bien qu’il sort avec sa galeriste”, s’entendit lâcher Jeanette.

Était-ce parce que Sofia était psychologue que c’était si facile de le dire ?

“Pour se sentir en confiance, il faut aussi être reconnue, non ?” Sofia but une gorgée de vin. “C’est là une faiblesse fondamentale dans la plupart des relations humaines. On oublie de regarder, d’apprécier ce que fait l’autre, puisqu’on considère sa propre voie comme la seule enviable. Notre propre intérêt doit toujours passer en premier. Il n’y a là rien de surprenant, même si c’est bien triste. Je mets ça sur le compte de l’individualisme. C’est devenu une vraie religion. Au fond, c’est quand même fou que dans un monde plein de guerres et de souffrances les gens méprisent à ce point la confiance et la loyauté. On doit être fort, mais par ses propres moyens, sinon on est, par définition, faible. C’est un foutu paradoxe !”

Quelque chose changeait chez Sofia, sa voix se faisait de plus en plus sombre. Jeanette était un peu prise de court par cette brusque saute d’humeur.

“Pardon, je ne voulais pas vous mettre dans cet état.

— Ce n’est pas grave, c’est juste que moi aussi j’ai fait l’expérience d’être considérée comme allant de soi, faisant parties des meubles.” Sofia se leva. “Bon, et si on mangeait, qu’est-ce que vous en dites ?

— Volontiers, sinon le vin va nous monter à la tête.”

Jeanette suivit d'un œil inquiet Sofia, qui disparut dans la cuisine. Elle revint avec un plateau qu'elle posa sur la table.

"Pardon, dit-elle. C'était à vous de parler. C'est juste que je suis parfois tellement fatiguée par tous ces gens qui ne comprennent pas le mal qu'ils peuvent se faire."

La voix de Sofia était devenue encore plus sombre, moins mélodieuse. Jeanette comprit qu'elle avait touché une plaie profonde.

"Je veux dire, poursuivit Sofia d'une voix tendue, quand on veut se faire des frissons, on peut toujours partir en Afrique et faire quelque chose d'utile si c'est l'excitation et l'adrénaline qu'on recherche ? Mais non, on préfère sauter en parachute, faire de l'escalade, tromper sa femme ou trahir la personne qu'on avait promis d'épauler et rire en la regardant tomber en chute libre."

Sofia apporta des assiettes et s'assit. Elles commencèrent à se servir.

Jeanette comprit qu'elle l'avait blessée et voulut se rattraper, mais réalisa qu'elle avait oublié comment on faisait. Si elle l'avait jamais su. Elle prit une bouchée de salade de pâtes.

"Je crois que je comprends ce que vous voulez dire, dit-elle ensuite prudemment, mais croyez-vous vraiment qu'il s'agisse d'une simple recherche d'excitation ? Je veux dire, le changement n'est pas mauvais en soi, et il n'est pas forcément mauvais de tomber en chute libre, parfois.

— Absolument pas, mais il faut jouer cartes sur table et éviter de blesser plus que nécessaire."

Sofia avait retrouvé sa voix normale et prit elle aussi une bouchée.

Elles mangèrent un moment en silence. Sofia s'était calmée.

“Mais bien sûr, ce n’est pas si simple, dit-elle au bout d’un certain temps pour abonder dans le sens de Sofia. Åke est quelqu’un de bien. Il est gentil avec moi et il adore Johan. Mais c’est aussi un romantique indécrottable qui trouve tout le monde beau, tout le monde gentil : s’il y a quelque chose qu’un flic ne fait pas, c’est bien ça. Je me méfie toujours. C’est un vrai panier percé, une catastrophe, et je ne peux pas m’empêcher d’y voir une expression, sinon de méchanceté, du moins d’une totale absence d’empathie.”

Sofia remplit leurs verres.

“Vous lui avez parlé de ce que vous ressentez ? Le stress économique est une des causes les plus courantes de mésentente conjugale.

— Bien sûr, on a eu nos prises de bec, mais c’est comme si… je ne sais pas, mais parfois j’ai l’impression qu’il est incapable de se représenter ce que j’endure quand on n’arrive pas à payer les factures et qu’il faut que j’appelle mes parents pour leur emprunter de l’argent. Comme si c’était de ma seule responsabilité.”

Sofia la regarda avec gravité.

“D’après ce que j’entends, j’ai l’impression qu’il n’a jamais eu à prendre lui-même ses responsabilités. Qu’il a toujours eu quelqu’un pour s’occuper de lui.”

Jeanette hocha la tête silencieusement. C’était comme si les pièces du puzzle se mettaient en place.

“Bon, mais laissons ça, dit-elle en posant la main sur l’épaule de Sofia. On devait se voir pour parler de Samuel, non ?

— On aura toujours le temps, même si ce n’est pas ce soir.

— Tu sais, chuchota Jeanette. Je suis très heureuse de t’avoir rencontrée. Je t’aime bien.”

Sofia se rapprocha et posa la main sur le genou de Jeanette. Cette dernière sentit ses oreilles siffler tandis qu'elle regardait Sofia au fond des yeux.

Là, elle trouverait peut-être tout ce qu'elle avait toujours cherché.

Jeanette se pencha en avant et Sofia répondit à son mouvement. Leurs lèvres se rencontrèrent, tendrement, profondément.

En même temps, elle entendit un voisin accrocher un tableau.

Il y avait quelqu'un qui enfonçait un clou.

Stockholm, 2007

En regardant en arrière, on peut parfois dater précisément la naissance d'une nouvelle ère, même si, à l'époque, les jours semblaient pourtant se succéder à leur rythme habituel.

Pour Sofia Zetterlund, cela avait commencé après le voyage à New York. Elle était restée deux semaines en congé maladie, alitée chez elle, à ressasser sa situation professionnelle et sa vie privée. Avec les vacances de Noël, sa vie privée s'était mise à la préoccuper de plus en plus.

Le jour de la rentrée, elle décide d'appeler les impôts pour obtenir des informations détaillées sur l'homme dont elle pensait tout connaître.

Les impôts ne demandent qu'un numéro de Sécurité sociale pour lui envoyer toutes les données disponibles sur Lars Magnus Pettersson.

Peu importe qu'elle doive patienter quelques jours. Tous les faits ont toujours été là, sous son nez.

Pourquoi a-t-elle tant attendu ?

Refusait-elle de voir ?

Avait-elle en fait déjà tout compris ?

À la firme pharmaceutique, ils ne comprennent d'abord pas de qui elle veut parler quand elle demande Lars Pettersson mais, comme elle insiste, on finit par la mettre en relation avec le service commercial.

La standardiste est aimable et fait tout pour aider Sofia. Après avoir cherché un moment, elle trouve un Magnus Pettersson, parti depuis plus de huit ans, et qui n'avait travaillé qu'une brève période au bureau de Hambourg.

Sa dernière adresse connue est à Saltsjöbaden. Pålnäsvägen.

Elle raccroche sans dire au revoir et sort le papier où elle a noté le numéro inconnu trouvé dans le téléphone de Lasse. D'après les pages blanches, l'abonnée est une certaine Mia Pettersson, domiciliée sur Pålnäsvägen à Saltsjöbaden. Sous son adresse, un autre numéro, celui de la boutique de fleurs Petterssons Blommor à Fisksätra : elle a beau commencer à comprendre qu'elle partage son homme avec une autre, elle veut croire que tout cela n'est rien d'autre qu'un gigantesque malentendu.

Pas Lasse.

C'est comme si elle était dans un couloir dont les portes s'ouvraient les unes après les autres devant elle. Une fraction de seconde, elles s'entrouvrent toutes et, au bout d'un couloir infiniment long, elle découvre la vérité.

En un instant, elle voit tout, comprend tout, et tout devient clair comme de l'eau de roche. Elle comprend ce qu'elle fait là. Ce que Lasse fait là-bas. Tout devient si évident et, en même temps, elle est submergée par un sentiment d'irréalité si puissant qu'elle a du mal à respirer.

Lasse a donc une double vie, il cumule deux familles. Une à Saltsjöbaden et une avec elle dans l'appartement de Södermalm.

Bien sûr, elle aurait dû s'en rendre compte beaucoup plus tôt.

Ses mains calleuses témoignaient d'un travail manuel, alors qu'il prétendait travailler dans un bureau. Une grande maison exige probablement de travailler dur, et c'est peut-être pour cela qu'une semaine sur deux il aime bien rester dans le canapé à regarder la télévision. Une semaine avec sa femme, une avec elle, c'était un arrangement parfait.

L'incertitude et la jalousie la rongent et elle remarque qu'elle a cessé de penser logiquement. Est-elle la seule à ne pas avoir compris la situation ?

Elle se rappelle leur conversation dans la cuisine, juste après leur retour de New York, cette terreur, soudain, dans son regard. L'a-t-il alors soupçonnée d'avoir flairé quelque chose ?

Aussitôt tout devient clair.

Il a besoin d'aide, pense-t-elle. Mais pas de la mienne.

Elle ne peut pas sauver quelqu'un comme lui, si tant est qu'il puisse être sauvé.

Elle va dans le bureau fouiller ses tiroirs. Non qu'elle sache ce qu'elle espère y trouver – mais il doit bien y avoir de quoi faire davantage la lumière sur l'homme avec qui elle vit ?

Si ses soupçons sont exacts, il a dû peu à peu baisser la garde. C'est bien ce qui se passe, d'habitude ? Certains souhaitent même être découverts, et s'exposent sciemment pour qu'on finisse par les démasquer.

Sous quelques brochures frappées du logo de la firme pharmaceutique, elle trouve une enveloppe de l'hôpital de Söder. Elle en sort un papier qu'elle lit.

C'est une ordonnance datant de neuf ans, indiquant que Lars Magnus Pettersson a obtenu un rendez-vous en urologie pour une vasectomie.

D'abord, elle n'y comprend rien, puis réalise que Lasse s'est fait stériliser. Voilà neuf ans.

Pendant toutes ces années, il n'a donc pas pu lui donner cet enfant qu'elle désirait. Quand il lui a dit à Toronto qu'il voulait faire un enfant, ce n'était pas seulement un mensonge, c'était impossible.

Couche après couche, l'oignon est pelé et, bientôt, il ne lui reste plus rien que ce dont elle est absolument certaine.

Et quoi ?

Qu'elle est Sofia, oui, ça elle le sait.

Mais sinon ?

Peut-elle faire confiance à sa mémoire ? Non, pas systématiquement. Les souvenirs peuvent changer avec le temps, en idéalisant ou diabolisant un événement. Elle n'est pas psy pour rien, merde !

C'est comme si quelqu'un avait passé un nœud coulant autour de sa poitrine et serrait lentement, de plus en plus fort, et elle pense qu'elle va s'évanouir. Elle a l'expérience de patients victimes de crises de panique : elle comprend que c'est justement ce qui lui arrive.

Mais elle a beau porter sur elle-même un regard rationnel, elle ne peut s'empêcher d'avoir peur.

Est-ce que je vais mourir, maintenant ? pense-t-elle avant que tout ne devienne noir.

Vendredi 28, elle se rend à Fisksätra. Il tombe un mélange de neige et de pluie et le thermomètre du central de Hammarby indique juste au-dessus de zéro.

Elle se gare au bord de l'eau et remonte à pied vers le centre. Elle voit tout de suite la petite boutique de fleurs, mais hésite : osera-t-elle y entrer ? Non qu'elle estime avoir à craindre quoi que ce soit, mais elle ne sait pas bien quelle sera sa réaction, confrontée les yeux dans les yeux à la femme avec laquelle elle a partagé le même homme pendant dix ans.

Si l'autre femme n'est pas au courant de la double vie de Lasse, il n'y a pas lieu de la charger ou de lui demander des comptes. Que diable est-elle donc venue faire ici ?

Que veut-elle donc savoir qu'elle ne sache déjà ?

Elle suppose qu'elle souhaite tout simplement mettre un visage sur cette femme inconnue.

Mais à présent qu'elle se retrouve toute seule au milieu de la place, elle n'est plus aussi sûre. Elle hésite, mais si elle revenait bredouille chez elle, cela ne ferait que continuer à la ronger.

Elle entre d'un pas décidé dans la boutique, mais découvre à sa grande déception que la personne qui tient la caisse est une fille d'une vingtaine d'années.

“Bonjour, et joyeuses fêtes.” La fille fait le tour de la caisse et s'approche de Sofia. “Vous souhaitez quelque chose en particulier ?”

Sofia hésite, s'apprête à tourner les talons mais, au même moment, la porte de la réserve s'ouvre et une belle femme brune d'une cinquantaine d'années entre dans la boutique. Sur son sein droit, un badge porte son nom, Mia.

La femme est presque aussi grande que Sofia, avec de grands yeux sombres. Sofia ne peut détacher les yeux de ces deux femmes à la ressemblance frappante.

Mère et fille.

Chez la jeune femme, elle reconnaît des traits de Lasse. Son nez un peu de travers.

Le visage ovale.

“Pardon… vous cherchez quelque chose en particulier ?” La jeune femme rompt l'étrange silence et Sofia se tourne vers elle.

"Un bouquet pour mon…" Sofia déglutit. "Pour mes parents. Oui, ils fêtent leur anniversaire de mariage aujourd'hui."

La jeune femme se dirige vers la vitrine des fleurs coupées.

"Alors je pense que celles-ci iront très bien."

Cinq minutes plus tard, Sofia entre dans le tabac voisin et prend un grand café et une brioche à la cannelle. Pour siroter son café, elle va s'asseoir sur un banc d'où elle a une vue sur la place.

Rien ne s'est passé comme elle l'avait pensé.

La jeune femme a arrangé un bouquet tandis que Mia retournait dans la réserve. Puis plus rien. Sofia suppose qu'elle a payé, mais elle n'en est pas tout à fait certaine. Sûrement, puisque personne ne l'a rattrapée. Elle se souvient du tintement de la clochette de la porte, puis de la neige qui crisse. On a sablé la place.

La tasse de café lui brûle les doigts, elle se réveille. Il n'y a pas grand monde dans la rue, bien que ce soit le deuxième jour ouvrable après Noël, et elle suppose que ceux qui ne sont pas chez eux à profiter de leur congé sont allés en centre-ville faire les soldes.

Elle pose le bouquet à côté d'elle sur le banc : des roses rouges, roses et orangées, ficelées à des lys et des orchidées. Elle regarde le bout de papier qu'elle tient dans sa main crispée.

C'est un reçu. Oui, en tout cas, elle a payé.

Elle songe à Lasse et, plus elle y songe, plus il devient irréel à ses yeux.

Elle met en boule le bouquet et l'écrase dans la poubelle à côté du banc. Le café prend le même chemin, il n'a pas de goût, ne réchauffe même pas.

Ces maudites larmes lui montent aux yeux et elle doit se faire violence pour les retenir. Elle cache son visage dans ses mains et tente de penser à autre chose qu'à Lasse et Mia. Mais c'est impossible.

Cette Mia qui pendant tout ce temps faisait l'amour avec lui. Et cette fille, la fille de Lasse ? Son enfant. Il n'en voulait pas avec elle. Tout ce que Lasse avait avec Mia, il ne voulait pas l'avoir avec elle, l'autre femme. Elle imagine son propre visage du matin, fatigué et aigri, à côté du sourire de Mia.

Elle songe au disque de Lou Reed, qu'il a fait jouer pour elle au bar de l'hôtel à New York. Elle comprend alors qu'il est forcément dans sa collection de disques à Saltsjöbaden, et que c'est avec Mia qu'il l'a écouté.

Aussitôt, elle en vient à penser à plusieurs situations analogues. Ses cafouillages, qu'elle considérait comme un trait charmant de sa personnalité, découlaient en fait de sa double vie.

Le banc en bois glacé lui refroidit le dos. Sofia jette la tête en arrière, comme pour empêcher les larmes de couler sur ses joues.

Elle comprend qu'elle doit rompre avec Lasse. Puis plus rien. Ne plus y penser, ne plus ressasser, rien. Le laisser s'occuper au mieux de ses affaires, mais que pour elle il soit comme mort. Il faut se décider, sinon ce sera de plus en plus dur.

Pas de reproches, pas de cris, elle n'essayera même pas d'obtenir d'explications. Il y a des choses qu'il faut juste amputer de sa vie pour survivre. Elle l'a déjà fait.

Mais il y a une chose qu'il faut qu'elle fasse d'abord, si douloureux que cela soit.

Elle doit les voir ensemble, Lasse, Mia et leur fille.

Elle sait qu'il faut qu'elle les voie, sans quoi elle ne pourra jamais cesser d'y penser. L'image de cette famille heureuse ne la laissera pas en paix, elle le comprend. Elle est forcée de s'y confronter.

Jusqu'au Nouvel An, Sofia Zetterlund ne fait pas grand-chose. Elle ne parle qu'une seule fois avec Lasse, une conversation de moins de trente secondes durant laquelle elle joue le stress et le découragement en lui parlant de sa situation professionnelle précaire.

À onze heures, le soir du Nouvel An, Sofia prend sa voiture et se rend à Saltsjöbaden. Elle ne cherche pas longtemps avant de trouver Pålnäsvägen.

Elle gare sa voiture à une centaine de mètres de la grande maison et revient sur ses pas vers l'allée. C'est une villa jaune de deux étages avec un pignon saillant et un jardin bien entretenu. À gauche de la maison, un escalier de pierre conduit à l'arrière, où elle devine une véranda.

Devant la porte du garage, la voiture de Lasse.

Elle contourne le garage et passe de l'autre côté de la maison. Cachée derrière quelques arbres, elle a une vue plongeante sur la grande baie vitrée. La lumière jaune est chaude et accueillante.

Elle voit Lasse entrer dans le séjour avec une bouteille de champagne, tout en criant quelque chose vers l'intérieur de la maison.

La belle femme brune de la boutique de fleurs sort de la cuisine avec un plateau de flûtes à champagne. D'une pièce voisine arrive la fille en compagnie d'un garçon qui ressemble à Lasse.

A-t-il aussi un fils ? Deux enfants ? Aujourd'hui adultes.

Ils s'installent dans le grand canapé, Lasse sert le champagne et ils trinquent tous gaiement.

Trente minutes durant, Sofia assiste, paralysée, à cette farce.

C'est réel et en même temps tellement factice.

Elle se souvient d'une visite dans les coulisses d'un théâtre à Stockholm. Elle ne sait plus quelle pièce c'était, mais voir l'envers du décor avait été pour elle une expérience bouleversante.

De la salle, c'était un bar, ou un restaurant avec vue sur la mer au coucher du soleil. Tout semblait si authentique, avec les meubles patinés, les cris des mouettes, le ressac.

Une fois dans les coulisses, tout était en toc. Les meubles étaient en aggloméré assemblé avec de l'adhésif et des serre-joints. Partout couraient des paquets de câbles alimentant les projecteurs qui simulaient le coucher de soleil et les haut-parleurs qui diffusaient les effets sonores.

Le contraste avec la lumière si chaleureuse du décor vu de la salle était tel qu'elle s'était sentie comme flouée.

C'est la même scène qu'elle a à présent sous les yeux : engageante du dehors, mais fausse en dedans.

Juste avant minuit, au moment où elle les voit se lever pour trinquer à nouveau, elle sort son mobile et compose son numéro. Elle le voit sursauter, comprend qu'il est en mode vibreur.

Il dit quelque chose et monte à l'étage. La lumière s'allume à une fenêtre et, quelques secondes plus tard, son téléphone sonne.

"Salut, chérie ! Bonne année ! Qu'est-ce que tu fais ?" Il se force à paraître stressé – c'est qu'il est censé être au bureau en Allemagne, d'astreinte le soir du Nouvel An.

Avant d'avoir le temps de rien dire, elle écarte son téléphone pour vomir dans un buisson.

“Allô ? Qu’est-ce que tu fais ? Je t’entends très mal. Je peux t’appeler plus tard ? C’est un peu agité, là, autour de moi.”

Il fait couler le robinet du lavabo pour que sa famille ne puisse pas entendre.

C’est un barrage qui se rompt, déversant le flot infâme de la trahison. Elle n’a pas l’intention d’accepter d’être l’autre femme.

Elle raccroche et regagne sa voiture.

Elle pleure pendant tout le chemin du retour. La pluie mêlée de neige qui fouette le pare-brise se confond avec ses larmes. Elle sent le goût amer du mascara.

Les renseignements des impôts ne vont désormais que confirmer ce qu’elle sait déjà.

Combler quelques cases vides.

Pålnäsvägen.

Des détails.

Son absence et sa froideur.

Les fleurs qu’il n’avait pas achetées à Arlanda, mais prises directement chez Petterssons Blommor à Fisksätra.

Une femme et deux enfants adultes.

Dix ans durant elle a lancé des ballons d’essai et, quand elle a cru qu’il allait enfin lui renvoyer la balle, il est resté les mains sur les hanches.

“Qu’est-ce que tu en dirais, Lasse, de s’offrir quatre semaines de vacances cet été et de louer une maison en Italie ?

— Dis-moi Lasse, et si j’arrêtais la pilule ?

— Est-ce qu’il ne serait pas temps de déménager pour se mettre un peu au vert ?

— Je me disais…

— J’aimerais bien…”

Dix ans de propositions, d'idées où elle s'était mise à nu, avec ses rêves. Autant d'années d'hésitations et de faux-fuyants.

"Je ne sais pas…

— J'ai beaucoup de boulot, en ce moment…

— Il faut que je m'absente…

— Ce n'est pas trop le moment, là, mais bientôt…"

Son désir d'avoir un enfant, il ne l'a jamais partagé : il en a déjà deux, il n'en veut plus. Son souhait d'acquérir une maison, il ne l'a jamais partagé : il en a déjà une, il n'a pas besoin d'une autre.

En un seul long instant, il lui a tout pris.

Elle se sent apathique. Des heures durant, elle roule sans but, et seul le voyant rouge du réservoir la ramène à la réalité. Elle s'arrête et coupe le moteur.

Tout ce qui, voilà encore quelques jours seulement, était vrai et tangible s'est révélé être une illusion, de la poudre aux yeux.

Va-t-elle se contenter de regarder passivement sa vie être démolie ?

Un poids lourd la frôle en klaxonnant. Elle allume ses warnings. Si elle doit mourir, que ce soit au moins avec classe, et pas dans un fossé merdique de la zone industrielle de Västberga.

Victoria Bergman, sa nouvelle patiente, n'accepterait jamais de se laisser ainsi jeter comme un kleenex.

Elles ont beau ne s'être vues que quelques séances, Sofia a compris que Victoria possédait une énergie dont elle ne pouvait que rêver. Malgré tout ce qu'elle avait enduré, Victoria avait survécu et transformé son expérience en force.

Sur un coup de tête, Sofia décide d'appeler Victoria. Elle voit alors qu'elle a raté un message de

Lasse : *Mon amour, je rentre à la maison avec le premier avion. Il faut qu'on parle.* Elle revient au menu, compose le numéro de Victoria et attend la tonalité. À sa grande déception, il sonne occupé. Alors elle rit en réalisant ce qu'elle s'apprêtait à faire. Victoria Bergman ? C'est elle la patiente, pas l'inverse.

Elle songe au message de Lasse. La maison ? Qu'est-ce que cela signifiait donc ? En avion ? Il allait venir de Saltsjöbaden en voiture, voilà tout. Mais il se doute peut-être qu'elle sait. Quelque chose a dû le pousser à laisser ainsi en plan sa vraie famille. C'est quand même le soir du réveillon.

Sans crier gare, son malaise revient et elle ouvre juste à temps la portière pour vomir en hoquetant dans la bouillasse de neige.

Elle démarre, met le chauffage à fond et se dirige vers Årsta, descend dans le tunnel et continue vers Hammarby Sjöstad.

Elle s'arrête pour faire le plein à la station-service Statoil puis entre dans la boutique. Elle flâne entre les rayons, se demande où aller en se maudissant de s'être laissé isoler au point de se retrouver si pathétiquement seule.

Arrivée à la caisse, elle regarde dans son panier et découvre qu'elle a pris des essuie-glaces, un sapin magique et six paquets de biscuits fourrés.

Elle paie et se dirige vers la sortie où elle s'arrête devant un présentoir de lunettes de lecture bon marché. Mécaniquement, elle en essaie une paire avec la plus faible correction possible. Elle finit par en trouver une avec des branches noires qui lui donne l'air plus mince, plus stricte et un peu plus âgée. Le caissier lui tourne le dos et, vite, elle les glisse dans sa poche. Que se passe-t-il ? Elle n'a jamais rien volé.

Une fois rassise dans la voiture, elle sort son mobile, retrouve le dernier message de Lasse et appuie sur *répondre*.

D'accord. On se voit à la maison. Attends-moi si je ne suis pas là.

Puis elle va en centre-ville garer sa voiture au parking de la rue Olof-Palme. Avec sa carte de crédit, elle prend un ticket valable un jour entier.

Cela suffira largement.

En revanche, elle ne place pas le ticket en vue sur le tableau de bord, mais le glisse dans son portefeuille.

Il est à présent cinq heures et demie en ce 1er janvier. Elle arrive à la gare centrale devant le tableau des départs. Västerås, Göteborg, Sundsvall, Uppsala... Elle va à une caisse automatique, ressort sa carte de crédit et prend un aller et retour pour Göteborg, départ à huit heures.

Au kiosque, elle achète deux paquets de cigarettes avant d'aller dans un café attendre l'heure du départ.

Göteborg ? songe-t-elle.

Soudain, elle réalise ce qu'elle s'apprête à faire.

Gamla Enskede

Il faisait un temps magnifique ce dimanche matin et Jeanette se réveilla de bonne heure. Pour la première fois depuis longtemps, elle se sentait vraiment reposée.

Le week-end était passé sans trop gros heurts. La visite des parents d'Åke avait été étonnamment indolore, même si sa mère avait trouvé le rôti de porc un peu trop sec et protesté qu'il ne fallait pas acheter la salade de pommes de terre toute faite au supermarché.

À part ça, ils avaient passé un bon moment, regardé la télévision et joué à des jeux de société.

Ses beaux-parents devaient prendre le train du matin, puis elle aurait le reste de la journée pour elle. Elle resta au lit en songeant à quoi elle allait occuper ce temps libre.

Absolument aucun travail.

Bricoler, lire un peu et peut-être faire une longue promenade.

Elle entendit qu'Åke se réveillait. Il se mit à respirer bruyamment en se tortillant dans le lit.

"Tout le monde est levé?" Il semblait fatigué et tira la couette sur sa tête.

"Je ne crois pas. Il n'est que sept heures et demie, on peut rester encore un peu au lit. On entendra bien quand ta mère se mettra à faire du bruit à la cuisine."

Åke se leva et commença à s'habiller.

Allez, va-t'en, de toute façon il ne reste plus rien entre nous, songea-t-elle en pensant au clair visage de Sofia.

“À quelle heure est leur train ?

— Juste avant midi. Tu veux que je les conduise ? dit Jeanette en essayant de n'avoir l'air de rien.

— On peut bien y aller ensemble”, dit-il, s'efforçant visiblement d'être gentil.

Une demi-heure plus tard, elle descendit à la cuisine prendre le petit-déjeuner avec les autres. Puis, la table débarrassée, elle sortit dans le jardin avec une tasse de café.

Malgré tout, elle se sentait assez heureuse.

Sa rencontre avec Sofia avait pris un tour tout à fait imprévu et elle espérait que Sofia ressentait la même chose. Elles s'étaient embrassées et, pour la première fois, elle avait ressenti pour une femme ce qu'elle n'avait jusqu'alors jamais ressenti qu'avec des hommes.

Peut-être la sexualité n'avait-elle pas nécessairement besoin d'être liée au genre ? Ses idées étaient confuses. Peut-être que, très banalement, c'étaient les personnes qui comptaient. Homme ou femme, cela n'avait pas d'importance.

Ce devait être aussi simple que ça. Et en même temps si compliqué.

Elle finit son café et rentra.

Åke et son père regardaient un programme animalier à la télévision tandis que Johan aidait sa grand-mère à faire la vaisselle.

Le moment venu de partir pour la gare, Jeanette alla charger les valises dans la voiture pour ne pas être dans le chemin quand ses beaux-parents ramasseraient leurs dernières affaires et s'épancheraient en adieux touchants avec Johan.

Jeanette les conduisit jusqu'à la gare centrale et se gara entre deux taxis. On les aida à porter leurs valises et, après une nouvelle petite larme versée sur le quai, on agita une dernière fois les mouchoirs et Jeanette sentit qu'elle respirait mieux. Elle prit la main d'Åke et ils retournèrent lentement à la voiture.

Ses idées noires de la matinée étaient comme balayées. Malgré tout, Åke et elle étaient ensemble.

Que pouvait donc lui apporter Sofia qu'elle ne pouvait pas trouver chez Åke ? se dit-elle.

L'excitation et la curiosité ne sont pas tout.

Au fond, il n'y avait qu'à prendre son mal en patience.

Sur le chemin du retour, ils s'arrêtèrent à un kiosque pour acheter *Dagens Nyheter*. Le journal devait publier une critique de l'exposition d'Åke. Il aurait préféré l'acheter avant le petit-déjeuner, mais comme il voulait éviter que ses parents ne lisent un éventuel éreintement, il s'était abstenu.

De retour à la maison, ils étalèrent ensemble le journal sur la table de la cuisine. Jeanette ne l'avait jamais vu aussi nerveux.

Il plaisantait et surjouait la décontraction.

"C'est là !" dit-il en pliant le journal, qu'il plaça entre eux deux.

Ils lurent en silence, chacun de son côté. Quand Jeanette réalisa que c'était de son Åke qu'on parlait, sa tête se mit à tourner.

L'auteur de l'article était absolument dithyrambique. Il affirmait que la peinture d'Åke Kihlberg était ce qui était arrivé de plus important dans la vie artistique suédoise de la dernière décennie et lui prédisait un brillant avenir. Sans aucun doute il serait bientôt la nouvelle valeur sûre du rayonnement culturel international de la Suède, à côté de qui ses collègues peintres Ernst Billgren et Max Book faisaient figure de pâles épigones.

“Il faut que j'appelle Alex.” Åke alla chercher son téléphone dans l'entrée. “Après il faut que je retourne en ville. Tu peux me conduire ?”

Jeanette resta immobile, sans savoir ce qu'elle devait en penser.

C'était comme un rêve.

“Oui, bien sûr”, répondit-elle en réalisant que rien désormais ne serait plus comme avant.

Elle ne se doutait pas combien elle avait raison, même si cela ne devait pas se passer comme elle l'imaginait.

Allhelgonagatan

Une musique d'accordéon noyait la bruyante circulation de Dalslandsgatan sous une mélodie familière. D'une fenêtre ouverte se déversait la *Ballade du Brick Blue Bird*. Sofia Zetterlund s'arrêta pour écouter avant de continuer son chemin vers la place Mariatorget.

Quelques passants s'arrêtèrent également et hochaient la tête en souriant et une femme se mit à chanter cette triste histoire du mousse attaché au grand mât et oublié à bord tandis que le navire coule.

La musique permettait une pause inattendue – c'était comme un catalyseur verbal dans un pays où personne n'ouvre la bouche sans raison. Tout le monde connaît les chansons d'Evert Taube, qu'on tète avec le lait maternel et le premier hareng.

Après la soirée passée avec Jeanette, Sofia se sentait confuse. Ce qui était censé être un rendez-vous professionnel était devenu quelque chose de très privé. Jeanette l'avait troublée et, physiquement, Sofia avait ressenti une excitation inconnue. Avec Jeanette, elle s'était sentie attirante comme jamais avec Lasse.

En même temps, elle était effrayée de voir une personne avoir une influence si tangible sur son bien-être et de cette façon avoir un contrôle sur elle. Le temps qu'ils avaient été ensemble, Mikael n'avait jamais pénétré en elle aussi profondément que Jeanette avait su le faire, et elle avait aimé ça.

Elle en avait joui et s'était abandonnée.

Mais à présent, elle n'était plus aussi certaine que cela ait été une bonne idée.

Une relation avec Jeanette rendrait tout tellement plus compliqué.

Arrivée dans Allhelgonagatan, elle s'arrêta, sortit le petit dictaphone de son sac et se mit les écouteurs. Sur le boîtier de la cassette, elle vit que l'enregistrement datait de quatre mois.

Sofia appuya sur *play* et se remit à marcher.

… alors j'ai pris le ferry pour le Danemark avec Hannah et Jessica, ces deux faux jetons que j'avais connues à Sigtuna et il fallait forcément qu'elles aillent au festival de Roskilde en me laissant seule sous la tente avec ces quatre mecs allemands dégoûtants qui ont passé la nuit à tripoter, frotter, appuyer, gémir, pendant que moi j'entendais au loin Sonic Youth et Iggy Pop sans pouvoir bouger parce qu'ils se relayaient pour me tenir…

Complètement coupée du monde extérieur, elle marchait comme une somnambule, sans voir ni entendre les gens qui l'entouraient.

… savais que mes soi-disant copines étaient au pied de la scène et n'en avait absolument rien à foutre que leurs vins cuits sucrés m'aient mise au tapis et que je me sois fait violer et qu'après je n'aie pas eu envie de leur dire pourquoi j'étais triste et voulais juste m'en aller.

Magnus Ladulåsgatan. Tout se faisait tout seul. Timmermansgatan. Les mots se transformaient en images jamais vues, mais pourtant familières.

… et continuer jusqu'à Berlin, où j'ai vidé leurs sacs à dos en les baratinant qu'on s'était fait voler pendant que je dormais et qu'elles étaient sorties acheter encore plus de

vin comme si on en n'avait pas déjà trop bu. Mais elles en profitaient bien pendant que leurs parents n'étaient pas sur leur dos, mais chez eux dans leurs villas chics de Danderyd à travailler et gagner l'argent qu'ils envoyaient en Allemagne pour qu'on puisse continuer notre virée…

Alors elle comprend ce que Victoria s'apprête à raconter et elle se souvient d'avoir pourtant déjà plusieurs fois écouté cette cassette. Elle a sûrement écouté une dizaine de fois ce récit du voyage de Victoria à travers l'Europe.

Comment a-t-elle pu oublier ?

… jusqu'en Grèce et là être coincées à la douane se faire fouiller les bagages par des chiens et être fouillées au corps par des types en uniformes qui nous mataient les seins les cochons comme s'ils n'en avaient jamais vu et après trouvaient convenable d'utiliser des gants en plastique pour vous fourrer les doigts partout. Puis fini le mauvais coton quand on s'est mises à boire de la vodka, un trou de mémoire sur en gros toute l'Italie et la France. Alors les deux lâcheuses en ont eu assez et ont voulu rentrer les salopes alors je les ai laissées et je me suis barrée chez un type à Amsterdam qui lui non plus ne savait pas garder ses doigts tranquilles et c'est pour ça qu'il a reçu un pot de fleurs sur la tête. C'était plus que normal de lui piquer son portefeuille et le fric suffisait largement pour une chambre d'hôtel à Copenhague, où tout devait prendre fin, on aurait fait taire la voix et montré qu'on était cap. Mais la ceinture s'est détachée et on est tombée par terre une dent s'est cassée et…

Soudain, elle sursaute en sentant quelqu'un lui prendre le bras.

Elle titube, fait un pas de côté.

Quelqu'un lui arrache les écouteurs et, une seconde, tout est parfaitement silencieux.

Elle cesse d'exister et s'apaise.

C'est comme quand on revient à la surface après avoir plongé trop profond et qu'on peut enfin s'emplir les poumons d'air frais.

Puis elle entend les voitures et les cris et regarde autour d'elle, désorientée.

"Est-ce que ça va?"

Elle se retourne et regarde fixement un mur de piétons sur le trottoir. Elle découvre alors qu'elle est en plein milieu de Hornsgatan.

Des yeux qui la regardent en la jugeant sévèrement. À côté d'elle une voiture. Le conducteur klaxonne rageusement, montre le poing et démarre en trombe.

"Vous avez besoin d'aide?"

Elle entend la voix mais ne parvient pas à déterminer à qui elle appartient dans la foule.

Elle a du mal à se concentrer.

Elle remonte vite sur le trottoir et se dirige vers la place Mariatorget.

Elle prend le dictaphone pour en sortir la cassette et la ranger dans son boîtier. Elle appuie sur *eject*.

Étonnée, elle fixe le logement vide.

Avant, Borgmästargatan

Mambaa manyani... Mamani manyimi...

Sofia Zetterlund se réveille avec une terrible migraine.

Elle a rêvé qu'elle randonnait en montagne avec un homme plus âgé. Ils cherchaient quelque chose, mais elle n'arrive pas à se rappeler quoi. L'homme lui a montré une petite fleur de rien du tout en lui disant de la déterrer. Le sol était caillouteux, ça faisait mal aux mains. La plante enfin extraite, l'homme lui a dit de sentir la racine.

Ça sentait la rose.

Rhodiole, pense-t-elle en allant à la cuisine.

Ces derniers temps, sa migraine était sporadique et passait au bout de quelques heures seulement, mais elle la sent désormais en permanence.

Elle fait partie d'elle.

Tandis que la cafetière crachote, Sofia feuillette le carnet avec ses notes sur les enregistrements de Victoria Bergman.

Elle lit : *SAUNA, OISILLONS, CHIEN EN PELUCHE, GRAND-MÈRE, COURIR, ADHÉSIF, VOIX, COPENHAGUE, PADJELANTA, RHODIOLE.*

Pourquoi a-t-elle noté ces mots en particulier ?

Probablement parce que ce sont des détails qu'elle a jugés importants pour Victoria.

Elle allume une cigarette et continue à feuilleter. Sur l'avant-dernière page, elle voit de nouvelles notes, mais écrites à l'envers, comme si elle avait recommencé à écrire en retournant le carnet : *BRÛLER, FOUETTER, CHERCHER LA BONTÉ DANS LA CHAIR...*

D'abord, elle ne reconnaît pas l'écriture. Un gribouillage enfantin, presque illisible. Elle sort un stylo de son sac et s'essaie à écrire ces mots de la mauvaise main.

Elle comprend alors que c'est elle qui les a notés dans le carnet, mais de la main gauche.

Brûler ? Fouetter ? Chercher la bonté ?

Sofia est prise de vertige, elle entend un vague marmonnement dans sa tête, derrière la migraine. Elle songe à sortir se promener. Un peu d'air frais va peut-être lui éclaircir les idées.

Le marmonnement augmente, elle a du mal à se concentrer.

Les cris des enfants dans la rue montent par la fenêtre et une odeur âcre lui pique le nez. C'est sa propre sueur.

Elle se lève pour mettre en route la cafetière mais, en voyant qu'elle est déjà allumée, elle va chercher une tasse dans le placard. Elle la remplit et revient s'asseoir à la table de la cuisine.

Sur la table, il y a déjà quatre tasses.

Une vide, les trois autres pleines à ras bord.

Elle a du mal à se souvenir.

Comme si elle se répétait, tombée dans l'ornière d'une unique action. Depuis combien de temps est-elle réveillée ? Est-elle seulement allée se coucher ?

Elle tente de se ressaisir, réfléchit, mais sa mémoire semble divisée en deux.

D'abord autrefois, Lasse, le voyage à New York. Mais que s'était-il passé après leur retour ?

Les souvenirs de la Sierra Leone sont aussi tangibles que les entretiens avec Samuel, mais que s'était-il passé après ?

Un vacarme monte de la rue et Sofia commence à aller et venir, inquiète.

La seconde partie de sa mémoire est plutôt constituée d'images fixes ou de perceptions. Des endroits où elle est allée. Des gens qu'elle a rencontrés.

Mais pas de paysages ou de visages. Que des fragments furtifs. Une lune qui ressemblait à une ampoule – ou était-ce l'inverse ?

Elle va dans l'entrée, enfile sa veste et se regarde dans le miroir. Les marques bleues des mains de Samuel ont commencé à pâlir. Elle fait un tour d'écharpe de plus autour de son cou pour les cacher.

Il est bientôt dix heures, une chaleur estivale dehors, mais cela ne la concerne pas. Son regard est tourné vers l'intérieur, elle essaie de comprendre ce qui lui arrive.

Des pensées qu'elle ne reconnaît pas la traversent comme des éclairs.

Les phrases de Victoria Bergman sur l'exposition du corps à la violence. Ses propres réflexions : qui trace la frontière au-delà de laquelle les fantasmes, pulsions et désirs individuels cessent d'être socialement acceptables pour devenir destructeurs ?

Le bavardage de Victoria sur le bien et le mal, où le mal, comme un cancer, vit et croît dans un organisme apparemment sain. Ou était-ce Karl Lundström qui disait ça ?

Arrivée au parc Björn, elle s'assoit sur un banc. Le marmonnement est à présent assourdissant, elle ne sait pas si elle va réussir à rentrer.

Alors à nouveau la voix de Victoria qui ressasse.

T'es cap ? T'es cap ? Alors, t'es cap aujourd'hui, sale trouillarde ?

Non, il faut qu'elle rentre se coucher. Prendre un cachet et dormir encore un peu. Elle est probablement juste surmenée, la pénombre solitaire de son appartement lui manque.

Quand a-t-elle mangé pour la dernière fois ? Elle ne se rappelle pas.

Elle souffre de malnutrition. Oui, ça doit être ça. Elle a beau ne pas avoir d'appétit, elle va se forcer à manger, puis tout faire pour ne pas vomir.

Au moment où elle se lève plusieurs voitures de police passent à vive allure, sirènes hurlantes. Les suivent trois gros 4 × 4 aux vitres fumées, gyrophares allumés. Sofia comprend qu'il s'est passé quelque chose.

Elle achète deux sacs de nourriture au McDonald's de Medborgarplatsen et, en écoutant les conversations excitées des autres clients, elle apprend que vient d'avoir lieu l'attaque d'un fourgon de transport de fonds un peu plus bas sur Folkungagatan. Quelqu'un parle de fusillade, un autre de plusieurs blessés.

Sofia prend sa nourriture et sort.

Elle ne voit pas Samuel Bai quand elle ressort dans la rue et se dirige vers chez elle.

Mais lui la voit et la suit.

Elle dépasse les barrages de police, tourne à droite dans Östgötagatan, passe Kocksgatan puis remonte Åsögatan à sa gauche.

Au niveau du petit parc, Samuel la rattrape et lui donne une petite tape dans le dos.

Elle sursaute et se retourne.

Très vite, il la contourne, et elle doit faire volte-face avant de voir qui c'est.

"Hi! Long time no seen, ma'am !"* Samuel se fend de son sourire éclatant et fait un pas en arrière. *"Hav'em burgers enuff or me? Saw' ya goin' donall for two**."*

C'est comme si sa respiration cessait.

Du calme, pense-t-elle. Du calme.

Sa main se porte par réflexe vers son cou.

Du calme.

Elle reconnaît l'anglais de Frankly Samuel et comprend qu'il l'observe depuis un moment.

Souris.

Elle sourit et lui dit qu'il y a assez pour lui aussi et lui propose de venir manger chez elle.

Il sourit à son tour.

Curieusement, la peur disparaît aussi vite qu'elle est venue.

Soudain, elle sait ce qu'elle va faire.

Samuel prend les sacs. Ils remontent Renstiernasgatan puis s'engagent dans Borgmästargatan.

Elle pose le sac de hamburgers sur la table du séjour. Il lui demande s'il peut emprunter la douche pour se rafraîchir un peu avant de manger et elle va lui chercher une serviette propre.

Elle ferme la porte derrière elle.

Que se passe-t-il ?

Sauna, oisillons, courir, adhésif, voix, Copenhague, Padjelanta, rhodiole, brûler, fouetter.

On entend murmurer les tuyaux.

"Sofia, Sofia, du calme Sofia", se chuchote-t-elle en essayant de respirer profondément.

* Salut ! Ça faisait un bail, m'dame !

** Y en a pour moi ? J'vous ai vue en prendre pour deux au McDo.

Oisillons, courir, adhésif.

Elle attend un moment avant de regagner le séjour. Une odeur de graillon et de viande brûlée monte des hamburgers.

Brûler, fouetter.

Un malaise s'empare d'elle et elle se laisse tomber sur le canapé, la tête entre les mains.

Sauna.

La douche coule, sa tête résonne de la voix de Victoria. C'est comme si elle la dévorait de l'intérieur, lui rongeait le cortex.

C'est une voix qu'elle a écoutée toute sa vie, sans jamais s'y habituer.

T'es cap ? T'es cap ? Alors, t'es cap aujourd'hui ?

Les jambes en coton, elle va à la cuisine chercher un verre d'eau. Allez, pense-t-elle, il faut que je me calme.

Elle croise son reflet dans le miroir de l'entrée et constate qu'elle a l'air fatiguée. Fatiguée jusqu'à la moelle.

Elle fait couler le robinet de l'évier, mais c'est comme si l'eau ne voulait pas assez se rafraîchir et elle imagine alors les roches originelles où on va la puiser, très profond sous elle, où il fait une chaleur d'enfer.

Elle se brûle sous le jet, comme si c'était du magma, et elle voit des flammes devant ses yeux.

Les enfants devant le feu de camp.

Mambaa manyani… Mamani manyimi…

Sofia frissonne au souvenir de la chanson enfantine.

Elle va dans l'entrée fouiller dans son sac, cherche à tâtons la plaque de paroxétine.

Elle essaie de rassembler assez de salive pour avaler le cachet. Elle a la bouche sèche, mais y dépose pourtant le cachet. L'amertume est renversante. La petite pilule se colle dans sa gorge quand elle tente d'avaler.

Elle déglutit encore et encore et sent le cachet descendre par à-coups.

T'es cap aujourd'hui ? T'es cap ?

"Non, je n'ose pas, murmure-t-elle en se laissant glisser le long du mur de l'entrée. Je suis morte de peur."

Elle se recroqueville là en attendant que le médicament agisse. Essaie de se bercer pour se calmer.

L'attente. Ce bruissement auquel elle n'échappera pas.

Sauna, oisillons, chien en peluche.

Elle s'accroche à l'idée du chien en peluche, du calme. Chien en peluche, chien en peluche, se répète-t-elle pour faire taire la voix et reprendre le contrôle de ses pensées.

Soudain son mobile sonne dans l'entrée, mais c'est comme si le son venait d'un autre monde.

Un monde auquel elle n'a plus accès.

Elle se relève péniblement pour répondre à cet appel envoyé par le hasard au moment où elle va perdre pied. Ce coup de téléphone est le chemin du retour, le lien entre elle et la réalité.

Qu'elle parvienne à répondre, et elle atterrira, retrouvera le chemin de chez elle. Elle le sait, et cette conviction lui donne la force de décrocher.

"Allô ?" murmure-t-elle en se laissant à nouveau glisser le long du mur. Elle y est arrivée. Elle a réussi à attraper la corde de secours.

"Allô ? Il y a quelqu'un ?

— Oui, je suis là", répond Sofia Zetterlund. Elle est revenue. Elle se sent à nouveau en sécurité.

"Euh… Bonjour, je cherche une certaine Victoria Bergman. C'est ici ?"

Elle raccroche et éclate de rire.

Mambaa manyani… Mamani manyimi…

Elle reconnaît soudain la voix de Victoria, se lève et regarde autour d'elle.

Si tu crois que je ne sais pas ce que tu fabriques, sale mauviette.

Sofia suit le son de cette voix jusque dans le séjour, mais la pièce est vide.

Elle sent qu'elle a besoin d'une cigarette et tend la main vers un paquet. Tâtonne, finit par en trouver une, la porte d'une main tremblante à la bouche, l'allume et tire une profonde bouffée en attendant que Victoria se manifeste.

Elle entend Samuel faire du bruit dans la salle de bains.

Alors comme ça tu ne fumes pas sous la hotte, aujourd'hui ?

Sophia sursaute. Merde, comment Victoria peut-elle savoir qu'elle a l'habitude de faire ça ? Depuis combien de temps est-elle là ? Non, essaie-t-elle de se rassurer. C'est impossible.

Qu'est-ce qui se passe dans ta cuisine, à la fin ?

"Victoria, qu'est-ce que tu veux dire, là ?" Sofia se force à reprendre son rôle professionnel. Quoi qu'il arrive, elle ne doit pas montrer qu'elle a peur, il faut qu'elle garde son calme, reprenne le contrôle.

La porte de la salle de bains s'ouvre.

"Talkin' to ya'self ?"*

Sofia se retourne et voit Samuel nu dans l'embrasure de la porte. Il la regarde, dégoulinant d'eau. Il sourit.

"Who you talking to ?" Il regarde partout dans la pièce. *"Nobody here."* Samuel fait quelques pas dans l'entrée et s'avance jusqu'au seuil de la porte. *"Who's there** ?*

— *Forget about her*, dit Sofia. *We're playing hide-and-seek***.*" Elle prend Samuel par le bras.

* Parlez toute seule ?

** À qui vous parlez ?… Y a personne… Qui c'est ?

*** Oublie ça, on joue à cache-cache.

Il a l'air surpris et porte une main vers le visage de Sofia.

"*What's happen'd to ya' face, ma'am? Look strange** …

— Va t'habiller et dépêche-toi de manger avant que ça refroidisse." Elle ouvre la commode et lui tend une autre serviette. Il se drape dedans et retourne dans la salle de bains.

Elle ferme la porte derrière lui, sort la boîte de pentobarbital de son sac à main et la vide dans le gobelet de Coca-Cola.

Lui aussi, tu vas l'enfermer?

"Victoria, je t'en prie, supplie-t-elle, je ne comprends pas de quoi tu parles. Qu'est-ce que tu veux dire?"

Tu as un petit garçon enfermé, ici, dans l'appartement. Dans la pièce derrière la bibliothèque.

Sofia ne comprend rien, son malaise ne fait que croître.

Elle se rappelle le sens de la chanson qu'elle a entendue pour la première fois quand elle était attachée dans un trou en pleine jungle.

Mambaa manyani… Mamani manyimi…

Épouvantail baise les enfants… Doit avoir la chatte sale…

Grosse pute dégueulasse. Ça n'a servi à rien de te taillader les bras avec une lame de rasoir?

Sofia se rappelle comment elle est allée se couper derrière la maison de tante Elsa.

A caché les plaies sanglantes sous des tee-shirts à manches longues.

Maintenant, tu achètes des chaussures trop étroites. Juste pour te rappeler la douleur.

* Qu'est-ce que vous avez au visage, m'dame? C'est bizarre…

Sofia regarde ses pieds. À ses talons, elle a de grandes plaies, à force de se torturer depuis des années. Sur ses bras, les cicatrices plus claires des lames de rasoir, des bouts de verre et des couteaux.

Soudain, la deuxième partie de sa mémoire s'ouvre et ce qui n'était jusqu'alors que des images fixes et floues se transforme en séquences entières.

Ce qui était passé devient présent et tout se met en place.

Les mains de papa et les regards désapprobateurs de maman. Martin sur la grande roue, le ponton au bord du Fyrisån puis la honte de l'avoir perdu. L'hôpital universitaire d'Uppsala, les médicaments et la thérapie.

Le souvenir de Sigtuna et des filles masquées en cercle autour d'elle.

L'humiliation.

Les garçons qui l'ont violée à Roskilde puis la fuite vers Copenhague et la tentative de suicide ratée.

La Sierra Leone et ces enfants qui ne savaient pas ce qu'ils haïssaient.

Le trou dans le noir, la terre molle sous les doigts et la lune à travers la toile.

Une cabane à outils à Sigtuna, un sol en terre battue et une ampoule électrique à travers un bandeau.

La même image.

Sofia a creusé en Victoria et parfois vu des choses que Victoria elle-même a consacré toute sa vie à oublier. À présent, Victoria a pénétré chez elle, dans sa sphère privée. Elle est partout et nulle part.

Et ce magnétophone avec lequel tu as passé des heures à parler, parler et encore parler. Pas étonnant que Lasse t'ait quittée. Il n'en pouvait plus de ce rabâchage de ton enfance pourrie. C'était toi qui voulais aller dans un club échangiste à Toronto, toi qui voulais partouzer. Putain, heureusement qu'il ne voulait pas avoir d'enfant avec toi !

Sofia fait mine de protester, mais n'arrive pas à produire un son. Mais enfin, il s'est fait stériliser, pense-t-elle.

Mais tu es une perverse. Tu as essayé de lui voler son enfant. Mikael est le fils de Lasse ! Tu l'as oublié !?

La voix est si aiguë qu'elle recule et se laisse tomber sur le canapé. Elle a l'impression que ses tympans vont éclater.

Mikael ? Le fils de Lasse ? Mais c'est impossible…

Tu es un coucou, un coucou femelle !

L'image de la famille heureuse le soir du Nouvel An à Saltsjöbaden. Sofia voit Lasse trinquer avec Mikael.

Après avoir tué Lasse, tu as dragué Mikael. Tu ne t'en souviens pas ? Les annuaires que tu as jetés par terre pour faire croire à un suicide. La corde était trop courte, c'est bien ça ?

Au loin, elle entend Samuel revenir de la salle de bains et le voit flou qui s'installe devant la table basse. Il ouvre un des sacs et commence à manger tandis qu'elle l'observe en silence.

Samuel boit le soda goulûment.

"Who ya talking to, lady ?"* Il secoue la tête.

Sofia se lève et retourne dans l'entrée. *"Eat and shut up** "*, éructe-t-elle. Impossible de savoir s'il a compris sa voix, car il ne réagit pas.

Elle voit son propre visage dans le miroir au-dessus de la table de l'entrée. Comme à moitié paralysé. Elle ne se reconnaît pas. Comme elle a l'air vieille.

"Bordel de merde", murmure-t-elle à son image dans le miroir. Elle avance d'un pas, sourit, d'un doigt écarte

* À qui vous parlez, m'dame ?

** Mange, et ferme-la.

sa lèvre pour découvrir la dent de devant qui s'est cassée il y a vingt ans quand elle a tenté de se pendre dans une chambre d'hôtel de Copenhague.

Mimesis.

La relation entre ce qu'elle voit et ce qu'elle est ne peut être remise en question.

Maintenant, elle se rappelle tout.

C'est alors que son mobile sonne à nouveau.

Elle regarde l'écran.

10 : 22.

"Bergman, répond-elle.

— Victoria Bergman ? La fille de Bengt Bergman ?"

Elle regarde dans le séjour. Sur le canapé, le somnifère a assommé Samuel. Lentement, ses yeux versent dans l'inconscience.

"Oui, c'est ça."

Mon père est Bengt Bergman, pense Sofia Zetterlund.

Je suis Victoria, Sofia, et tout ce qu'il y a entre les deux.

Une voix qu'il lui semble reconnaître lui pose des questions sur son père et, mécaniquement, elle répond aux questions mais, en raccrochant, elle n'a aucun souvenir de ce qu'elle a dit.

Elle serre convulsivement son téléphone en regardant Samuel. Tant sur la conscience, et pourtant si innocent, pense-t-elle en se dirigeant vers la bibliothèque pour enlever le crochet qui la maintient en place. En ouvrant la porte dérobée, l'odeur de renfermé lui saute à la gorge.

Gao est assis dans un coin, les bras autour des genoux. Il plisse les yeux vers la lumière qui pénètre par l'ouverture de la porte. Tout est sous contrôle, elle ressort, fait coulisser la bibliothèque pour la remettre en place et commence à se déshabiller. Après une douche rapide, elle se drape dans une grande serviette rouge et aère l'appartement quelques minutes. Elle allume alors un bâton d'encens, se verse un verre de vin et s'assoit sur le canapé à côté de Samuel. Sa respiration est profonde et régulière. Doucement, elle lui caresse la tête.

De toutes les atrocités qu'il a commises comme enfant-soldat en Sierra Leone, il n'est coupable devant personne, se dit-elle. Il est une victime, puisqu'il n'a pas la moindre idée de ce qu'il a fait.

Ses intentions étaient pures, non entachées de sentiments comme la vengeance ou l'envie.

Ces mêmes sentiments qui, elle, l'ont toujours poussée.

Le soleil commence à décliner, c'est le crépuscule dehors, la pièce est plongée dans une pénombre grise. Samuel bouge, bâille et se redresse. Il la regarde et se fend de son sourire étincelant. Elle desserre un peu sa serviette et se déplace pour s'asseoir juste en face de lui. Son regard remonte le long de ses mollets et fouille sous la serviette.

Maintenant tu as le choix, pense-t-elle. Suivre tes pulsions ou les combattre.

C'est à toi de choisir.

Elle lui sourit à son tour.

"Qu'est-ce que c'est ? dit-elle en montrant son collier. D'où ça te vient ?"

Son visage s'éclaire, il ôte le bijou et le brandit devant lui.

"Evidence of big stuff."*

Elle fait l'impressionnée et quand elle se penche pour regarder le collier de plus près, elle remarque qu'il lorgne ses seins. "Alors, qu'est-ce que tu as fait pour mériter quelque chose d'aussi beau ?"

* Récompense pour un gros truc.

Elle se cale à présent à nouveau au fond du canapé en relevant encore un peu la serviette pour qu'il voie qu'elle n'a pas de culotte. Il déglutit et s'approche d'elle.

*"Killed a monkey**. "*

Il sourit et pose sa main sur sa cuisse nue.

Comme il regarde ailleurs, il ne la voit pas attraper le marteau qu'elle a depuis le début caché sous un coussin.

Peut-on être mauvais si on ne ressent aucune culpabilité ? pense-t-elle en frappant de toutes ses forces l'œil droit de Samuel avec le marteau.

Ou le sentiment de culpabilité est-il une condition du mal ?

* J'ai tué un singe.

Quartier Kronoberg

Sofia Zetterlund raccroche et se demande ce qui s'est passé.

Jeanette a dit qu'elle avait besoin de lui parler. Cela avait l'air urgent, des faits nouveaux dans l'affaire Samuel Bai.

De quoi Jeanette a-t-elle donc besoin de parler avec elle ? A-t-elle appris quelque chose ?

Elle se sent inquiète.

Acculée dans un coin.

Quelqu'un l'aurait-il vue en compagnie de Samuel ?

Sofia va dans le séjour vérifier que la bibliothèque est bien en place. Maintenant, il n'y a plus que Gao, et il ne pose pas de problème.

Revenue dans l'entrée, elle vérifie son maquillage avant de prendre son sac à main et de sortir dans la rue. Folkungagatan, quatre pâtés de maisons puis le métro. Un trajet bien trop court pour avoir le temps de réfléchir.

Pour changer d'avis.

Elle s'est habituée à la voix de Victoria, mais la migraine reste quelque chose de neuf qui lui écorche le front.

Elle est de moins en moins sûre d'elle à mesure qu'elle approche de l'hôtel de police, mais c'est comme si Victoria la poussait en avant. Lui disait quoi faire.

Un pas à la fois. Un pied devant l'autre. Répète le mouvement. Passage piéton. Stop. Regarde à gauche, à droite, encore à gauche.

Sofia Zetterlund se présente à la réception de l'hôtel de police et, après un contrôle de sécurité sommaire, elle accède aux ascenseurs.

Ouvre la porte. Droit devant.

Après quelques minutes d'attente, elle est accueillie par une Jeanette rayonnante.

"Merci d'être venue si vite", dit-elle quand elles se retrouvent seules dans l'ascenseur. Elle caresse l'épaule de Sofia. "J'ai beaucoup pensé à toi et j'étais contente d'avoir une raison de t'appeler."

Sofia hésite. Elle ne sait pas comment réagir.

En elle, deux voix se disputent son attention. L'une lui dit de prendre Jeanette dans ses bras et de lui dire qui elle est vraiment. Abandonne, dit cette voix. Mets un terme à tout ça. Vois-le comme le signe que tu as rencontré Jeanette.

Non, non et non ! Pas encore. Tu ne peux pas lui faire confiance. Elle est comme tous les autres, elle te trahira dès que tu te montreras faible.

"Il s'est passé beaucoup de choses..." Jeanette regarde Sofia. "Nous sommes sous pression de tous les côtés et cette histoire de Samuel est de plus en plus bizarre. Mais on verra ça plus tard. Tu veux un café ?"

Elles prennent chacune un gobelet à la machine, puis suivent un long couloir avant de trouver enfin la bonne porte.

"Et voilà, c'est ma tanière", dit Jeanette.

La pièce est exiguë, remplie de classeurs et de piles de documents. Sur le rebord de la petite fenêtre, une fleur desséchée pend à côté de la photographie d'un homme en compagnie d'un garçon. Sofia comprend qu'il s'agit d'Åke et Johan.

"De quoi voulais-tu me parler?" Sofia a la bouche sèche, sa voix est plus rauque et sombre qu'à l'ordinaire.

Jeanette se penche au-dessus du bureau. "Nous avons reçu les tests ADN : nous avons à présent la certitude que c'était bien Samuel Bai qui était pendu dans ce grenier."

Jeanette prend un papier sur son bureau.

"Est-ce que tu te souviens si Samuel t'a parlé de l'agression dont il a été victime? Il y a environ un an."

Elle dévisage Sofia. Cherche quelque chose.

Souviens-toi des détails, Sofia.

Sofia réfléchit. "Oui, il m'a raconté qu'on l'a attaqué près d'Ölandsgatan...

— Près du Monument, complète Jeanette. C'est près du Monument qu'il a été agressé. Là même où, plus tard, il a été trouvé mort.

— Ah oui? Peut-être bien. Mais maintenant je me souviens qu'il racontait aussi qu'un de ses agresseurs avait des serpents tatoués sur le bras, ou quelque chose comme ça.

— Pas des serpents. Une toile d'araignée." Jeanette jette son gobelet vide à la corbeille. "Le type était néonazi à l'adolescence. Dans ces cercles-là, c'est la classe d'avoir des toiles d'araignée tatouées sur les coudes. C'est censé vouloir dire qu'on a tué quelqu'un, ce dont je doute fortement dans son cas. Mais peu importe."

Jeanette se lève pour ouvrir la fenêtre.

On entend des enfants jouer dans le parc de Kronoberg.

Sofia revoit Gao brutaliser sans merci Samuel, trop gravement blessé pour opposer résistance. Samuel avait titubé sans pouvoir rien faire que se protéger gauchement contre les coups que lui assénait Gao.

Sofia regarde par la fenêtre en songeant à Samuel qui perdait tant de sang par son œil blessé qu'il a fini par perdre connaissance – en comprenant sans doute que c'était à jamais.

Au moment même où il s'évanouirait, la bête furieuse qu'il avait en face de lui bondirait pour le mettre en pièces. Il avait vu faire en Sierra Leone, et savait qu'à ce jeu du chat et de la souris, l'issue était connue d'avance.

Le téléphone sonne sur le bureau et Jeanette s'excuse avant de répondre.

"Oui, elle est ici, à côté de moi, nous arrivons dès que possible."

Jeanette raccroche et scrute Sofia du regard.

"Le type aux toiles d'araignée s'appelle Petter Christoffersson, et il est dans la maison. Il est arrêté pour violences et s'imagine qu'il va pouvoir marchander avec nous en nous racontant quelque chose. Il a dû voir trop de mauvais films américains et pense que ça marche pareil ici."

Sofia a la tête qui tourne et commence à transpirer.

"Je me disais que tu pourrais venir l'écouter avec moi. Il prétend avoir quelque chose à nous dire sur Samuel : il l'aurait vu la veille de sa mort. Devant le McDonald's de Medborgarplatsens, en compagnie d'une femme. Apparemment, il sait qui est cette femme et..." Jeanette se tait. "Bon, pas besoin de te faire un dessin."

Sofia songe à la facilité avec laquelle Gao avait mis en pièces le petit garçon qu'ils avaient trouvé au bord de la route du côté de l'île de Svartsjö. Pendant que Jeanette était chez elle, Gao lui avait fracassé le crâne avec un marteau. Plus tard, ils avaient jeté les éclats d'os aux ordures avec les restes d'un poulet grillé.

Mens. Invente. Sois offensive.

"Euh, je ne sais pas si c'est très approprié. Je ne suis pas certaine que ce soit autorisé… Enfin, si tu veux, bien sûr, je viens."

Sofia voit que Jeanette observe attentivement sa réaction. Comme si elle la testait.

"Tu as raison. Ce n'est pas permis. Mais tu pourrais rester dehors et regarder. Écouter ce qu'il a à dire."

Elles se lèvent et sortent dans le couloir.

La salle d'interrogatoire est un étage au-dessous. Jeanette fait entrer Sofia dans une petite pièce attenante. Par une fenêtre, on voit la salle où Petter Christoffersson est assis, calé au fond de son siège, apparemment détendu. Sofia regarde ses tatouages et se souvient.

C'est lui.

La dernière fois qu'elle l'a vu, il avait un tee-shirt avec deux drapeaux suédois croisés sur la poitrine. Il lui livrait les matériaux pour la pièce secrète qu'elle a aménagée derrière la bibliothèque. Polystyrène, planches, clous, colle, bâches et adhésif argenté.

Comment a-t-elle pu être piégée par une coïncidence aussi infernale ? La sueur lui coule le long du dos.

"Miroir sans tain." Jeanette désigne la fenêtre. "Tu peux le voir sans être vue."

Sofia fouille dans la poche de sa veste et trouve un mouchoir en papier pour y essuyer ses mains moites. Elle se sent mal.

Ses chaussures la blessent et sa gorge se serre.

"Ça va, Sofia ?" Jeanette la regarde.

"C'est juste que tout d'un coup je ne me sens pas très bien. J'ai l'impression que je vais vomir."

Jeanette semble soucieuse. “Tu veux retourner dans mon bureau ?”

Sofia hoche la tête.

“Ce n’était peut-être pas une bonne idée. Je te rejoins dans une demi-heure.”

Sofia ressort dans le couloir.

Elle s’en est tirée.

De retour dans le bureau de Sofia, elle s’approche de l’étagère fixée au mur et trouve presque aussitôt un classeur marqué THORILDSPLAN-INCONNU. En cherchant encore un peu, elle trouve les autres. SVARTSJÖ-YOURI KRYLOV et DANVIKSTULL-INCONNU.

Elle se retourne et regarde le bureau en désordre. Près du téléphone, une pile de CD. En prenant le tas, elle voit que ce sont des interrogatoires enregistrés.

Elle les regarde distraitement, sans vraiment lire ce qu’il y a sur l’étiquette mais, arrivée au dernier, elle se fige.

Elle croit d’abord avoir mal vu mais, en revenant en arrière, elle trouve dans le tas un disque marqué BENGT BERGMAN.

Vite, la boîte de CD vierges, il y en a forcément une. Elle la trouve sur la dernière étagère, à côté d’un bocal en verre plein d’élastiques et de trombones.

Elle fait le tour du bureau, s’installe devant l’ordinateur, charge le CD original et le CD vierge, lance une copie.

Les secondes se traînent, elle songe à la façon dont avec Gao elle a transporté dans sa voiture le cadavre de Samuel jusque chez Mikael, dans le quartier du Monument.

Comment ils l’ont hissé au grenier et comment ils ont uni leurs forces pour pendre le corps au plafond.

Après moins de deux minutes, l’ordinateur recrache les deux disques, et elle remet l’original là où elle l’a trouvé. Elle fourre la copie dans son sac à main.

Sofia se rassoit et sort un journal.

C'est Gao qui a trouvé l'acide et qui a jeté tout le seau sur le visage de Samuel.

Jeanette revient dix minutes plus tard et trouve Sofia plongée dans un vieux numéro de *Police suédoise*.

"C'est intéressant?" demande-t-elle, l'air songeuse.

C'est comme si Jeanette la regardait après avoir appris quelque chose de nouveau sur elle. Son inquiétude revient.

"Les mots croisés, peut-être, répond Sofia, mais je n'ai rien trouvé, alors je regarde les photos. Alors, Spiderman? Tu as appris quelque chose d'intéressant?"

Jeanette semble toujours perplexe.

"Depuis combien de temps habites-tu Borgmästargatan? demande-t-elle soudain, faisant sursauter Sofia.

— Là, je ne comprends plus vraiment où tu veux en venir.

— Oh, je me demandais juste depuis combien de temps tu habitais Borgmästargatan à Söder?"

Sofia se sent désagréablement exposée.

"Depuis quatre-vingt-quinze… J'habite là depuis treize ans. C'est fou ce que le temps passe vite.

— Tu as remarqué quelque chose de bizarre, depuis que tu vis là? En particulier ces six derniers mois?"

Ça ressemble à un interrogatoire, comme si elle était soupçonnée de quelque chose.

"Qu'est-ce que tu veux dire, bizarre?" Sofia déglutit. "C'est Stockholm, non? Södermalm en plus, avec tout ce que ça implique de poivrots, de bagarres, de dingues qui parlent tout seuls, de voitures défoncées et…

— De gamins disparus…

— Oui, ça aussi. Et de garçons morts dans les greniers. Mais il faudrait que tu sois un peu plus précise si tu veux que je puisse t'aider avec quelque chose d'intéressant."

Sofia sent Victoria reprendre les choses en main. Les mensonges viennent tout seuls, sans qu'elle ait besoin de réfléchir. C'est comme une pièce de théâtre dont elle connaîtrait tous les rôles par cœur.

"Le fait est que Petter Christoffersson a fait cet hiver un stage au magasin de bricolage Fredell, à Sickla. Il dit se souvenir d'avoir livré peu après le Nouvel An un chargement de matériaux d'isolation dans un appartement de Söder. Il ne se souvient pas exactement où, mais c'était dans le quartier que les gens appellent aujourd'hui SoFo. Il affirme catégoriquement que la femme qui a reçu cette livraison était la même qui se trouvait en compagnie de Samuel la veille du jour où on l'a retrouvé mort."

Sofia se racle la gorge.

"Peux-tu être certaine qu'il dit la vérité et ne cherche pas juste à faire son intéressant ? Tu disais qu'il voulait marchander, non ?"

Jeanette croise les bras et se balance sur sa chaise. Elle ne lâche pas Sofia du regard.

"C'est justement ce que je me demande. Mais il y a quelque chose de convaincant dans son histoire. Certains détails qui la rendent crédible."

Elle se penche en avant en baissant un peu la voix.

"Bien sûr, le signalement qu'il donne est très vague. La femme était blonde, un peu plus grande que la moyenne, les yeux bleus. Il dit qu'il l'a trouvée jolie, même plus jolie que la moyenne, d'après lui. Mais sinon, ça pourrait être un peu tout le monde. Oui, à l'entendre, ça pourrait même être toi."

Souris.

Sofia rit en faisant une grimace pour montrer combien cette proposition lui semble absurde.

"Je vois que tu n'es pas très bien, dit Jeanette, tu ferais peut-être mieux de rentrer.

— Oui… je crois.

— Repose-toi un peu. Je peux passer chez toi après le travail.

— Tu veux ?

— Oui, vraiment. Rentre te coucher. Je viendrai avec un peu de vin. Ça te va ?”

Jeanette caresse la joue de Sofia.

Vita Bergen

Métro de Rådhuset à la gare centrale, correspondance avec la ligne verte direction Medborgarplatsen. Puis même parcours à pied que quelques heures plus tôt, mais dans le sens inverse. Folkungagatan, quatre pâtés de maisons et elle est arrivée. Cent douze marches.

Arrivée chez elle, elle insère dans son ordinateur portable le disque qu'elle a copié.

"Première audition de Bengt Bergman. Il est treize heures douze. Interrogatoire mené par Jeanette Kihlberg, assistée de Jens Hurtig. Bengt, vous êtes suspecté de plusieurs crimes, mais cet interrogatoire concerne en premier chef un viol ou viol aggravé et des violences ou violences aggravées, crimes passibles d'au moins deux ans de prison. On y va ?

— Mmh…

— À partir de maintenant, je vous demande de parler clairement et dans le micro. Si vous hochez la tête, ça ne s'entend pas. Nous voulons que vous vous exprimiez aussi clairement que possible, vu ? Bon. Alors on y va."

Une pause. Sofia entend quelqu'un boire puis reposer son verre sur la table.

"Comment vous sentez-vous, Bengt ?

— Avant tout, qu'est-ce que vous avez fait, comme études ?"

Elle reconnaît aussitôt la voix de son père.

"Qu'est-ce qui vous qualifie pour m'interroger ? Je suis au moins à bac + 8, diplômé de l'université, et j'ai en plus étudié la psychologie par moi-même. Connaissez-vous Alice Miller ?"

Sa voix fait sursauter Sofia et elle a le réflexe de reculer en levant les bras pour se protéger.

Même adulte, l'empreinte dans son corps est si profonde qu'elle réagit instinctivement. Une décharge d'adrénaline, et elle est prête à fuir.

"Écoutez, Bengt, c'est moi qui pose les questions, pas vous. C'est clair ?

— Je ne sais pas trop…"

Jeanette Kihlberg le coupe aussitôt. "Je répète : c'est clair ?

— Oui."

Sofia comprend qu'il la défie parce qu'il a encore l'habitude de tirer les ficelles et qu'il se sent mal à l'aise dans ce rôle de criminel.

"Je vous ai demandé comment vous vous sentiez.

— Eh, d'après vous ? Qu'est-ce que ça vous ferait d'être là, injustement accusée d'un tas d'atrocités ?

— Je trouverais sûrement ça terrible et je ferais tout ce qui est en mon pouvoir pour essayer de tirer les choses au clair. Vous ressentez ça, vous aussi ? Vous voulez nous expliquer pourquoi on vous a arrêté ?

— Comme vous le savez certainement, j'ai été intercepté par la police au sud de la ville, alors que je rentrais chez moi à Grisslinge. C'est là que nous habitons, sur l'île de Värmdö. Je venais de ramasser cette femme au bord de la route, en sang. Ma seule intention était de l'aider en la conduisant à l'hôpital de Söder pour qu'elle reçoive des soins appropriés. Ce n'est pas puni par la loi, quand même ?"

Sa voix, sa diction, sa supériorité, ses silences étudiés et son calme feint la retransforment en fillette de dix ans.

"Vous affirmez donc être innocent des blessures de la plaignante Tatiana Achatova, décrites dans le document qui vous a été communiqué ?

— C'est complètement absurde !

— Voudriez-vous lire ce papier ?

— Voyez-vous, le fait est que je déteste la violence. À la télé, je ne regarde rien d'autre que les informations et, si contre toute attente je devais malgré tout regarder un film ou aller au cinéma, je choisirais quelque chose de qualité. Je ne veux tout simplement pas être mêlé au mal qui partout s'y étale…"

L'impression du sentier couvert d'aiguilles de pin qui descend jusqu'au lac. Comment dès six ans elle avait appris à le toucher pour qu'il soit gentil. Et elle se rappelle encore le goût sucré des bonbons de tante Elsa. L'eau froide du puits et la brosse rêche sur sa peau.

Jeanette l'interrompt à nouveau. "Vous voulez lire, ou c'est moi qui dois le faire ?

— Eh bien, je préfère que ce soit vous. Comme je disais, je ne veux pas…

— Selon le médecin qui a examiné Tatiana Achatova, elle est arrivée à l'hôpital de Söder dimanche soir, vers dix-neuf heures et présentait les lésions suivantes : importantes déchirures à l'anus ainsi que…"

C'est comme si on parlait d'elle, et elle se rappelle la douleur.

Combien ça lui avait fait mal, alors qu'il disait que c'était bon.

Sa confusion quand elle avait compris que ce qu'elle faisait avec lui était mal.

Sofia n'a pas la force d'en entendre davantage, elle éteint.

Ses actes repoussants l'ont visiblement rattrapé, se dit-elle. Mais ce n'est pas pour ce qu'il m'a fait, à moi, qu'il va être puni. Ce n'est pas juste. Je suis forcée de vivre avec mes cicatrices alors que lui peut continuer comme si de rien n'était.

Sofia se couche par terre et fixe le plafond. Elle veut juste dormir. Mais comment faire ?

Elle s'appelle Victoria Bergman et il est toujours là.

Bengt Bergman. Papa. Toujours en vie.

À vingt minutes à peine de chez elle.

Quand elles s'embrassent, Sofia sent que Jeanette vient de prendre une douche et a changé de parfum. Elles entrent dans le séjour, Jeanette pose un BIB sur la table basse.

"Assieds-toi. Je vais chercher des verres. Je suppose que tu veux du vin ?

— Oui, volontiers. Quelle fichue semaine…"

Prends la carafe. Remplis-la de vin. Remplis le verre.

Sofia sert un peu de vin.

Analyse la situation. Pose une question personnelle.

Sofia remarque combien les yeux de Jeanette sont humides, et elle comprend que ce n'est pas que la fatigue.

"Mais dis-moi, comment ça va ? Tu as l'air triste."

Cherche ses yeux. Compatis. Peut-être un petit sourire.

Elle regarde Jeanette dans les yeux avec un sourire compréhensif.

En silence, Jeanette baisse les yeux vers la table. "Fichu Åke ! dit-elle soudain. Je crois qu'il est amoureux de sa galeriste. Il y a des limites à la connerie ?"

Prends sa main. Caresse-la.

Sofia prend la main de Jeanette. Elle la sent tendue, mais Jeanette se relaxe bientôt et répond à la pression de la main de Sofia.

"Sincèrement, je ne sais même pas si ça me fait quelque chose. Je suis lasse de lui." Jeanette s'arrête et reprend son souffle. "Mais dis-moi, qu'est-ce qui sent comme ça ?"

Sofia pense aux bocaux dans la cuisine, à Gao derrière la bibliothèque, et sent alors la puanteur aigre de produits chimiques répandue dans tout l'appartement.

"C'est un problème d'évacuation. Les voisins sont en train de refaire leurs toilettes."

Jeanette a l'air sceptique, mais semble se satisfaire de l'explication.

Détourne la conversation.

"Du nouveau, à propos de Lundström ? Il est toujours dans le coma ?

— Oui, toujours. Mais au fond ça ne change rien. Le procureur s'accroche à cette histoire de médicaments, il n'en démord pas... Tu sais comment c'est...

— Vous avez vérifié les histoires de l'autre, là, Spiderman ?

— Tu veux dire Petter Christoffersson ? Non, on n'a pas avancé de ce côté-là. Je ne sais pas trop qu'en penser. Honnêtement, je crois que ce qui l'intéressait surtout, c'était de reluquer mes seins." Elle éclate d'un rire contagieux.

Sofia est soulagée.

"Mais quelle impression il t'a fait ?

— Bah, rien que de très banal. Le type complexé, manquant d'assurance, obsédé sexuel, commence Jeanette. Probablement violent, en tout cas quand ça compte pour lui. Je veux dire envers tout ce qui va contre sa volonté ou remet en cause son idéologie. Loin d'être bête, mais son intelligence est destructive et semble se retourner contre elle-même.

— Dis donc, on croirait vraiment entendre un psy!" Sofia boit du vin. "Et je dois dire que je suis un peu curieuse de ton diagnostic au sujet de ce jeune homme..."

Jeanette se tait quelques instants avant de continuer, avec un sérieux surjoué. "Suppose Petter Christoffersson placé devant un choix au moment de devoir interpréter une situation disons... d'infidélité. Par exemple, disons que sa petite amie a passé la nuit chez un copain. Il y voit une trahison et choisira toujours l'option la plus négative pour lui-même et toutes les personnes concernées, à savoir qu'elle l'a trompé...

— Mais en fait, elle a dormi toute seule sur le canapé du copain, glisse Sofia.

— Et... complète Jeanette, passer la nuit chez un copain revient pour lui à baiser avec le copain en question, et dans toutes les positions sur lesquelles il fantasme..."

Jeanette s'interrompt pour laisser Sofia conclure.

"Et après coup, elle et son copain se moquent de ce débile qui reste à gamberger dans son coin sans piger que dalle."

Elles éclatent de rire et, quand Jeanette se jette en arrière sur le canapé, Sofia voit une tache rouge sombre sur le tissu clair. Vite, elle lance un coussin sur Jeanette, qui l'attrape au vol et le pose près d'elle, cachant à son insu la tache du sang de Samuel.

"Mazette, on dirait une collègue. Tu es sûre que tu n'as pas passé d'examen de psycho ?" Sofia se penche en avant et pose sa main sur celle de Jeanette, tout en portant de l'autre son verre de vin à la bouche.

Jeanette semble presque gênée.

“Et qu’est-ce que tu penses de cette femme qu’il prétend avoir vue ?

— Je pense qu’il a vu une jolie femme blonde en compagnie de Samuel. Il lui a même reluqué les fesses. Il est jeune, il ne pense qu’à ça. Enregistrer, mater, enregistrer, mater, fantasmer puis se masturber.” Jeanette rit. “En revanche, je ne pense pas que ce soit la même femme à qui il a livré les matériaux de construction.”

Aie l’air intéressée.

“Ah non, et pourquoi pas ?

— Parce que ce petit mec ne regarde d’une femme que les seins et les fesses. Toutes les femmes se confondent à ses yeux.

— Ce qui m’étonne peut-être un peu, c’est qu’il ne dit pas que cette femme était en train de flirter avec Samuel, ou quelque chose de ce genre. Ce serait davantage conforme à sa vérité, ou plutôt à son interprétation de la situation, si tu vois ce que je veux dire. Ce serait presque plus vraisemblable.”

Jeanette secoue la tête et rit à nouveau. “Le fait qu’il ne mente pas rendrait donc son histoire moins vraisemblable ? Si c’est ça la psychologie, alors je comprends pourquoi tu as choisi ce boulot. Tu ne dois pas t’ennuyer…” Elle vide son verre et s’en ressert un troisième.

Elles restent un moment à se regarder en silence. Sofia aime les yeux de Jeanette. Son regard est ferme et curieux. On lit l’intelligence dans ses yeux. Et autre chose aussi. Le courage, le caractère. Difficile à dire.

Sofia réalise qu’elle est de plus en plus fascinée par elle. En dix minutes, tous les sentiments, tous les traits de caractère de Jeanette ont défilé dans ses yeux. Rire. Confiance en soi. Intelligence. Tristesse. Déception. Doute. Frustration.

Une autre fois, ailleurs, se dit-elle.

Elle ne doit pas dévoiler à Jeanette sa part d'ombre.

Elle est forcée de la refouler : Jeanette ne doit jamais rencontrer Victoria Bergman.

Mais Victoria et elle sont enchaînées ensemble comme deux sœurs siamoises et par là aussi dépendent l'une de l'autre.

Elles partagent le même cœur et le sang qui circule dans leurs veines est le même sang. Mais quand Victoria méprise sa faiblesse, elle admire Victoria pour sa force – avec l'admiration de l'esclave pour le maître.

Elle se souvient comment elle se renfermait en elle-même quand on la cherchait. Comment elle mangeait sagement sa soupe et le laissait la toucher.

Elle s'était adaptée, ce que Victoria n'a jamais pu faire.

Victoria s'est longtemps cachée en elle.

Victoria a attendu son heure. Guetté le moment où Sofia a été forcée de lui laisser le champ libre pour ne pas elle-même aller à sa perte.

Si elle s'était contentée de chercher en elle, elle aurait peut-être trouvé la force. Mais elle a au contraire tenté de gommer Victoria de sa mémoire. Pendant des décennies, Victoria a tenté d'attirer l'attention de Sofia sur le fait que c'était elle et non Sofia qui avait les cartes en main et, parfois, Sofia l'a en effet écoutée.

Comme quand elle a fait taire les jérémiades du gosse près de la rivière.

Comme quand elle s'est occupée de Lasse.

Sofia sent sa migraine exploser, sa conscience se tendre comme un élastique sur le point de rompre. Elle voudrait tout raconter à Jeanette. Lui raconter comment son père s'en est pris à elle. Lui décrire les nuits où elle n'osait pas dormir, craignant qu'il ne s'introduise chez elle. Ces journées de classe où elle n'arrivait pas à rester éveillée.

Elle voudrait raconter à Jeanette ce que ça fait de se bourrer de nourriture pour ensuite se faire vomir. De jouir de la douleur d'une lame de rasoir.

Elle voudrait tout lui raconter.

Alors, soudain, la voix de Victoria revient.

"Excuse-moi, mais c'est le vin, il faut que j'aille aux toilettes."

Sofia se lève, l'alcool lui monte à la tête, elle pouffe et s'appuie sur Jeanette qui réagit en posant sa main sur la sienne.

"Écoute..." Jeanette lève les yeux vers elle. "Je suis tellement heureuse de t'avoir rencontrée. C'est la plus belle chose qui me soit arrivée depuis... non, je ne sais pas depuis quand."

Sofia s'arrête, bouleversée par cette effusion de tendresse.

"Qu'allons-nous devenir, si nous n'avons plus à nous voir ? Je veux dire pour le travail ?"

Souris. Sois sincère.

Sofia sourit. "Je trouve qu'on devrait se revoir."

Jeanette continue. "Plus tard, j'aimerais que tu rencontres Johan. Il devrait te plaire."

Sofia se fige. Johan ?

Elle a complètement oublié qu'il y a d'autres personnes dans la vie de Jeanette.

"Il a treize ans, c'est ça ? dit-elle.

— Oui, c'est ça. Il entre en quatrième cet automne."

Cette année, Martin aurait eu trente ans.

Si ses parents n'avaient pas vu par hasard l'annonce d'une maison à louer à Dala-Floda.

S'il n'avait pas voulu faire un tour de grande roue.

S'il n'avait pas changé d'avis et n'avait pas préféré aller se baigner.

S'il n'avait pas trouvé l'eau trop froide.

S'il n'était pas tombé à l'eau.

Sofia songe à la disparition de Martin après le tour en grande roue.

Elle regarde Jeanette au fond des yeux, tandis qu'elle entend la voix de Victoria résonner en elle.

"Ça te dirait qu'on l'emmène à la fête foraine de Gröna Lund un de ces week-ends ?"

Sofia observe la réaction de Jeanette.

"Super. Quelle bonne idée, dit-elle en souriant. Tu vas l'adorer."

Kiev, 1933

Holodomor. De l'ukrainien holod, *faim, et* mor, *fléau. Extermination par la famine.*

Gilah Berkowitz n'avait encore jamais mangé de poulet.

Père disait qu'il l'avait volé, mais elle ne le croyait pas.

Il était à présent dans son assiette. Ses frères n'en voulaient pas et elle ne comprenait pas pourquoi. Elle n'avait jamais rien mangé d'aussi bon.

Dommage que mère soit morte et ne puisse pas y goûter.

Elle mangea goulûment la chair juteuse et sentit qu'elle reprenait des forces. Mais elle n'était pas heureuse car elle pensait sans cesse à mère.

Comment elle était au moment de mourir. Peau jaunâtre et bouche noire. Noueuse et comme luisante.

Elle avait crié durant les derniers jours, avant d'abandonner.

Ensuite, quel silence dans la maison.

Gilah la regrettait avant la maladie. Quand elle prenait Gilah sur ses genoux pour lui faire boire du lait chaud dans un biberon de verre. Quand elle inventait des jeux amusants. Quand père et elle s'embrassaient, étaient heureux. Quand elle bordait Gilah et lui lisait des passages de la Torah.

Le dernier morceau de poulet était le meilleur, et Gilah comprit que c'était parce qu'il n'y en avait plus. Jamais elle ne goûterait un poulet aussi bon que celui de père.

Vita Bergen

Jeanette allume une cigarette. Mais qui est vraiment Sofia Zetterlund ? À la fois proche et si énigmatique. Une présence inouïe et, soudain, sans crier gare, c'est quelqu'un d'autre.

C'est peut-être ce qui la captive : elle est surprenante, imprévisible.

Et n'y a-t-il pas jusqu'à sa voix qui parfois change de hauteur ?

Quand Sofia a refermé derrière elle la porte des toilettes, Jeanette se lève et s'approche de la bibliothèque. Tu es ce que tu lis, se dit-elle. Un cliché, bien sûr, mais elle est curieuse, et regarde le dos des livres avec intérêt.

Plusieurs gros volumes sur la psychologie, le diagnostic psychanalytique et le développement cognitif de l'enfant. Beaucoup de philosophie, de sociologie, des biographies et de la littérature. *Suspiria de profundis*, *Les Cent Vingt Journées de Sodome*, *La Trahison de l'homme moderne*, dos à dos avec les thrillers politiques de Jan Guillou et la trilogie policière de Stieg Larsson.

À l'extrême gauche de la bibliothèque, un livre dont le titre attire son attention : *A Long Way Gone, Memoirs of a Boy Soldier**. En le prenant sur l'étagère, elle remarque

* *Un long chemin, Mémoires d'un enfant-soldat.*

un petit crochet sur le montant du meuble. Bizarre, ce système de blocage sur une bibliothèque, songe-t-elle au moment où Sofia revient.

“Cette bibliothèque est-elle si lourde que tu doives la fixer au mur ?” Jeanette tripote le crochet en souriant à Sofia.

“Oui, figure-toi qu'elle s'est effondrée une fois, quand le voisin clouait un tableau au mur.” Sofia rit. “Juste une mesure de précaution.”

Jeanette la dévisage. Elle trouve son rire un peu forcé.

“Alors comme ça, tu aimes bien Stig Larsson ? dit Sofia.

— Lequel des deux ? Stig ou Stieg ? Le méchant, ou le gentil ?”

Jeanette éclate de rire et lui montre la couverture. *Nouvel An*, du poète Stig Larsson. “Le méchant, je suppose ? Je vois aussi que tu as deux exemplaires du SCUM *Manifesto* de Valerie Solanas.

— Oui, j'étais jeune et en colère, à l'époque. Maintenant je trouve ce livre vraiment amusant. Ce que je prenais à l'époque avec le plus grand sérieux me fait rire aujourd'hui.”

Jeanette repose le livre. “SCUM Society for Cutting Up Men. Association pour castrer les hommes, ou quelque chose comme ça. Je ne suis pas aussi mordue que toi, même si je l'ai lu, moi aussi. J'étais jeune, ado je suppose. Mais qu'est-ce que tu lui trouves d'amusant, à ce livre ?

— Il est radical, et c'est cette radicalité qui est amusante. C'est un texte de haine si rigoureux quand il s'agit de tailler en pièces tous les mauvais côtés des hommes qu'ils finissent par n'être plus que des créatures tellement ridicules qu'on ne peut qu'en rire. J'avais dix ans quand je l'ai lu pour la première fois, et j'ai marché à fond. J'ai tout avalé, au pied de la lettre. Maintenant, les détails comme l'ensemble du livre me font rire, et c'est tant mieux."

Jeanette finit son verre. "Dix ans, tu dis ? Moi, à cet âge, mon romantique de père m'a forcée à lire *Le Seigneur des Anneaux*. Mais quel genre d'éducation as-tu donc reçu pour lire si jeune des livres pareils ?

— C'était de ma propre initiative."

Sofia se tait et respire profondément.

Jeanette voit que Sofia est bouleversée et lui demande ce qui ne va pas.

"Ce livre, là, que tu tenais quand je suis arrivée, répond-elle. Il m'a fait une forte impression.

— Tu veux dire celui-ci ?" Jeanette sort le livre sur l'enfant-soldat et regarde la couverture. Un jeune garçon qui tient un fusil sur les épaules.

"Oui, c'est ça. Samuel Bai a été enfant-soldat en Sierra Leone. L'auteur de ce livre porte presque le même nom. Ishmael Beah. On m'a sollicitée pour une expertise du texte, mais j'ai été trop lâche pour accepter."

Jeanette parcourt la quatrième de couverture.

"Lis à haute voix, dit Sofia. Le passage souligné page 276."

Jeanette ouvre le livre et lit.

"Il était une fois un chasseur qui était parti dans la jungle pour tuer un singe. Arrivé assez près, il se cacha derrière un arbre, épaula son fusil et visa. Au moment où il allait appuyer sur la détente, le singe lui dit : « Si tu me tues, ta mère mourra, et si tu renonces, c'est ton père qui mourra. » Le singe s'assit à son aise et se mit à manger en se grattant avec satisfaction. Que feriez-vous, à la place du chasseur ?"

Jeanette tourne son regard vers Sofia en reposant le livre.

"Je renoncerais", dit Sofia.

Grisslinge

Sofia Zetterlund prend le métro de Skanstull à Gullmarsplan, où elle a déjà stationné sa voiture la veille, pour ne pas être enregistrée par les caméras qui surveillent les entrées et sorties du centre-ville de Stockholm les jours de semaines entre six heures et demie et dix-huit heures trente.

La forêt d'Årsta colore de nuances vert sombre le paysage depuis le pont de Skanstull. En contrebas, il règne une activité fébrile sur le port de plaisance, et la terrasse du restaurant Skanskvarnen est déjà complète.

Après plusieurs semaines sans appétit, Sofia ne distingue plus ses douleurs. Le malaise physique qui la force à vomir plusieurs fois par jour a fusionné avec le mal-être psychique. Ses chaussures trop étroites l'écorchent. Tout ce qui fait mal ne fait plus qu'un. Pendant l'été, ses ténèbres intérieures sont devenues de plus en plus compactes.

Elle a de plus en plus de mal à apprécier ce qu'elle trouvait autrefois intéressant, et ce qu'elle aimait a soudain commencé à lui porter sur les nerfs.

Elle a beau se laver, elle trouve toujours qu'elle sent la sueur et que ses pieds se mettent à puer une heure à peine après la douche. Elle observe attentivement son entourage pour voir si les autres remarquent ses odeurs corporelles. En l'absence de réaction de leur part, elle suppose qu'elle est la seule à en être incommodée.

Ses cachets de paroxétine sont finis et elle n'a pas le courage d'aller consulter pour en avoir d'autres.

Elle n'a même plus la force d'utiliser le magnétophone.

Après chaque session, complètement épuisée, il lui fallait plusieurs heures pour redevenir elle-même.

Au début, ça lui faisait du bien d'avoir quelqu'un pour l'écouter mais, à la fin, il n'y avait plus rien à dire.

Elle n'a pas besoin d'analyse. Il n'est plus temps.

Elle a besoin d'agir.

Sofia sort ses clés de voiture, ouvre la porte et s'installe au volant. À contrecœur, elle saisit le levier de vitesse pour se mettre au point mort. Elle doit se faire violence, sa tête se met à tourner. Les souvenirs deviennent si nets. Le rouleau de papier-toilette à côté du levier de vitesse, sa respiration. Elle avait dix ans quand il est sorti de l'autoroute avant Bålsta, sur la route de Dala-Floda.

Elle sent le cuir froid du levier de vitesse à l'intérieur de sa main. La surface striée chatouille sa ligne de vie. Elle saisit fermement le pommeau.

Elle est décidée.

Plus aucune hésitation.

Aucun doute.

Elle passe résolument la première, démarre en trombe et s'engage sur la voie rapide de Hammarby en direction de Värmdö. Au niveau d'Orminge, il se met à bruiner et l'air frais se charge d'humidité. Chaque respiration lui porte peine.

À nouveau elle a du mal à respirer.

Fini d'attendre, se dit-elle en roulant tandis que le jour tombe.

Les lampadaires la guident.

La voiture se réchauffe lentement, mais elle est gelée jusqu'à la moelle et la chaleur ne forme qu'une mince pellicule de sueur à la surface de sa peau. Elle ne pénètre pas.

N'émousse pas sa conviction claire et glacée.

Rien ne peut l'ébranler. Elle est affûtée comme une lame de couteau.

Il lui faut un quart d'heure pour arriver à Gustavsberg, où elle se gare sur le parking du discount Willys. Ici, sa mémoire est vierge. Ce supermarché n'existait pas à l'époque. Elle est prise de vertige à l'idée que les choses puissent si radicalement changer à quelques centaines de mètres seulement de l'endroit où le temps s'est arrêté. Où sa vie s'était arrêtée.

Autrefois, il y avait ici un petit bois où rôdaient, disait-on, des types louches et des poivrots. Mais les étrangers lui voulaient du bien. Seuls ses proches pouvaient vraiment lui faire du mal.

La forêt était un endroit rassurant.

Elle se souvient de la clairière près de la ferme. Celle qu'elle n'a plus jamais retrouvée. Le jeu du soleil dans les feuillages, les nuances des lichens blancs qui émoussaient tout ce qui était dur et tranchant.

Sur le siège arrière, elle a un vieux blouson de sport beaucoup trop grand pour elle. Elle inspecte les environs, enfile le blouson et ferme la voiture. Elle a déjà décidé qu'elle fera la fin à pied.

Ce trajet exige d'être mobilisée.

Il demande réflexion, et la réflexion peut engendrer le pardon. Mais le voyage en voiture de Gullmarsplan à Värmdö n'a fait que renforcer la résolution de Sofia Zetterlund : elle n'a pas l'intention de changer d'avis. Elle rejette toute idée de réconciliation.

Il a fait ses choix.

Maintenant, c'est son tour d'agir.

Chaque pavé est bordé de souvenirs : tout ce qu'elle voit lui rappelle la vie qu'elle a fui.

Elle sait que ce qu'elle s'apprête à faire est irrévocable. Tout va se décider maintenant. Il n'y aura pas d'après.

Elle est arrivée au point où le mouvement qu'il a initié va s'achever. Il n'y a jamais eu d'alternative.

On récolte ce qu'on a semé.

Elle rabat sa capuche et se met à marcher sur Skärgårdsvägen vers Grisslinge. En passant devant la baignade, elle voit les bateaux remontés sur le rivage pour l'hiver.

Elle se souvient comment elle se couchait au fond de la barque à Dala-Floda, l'été où elle a rencontré Martin.

Le bus qui arrive de Stockholm s'arrête cinquante mètres devant elle. Elle prend à gauche, monte la côte et, au niveau de la pizzeria, prend encore à gauche.

Comme elle ne veut pas qu'on la voie, elle se dépêche de gagner l'allée. Elle est poursuivie par le claquement de ses sabots d'enfant qui résonnent entre les maisons.

Elle songe à toutes les fois où elle a monté et descendu la rue en courant, à cette époque qui aurait dû être pleine de jeux.

La petite fille qu'elle a été veut l'empêcher de faire ce qu'elle va faire. Elle veut continuer à exister.

Mais cette enfant doit être effacée.

La maison de ses parents est une villa fonctionnaliste de trois étages. Elle semble plus petite qu'autrefois, mais elle se dresse toujours aussi menaçante contre le ciel. De là-haut, la maison la regarde avec ses fenêtres garnies de rideaux où les plantes bien soignées rampent contre les vitres comme si elles cherchaient à tout prix à s'enfuir.

Une Volvo blanche est garée en bas, elle comprend qu'ils sont à la maison.

À sa gauche, elle voit le sorbier que ses parents ont planté le jour de sa naissance. Il a grandi depuis la dernière fois qu'elle l'a vu. À sept ans, elle a tenté d'y mettre le feu, mais il ne voulait pas brûler.

À l'abri de la haute clôture que son père a bâtie pour arrêter les regards, elle longe en silence la façade, monte sur la véranda et jette un œil par le soupirail du sous-sol.

Elle avait raison. Ils continuent à s'en tenir à leur routine avec une régularité comique : comme tous les mercredis soir, ils vont prendre un sauna.

Devant la fenêtre, elle voit leurs vêtements soigneusement pliés sur le banc. Elle a un haut-le-cœur en songeant à l'odeur de sueur de son pantalon, au bruit de la braguette qui s'ouvre, à la bouffée de sueur aigre quand le pantalon tombe à terre.

Doucement, elle ouvre la porte d'entrée qui n'est pas verrouillée et avance dans le vestibule. Sa première sensation est l'odeur étouffante d'infusion de menthe. Ça sent la maladie, là-dedans, se dit-elle. Une maladie qui s'est incrustée dans les murs. Elle hésite une seconde avant d'enlever ses tennis. L'odeur la prend aux narines. Une odeur de peur, une odeur de colère.

Elle a posé ses chaussures à côté des siennes, une nouvelle fois.

Un instant, elle est paralysée par l'idée que tout est redevenu comme avant. Qu'elle revient d'une journée ordinaire à l'école et qu'elle appartient encore à cette vie-là.

Elle chasse cette impression avant qu'elle ne soit trop tenace.

Ce monde-là n'est pas le mien, se persuade-t-elle.

Nous avons fait notre choix.

Elle entre dans le séjour sur la pointe des pieds et regarde autour d'elle. Tout est comme d'habitude. Pas un objet qui ne soit où il a toujours été.

La grande pièce est meublée avec une simplicité qui lui a toujours semblé tellement miteuse : elle se souvient qu'elle évitait d'inviter ses copines à la maison tellement elle en avait honte.

Sur les murs blancs, quelques rares peintures aux motifs folkloriques, en particulier une copie d'un tableau de Carl Larsson dont, pour une raison quelconque, ils avaient toujours été extrêmement fiers. Et le voilà qui pend là, dans toute son insignifiance.

Elle a désormais percé à jour tous leurs mensonges et toutes leurs impostures.

Les meubles de la salle à manger, il les avait achetés cher lors d'une vente aux enchères à Bodarna. Ils avaient exigé d'importantes réparations : un tapissier de Falun avait remplacé la toile usée par un tissu presque identique à l'original. Tout semblait alors parfait mais, aujourd'hui, le nouveau tissu est lui aussi rongé par le temps.

Une légère odeur de pourriture émane de cette vie qui s'est figée.

Sur la table, une lampe à pétrole et un sucrier en cristal. Elle passe un doigt dessus et laisse une empreinte digitale sur la pellicule de graillon et de poussière qui semble tout couvrir.

Dans un coin, il y a le rouet peint en rouge avec lequel elle jouait quand elle était petite et, au mur, quelques vieux instruments. Un violon, une mandoline, une cithare.

Il déteste les changements, veut que tout reste comme d'habitude. Il déteste quand maman remeuble.

C'est comme s'il avait considéré à un instant donné que tout était parfait, puis que le temps s'était figé.

Il vivait dans l'illusion que la perfection était un état permanent qui n'exigeait pas d'entretien.

Il est aveugle au délabrement, se dit-elle, à la décrépitude galeuse de sa vie, qu'elle voit aujourd'hui si clairement.

La crasse.

Les odeurs rances.

À côté de l'escalier qui monte à l'étage, son diplôme, encadré. Il comble le vide laissé par le masque africain jadis accroché là et à jamais disparu.

Elle monte en silence, tourne à gauche et ouvre la porte de son ancienne chambre de petite fille.

Elle n'arrive pas à respirer.

La chambre est dans l'état où elle l'a laissée le jour où, dans un excès de colère, elle l'a quittée en pensant ne plus jamais revenir. Ici, le lit, fait, intact. Là, le bureau avec sa chaise. Une fleur morte à la fenêtre. Encore un instant figé.

Ils avaient conservé son souvenir, fermé la porte sur la vie qui était la sienne pour ne plus jamais la rouvrir.

Elle ouvre la porte du placard où pendent encore ses vêtements. À un clou, tout au fond, la clé qu'elle n'a pas utilisée depuis plus de vingt ans. Par terre, elle retrouve le coffret en bois aux motifs fleuris que tante Elsa lui avait offert l'été où elle avait rencontré Martin.

Elle suit des doigts le motif du couvercle, essaie de se blinder avant de l'ouvrir.

Elle ne sait pas ce qu'elle va trouver là-dedans.

Ou plutôt elle sait exactement ce qu'elle va y trouver, mais pas ce que cela va lui faire.

Dans le coffret, il y a une enveloppe, un album photo et une peluche élimée. Posée sur l'enveloppe, la cassette vidéo qu'elle s'était autrefois envoyée à elle-même.

Son regard se porte sur le sous-main du bureau, où elle a dessiné plein de cœurs avec quantité de noms écrits dedans. Ses doigts suivent les lettres et elle cherche les visages que symbolisent ces noms. Aucun souvenir.

Le seul nom qui a un sens est celui de Martin.

Elle avait dix ans, lui trois quand ils s'étaient connus, pendant cette semaine à la ferme.

Elle se souvient de ses petits yeux qui la regardaient, les plus ouverts qu'elle ait jamais vus. En eux, rien de tout ça. Pas de honte, pas de culpabilité.

Pas de mal.

La première fois qu'il avait mis sa main dans la sienne, il l'avait fait sans rien vouloir de plus.

Il voulait juste la toucher.

Sofia pose sa main là où le prénom de Martin est inscrit sur le sous-main du bureau, elle sent le chagrin monter comme une sève dans sa poitrine. Elle le tenait entre ses mains, il la suivait au doigt et à l'œil. Si plein d'amour. Si plein de confiance.

Elle se revoit.

Âgée de dix ans.

Elle se revoit à côté du père de Martin. Cette menace qu'elle croyait voir en lui. Comment elle avait essayé de jouer ce jeu qu'elle connaissait par cœur. Sans cesse à attendre cet instant, ce moment où il l'attraperait et la ferait sienne. Comment elle avait voulu protéger Martin de ces bras d'adulte, de ce corps d'adulte.

Elle pouffe à ces souvenirs et à cette idée naïve que tous les hommes sont pareils. Si seulement elle n'avait pas vu le père de Martin le toucher, tout aurait été différent. C'est cet instant qui avait définitivement confirmé à ses yeux que tous les hommes étaient capables de tout, sans limite.

Mais avec lui, elle s'était trompée.

En y repensant, elle le comprend.

Le père de Martin était comme n'importe quel papa. Elle l'avait vu laver son fils. Rien d'autre.

Culpabilité, songe-t-elle.

Bengt et les autres ont rendu le père de Martin coupable. À dix ans, Victoria a reconnu en lui la culpabilité collective des hommes. Dans ses yeux et dans sa façon de la toucher.

C'était un homme, ça suffisait.

Pas besoin d'analyse.

Juste les conséquences de sa propre réflexion.

Sofia passe la main sur le bureau en pensant à toutes les heures passées là par Victoria à faire ses devoirs. Tout le temps qu'elle a consacré à ses études, bien consciente que c'était sa seule chance de partir. Assise là, elle guettait les pas dans l'escalier, avait mal au ventre quand elle les entendait se disputer au rez-de-chaussée.

Elle lit l'étiquette de la cassette qu'elle tient dans la main.

Sigtuna-84.

Une voiture passe à grande vitesse sur Skärgårdsvägen, elle lâche la cassette. Elle trouve le bruit assourdissant, se fige, mais rien n'indique qu'ils l'aient entendue depuis le sauna, au sous-sol.

Silence pour le moment, et elle se dit soudain que tout a peut-être cessé quand elle a disparu de leur vie.

Peut-être était-elle elle-même l'origine de tout le mal ?

Dans ce cas, plus de cadre à suivre, plus d'emploi du temps routinier auquel se fier aveuglément. Malgré cette incertitude, elle ne peut pas résister à la tentation de revoir le film. Il faut qu'elle revive tout encore une fois.

Délivrance, se dit-elle.

Elle s'assoit sur le lit, introduit la cassette dans le magnétoscope et allume le moniteur.

Sofia se souvient que Victoria avait eu une impression de contrôle total sur les sentiments et les actes de toutes les personnes impliquées, comme un cinéaste ou un écrivain doivent le ressentir quand, en quelques lignes, ils peuvent changer le destin d'un de leurs personnages.

Le film se met en marche en grésillant, elle baisse le volume. L'image est nette : une pièce éclairée par une seule ampoule nue.

Elle voit trois filles agenouillées devant une rangée de masques de cochons.

À gauche, c'est elle, Victoria, un léger sourire aux lèvres.

La vieille caméra vidéo ronronne.

"Attachez-les !" éructe quelqu'un en éclatant de rire.

Tandis qu'on attache aux trois filles les mains dans le dos avec de l'adhésif argenté, on leur bande les yeux. Une des filles masquées apporte un seau d'eau.

"Silence. On tourne !" dit la fille à la caméra. "Bienvenus au lycée classique de Sigtuna !" continue-t-elle, pendant que le contenu du seau est vidé sur la tête des trois filles. Hannah tousse, Jessica pousse un cri, tandis que Sofia voit qu'elle reste elle-même impassible.

Une des filles s'avance, se coiffe d'une casquette d'étudiant, salue la caméra avec un effet de manches avant de se tourner vers les filles à terre. Fascinée, Sofia voit Jessica commencer à se balancer d'avant en arrière.

"Je suis représentante de la corporation étudiante !"

Toutes les autres éclatent d'un rire bruyant et Sofia se penche pour baisser encore le volume, tandis que la fille continue son discours.

"Et pour être dignes d'en devenir membres, vous devez manger ce cadeau de bienvenue offert par notre très estimé proviseur." Les rires redoublent et Sofia les sent forcés. Comme si les filles riaient sous la contrainte, qu'elles ne s'amusaient pas franchement. Poussées par Fredrika Grünewald.

La caméra zoome et on ne voit désormais plus dans le cadre que Jessica, Hannah et Victoria assises par terre.

Grisslinge

Sofia Zetterlund est assise, muette devant la lueur vacillante de l'écran. Elle sent la colère déferler en elle. Elles étaient convenues qu'on servirait de la crème au chocolat, mais Fredrika Grünewald leur avait servi de vraies crottes de chien, pour affirmer son ascendant sur les plus jeunes.

En se voyant sur le film, elle ressent de la fierté. Elle avait eu sa revanche malgré tout, elle leur avait volé leur victoire en tenant bon à ce dernier choc.

Elle avait joué son rôle jusqu'au bout.

Elle avait l'habitude de bouffer de la merde.

Sofia éjecte la cassette et la remet dans le coffret. Du bruit dans les canalisations, le chauffe-eau se met en route au sous-sol. Du sauna monte sa voix en colère et celle de maman qui tente de le calmer.

Ça sent le renfermé : doucement, Sofia ouvre la fenêtre. Elle regarde le jardin noyé dans les ombres du soir. Sa vieille balançoire pend toujours à cet arbre, là-bas. Elle se souvient qu'elle était rouge, mais il ne reste rien de la couleur. Que des écailles de peinture grisâtre.

Un monde de façade, se dit-elle en regardant autour d'elle dans la chambre. Au mur, un portrait d'elle quand elle était en troisième. Son sourire est éclatant, ses yeux pleins de vie. Rien qui trahisse ce qui se passait vraiment en elle.

Elle avait appris à jouer le jeu.

Sofia sent qu'elle va pleurer. Non qu'elle regrette quoi que ce soit, mais parce qu'elle se met soudain à penser à Hannah et Jessica, victimes du jeu de Victoria sans avoir jamais su que l'idée venait d'elle, à l'origine.

C'était devenu une expérimentation sur la culpabilité. La blague était devenue très sérieuse.

Elle avait endossé le rôle de victime devant Hannah et Jessica, alors que c'était tout le contraire.

C'était une trahison.

Trois ans durant, elle avait partagé la honte avec elles.

Trois ans durant, l'idée de vengeance les avait soudées.

Elle avait haï Fredrika Grünewald et toutes ces autres filles anonymes des beaux quartiers de Danderyd et Stocksund qui, grâce à l'argent de leurs parents, pouvaient se payer les plus beaux vêtements de marque. Qui se trouvaient intéressantes avec leurs noms à particule.

Quatre ans de plus.

Quatre ans plus âgées qu'elle.

Qui porte la plus grande angoisse aujourd'hui ? Ont-elles tout oublié, refoulé ?

Sofia s'assied sur la moquette moelleuse bleu clair et penche la tête en arrière. Elle regarde le plafond : les anciennes fissures dans le plâtre n'ont pas changé. Mais d'autres aussi sont apparues depuis la dernière fois.

Elle se demande qui a gardé le contrat qu'elles avaient rédigé et signé de leur propre sang.

Hannah ? Jessica ? Elle-même ?

Trois ans durant, elles étaient restées soudées, puis s'étaient perdues de vue.

La dernière fois qu'elle les avait vues, c'était dans le train à Lille.

Elle prend l'album photo usé et ouvre la première page. Elle ne se reconnaît pas sur les images. C'est juste une enfant, ce n'est pas elle. En repensant à son enfance, elle ne ressent rien.

Ça, ce n'est pas moi, et pas non plus à cinq ans, ni à huit. Ces petites filles ne peuvent pas être moi, parce que je ne sens pas comme elles sentaient, je ne pense pas comme elles pensaient.

Elles sont toutes mortes.

Elle se souvient de la fillette de huit ans qui venait juste d'apprendre à lire l'heure et qui dans son lit faisait semblant d'être une horloge.

Mais elle n'avait jamais réussi à tromper le temps. C'était le temps qui l'avait prise par le bras et emmenée loin d'ici.

Dans l'album qu'elle a sous les yeux, elle vieillit à chaque page qu'elle tourne. Les saisons et les gâteaux d'anniversaire se succèdent.

Après les photos de Sigtuna, elle a collé une carte InterRail à côté d'un billet du festival de Roskilde. Sur la page d'en face, trois photos floues de Hannah, Jessica et elle-même. Elle continue à regarder les photos tout en tendant l'oreille de temps en temps en direction du sous-sol, mais il a l'air de s'être calmé.

Elles avaient été comme les trois mousquetaires, même si à la fin elles lui avaient tourné le dos et s'étaient montrées de la même sale engeance que toutes les autres. Bien sûr, au début, elles avaient tout partagé et fait face ensemble aux difficultés mais, au pied du mur, elles s'étaient elles aussi révélées traîtresses. Des retourneuses de veste, superficielles, qui ne comprenaient pas ce qui comptait vraiment. Quand c'était devenu sérieux et qu'il aurait fallu montrer du caractère, elles étaient rentrées en courant pleurer dans les jupes de leurs mères.

À l'époque, elle les avait trouvées complètement tordues. En regardant aujourd'hui leurs photos, elle comprend qu'elles étaient juste intactes. Elles avaient une bonne opinion des gens. Elles lui faisaient confiance. Rien d'autre.

Sofia sursaute en entendant des coups et des cris au sous-sol. La porte du sauna s'ouvre et, pour la première fois depuis des années, elle entend sa voix. "Tu ne seras jamais propre, non, mais ça, au moins, ça enlèvera l'odeur !"

Elle suppose qu'il a comme d'habitude attrapé maman par les cheveux pour la traîner hors du sauna. Va-t-il l'ébouillanter ou la forcer à rester plusieurs minutes dans l'eau glacée ?

Sofia ferme les yeux en se demandant ce qu'elle fera s'ils arrêtent maintenant leur séance de sauna. Elle regarde l'heure. Non, c'est quelqu'un de routinier, la torture va encore bien durer une demi-heure.

Sofia se demande ce que maman peut bien raconter à ses copines. Combien de fois peut-on se fendre l'arcade sourcilière sur un placard de cuisine, glisser dans la baignoire ? Ne faudrait-il pas faire un peu attention dans l'escalier, si on y est tombée quatre fois les six derniers mois ? Les gens doivent quand même se poser des questions.

Une seule fois il avait levé la main sur Victoria comme pour la battre, mais quand elle lui avait, elle, frappé la tête à la volée avec une casserole, il avait battu en retraite, comme un requin, bravache tant qu'il ne rencontre aucune résistance.

Il avait lui-même créé son maître et, plusieurs mois durant, il s'était plaint de maux de tête.

Maman ne rendait jamais les coups, elle se contentait de pleurer et de venir se blottir contre Victoria pour être consolée. Victoria faisait toujours de son mieux et la veillait jusqu'à ce qu'elle s'endorme.

Lors d'une de leurs disputes, maman avait pris la voiture et était allée plusieurs jours à l'hôtel. Papa, qui ne savait pas où elle était passée, s'était inquiété, et Victoria avait dû le calmer tandis qu'il pleurait contre sa poitrine.

Ces jours-là, elle faisait l'école buissonnière et allait se balader à vélo. Quand arrivait le mot d'absence, ils signaient sans poser de questions. Leurs disputes avaient du bon, malgré tout.

Sofia rit à ce souvenir. Ce sentiment d'avoir le dessus, en cachette.

Victoria portait leurs faiblesses profondément enfouies en elle. Ils savaient tous les deux qu'elle pouvait s'en servir contre eux n'importe quand. Elle ne l'avait jamais fait. Elle avait choisi de les considérer comme du vent. Celui qui ne reçoit aucune attention n'a aucune possibilité de se défendre.

Elle s'assoit sur le lit, prend le petit chien en authentique peau de lapin et enfouit son nez dedans. Il sent la poussière et le moisi. Les petits yeux jaunes en verre la fixent, elle les fixe à son tour.

Petite, elle tenait le chien tout près d'elle et le regardait au fond des yeux. Au bout d'un moment s'ouvrait un monde minuscule, le plus souvent une plage, et elle explorait cet univers miniature jusqu'à s'endormir.

Mais maintenant, pas question de s'endormir.

Ce voyage va la libérer pour toujours.

Elle va brûler tous les ponts.

Elle étreint à nouveau son chien. C'était comme si elle avait cru, à l'époque, que personne ne pourrait jamais la blesser si elle gardait tout pour elle et jouait le jeu, en essayant d'être la plus maligne. Comme si elle avait cru qu'on pouvait atteindre la victoire en anéantissant les autres.

C'était sa logique, quand il avait ses crises.

"Papa, papa, papa", se murmure-t-elle, dans une tentative de vider le mot de son sens.

Il est dans son sauna, en bas, et personne n'a jamais osé le quitter. Sauf Victoria. La seule chose qu'il ait greffée en elle est la volonté de fuir. Il ne lui a jamais appris à vouloir rester.

La fuite avant tout, songe-t-elle. L'instinct de conservation va main dans la main avec celui de destruction.

Les souvenirs l'assaillent. Ils lui brûlent la gorge. Tout lui fait mal. Elle n'est pas préparée à cette crue, à ce que des images d'une époque à laquelle elle n'avait pas pensé depuis plus de vingt ans se présentent avec une telle netteté. Elle comprend qu'elle aurait dû, à l'époque, être beaucoup plus sensible, mais sait qu'elle préférait alors en rire et, insouciante, prendre les choses comme elles venaient. Aller d'avilissement en avilissement.

Elle entend le son qu'il avait, ce rire. De plus en plus fort, bientôt assourdissant. Elle se balance d'avant en arrière dans sa chambre de petite fille. Elle marmonne toute seule. Comme si la voix dans sa tête suintait à travers ses lèvres closes. Un bruit de chambre à air percée.

Elle se met les mains sur les oreilles pour tenter de ne plus entendre ce rire de folie, ce qu'elle prenait pour du bonheur.

En bas, au sauna, c'est lui qui a tout détruit dans l'œuf, tantôt par son sadisme maladif, tantôt par son auto-commisération larmoyante.

Sofia prend l'enveloppe dans le coffret. Elle est marquée de la lettre M et contient une lettre et une photo.

La lettre est datée du 9 juillet 1982. Martin s'est visiblement fait aider pour l'écrire, mais il a lui-même écrit son nom, et qu'il fait beau et chaud, et qu'il se baigne presque tous les jours. Puis il a dessiné une fleur et quelque chose qui ressemble à un petit chien.

En dessous, la légende : ROCHER ET FLEUR ARAIGNÉE.

Au dos de la photo est indiqué : *Ekeviken, île de Fårö, été 1982*. Sur l'image, Martin, cinq ans, sous un pommier. Dans ses bras, un lapin blanc qui a l'air de vouloir s'enfuir. Il sourit et plisse les yeux dans le soleil, la tête un peu penchée.

Ses lacets sont défaits et il a l'air heureux. Elle caresse doucement du doigt le visage de Martin en songeant à ces lacets qu'il n'avait jamais su bien attacher et le faisaient tout le temps trébucher. À son rire qui faisait qu'elle ne pouvait s'empêcher de l'embrasser.

Elle se perd dans la photo, dans ses yeux, sa peau. Elle se rappelle encore l'odeur de sa peau après une journée au soleil, après le bain du soir, le matin quand il avait encore sur le visage les marques de l'oreiller. Elle songe à leurs dernières heures ensemble.

Tous ces sentiments lui donnent la nausée. Elle se lève du lit, se glisse jusqu'à l'entrée et s'enferme dans la petite salle de bains d'invités que ses parents n'utilisent jamais. Doucement, elle tourne le robinet, ça gargouille dans les tuyaux. Une eau couleur rouille coule dans le lavabo, elle forme ses mains en coupe et boit. L'eau tiède a goût de fer, mais son malaise disparaît. Elle trouve un verre à dents dans le placard, le rince et le remplit d'eau brunâtre avant de regagner sa chambre.

Sofia se rassoit au bord du lit et ferme les yeux.

Elle croise les bras sur sa poitrine, s'étreint.

Alors les souvenirs se brouillent et elle sent revenir le malaise. Elle attrape le verre d'eau trouble et en boit une grande gorgée.

Ça commence à couler dans les tuyaux à côté du lit. Sofia se lève d'un coup et dans ce mouvement brusque lâche le verre qui s'écrase par terre.

Merde ! pense-t-elle. Merde !

Alors elle entend des pas dans l'escalier.

Des pas dont elle reconnaît la lourdeur.

Son cœur bat si fort qu'elle ne peut presque plus respirer.

Ce n'était pas moi, se dit-elle. C'était toi.

Elle l'entend trifouiller à la cuisine et ouvrir le robinet. Puis il le referme et ses pas redescendent au sous-sol.

Elle n'a plus la force de continuer à se souvenir, elle veut juste en finir avec tout ça. Tout ce qu'il reste à faire est de descendre jusqu'à eux et de faire ce qu'elle est venue faire.

Elle sort de la chambre, descend l'escalier, mais s'arrête net devant la porte de la cuisine. Elle entre et regarde autour d'elle.

Quelque chose n'est pas comme d'habitude.

Là où il y avait jadis un espace vide sous l'évier trône désormais un lave-vaisselle flambant neuf. Combien d'heures n'a-t-elle pas passées là-dessous, cachée derrière le rideau, à écouter les conversations des adultes ?

Mais il y a aussi quelque chose, toujours là, comme elle s'en doutait.

Elle s'approche du frigidaire et regarde la coupure de l'*Upsala Nya Tidning*, bien jaunie, après presque trente ans.

ACCIDENT TRAGIQUE : UN GARÇON DE 9 ANS RETROUVÉ MORT DANS LE FYRISÅN.

Sofia regarde la coupure. Après avoir lu et relu l'article tous les jours des années durant, elle le connaît par cœur. Elle est submergée par un soudain malaise, différent de celui qu'elle ressent d'habitude devant cette nouvelle.

Ce malaise ne ressemble pas à du chagrin, c'est autre chose.

Comme autrefois, c'est un réconfort de lire la nouvelle de la noyade inexpliquée du petit Martin, neuf ans, dans le Fyrisån. Que la police n'y voit rien de criminel, juste un accident tragique.

Elle sent le calme se répandre dans son corps, et ses sentiments de culpabilité s'estompent lentement.

C'était un accident.

Rien d'autre.

Uppsala, 1986

Descendue sur le ponton, elle trempe et retrempe sa main dans l'eau.

"Elle n'est pas si froide que ça", ment-elle.

Mais il ne veut pas la rejoindre.

"Il y a une drôle d'odeur, ici, dit-il. Et j'ai froid."

Elle soupire. Ils se sont malgré tout donné le mal de descendre jusqu'à la rivière, et c'est quand même lui, au début, qui voulait se baigner.

"On ne peut pas rentrer ? Ça sent mauvais et j'ai froid."

Il ne sait pas ce qu'il veut, ça l'énerve. D'abord la grande roue, puis soudain non. Après, c'est aller se baigner, et maintenant il ne veut plus.

"Mais bouche-toi le nez si tu trouves que ça pue ! Regarde-moi, et tu verras qu'elle n'est pas froide !"

Elle vérifie qu'il n'y a personne dans les parages. Les seuls qui pourraient les voir, ce serait du haut de la grande roue, mais pour le moment les nacelles sont vides et à l'arrêt.

Elle enlève son gilet de laine et son tee-shirt, les pose sur le ponton. Puis ôte son pantalon et ses chaussettes et, en culotte, elle se couche de tout son long sur le ponton. Un coup de vent glacé sur son dos lui donne la chair de poule.

“Tu vois bien qu’il ne fait pas si froid. Allez, s’il te plaît, viens!”

Il la rejoint doucement et elle se tourne sur le côté pour défaire ses chaussures.

“On a nos vestes, on n’aura pas froid après. Et puis de toute façon il fait meilleur dans l’eau.”

Elle se penche pour décrocher la serviette de bain oubliée sur un des pieux. “Regarde ça, on a même une serviette pour s’essuyer. Elle n’est même pas mouillée, et je te laisserai te sécher en premier.”

On entend alors soudain un signal strident qui arrive du pont de Kungsängen, là-bas, près de la station d’épuration. Martin a peur, il sursaute. Elle rit, car elle sait que c’est juste le signal qui avertit que le pont va bientôt être relevé. Le premier signal est suivi de plusieurs autres, plus rapprochés. Il fait si sombre au bord de l’eau, sur le ponton, que la lueur rouge clignotante éclaire la cime des arbres au-dessus d’eux. Mais le pont lui-même est hors de vue.

“N’aie pas peur, c’est juste le pont qui va s’ouvrir pour laisser passer des bateaux.”

Il a l’air perdu.

En voyant qu’il continue à avoir froid, elle l’attire à elle et le serre fort dans ses bras. Ses cheveux lui chatouillent le nez, la font pouffer.

“Tu n’es pas forcé de te baigner, si tu n’oses pas…”

Quand le signal d’alarme se tait, on entend un grincement mécanique suivi d’un craquement sourd. Le pont à bascule s’ouvre et, bientôt, arrivent un petit bateau en bois tous feux allumés puis un plus gros yacht à cabine couverte.

Ils restent couchés sur le ponton, serrés l’un contre l’autre, tandis que les bateaux passent. Elle songe combien ce sera vide cet automne, sans lui. Va-t-elle tout laisser tomber et déménager elle aussi avec lui en Scanie ? Non, impossible.

"Tu es mon petit garçon."

Il reste un bon moment sans rien dire, blotti contre elle.

"À quoi tu penses ?" demande-t-elle.

Il lève les yeux vers elle, et elle voit qu'il sourit.

"Ça va être chouette de déménager en Scanie", dit-il.

Elle se glace.

"Mon cousin habite à Helsingborg, on pourra jouer ensemble presque tous les jours. Il a un circuit auto drôlement grand et j'aurai une de ses voitures. Peut-être une *Ponsac Failleurbeurd.*"

Elle sent son corps devenir tout mou, comme paralysé. Il a donc *envie* de déménager en Scanie ?

Elle tente de se relever, mais c'est impossible. Elle songe aux parents de Martin. Ces espèces de… Mais il n'est pas comme eux. Non, non !

Mille pensées la traversent. Elle pense à leurs continuelles histoires de déménagement, elle pense qu'ils vont lui enlever Martin, elle pense qu'elle va elle-même disparaître de sa vie.

"Et puis, l'été prochain, on ira en vacances à l'étranger. Ma nouvelle nounou viendra elle aussi. On prendra l'avion."

Elle voudrait dire quelque chose, mais n'arrive pas à produire un seul son. Ce n'est pas lui qui dit tout ça, pense-t-elle.

Elle le regarde. Il est couché près d'elle, ses yeux rêveurs perdus dans le ciel.

Sur le visage, il a une ombre en forme d'aile d'oiseau.

Elle veut se relever, mais c'est comme si une poigne d'acier lui enserrait les bras et la poitrine.

Où aller ? pense-t-elle, terrorisée. Elle veut effacer tout ce qu'il a dit et l'emmener loin d'ici.

Chez elle.

Alors quelque chose se produit.

Tout se met à tourner et elle sent qu'elle va vomir.

Alors elle entend comme une corneille lui croasser à l'oreille.

Effrayée, elle lève les yeux et, tout près, voilà son visage rieur.

Mais non, ce n'est pas lui, ce sont les yeux de son père et ses lèvres dégoûtantes, humides, qui se moquent d'elle. Et voilà maintenant la corneille entrée en elle, et des ailes noires battent devant ses yeux. Tous les muscles de son corps se contractent et, morte de peur, elle se défend.

La Fille-corneille le prend par les cheveux et tire si fort qu'ils se détachent par grandes touffes.

Elle le frappe.

À la tête, au visage, sur le corps. Du sang coule de son nez et de ses oreilles et, tout au fond de ses yeux, elle ne voit d'abord que de l'effroi, puis autre chose.

Il ne comprend pas ce qui arrive.

La Fille-corneille frappe, frappe encore et, quand il ne bouge plus, ses coups faiblissent.

Elle pleure et se penche sur lui. Il ne fait plus aucun bruit, il est juste couché là, à la regarder fixement. Ses yeux n'expriment rien, mais ils bougent et clignent. Sa respiration est rapide, avec un râle dans la gorge.

Elle sent un vertige, son corps est lourd.

Comme dans un brouillard, elle se lève, quitte le ponton et va chercher une grosse pierre sur la rive. Tout tourne quand elle revient vers lui avec la pierre.

Elle touche sa tête avec un bruit de pomme écrasée.

"Ce n'est pas moi", dit-elle. Puis elle fait tomber son corps dans l'eau.

"Maintenant, il faut nager…"

Grisslinge

Sofia Zetterlund détache la coupure de journal, la plie soigneusement et la met dans sa poche.

Ce n'était pas moi, pense-t-elle.

C'était toi.

Elle ouvre le frigidaire et constate qu'il est comme toujours rempli de lait. Tout est comme d'habitude, comme prévu. Elle sait qu'il en boit deux litres par jour. Le lait est pur.

Elle se souvient qu'il lui en avait versé un pack entier sur la tête quand elle n'avait pas voulu l'accompagner à la ferme. Le lait avait coulé de sa tête sur son corps, inondé le sol, mais elle l'avait pourtant accompagné, et c'était là qu'elle avait rencontré Martin.

Ce sont des larmes qui auraient dû couler, pense-t-elle en refermant le frigidaire.

Elle entend soudain une vibration, mais ce n'est pas le frigidaire, ça vient de sa poche.

Le téléphone.

Elle le laisse sonner.

Elle sait qu'ils vont bientôt avoir fini en bas, il faut qu'elle se dépêche, mais elle remonte pourtant en silence dans sa chambre. Il faut qu'elle soit sûre qu'il n'y a rien qu'elle veuille garder. Rien qui lui manquera.

Doudou. Elle décide de sauver le petit chien en peau de lapin.

Il n'a rien fait de mal, lui, au contraire, toutes ces années il l'a consolée en écoutant ses pensées.

Non, impossible de le laisser.

Elle prend le chien sur le lit. Un instant, elle songe aussi à emporter l'album photo, mais non, il sera détruit. Ce sont les photos de Victoria, pas les siennes. Désormais, elle ne sera plus que Sofia, même si elle devra à jamais partager sa vie avec une autre.

Avant de redescendre sur la pointe des pieds, elle fait un tour dans la chambre des parents. Tout comme le séjour, rien n'a changé ici. Pas même le dessus-de-lit brun à fleurs, même s'il est un peu plus usé et décoloré que dans son souvenir. Elle s'arrête dans l'entrée et tend l'oreille. Du murmure qui monte du sauna, elle déduit qu'ils sont en pleine phase de réconciliation. Elle consulte à nouveau sa montre et voit qu'il s'agit cette fois d'une séance-marathon.

Elle regagne le séjour et entend alors du bruit au sous-sol. Quelqu'un sort du sauna.

Chaque session de sauna avait sa propre dramaturgie, qui suivait un schéma donné.

La phase un, c'était silence et ventre noué et, même si elle savait que la phase deux allait arriver, elle n'avait jamais cessé d'espérer que, cette fois, ce serait l'exception, qu'ils prendraient leur sauna comme tout le monde. Quand il commençait à se tortiller et à se passer la main dans les cheveux, c'était la transition vers la phase suivante, un signe adressé à maman. À la longue, elle avait appris à interpréter les signaux qui lui ordonnaient de s'éloigner et de les laisser seuls.

"Bon, maintenant c'est trop chaud pour moi, avait-elle l'habitude de dire. Je crois que je vais sortir préparer le thé."

Aujourd'hui, la grosse vache n'y coupe plus.

D'après ce qu'elle a entendu du sous-sol, la phase deux est désormais dominée par la violence, à la différence de ce qu'elle était quand c'était elle qui restait.

De son temps, ça prenait environ vingt minutes avant de passer à la phase trois, qui était la plus pénible, quand il pleurait et voulait qu'on le pardonne, et si on ne jouait pas le jeu, on risquait de repasser encore une fois par la phase deux.

Avant de descendre jusqu'à eux, elle regarde autour d'elle une dernière fois. À partir de maintenant, il ne restera plus que la mémoire, rien de physique qui puisse confirmer ses souvenirs.

Dans le séjour, elle décroche le tableau et le pose par terre. Doucement, elle marche dessus pour briser le verre. Elle extrait ensuite la lithographie du cadre cassé et la regarde une dernière fois tandis qu'elle la déchire lentement.

L'intérieur d'une maison en Dalécarlie.

Au premier plan, c'est elle, nue dans de grandes bottes noires d'équitation qui lui montent jusqu'aux genoux. Elle cache dans son dos un drap souillé. À l'arrière-plan, Martin, assis par terre, se désintéresse d'elle.

Aujourd'hui, elle ne voit qu'une petite fille souriante et un mignon enfant qui joue distraitement avec une boîte ou un cube. Les bottes d'équitation qu'elle avait une fois été forcée de porter quand il s'en était pris à elle sont deux bas des plus ordinaires et le drap souillé de son sang et de son jute est une chemise de nuit toute propre.

C'est un Carl Larsson.

Sauf qu'elle sait que cette idylle est factice.

Tous les autres voyaient une image décorative, rien d'autre.

Elle respire profondément et sent l'odeur de moisi lui chatouiller les narines.

Elle déteste Carl Larsson.

En descendant l'escalier du sous-sol, elle évite sans hésiter les marches qui craquent et entre dans la salle de jeu.

Il a aménagé là une salle de détente avec moquette et lambris bruns. Dans la pièce voisine, il a installé une table de ping-pong, une Stiga, modèle pro, avec des pieds plus large que le modèle amateur. À une époque, ils y jouaient presque tous les jours, mais quand elle était devenue trop forte, il s'était lassé. Lors d'un match, il avait triché et elle avait été tellement furieuse qu'elle avait fini par lui lancer sa raquette. Elle avait si méchamment heurté sa main qu'il avait eu le pouce cassé. Après ça, ils n'y avaient plus jamais joué.

Elle ramasse une planche assez longue et entre dans la salle de douche, juste à côté du sauna. Maintenant elle les entend clairement. Il est le seul à parler.

"Putain, tu ne maigris pas, toi, avec les années. Couvre-toi avec la serviette, tu veux ?"

Elle sait que maman va faire comme il dit, sans protester. Pleurer, ça fait longtemps qu'elle a arrêté. Elle a accepté que la vie ne soit pas toujours comme on l'imaginait.

Pas de chagrin.

Juste l'indifférence.

"Si je n'avais pas pitié de toi, je te dirais de t'en aller. Et pas seulement de sortir du sauna, de partir. Du vent ! Mais comment tu te démerderais ? Hein ?"

Maman se tait. Ça aussi, elle l'a toujours fait.

Un instant, elle hésite. Peut-être c'est seulement lui qui doit mourir.

Mais non, maman doit payer pour son silence et sa complaisance. Sans ça, il n'aurait jamais pu continuer. Ce silence était une condition nécessaire.

Qui ne dit mot consent.

"Mais dis quelque chose, bordel!"

Ils sont si occupés là-dedans qu'ils ne l'entendent pas coincer la planche entre la poignée de la porte du sauna et le mur.

Elle sort son briquet.

Quartier Kronoberg

Le téléphone sonne : c'est Dennis Billing.

"Bonjour, Jeanette!" Son ton mielleux la met aussitôt sur ses gardes.

"Bonjour, Dennis, très cher ami, ironise-t-elle, sans pouvoir s'empêcher de rajouter : Que me vaut l'honneur?

— Allez, arrête ton char, pouffe-t-il. Ça ne te va pas!"

Bas les masques. Jeanette se sent aussitôt plus à l'aise.

"Depuis plus de deux mois, je lis tes rapports sans comprendre où tu vas, et voilà que je reçois ça." Le chef de la police se tait.

"Ça? demande Jeanette en faisant semblant de ne pas comprendre.

— Oui, cette synthèse absolument brillante de ces terribles événements, ces morts de…" Il perd le fil de sa phrase.

"Tu veux dire mon dernier rapport sur les meurtres des jeunes garçons?

— C'est ça." Dennis Billing se racle la gorge. "Tu as fait un super boulot et je suis content que ce soit fini. Envoie-moi une demande de congés et tu seras à la plage dès la semaine prochaine.

— Je ne comprends pas…

— Qu'est-ce que tu ne comprends pas? Tout semble accuser Karl Lundström, non? Il est toujours dans le coma et, même s'il se réveille, il sera impossible de le mettre en examen. D'après les médecins, les lésions cérébrales sont importantes. Il restera à l'état de légume. En ce qui concerne les victimes, deux d'entre elles restent non identifiées, n'est-ce pas, et ce ne sont que… comment dire ?" Il cherche les mots justes.

"Des enfants, peut-être ? propose Jeanette, qui sent qu'elle n'arrive plus à contenir sa colère.

— Je ne dirais peut-être pas les choses comme ça, mais s'ils n'avaient pas été clandestins, peut-être que…

— … que les choses auraient été différentes, complète Jeanette, avant de poursuivre : on aurait mis une cinquantaine d'enquêteurs sur le coup, pas comme maintenant avec juste Hurtig et moi, et un coup de main de Schwarz et Åhlund quand ça leur chante. C'est ça que tu veux dire ?

— S'il te plaît, Nénette, laisse tomber. Qu'est-ce que tu insinues ?

— Je n'insinue rien du tout, je comprends juste que tu m'appelles pour me dire que l'enquête est close. Mais qu'est-ce qu'on fait de Samuel Bai ? Même von Kwist doit bien comprendre qu'il est impossible que Lundström l'ait tué."

Billing inspire profondément. "Mais vous n'avez aucun suspect ! hurle-t-il dans le téléphone. Aucune piste, aucun indice ! Il peut aussi bien s'agir d'un trafic organisé d'êtres humains. Tu comptais t'y prendre comment ?

— Je vois, soupire Jeanette. Donc tu veux dire qu'on va bien emballer tout ce qu'on a et l'envoyer tel quel à von Kwist ?

— Parfaitement", répond Billing.

Jeanette poursuit. "… et von Kwist va lire nos papiers avant de clore l'enquête, puisque nous n'avons aucun suspect.

— Parfaitement. Tu vois, quand tu veux." Le chef de la police éclate de rire. "Et puis tu pars en vacances avec Jens et tout le monde est content. On fait comme ça ? Ton rapport avec ta demande de congés demain vers l'heure du déjeuner ?

— On fait comme ça", répond Jeanette avant de raccrocher.

Elle décide d'aller sur-le-champ informer Hurtig de la nouvelle directive.

"Je viens juste d'apprendre qu'on doit arrêter notre travail."

Hurtig semble d'abord étonné, puis il se penche en avant avec un geste d'impuissance. Il a surtout l'air déçu, à présent. "Mais putain, c'est absurde !"

Jeanette s'assied lourdement. Elle se sent très lasse. Elle a l'impression que son corps coule par terre comme un yaourt.

"Est-ce que ça l'est tant que ça ?" répond-elle. Elle n'a pas le courage de se faire l'avocat du diable, mais sait aussi qu'en tant que chef c'est son devoir de défendre la décision de son supérieur.

"Ça fait quand même un moment que plus rien ne se passe. Pas une piste. Il est tout à fait possible qu'il s'agisse de trafiquants d'êtres humains, comme le dit Billing, et dans ce cas, ce n'est pour ainsi dire plus de notre ressort."

Hurtig secoue la tête.

"Et Karl Lundström, alors ?

— Mais il est dans le coma, bordel, il ne peut nous être d'aucune aide.

— Tu mens mal, Nénette ! Évidemment, que ce pédophile…

— C'est comme ça, un point c'est tout. Je n'y peux rien."

Hurtig lève les yeux au ciel. “Un meurtrier est libre et nous restons là pieds et poings liés par cet enfoiré de proc ! Juste parce que ce sont des garçons que personne ne réclame ! Bordel de merde ! Et ce Bergman, alors ? On ne va pas finir par aller causer un coup avec sa fille ? Elle avait l’air d’en avoir un paquet à raconter.

— Non, Jens. C’est exclu, et tu le sais aussi bien que moi. Je crois que nous ferions mieux de lâcher le morceau. Au moins pour le moment.”

Elle ne l’appelle Jens que quand il l’énerve. Mais sa colère retombe aussitôt en voyant combien il est déçu. Ils ont quand même fait tout ce travail ensemble et il était aussi engagé qu’elle dans cette enquête.

Maintenant, elle va rentrer chez elle et s’endormir sur le canapé.

“Je file, dit-elle. J’ai des congés en retard.

— C’est ça, c’est ça.” Hurtig lui tourne le dos.

Gamla Enskede

Tous ses mouvements sont machinaux, elle les a faits des milliers de fois.

Elle passe devant le Globe.

À droite au rond-point de Södermalms Bröd. Voie rapide d'Enskede.

Pas besoin de réfléchir.

C'est la routine – mais comme elle s'engage dans son allée, Jeanette Kihlberg manque pour la troisième fois en peu de temps d'emboutir la voiture de sport rouge d'Alexandra Kowalska. Comme la première fois, elle est mal garée devant l'entrée du garage et Jeanette est forcée de piler.

"Putain !" crie-t-elle quand la ceinture de sécurité lui cisaille l'épaule. Furieuse, elle recule et se gare le long de la haie, descend de voiture et claque la portière à la volée.

La soirée d'été à Enskede sent la viande grillée : en sortant de voiture, elle est accueillie par le graillon de centaines de barbecues. L'odeur douceâtre, écœurante, flotte sur tous les environs et envahit son jardin : pour Jeanette, c'est un signe de bonheur familial et de partage. Un barbecue suppose de la compagnie, ce n'est pas quelque chose qu'on fait seul dans son coin.

Le silence fragile est brisé par les conversations des voisins, les rires et les éclats de voix qui arrivent du terrain de foot. Elle pense à Sofia, se demande ce qu'elle fait.

Jeanette monte les marches du perron. Au moment d'entrer, la porte s'ouvre de l'intérieur et elle doit bondir de côté pour ne pas être cognée.

"Bye-bye beau gosse…" Alexandra Kowalska lui tourne le dos dans l'embrasure de la porte et agite la main vers Åke qui sourit dans le hall.

Son sourire s'éteint quand il aperçoit Jeanette.

Alexandra se retourne. "Ah, salut, toi ! sourit-elle l'air de rien. J'allais partir."

Sale sorcière, pense Jeanette, qui entre sans rien lui répondre.

Elle referme la porte et accroche sa veste. *Beau gosse ?*

Elle va à la cuisine où Åke est en train de faire des au revoir par la fenêtre. Il la regarde d'un air incertain quand elle balance son sac sur la table.

"Assieds-toi, dit-elle en ouvrant le frigidaire. Beau gosse ? continue-t-elle, la moutarde au nez. Maintenant, il faut t'expliquer, bordel. C'est quoi, ce cinéma ?" Jeanette évite d'élever la voix, mais elle tremble de colère.

"Quoi ? Qu'est-ce que tu veux que j'explique ?"

Elle décide d'aller droit au fait. Il ne faut pas se laisser tromper par son regard de chien battu, qu'il ressort toujours dans ce genre de situations.

"Dis-moi pourquoi tu n'es pas rentré hier soir, sans même téléphoner." Elle le regarde. Et voilà, ses yeux de chien battu.

Il essaie de sourire, en vain. "Je… je veux dire nous… nous sommes sortis. Le bar de l'Opéra. On a beaucoup bu…

— Et ?

— Bon, voilà, j'ai passé la nuit en ville, et Alexandra m'a raccompagné." Åke détourne la tête et regarde par la fenêtre.

"Tu as l'air d'avoir honte… Pourquoi ? Vous couchez ensemble ?"

Il tarde beaucoup trop à répondre, pense Jeanette.

Åke pose les coudes sur la table et se cache le visage dans les mains, le regard perdu dans le vague.

"Je crois que je suis amoureux d'elle…"

Ben voilà, ça y est, pense Jeanette en soupirant. "Putain, Åke…"

Sans un mot, elle se lève, prend son sac, regagne le hall, sort. Elle descend l'allée jusqu'à la rue, s'assied dans la voiture, prend son téléphone et compose le numéro de Sofia Zetterlund. Elle a besoin de quelqu'un à qui parler.

Pas de réponse.

Elle est juste arrivée sur Nynäsvägen quand Åke téléphone pour dire qu'il part avec Johan passer le week-end chez ses parents. Qu'il est peut-être utile qu'ils évaluent la situation chacun de leur côté quelques jours. Qu'il a besoin de réfléchir.

Jeanette comprend que ce n'est qu'un prétexte.

Se taire est une bonne arme, songe-t-elle en s'engageant sur le rond-point de Gullmarsplan.

Ça retarde les choses.

La vie qui quelques mois plus tôt seulement lui semblait aller de soi est comme balayée. Elle ne sait même pas à quoi va ressembler le lendemain.

Elle allume l'autoradio pour ne pas s'entendre penser.

Elle appréhende déjà de se réveiller seule à la maison.

Hammarby Sjöstad

En rentrant de Grisslinge, Sofia Zetterlund s'arrête à la station-service Statoil de Hammarby Sjöstad pour se changer. Enfermée dans les toilettes, elle bourre la poubelle avec sa robe de luxe à présent roussie par les flammes. Elle pouffe toute seule en songeant qu'elle lui a coûté plus de quatre mille couronnes. Elle ressort dans la boutique, où elle achète un gros bout de fromage de chèvre, un paquet de crackers, un bocal d'olives noires et une barquette de fraises.

Au moment où elle passe en caisse, son téléphone vibre à nouveau dans sa poche. Cette fois-ci, elle le sort pour voir qui l'appelle.

Il cesse de sonner dans sa main tandis qu'elle récupère sa monnaie. Deux appels manqués, lit-elle sur l'écran, en disant au revoir à la caissière. Elle voit que Jeanette Kihlberg a cherché à la joindre et remet le téléphone dans sa poche.

Plus tard, se dit-elle.

En se dirigeant vers la sortie, elle aperçoit le présentoir de lunettes de lecture. Son regard se fixe aussitôt sur une paire identique à celle qu'elle a volée le matin du Nouvel An, tout juste six mois plus tôt. Elle s'arrête net.

Elle était allée alors à la gare centrale acheter un billet pour Göteborg. Aller et retour. Le train de huit heures était parti à l'heure et elle s'était installée devant un café dans le wagon-restaurant désert.

Juste après le départ, le contrôleur était passé pour poinçonner son billet, qu'elle lui avait tendu tout en renversant volontairement de l'autre main son café brûlant sur la table. Elle avait poussé un cri et le contrôleur s'était précipité pour chercher de quoi essuyer.

Elle sourit à ce souvenir et prend la paire de lunettes sur le présentoir, la chausse et se regarde dans le petit miroir.

Le contrôleur lui avait apporté des serviettes pour s'essuyer et elle avait veillé à bien faire ressortir sa poitrine en se penchant pour lui demander si on ne voyait pas trop les taches sur son corsage. On pouvait espérer qu'il se souviendrait d'elle si son alibi devait par la suite être vérifié.

Mais elle n'avait même pas eu besoin de montrer à la police le billet de train poinçonné acheté avec sa carte de crédit. Ils avaient gobé son histoire sans barguigner.

Quand le train s'était arrêté à Södertälje-Sud, elle s'était vite glissée aux toilettes pour attacher ses cheveux en nœud serré et enfiler les lunettes volées.

Avant de descendre du train, elle avait retourné son manteau noir et s'était en un tournemain habillée en marron clair. Elle s'était ensuite assise sur un banc et avait attendu le train de banlieue vers Stockholm et Lasse.

Il n'y avait rien à dire, songe-t-elle en reposant les lunettes sur le présentoir.

Aucune explication valable.

Il l'avait trahie.

Lui avait pissé dessus.

L'avait humiliée.

Il n'y avait tout simplement plus de place pour lui dans sa nouvelle vie. Le quitter en l'envoyant au diable n'aurait pas été satisfaisant. Il serait toujours resté là, dans le coin. Peut-être avec sa vraie femme, peut-être seul, ou encore avec une autre. De toute façon, ça n'aurait rien changé : il aurait continuer d'exister, c'était l'essentiel.

Elle sort de la boutique, regagne sa voiture, et c'est alors seulement qu'elle s'aperçoit que ses cheveux sentent la fumée, mais elle prendra un bain à la maison.

Elle ouvre la portière et se souvient comment elle avait trouvé Lasse dans le canapé du séjour. Une bouteille de whisky presque vide indiquait qu'il était sans doute passablement ivre.

Qu'un homme démasqué après dix ans de double vie se suicide après s'être saoulé n'avait probablement rien de très surprenant.

On pouvait plutôt s'y attendre.

Elle démarre. Le moteur ronronne, elle passe la première et quitte la station-service.

Il ronflait bruyamment la bouche ouverte et elle avait dû se blinder pour résister à l'envie de le réveiller pour lui demander des comptes.

En silence, elle était allée à la salle de bains prendre la ceinture du peignoir bordeaux de Lasse. Celui qu'il avait volé à l'hôtel, à New York.

Elle roule vers le centre-ville.

Autoroute 222 vers l'ouest. La lueur des réverbères glisse sur le pare-brise.

Lasse était couché sur le côté, le visage vers l'intérieur du canapé, le cou découvert. Il était important que la ceinture serre directement au bon endroit, sans faire plus d'une marque. Elle avait fait un nœud coulant et le lui avait doucement passé autour du cou.

Le nœud exactement placé là où il fallait, quand il ne restait plus qu'à tirer, elle avait eu un blanc.

Elle avait hésité et calculé les risques, mais n'avait rien trouvé qui puisse la trahir.

La chose faite, elle retournerait à la gare, où elle attendrait le train de l'après-midi en provenance de Göteborg avant d'aller reprendre sa voiture au parking. Sa voiture aurait écopé d'une amende, mais en voyant son ticket valable, les gardiens du parking seraient forcés de la lui faire sauter. Ainsi, ils pourraient confirmer, sinon prouver son alibi : elle avait passé la journée à Göteborg, entre deux trains.

Elle tourne à droite pour descendre Hammarbybacken, traverse le vieux pont de Skanstull et s'engouffre dans le tunnel sous l'hôtel Clarion.

De la discipline, se dit-elle. Il faut être vigilant et ne pas agir de façon impulsive si on ne veut pas se faire prendre.

L'amende du parking, le billet de train et le témoignage du contrôleur avaient suffi pour la blanchir de tout soupçon dans ce qui, en fin de compte, n'était qu'un suicide. Le détail des annuaires téléphoniques renversés au pied de la chaise avait complété le tableau.

Elle remonte Renstiernasgatan, traverse Skånegatan et Bondegatan puis prend à droite Åsögatan.

Elle avait empoigné fermement la ceinture du peignoir et avait tiré de toutes ses forces. Lasse avait suffoqué, mais son état d'ivresse l'avait empêché d'avoir les bons réflexes.

Il ne s'était pas réveillé. Elle l'avait pendu au crochet de la lampe, au plafond. Elle avait placé une chaise sous lui et, en voyant que ses pieds ne l'atteignaient pas, elle avait complété l'espace avec des annuaires qu'elle avait ensuite fait tomber par terre. Un suicide, clair comme de l'eau de roche.

Skanstull

Juste avant le pont de Johanneshov, Jeanette Kihlberg voit que la grosse horloge sphérique de Skanstull indique neuf heures vingt et décide de rappeler Sofia.

Elle compose le numéro et, au moment où elle presse le téléphone contre son oreille, elle entend les sirènes des pompiers et ralentit.

Le téléphone sonne, mais personne ne répond.

Le premier véhicule de secours passe. Toujours pas de réponse.

S'il te plaît, réponds, prie-t-elle tout bas. J'ai besoin de te voir.

Le dernier véhicule passé, la circulation revient à la normale. Elle raccroche après dix sonneries.

Jeanette aimerait être ailleurs, dans une autre vie, et elle pense à un film documentaire qu'elle a vu sur un homme qui, un beau jour, en a eu assez.

Au lieu d'aller comme d'habitude à son travail à l'hôpital de Copenhague, il a fait demi-tour, puis est descendu à vélo jusque dans le Sud de la France, laissant femme et enfants au Danemark pour refaire sa vie comme forgeron dans un petit village de montagne. Quand l'équipe du documentaire est venue l'interviewer, il a déclaré ne plus vouloir entendre parler de son ancienne vie. Il a envoyé tout le monde au diable.

Jeanette se dit qu'elle pourrait faire la même chose. Tout laisser sur les bras d'Åke.

La seule complication serait Johan, mais il pourrait toujours la rejoindre plus tard. Elle a toujours son passeport sur elle et, au fond, rien ne l'empêcherait de partir. Curieusement, son angoisse s'apaise alors, comme si savoir qu'elle n'était pas prisonnière la rendait moins désireuse de se libérer.

La radio interrompt son programme musical pour une annonce invitant tous les habitants de Grisslinge à calfeutrer leurs fenêtres en raison d'un violent incendie de villa.

Elle continue de conduire au hasard.

En chute libre.

Vita Bergen

Sofia Zetterlund trouve l'appartement désert et vide. Pas de trace de Gao. Dans la pièce secrète, cachée derrière la bibliothèque, il a fait le ménage et place nette. Maintenant cela sent la poudre à récurer, avec pourtant encore une touche d'urine.

La grosse couverture est soigneusement pliée sur le matelas.

Les seringues sont posées sur la table basse à côté du flacon de Xylocaïne et elle se demande pourquoi son collègue du cabinet, le dentiste Johansson, ne s'est jamais aperçu de leur disparition. Encore une fois, la chance a été de son côté.

Elle s'irrite que Gao ait fait preuve d'initiative, qu'il ait agi sans attendre ses ordres. Qu'est-ce qui se passe ?

Une peur incontrôlée l'envahit. Toute cette situation est nouvelle pour elle. Tout à coup se produisent des événements sur lesquels elle n'a pas prise, qui échappent à son pouvoir.

Sans qu'elle sache d'où cela sort, elle se met à pousser des cris hystériques. Les larmes coulent sur ses joues, impossible d'arrêter de hurler. Elle a tant à évacuer d'un coup. Elle tambourine sur les murs jusqu'à perdre toute sensibilité dans ses bras.

La crise dure presque une demi-heure. Une fois calmée, épuisée surtout, elle se recroqueville en position fœtale sur le sol molletonné.

L'odeur de fumée lui chatouille le nez.

Elle songe aux cicatrices qu'elle a sur le corps.

Des plaies qui ont guéri en laissant des marques plus claires sur la peau.

Des haleines qui lui ont donné envie de vomir et qui font qu'aujourd'hui elle a du mal à embrasser.

Ce sont des expériences nécessaires à la mémoire. Des choses ont lieu, sont ressenties, deviennent un souvenir mais, avec le temps, leurs contours s'estompent et elles forment un tout. Plusieurs événements n'en font plus qu'un : sa vie n'est qu'un bloc où tous les viols et les mauvais traitements se confondent en un événement unique devenu une expérience, un savoir.

Il n'y a pas de début et donc pas d'après.

Qu'y a-t-il eu en elle qui n'y est plus ?

Qu'a-t-elle pu voir jadis qu'elle ne peut plus voir ? Elle avait cherché de nouvelles possibilités de développer sa personnalité. Pas une alternative ou un complément, mais la création d'un être nouveau. Un engagement sans réserve.

Elle déchire la fine membrane qui la sépare de la folie. Rien n'a commencé avec moi, se dit-elle. Rien n'a commencé en moi. Je suis un fruit mort en cours de putréfaction.

Ma vie n'est qu'une succession d'instants, additionnés l'un à l'autre, chacun différent de l'autre, des faits distincts alignés côte à côte.

Prise de conscience et compréhension immédiate de l'étrangeté de l'être.

Gamla Stan

Pour la première fois depuis qu'il est dans son nouveau pays, Gao Lian de Wuhan marche seul dans Stockholm. De l'appartement de Borgmästargatan il descend les marches glissantes de l'escalier de pierre dans le prolongement de Klippgatan, tournant le dos à l'église Sophie. Il traverse Folkungagatan et s'engage dans l'escalier qui monte à l'hospice d'Ersta.

Dans Fjällgatan il s'assied sur un banc et contemple la vue sur Stockholm. En contrebas sont amarrés de gros ferries et, plus loin dans la baie, des petits voiliers se balancent dans la houle. À gauche, il voit la vieille ville et le château.

Les hirondelles qui plongent en piaillant en chasse d'insectes sont les mêmes que celles qui vivaient sous le toit de sa maison, chez lui, à Wuhan.

L'air aussi est le même, en plus propre.

Il continue à descendre jusqu'à Slussen d'où, par le pont, il gagne la vieille ville. Curieux, il écoute cette langue étrange, il a l'impression que les gens parlent en chantant. Cette langue nouvelle lui semble aimable, comme faite pour la belle poésie. Il se demande à quoi cela ressemble quand ces gens se fâchent.

Plusieurs heures durant il marche dans le dédale des rues et des ruelles et, bientôt, il commence à s'orienter et à savoir aller où il veut. À la tombée du jour, il a mémorisé une carte très claire de cette petite ville entre les ponts. Il y reviendra et, plus tard, ce sera son point de départ quand il ira explorer d'autres quartiers.

Il revient par Götgatan jusqu'au croisement avec Skånegatan, où il tourne à gauche puis rentre directement à l'appartement.

Il trouve la femme blonde dans la chambre sombre et molletonnée. Elle est étendue à terre. À ses yeux, il voit qu'elle est partie très loin. Il se penche pour lui embrasser les pieds puis se déshabille.

Avant de s'allonger près d'elle, il plie soigneusement son costume comme elle le lui a tant de fois montré. Il ferme les yeux et attend que l'ange lui donne des instructions.

Vita Bergen

Sofia Zetterlund a encore les cheveux mouillés quand son téléphone sonne.

“Victoria Bergman ? demande une voie inconnue.

— Qui est à l'appareil ? répond-elle avec une méfiance feinte, alors qu'elle se doutait bien qu'ils l'appelleraient tôt ou tard.

— C'est la police de proximité de Värmdö, je cherche à joindre Victoria Bergman. C'est bien vous ?

— Oui, c'est moi. De quoi s'agit-il ?” Elle joue la nervosité – elle imagine comment les gens sont, quand la police appelle tard le soir.

“Vous êtes bien la fille de Bengt et Birgitta Bergman, de Grisslinge, commune de Värmdö ?

— Oui, c'est moi… De quoi s'agit-il ? Il s'est passé quelque chose ?” Elle s'affole et, pendant quelques secondes, elle se sent réellement inquiète. Comme si elle était sortie d'elle-même et ignorait ce qui s'était passé.

“Je m'appelle Göran Andersson. J'ai cherché à vous contacter, mais je n'ai pas trouvé d'adresse.

— Comme c'est bizarre. C'est à quel sujet ?

— J'ai le pénible devoir de vous annoncer que vos parents sont très vraisemblablement morts. Leur maison a complètement brûlé ce soir et nous supposons que les corps que nous avons trouvés sont les leurs.

— Mais… bégaie-t-elle.

— Je suis désolé de vous l'annoncer de cette façon, mais vous êtes toujours domiciliée chez vos parents et j'ai eu ce numéro par leur avocat…

— Comment ça, morts ?" Victoria hausse la voix. "Mais je leur ai parlé il y a quelques heures à peine, et papa m'a dit qu'ils allaient descendre au sauna.

— Oui, c'est exact. Nous avons trouvé vos parents au sauna. D'après les premières constatations, l'incendie a commencé au sous-sol : selon une hypothèse sérieuse c'est le poêle qui a pris feu, et pour une raison encore inconnue, ils n'ont pas réussi à sortir. La porte s'est peut-être coincée, mais ce ne sont pour le moment que des spéculations. L'enquête approfondie l'établira. C'est en tout cas un accident tragique."

Un accident. S'ils pensent qu'il s'agit d'un accident, c'est qu'ils n'ont probablement pas trouvé la planche qui bloquait la porte. Elle avait eu raison de supposer qu'elle aurait le temps de brûler avant qu'on éteigne l'incendie.

"Je comprends que vous puissiez avoir besoin de parler à quelqu'un. Je vais vous donner le numéro d'un psychologue de garde que vous pouvez appeler.

— Non, ce n'est pas la peine, répond-elle. Je suis moi-même psychologue et j'ai mes adresses. Mais merci d'y avoir pensé.

— Ah bon, d'accord. Nous vous recontacterons demain quand nous en saurons davantage. Buvez quelque chose de fort et appelez un ami. Je suis sincèrement désolé d'avoir dû vous l'annoncer de cette façon.

— Merci", dit Sofia Zetterlund avant de raccrocher.

Enfin, pense-t-elle. Ses pieds lui font mal. Mais elle se sent tellement vivante.

Maintenant, il ne reste plus rien.

Elle peut enfin voir le bout du tunnel.

Quartier Kronoberg

En refermant la porte de la maison, Jeanette entend les premières gouttes de pluie crépiter contre le rebord de la fenêtre. Le temps s'est couvert et, au loin, elle devine un roulement de tonnerre. Elle s'installe au volant de sa voiture et quitte la villa déserte de Gamla Enskede au moment où le premier orage de l'été s'abat sur un Stockholm gris et noir.

Åke s'est occupé des démarches pour le divorce et, un peu plus tôt dans la matinée, Jeanette a signé tous les papiers sans rien dire, même si elle a trouvé assez drôle qu'il se montre soudain si entreprenant.

Arrivée à l'hôtel de police, elle met de l'ordre sur son bureau, arrose ses plantes et, avant de quitter son lieu de travail, va voir Jens Hurtig pour lui souhaiter de bonnes vacances.

“ Qu'est-ce que tu vas faire ? demande-t-elle.

— Après-demain, je prends le train de nuit pour Älvsbyn, puis le bus jusqu'à Jokkmokk, où maman vient me chercher. Tranquille, un peu de pêche. Peut-être donner un coup de main à papa pour la maison.

— Comment il va, depuis son accident ? demande-t-elle, honteuse de ne pas avoir posé la question plus tôt.

— Il arrive en tout cas encore à tenir son archet, même s'il ne casse pas des briques au violon, mais c'est triste que maman soit obligée de l'aider à attacher ses lacets." Hurtig semble d'abord grave, puis son visage s'éclaire. "Et toi, alors ? Des vacances tranquilles ?

— Pas exactement. Gröna Lund avec Johan et Sofia. Tu sais que j'ai un peu le vertige, mais j'avais envie que Sofia rencontre Johan, et c'est elle qui a proposé d'aller à la fête foraine, alors je n'ai plus qu'à prendre sur moi."

Son sourire se transforme en ricanement. "Tu peux toujours essayer le petit train, ou la maison magique."

Jeanette rit et lui donne une tape amicale sur le ventre.

"Bon, à dans quelques semaines", dit-elle sans se douter qu'ils vont se revoir moins de soixante-douze heures plus tard.

Alors, son fils aura disparu depuis presque vingt-quatre heures.

Vita Bergen

Sofia Zetterlund se réveille avec Victoria Bergman et se sent entière.

Deux jours durant, en compagnie de Gao, elle est restée au lit à parler avec Victoria.

Sofia lui a raconté tout ce qui s'était passé depuis leur séparation, vingt ans plus tôt.

La plupart du temps, Victoria s'est tue.

Ensemble, elles ont écouté les cassettes, encore et encore, et chaque fois Victoria s'est endormie. L'inverse de d'habitude.

Aujourd'hui seulement, quarante-huit heures après, Sofia se sent enfin prête à affronter la réalité.

Dans la cuisine, elle remplit la cafetière, sort son ordinateur portable, le pose sur la table et l'allume.

Elle prend une tasse de café et s'installe devant l'écran. Aussitôt informée de la mort de ses parents, elle a consulté le site des pompes funèbres Fonus pour voir comment mettre leurs restes en terre le plus simplement possible. Cela aura lieu vendredi au cimetière Skogskyrkogården.

En voyant sur son téléphone que Jeanette l'a appelée plein de fois, elle a un peu mauvaise conscience. Elle se souvient qu'elle lui a promis de l'accompagner à Gröna Lund avec Johan et l'appelle aussitôt.

“Mais où étais-tu passée, enfin ? s’inquiète Jeanette.

— Je n’étais pas trop dans mon assiette, je n’avais pas le courage de décrocher mon téléphone. Bon, alors, Gröna Lund ?

— Toujours partante pour vendredi ?”

Sofia songe à la mise en terre de l’urne.

“Bien sûr ! répond-elle. On se retrouve où ?

— Au ferry de Djurgården, à quatre heures ?

— J’y serai !”

Son coup de fil suivant est pour l’avocat chargé de la succession. Il s’appelle Viggo Dürer, c’est un vieil ami de la famille. Enfant, elle l’a rencontré quelques fois, mais les souvenirs de Sofia sont vagues. Old Spice et eau-de-vie.

Méfie-toi de lui.

Maître Dürer lui explique qu’elle est l’unique héritière. Tout lui revient.

“Tout ? s’étonne-t-elle. Mais la maison a brûlé, et…”

Viggo Dürer l’informe qu’outre l’assurance de la maison, qui s’élève à environ quatre millions de couronnes et le terrain dont la valeur s’élève à plus d’un million, ses parents laissent un capital de neuf cent mille couronnes et un portefeuille d’actions qui, à la vente, rapporterait pas loin de cinq millions.

Sofia charge l’avocat de liquider au plus vite les actions. Viggo Dürer tente de la persuader de s’abstenir, mais il finit par accepter de faire comme elle veut.

En faisant le compte, elle réalise qu’elle dispose de plus de onze millions de couronnes. Elle est devenue très riche.

Gamla Enskede

Jeanette se sent gaie en raccrochant. Sofia était juste un peu malade et n'avait pas le courage de répondre au téléphone. Elle a eu tort de s'inquiéter.

Cette sortie à Gröna Lund lui permet, enfin, de faire une surprise à Johan, tout en voyant Sofia.

Maintenant qu'elle est en vacances, elle va se reposer quelques jours et ensuite seulement réfléchir à l'avenir. La maison est trop grande pour elle et Johan : elle a pensé proposer à Åke de la vendre. Elle songe au grand appartement de Sofia à Söder, et souhaite trouver quelque chose de ce genre. Elle espère que Johan ne sera pas trop réticent à l'idée de déménager en centre-ville.

Ses réflexions sont interrompues par la sonnette. Elle va ouvrir.

Sur le pas de la porte, un policier en uniforme, qu'elle n'a jamais vu.

"Bonjour, je m'appelle Göran, dit-il en tendant la main. Vous êtes bien Jeanette Kihlberg ?

— Göran ? C'est à quel sujet ?

— Andersson, précise-t-il. Göran Andersson, en poste à Värmdö.

— D'accord, et que puis-je faire pour vous ?

— Eh bien, voilà…" Il se racle la gorge. "Je suis en poste à Värmdö et, voilà quelques jours, nous avons eu un gros incendie, là-bas. Deux personnes sont mortes dans ce qui ressemblait à un accident. Oui, ils étaient dans leur sauna et…

— Et… ?

— Eh bien, il s'agit d'un couple, Bengt et Birgitta Bergman, et ce qui avait à première vue l'air d'un accident semble plus compliqué que ça."

Jeanette s'excuse et le fait entrer.

"Allons nous mettre à la cuisine. Un café ?

— Non, je ne fais que passer.

— Bon, je vous écoute… Qu'est-ce qui vous amène ?" Jeanette rentre et va s'asseoir à la table de la cuisine. Le policier la suit.

Il s'installe et continue.

"J'ai fait quelques vérifications et j'ai tout de suite vu que vous avez interrogé Bengt Bergman au sujet d'un viol."

Jeanette hoche la tête. "Oui, c'est exact. Mais ça n'a rien donné. Il a été libéré.

— Oui… Et maintenant il est mort, alors… Quand j'ai téléphoné à sa fille pour lui dire ce qui s'était passé, elle a réagi… Comment dire ?

— Bizarrement ?" Jeanette repense à sa propre conversation avec Victoria Bergman.

"Non, plutôt avec indifférence.

— Pardon, Göran, commence à s'impatienter Jeanette, mais pourquoi êtes-vous venu me voir ?"

Göran Andersson se penche au-dessus de la table et sourit.

"Elle n'existe pas.

— Qui n'existe pas ?" Jeanette a une sensation désagréable.

"Quelque chose m'a intrigué chez leur fille, alors j'ai contrôlé.

— Et qu'avez-vous trouvé ?

— Rien. Zéro. Pas un fichier, pas un compte en banque. Nada. Victoria Bergman n'a laissé aucune trace depuis plus de vingt ans."

Chapelle Sainte-Croix

Une violente tempête d'automne aurait certes fait un cadre plus approprié à la mise en urne des restes de Bengt et Birgitta Bergman, mais le soleil brille et Stockholm se montre sous son plus beau jour.

Les arbres de Koleraparken étalent sur leur palette toutes les nuances imaginables, du jaune pâle doré jusqu'au violet foncé. Les plus magnifiques sont les érables au feuillage vert sombre.

De Nynäsvägen, elle tourne à gauche dans Sockenvägen, continue tout droit, passe sous le pont devant la station de métro et le fleuriste, conduit encore une centaine de mètres et tourne enfin à droite dans l'allée de la Chapelle, qui conduit au parking du cimetière.

Une dizaine de voitures stationnent, mais elle sait qu'aucune n'est là pour la cérémonie. Elle sera la seule personne présente.

Elle coupe le contact, ouvre la portière et sort de sa voiture. L'air est frais, elle s'en emplit les poumons.

Une allée pavée bordée de grands arbres mène au crématorium et au colombarium. Elle passe devant un couple âgé qui discute à voix basse sur un banc. À droite de la chapelle, une grande croix projette une ombre sinistre sur la pelouse.

De loin, elle voit le prêtre.

Grave, la tête inclinée.

Une urne pour deux personnes à terre devant lui.

Cerisier rouge sombre. Biodégradable, précisait le site des pompes funèbres.

Un peu plus de mille couronnes.

Cinq cents chacun.

Il n'y aura qu'eux deux. Elle et le prêtre. Ainsi en a-t-elle décidé.

Pas de faire-part, pas de nécrologie. Un adieu paisible, sans larmes ni émotions fortes. Pas de grands discours consolateurs, ni de tentatives gauches d'élever les morts à une dimension qu'ils n'ont jamais eue.

Pas de souvenirs prêtant aux morts des vertus qu'ils n'avaient pas ou cherchant à faire passer les défunts pour des anges.

On ne va pas créer de nouveaux dieux.

Elle salue et le prêtre lui explique comment les choses vont se passer.

Comme elle a refusé la cérémonie religieuse, il n'y aura que quelques phrases avant l'inhumation de l'urne.

La remise entre les mains du Créateur et la prière que la mort et la résurrection de Jésus s'accomplissent en l'homme que Dieu a créé à son image ont eu lieu avant la crémation, en l'absence de Sofia.

Tu es poussière, et à la poussière tu retourneras.

Notre-Seigneur Jésus-Christ te réveillera le jour du Jugement dernier.

La cérémonie ne prendra pas plus de dix minutes.

Ils vont ensemble, au-delà d'un petit étang, parmi les arbres du cimetière.

Le prêtre, un petit homme filiforme d'un âge incertain, porte l'urne. Son corps fluet a la lenteur d'un homme vieillissant, tandis que ses yeux possèdent la curiosité d'un jeune garçon.

Ils ne se parlent pas et elle a du mal à quitter l'urne des yeux. Là-dedans, il y a les restes de ses parents.

Après la crémation, les os carbonisés ont été mis à refroidir dans un seau. On a enlevé ce qui n'avait pas brûlé, comme la prothèse de hanche de Bengt, avant de broyer le reste au moulin.

En mourant, son père est assez paradoxalement devenu vivant pour elle. Une porte s'est ouverte, comme découpée dans l'air. Elle est grande ouverte devant elle et lui offre la libération.

Empreintes, pense-t-elle. Quelles empreintes laissent-ils après eux ? Elle se rappelle un événement, très lointain.

Elle avait quatre ans, Bengt avait coulé une dalle de ciment dans une des pièces de la cave. La tentation d'imprimer sa main à la surface luisante et collante du ciment avait été plus forte que la peur de la correction qu'elle savait devoir recevoir. La petite empreinte de main y était restée jusqu'à l'incendie. Elle est probablement encore là, sous les décombres de la maison brûlée.

Mais de lui, que reste-t-il ?

Tout ce qu'il laisse de matériel est soit détruit soit dispersé à tous les vents. Prêt à être vendu aux enchères. Bientôt ce ne seront que des objets anonymes entre les mains de parfaits inconnus. Des choses sans histoire.

L'empreinte qu'il a laissée en elle, en revanche, lui survivra sous forme de honte et de culpabilité.

Une dette qu'elle ne pourra jamais rembourser.

Elle aura beau faire.

Elle continuera sans cesse à croître en elle.

Que savais-je au fond de lui ? se demande-t-elle.

Que cachait-il donc au fond de son âme, de quoi rêvait-il ? Que désirait-il ?

C'était un éternel insatisfait, se dit-elle. Quelle que soit la chaleur il tremblait de froid, et il avait beau manger, son ventre criait toujours famine.

Le prêtre s'arrête, pose l'urne et baisse la tête, comme en prière. Un tissu vert percé d'un trou en son milieu est étendu devant la pierre tombale en granit rouge.

Sept mille couronnes.

Elle cherche le regard du prêtre et, quand il finit par relever les yeux, il fait un signe de tête.

Elle s'avance de quelques pas, contourne le tissu, se penche et attrape à deux mains le cordon attaché à l'urne rouge. Elle est étonnée par le poids. La corde lui cisaille les mains.

Elle se dirige ensuite doucement vers le trou noir, s'immobilise et y fait lentement descendre l'urne. Après avoir hésité un certain temps, elle lâche le cordon, le laisse tomber sur le couvercle de l'urne.

Ses paumes la brûlent. En ouvrant les mains elle voit une marque rouge vif sur chacune.

Stigmates, songe-t-elle.

Chute libre

L'attraction la plus populaire de la fête foraine de Gröna Lund est une tour d'observation de cent mètres de haut qu'on aperçoit d'une grande partie de Stockholm. Les passagers sont lentement hissés jusqu'à une hauteur de quatre-vingts mètres, où ils restent un moment suspendus avant d'être précipités vers le sol à une vitesse de plus de cent vingt kilomètres à l'heure. La descente dure deux secondes et demie et, au moment du freinage, les passagers sont soumis à une force équivalente à 3,5 G.

À l'atterrissage, un corps humain pèse donc plus de trois fois son poids.

Mais c'est pire pendant la chute.

Un homme lancé à cent kilomètres à l'heure pèse plus de douze tonnes.

"Tu sais qu'ils ont fermé la Chute libre, l'été dernier ?" Sofia rit.

"Ah oui ? Et pourquoi ?" Jeanette serre le bras de Johan et avance de quelques pas dans la queue. L'idée que Sofia et Johan vont bientôt être suspendus là-haut lui donne le vertige.

"Quelqu'un a eu les pieds arrachés par un câble dans

un parc d'attractions aux États-Unis. Gröna Lund a dû fermer pour inspection de sécurité.

— Merde… arrête ! Ce n'est vraiment pas le moment de parler de ça, juste avant de vous y embarquer."

Johan rit et lui donne un coup de coude.

Elle lui sourit. Cela fait longtemps qu'elle ne l'a pas vu aussi gai.

Au cours des dernières heures, Johan et Sofia ont enchaîné les montagnes russes, le manège de la Pieuvre, le Moulin infernal, la Catapulte. Et ils ont chacun leur photo en train de crier à bord du Tapis volant.

Jeanette est toujours restée en bas à les regarder, un nœud au ventre.

Leur tour arrive, elle s'écarte.

Johan se dégonfle un peu, mais Sofia grimpe sur la plateforme et il la suit avec un sourire hésitant.

Un employé vérifie leurs harnais de sécurité.

Puis tout se passe très vite.

La nacelle commence à monter, Sofia et Johan agitent nerveusement les mains.

Au moment même où Jeanette voit que leur attention se porte vers la vue sur la ville elle entend un bruit de verre cassé derrière elle.

Des voix agitées.

Jeanette se retourne et voit un homme sur le point d'en frapper un autre.

Jeanette met cinq minutes à les calmer.

Trois cents secondes.

Pop-corn, sueur et acétone.

Les odeurs troublent Sofia. Elle a du mal à faire la part entre celles qui sont réelles et celles qu'elle imagine.

Quand elle passe devant les autos tamponneuses, l'air est électrique, étouffant.

Une odeur imaginaire de caoutchouc brûlé se mêle aux effluves douceâtres bien réels qui émanent des toilettes des hommes.

Il a commencé à faire sombre, mais le soir est doux et le ciel s'est dégagé. L'asphalte est encore mouillé après l'averse soudaine et les lampes multicolores qui se reflètent dans les flaques piquent les yeux. Tout à coup, un cri en provenance des montagnes russes la fait sursauter, et elle recule d'un pas. Quelqu'un la bouscule dans son dos et elle entend jurer.

"Putain, qu'est-ce que tu fous?"

Elle s'arrête et ferme les yeux, essaie de séparer ses impressions de la voix dans sa tête.

Qu'est-ce que tu vas faire, maintenant? T'asseoir par terre et pleurer?

Qu'est-ce que tu as fait de Johan?

Sofia regarde autour d'elle et réalise qu'elle est seule.

"... non, il n'avait pas le vertige mais quand la rambarde de sécurité s'est abaissée il a commencé à pleuvoir et comme ils étaient attachés là elle a senti qu'il tremblait de peur et quand la nacelle s'est ébranlée il a regretté et a voulu descendre..."

Sa joue la brûle, elle sent qu'elle est humide et salée. Le gravier lui laboure le dos.

"Qu'est-ce qu'elle a?

— Quelqu'un pourrait appeler une ambulance?

— De quoi elle parle?

— Quelqu'un est médecin, ici?

— ... et il a pleuré et il avait peur et elle a d'abord essayé de le consoler tandis qu'ils montaient de plus en plus haut et pouvaient à présent voir tout Uppsala et tous les bateaux sur le Fyrisån et quand elle lui a dit ça il a cessé de geindre et lui a dit que c'était Stockholm et les ferries de Djurgården qu'on voyait…

— Je crois qu'elle dit qu'elle vient d'Uppsala.

— … et tout en haut il s'est mis à y avoir du tonnerre et des éclairs et tout s'est alors arrêté et les gens en bas étaient des petits points et si on voulait on pouvait les prendre comme des mouches entre le pouce et l'index…

— Je crois qu'elle va s'évanouir.

— … et alors l'estomac se retourne et tout se précipite vers vous et c'est exactement ça qu'on cherche…

— Laissez-moi passer !"

Elle reconnaît cette voix, mais ne parvient pas vraiment à la remettre.

"Dégagez, je la connais."

Une main fraîche contre son front brûlant. Une odeur qu'elle reconnaît.

"Sofia, qu'est-ce qui s'est passé ? Où est Johan ?"

Victoria Bergman ferme les yeux.

Retrouvez la trilogie
Les Visages de Victoria Bergman
dans la collection Actes noirs.

TRAUMA
LES VISAGES DE VICTORIA BERGMAN 2
traduit du suédois par Rémi Cassaigne

L'enquête sur la macabre série de meurtres des jeunes immigrés de Stockholm est provisoirement suspendue lorsqu'un homme d'affaires influent est retrouvé assassiné. L'acte semble avoir été perpétré dans le cadre d'un étrange rituel. La commissaire Jeanette Kihlberg fait appel à la psychothérapeute Sofia Zetterlund pour établir le profil du meurtrier. Parallèlement, elle continue ses recherches sur la mystérieuse Victoria Bergman. De son côté, Sofia lutte pour faire taire les voix qui l'habitent pendant que Victoria Bergman poursuit inlassablement sa croisade contre les faibles…

CATHARSIS

LES VISAGES DE VICTORIA BERGMAN 3

traduit du suédois par Rémi Cassaigne

Dans ce dernier volet de la trilogie, Victoria Bergman tente de soigner sa personnalité fragmentée par le biais de l'autothéraphie. Peu à peu, sa santé mentale s'améliore. De son côté, la psychothérapeute Sofia Zetterlund prodigue à la commissaire Jeanette Kihlberg des conseils de plus en plus précieux dans son enquête sur les troublantes séries de meurtres à Stockholm. Les secrets abominables de la secte Sihtunum Diaspora vont la mettre sur la piste du passé. Jeanette va-t-elle enfin découvrir la vérité sur Victoria Bergman? Et jusqu'où sa fille Madeleine est-elle prête à aller?

BABEL NOIR

Extrait de catalogue

109. INDREK HARGLA
L'Énigme de Saint-Olav

110. LUIZ ALFREDO GARCIA-ROZA
L'Étrange Cas du Dr Nesse

111. CAMILLA LÄCKBERG
L'Oiseau de mauvais augure

112. LOUISE PENNY
Le Mois le plus cruel

113. RYAN DAVID JAHN
Emergency 911

114. TOVE ALSTERDAL
Femmes sur la plage

115. MONICA KRISTENSEN
Opération Fritham

116. PETER GUTTRIDGE
Le Dernier Roi de Brighton

Achevé d'imprimer en octobre 2014 par Normandie Roto Impression s.a.s. 61250 Lonrai pour le compte d'ACTES SUD, Le Méjan, Place Nina-Berberova, 13200 Arles.
Dépôt légal 1re édition : novembre 2014.
N° impr. : 1404062
(Imprimé en France)